Hannah

Hannah

Ohne Mann ist auch echt blöd

von

Ruth-Rebecca Braun

Impressum

1. Auflage, 2021

Ruth-Rebecca Braun, c/o Stephenson, Hanelanden 14, 23843 Bad Oldesloe

Druck: Amazon Kindle Direct Publishing

ISBN Taschenbuch 9798792629905

Prolog

Einzigartig würde er sein, der neue Schatz an Hannahs Seite. Rosa hatte es versprochen und Hannah glaubte ihrer inneren Stimme nur allzu gern. Als Kind hatte sie sich eine Maus auf ihrer Schulter vorgestellt, der die Stimme gehörte. Giftgrün war sie und sie trug rosa Punkte im Fell. Später war zu Hannahs Bedauern nur noch die Stimme übriggeblieben. Die aber hörte sie deutlich und klar. Nach ihrer Scheidung hatte sie ernstlich versucht, sich von der Mäusefantasie zu verabschieden. Mit einundzwanzig Jahren bin ich allmählich zu alt für solche Albernheiten, fand sie. Doch der innere Absprung misslang. Hannah spürte: Ich brauche Rosa einfach. Ich bin froh, dass ich sie habe.

Und so blieb Rosa, die Stimme, eben, was und wie sie war: eine wohlmeinende Freundin, die Hannah mal liebevoll tröstete, mal frech ironisch oder gar sarkastisch auf Trab brachte. Doch wie häufig und wie dringend Hannah Rosas Rat noch würde gebrauchen können in den Jahren, die vor ihr lag, davon hatte Hannah zu diesem Zeitpunkt noch nicht die geringste Ahnung.

Noch mal von vorn

Was war ich doch für ein Schaf, dachte Hannah. Nur weil Mutti stur und fest behauptet hat, Mädchen bräuchten weder Abitur noch Studium, weil sie sowieso heiraten, bin ich mit neunzehn Jahren eine respektable Ehefrau geworden. Immerhin habe ich einen Lehrer geheiratet. Und jetzt? Jetzt bin ich einundzwanzig und schon wieder geschieden. Schuldig geschieden auch noch, auch wenn Letzteres nur eine Entscheidung der praktischen Vernunft war: Ehre gegen Geld. Das Geld, das ich mir mühsam zusammengespart habe vor der Ehe, gehört nun wieder mir. Dafür ist sein Name reingewaschen. Meiner nicht. Sei's drum, dachte Hannah.

Nachdem der erste Abholungstermin in ihrer ehemaligen Remscheider Wohnung, die die Anwälte eheliche Wohnung nannten, so tragisch gescheitert war, befand sich der Löwenanteil von Hannahs Hausrat noch immer dort. Endlich hatten die Anwälte einen neuen Termin anberaumt. Hannah freute sich auf ihre Aussteuer, die sie liebevoll zusammengetragen hatte – all die Bettwäsche und kuscheligen Handtücher, die Servierplatten und Eierbecher aus Chromagan, das gelbe Steingutgeschirr, das so gemütlich wirkte, die tollen, braunen Backformen, die sie möglichst bald an die Wand ihrer neuen Küche zu hängen gedachte, und ... Ach, so vieles. Hannah sah sich in der noch betrüblich kahl wirkenden kleinen Wohnung um, in der sie nun allein lebte und warf fröstelnd ein paar Eierkohlen in den Ofen.

Ihren Mädchennamen wieder anzunehmen, war Hannah nicht in den Sinn gekommen, obwohl der neue Name ihr noch nie gefallen hatte. Wer wollte schon Scheuermann heißen?! Dennoch, nicht länger mit Fräulein Braun angeredet zu werden, hatte ihren Wert in ihren Augen gesteigert. Immer wieder drehte sie an dem schmalen Ring mit dem Saphir an ihrer rechten Hand, den sie nun an der Stelle ihres Eheringes trug. Es war, als könnte ihr das dabei helfen, in nicht allzu langer Zeit einen neuen Ehering dort blitzen zu sehen und den Titel Frau wieder mit Würde tragen zu können.

*

Die erste Erleichterung darüber, das Scheidungsverfahren endlich überstanden zu haben, war bald einem unerfreulichen Gefühle der Leere gewichen. Hannah fühlte sich einsam in ihrer neuen Wohnung. Die kurze Liaison mit Leonard, in den sie sich nach der Trennung von Berthold in der Tanzschule Hals über Kopf verliebt hatte, war nur noch Erinnerung. Eine neue Liebe war nicht in Sicht. Hannah hatte immer mehr das Gefühl, im luftleeren Raum zu schweben, denn ein konkreter Plan, wohin sie ihr Lebensschiff nun segeln lassen sollte, fehlte ihr.

„Du hast doch jetzt alle Chancen“, flüsterte Rosa. Sie klang ein wenig heiser, als würde sie selbst nicht glauben, dass Hannah noch immer bereit sein könnte, auf sie hören.

Alle Chancen? Schön wär's, dachte Hannah. Vom Kopf her weiß ich es ja: Ich könnte nun frei heraus Pläne schmieden und mich auf meine eigenen Interessen besinnen. Ich könnte alles daran setzen, nun doch noch das verflixte Abitur nachzuholen. Ich könnte nach Lust und Laune Kreativ- und Sprachkurse besuchen, die ganze Wohnung mit selbstgemalten Bildern ausstatten oder mir demnächst ein Keyboard kaufen, nun, da erst einmal kein Klavier mehr drin ist. Ich könnte sogar Unterricht nehmen.

In einem Anfall von Wehmut dachte Hannah an ihre verflossene Schwiegermutter zurück, die bereits ein wunderschönes, nagelneues Klavier für sie bestellt hatte und bereit gewesen war, den Unterricht für Hannah aus eigener Tasche zu bezahlen. „Für unser Mädchen“, hatte sie gesagt, „ist uns nichts zu teuer.“ Hannah hatte die liebevolle Zuneigung immer mehr als Einengung empfunden, doch nun machte sich Selbstmitleid in ihrer Seele breit wie eine Öllache in klarem Wasser. Ich hätte Berthold doch behalten sollen, dachte sie, während sie darauf wartete, dass das kaum möblierte Wohnzimmer sich endlich erwärmen würde. In Remscheid würde ich jetzt gemütlich am Heizungsknopf drehen, statt dreckige Kohlen aus dem Keller zu holen. Ich würde ...

„Hat man dir ins Hirn geschissen?“, wetterte Rosa. „Du wolltest doch unbedingt weg! Du hast gesagt, er habe nicht mit dir an einem Strang gezogen. Und dann die ach so anhänglichen Schwiegereltern. Du erinnerst dich doch wohl: Blumenkohl und Hackfleisch waren im Angebot ....!“

Oh ja, Hannah erinnerte sich mit Grausen an die Einkäufe, die Bertholds Eltern ungefragt für sie gemacht hatten und dass sie nicht das eigenständige Leben hatte führen dürfen, das sie sich vorgestellt hatte.

„Jetzt hast du alle Chancen“, sagte Rosa nun etwas freundlicher. „Da sind viele offene Fenster und nicht nur eine geschlossene Tür. Guck doch mal richtig hin.“

„Ich weiß ja ...“ Doch Hannah konnte nicht glauben, was sie angeblich wusste. All diese angeblichen Chancen waren so konturlos und die Gedanken daran tauchten auf wie Wolken im Wind, die sie vorüberziehen ließ.

Ungebraucht?

Für Papas Glück fühlte Hannah sich, seit er seine Gerlinde gefunden hatte, kaum noch verantwortlich. Stattdessen beneidete sie die beiden um ihre Verliebtheit, um die Geborgenheit, die sie beieinander fanden. Ein wenig wehmütig dachte Hannah an ihre Geschwister, die nun bald gemeinsam mit Papa umziehen würden. An Dietmar, der so viel Ruhe ausstrahlte. Wenn er gebraucht wurde, war er da. Man sah ihn bei den Mahlzeiten und wusste ihn im Übrigen in seinem Zimmer, wo er, sobald die Hausaufgaben erledigt waren, die neuesten Weltraum-Abenteuer von *Perry Rhodan* lesen oder Musik zu hören würde. So sehr Hannah Dietmar auch mochte, Ines war ihr wichtiger. Sie war nun sechzehn und irgendwo auf dem Weg zwischen Mädchen und Frau. Spielerisch ließ sie ihren Hamster unter langen Pulloverärmeln auf ihrer nackten Haut spazieren gehen. Mit einem doppelten Rommé-Spiel, dessen Karten sie auslegte und paarweise anhob, um jeweils das passende Gegenstück zu finden, übte sie stundenlang *Umdrehen*, eine Art *Memory*, mit sich allein. In letzter Zeit aber hatte sich etwas verändert. Ines tat pflichtbewusst in der Schule und daheim, was nötig war. Und sie hatte begonnen, mit Hannah über das Thema Jungs zu reden.

Dietmar steht kurz vor dem Abitur, dachte Hannah, Ines wird bald die Mittlere Reife machen. Papa und meine Geschwister brauchen mich nicht mehr. Aber ich brauche sie.

Noch hatte Gerlinde, Papas Freundin, ihre eigene Wohnung und war nur Gast in der Behausung der Brauns in der Senecastraße in Essen-Bergmannsfeld. Sie lehnte es strikt ab, in Muttis Bett zu übernachten, so dass Papa nun immer häufiger bei ihr in der Wohnung schlief.

Papa und Gerlinde kannten sich seit zweit Monaten, da lud Gerlinde Hannah und ihre Geschwister erstmals zu sich in ihre Wohnung zum Kaffeetrinken ein. Die drei machten sich mit Bus und Straßenbahn auf den Weg und Hannah erlebte es mit sehr gemischten Gefühlen, als ihr Vater ihnen zur vereinbarten Zeit hemdsärmelig die Tür einer fremden Wohnung öffnete.

„Kommt rein, Kinder, Gerlinde ist gerade in der Küche. Sie hat extra eine Buttercremetorte für euch gemacht.“

Die Torte sah sehr ordentlich aus, wie aus der Konditorei, aber sie schmeckte enttäuschend anders als Muttis üppige traditionelle Festtagstorte mit den reifen Bananenscheiben und dem reich garnierten Mittelstück, um das sie sich immer gestritten hatten.

Gerlinde war höflich und freundlich. Sie gab sich spürbar Mühe und doch war klar ersichtlich: Die neue Frau an Papas Seite suchte Zweisamkeit mit ihrem Bernd, wie sie ihn nannte, da Bernhard in ihren Ohren zu altmodisch klang. Vermutlich würde sie auch künftig nur wenig Neigung haben, mehr als nötig für dessen Kinder da zu sein.

Die Einladung

Hannah trauerte ihrem schönen, so makellos eingerichteten Zuhause mit Berthold nach. In der Wohnung, in der ihr Vater und ihre Geschwister lebten, erschien es ihr immer noch heimeliger als in ihrer eigenen Behausung, in der es keinen Fernseher gab und auch sonst nicht allzu viel. Nach Belieben in ihrem Jugendzimmer zu übernachten, empfand Hannah als eine Mischung aus Heimrecht und Trostpflaster. Rosa schien diese Einstellung nicht zu gefallen.

„Du musst dich endlich abnabeln und allein klarkommen“, predigte sie, als Hannah sich auch an diesem Wochenende wieder in ihrem Jugendbett einkuschelte.

Doch dieses Mal hatte Hannah einen triftigen Grund. Papa hatte sie ganz offiziell für Sonntag zum zweiten Frühstück eingeladen.

„So was hast du ja noch nie gemacht“, sagte Hannah.

„Na ja, ist doch vielleicht mal ganz nett, so alle zusammen.“

Papa, der frische Brötchen geholt hatte, wirkte nervös. Gerlinde stellte ein Glas mit bitterer Orangenmarmelade auf den Tisch, die sie für unverzichtbar hielt, und frischen Meerrettich für den Räucherlachs.

„Kaffee oder Tee, Kinder?“, fragte Papa, die gefüllte Glaskanne der Kaffeemaschine in der Hand.

„Tee, Liebster“, sagte Gerlinde. „Für mich immer nur Tee. Aber das weißt du doch.“

„Natürlich, Liebling. Kommt gleich.“

Auch Papa trank Tee. Er muss wirklich sehr verliebt sein, dachte Hannah. Bisher hat er schwarzen Tee als britisches Spülwasser bezeichnet. Gerlinde strahlte Papa an. Auch sie schien verliebt zu sein.

Sie war verwitwet und hatte keine eigenen Kinder und Hannah konnte sich vorstellen, wie froh sie sein musste, nicht mehr allein zu sein.

„Etwas Orangenmarmelade“, fragte sie eine Spur zu laut und streckte Hannah das Glas entgegen, „original schottisch!“

Hannah nahm es, strich ein wenig von dem teuren Zeug auf ihr gebuttertes Brötchen und biss hinein. Scheußlich, dachte sie, und lächelte. Gerlinde warf Papa einen eindringlichen Blick zu. Papa griff nach der Plockwurst und fragte nach dem Senf.

„Bernd“, sagte sie und stieß ihm mit dem Ellbogen in die Rippen.

Papa räusperte sich und sah zuerst Dietmar und Ines, dann Hannah fast ein wenig ängstlich in die Augen. „Also, Kinder“, sagte er, „Gerlinde und ich, wir haben beschlossen, also, um es frei heraus zu sagen, wir werden ... heiraten!“

Hannah verschluckte sich am schottischen Marmeladenbrötchen und hustete, dass ihr die Tränen kamen. „Jetzt schon?“, brachte sie mühsam hervor. „So bald?“

„Aber worauf sollten wir warten?“, fragte Gerlinde. „Wir sind uns einig, nicht wahr, Bernd?“

Dass es so bald amtlich werden würde, traf Hannah, obwohl sie selbst eine Kontaktanzeige für ihren Vater aufgegeben hatte. So sehr sie sich für ihn gefreut hatte, dass er nicht länger unterm Alleinsein zu leiden hatte, in diesem Moment war ihr, als würde Mutti mit seiner geplanten neuen Eheschließung ein zweites Mal sterben.

„Ziehst du ein Brautkleid an?“, fragte Ines und Hannah war sich nicht sicher, ob sie ihre künftige Stiefmutter auf den Arm nehmen wollte oder plötzlich tatsächliches Interesse entwickelte.

„Sicher nicht.“ Gelinde musste lachen. „Das schwarze Käntchen am Saum wäre in meinem Alter doch auffällig breit. Ein langer Rock und eine schöne Bluse werden genügen. - Wir werden nur standesamtlich heiraten und dann im kleinen Kreis feiern. Und danach ..."

„Nicht jetzt, Liebling", sagte Papa. Seine Blässe war einem roten Kopf gewichen.

„Sie müssen es ja doch erfahren, Liebster. Ich bin immer für klare Worte. Also ..." Sie zögerte kurz. „Also, wir werden uns eine neue Wohnung suchen. Hier sind mir die Erinnerungen an eure Mutter einfach zu gegenwärtig. Das ist nicht gut für eine junge Liebe. Und meine Wohnung ist zu klein für alle, nicht wahr. Es gibt derzeit reichlich Auswahl auf dem Wohnungsmarkt. Deshalb hat euer Vater diese Wohnung hier am Freitag gekündigt. Wir haben noch fast drei Monate. Das wird genügen, um etwas anderes zu finden."

Nun wurde auch Ines blass. „In einem anderen Stadtteil etwa?", fragte sie.

„Ich kann unmöglich jetzt noch die Schule wechseln", sagte Dietmar.

„Wir werden sehen", sagte Gerlinde freundlich. „Ich bin sicher, ihr werdet euch erwachsen genug verhalten, um damit klarzukommen."

„Noch Kaffee?", fragte Papa.

Doch niemand sagte ja.

*

Wenige Wochen später hatte Gerlinde eine geräumige Altbauwohnung mit hohen Fenstern im dritten Stock eines Miethauses gefunden, die in Kürze freiwerden würde, und bald verbrachte Papa beinahe jeden Feierabend dort. Er strich Wände, Decken, Türen, Fenster und Heizkörper und hatte reichlich zu tun. Gerlinde hatte sich weiße Raufaser in allen Räumen gewünscht. Für Mutti hatte Papa stets die hübschesten Tapeten geklebt, höchst akkurat auf Stoß, so dass sich – für Hannah immer wieder faszinierend – fortlaufende Muster ergaben. Aber Raufaser? Und dann auch noch in Weiß? Wie kahl die neue Wohnung doch aussehen wird, dachte Hannah betrübt. Und wie angestrengt Papa nun ist. Er sieht richtig grau aus im Gesicht. Sie hatte ihm ebenso wie ihre Geschwister ihre Hilfe angeboten, nachdem Gerlinde erklärt hatte, für Malerarbeiten sei sie leider gänzlich ungeeignet. Vergeblich. „Ach lasst mal, Kinder", hatte Papa gesagt, „ich schaff das schon allein."

Mülheimer Jungs

Freitag früh. Die schönen Träume, die die Nacht Hannah geschickt hatte, klangen in ihr nach. Sie hatte die Arme eines ihr unbekannten Mannes liebevoll um sich gespürt und spürte sie noch immer. Da war neue Energie in ihr und plötzlich glaubte sie, dass es ein guter Tag werden würde. Sie sprang aus dem Bett. Ich habe heute so gar keine Lust, mich im Büro zu langweilen, dachte sie. Und ist da nicht schon länger dieses Kratzen im Hals? Ich brauche einfach mal ein längeres Wochenende. Kurzentschlossen meldete sie sich krank. Ihre Kollegin war am Apparat. „Ich denke, am Montag wird es wieder gehen", sagte Hannah mit noch vom Schlaf belegter Stimme, der sie einen Hauch Schwäche beigemischt hatte und die, wenn sie es recht bedachte, tatsächlich ein wenig rau klang.

„Na dann, gute Besserung!" Die Stimme am anderen Ende der Leitung klang pikiert, doch Hannah beschloss, das hinzunehmen, für den guten Zweck sozusagen. Außerdem fehlte die Sekretärin, mit der sie sich das Vorzimmer teilte, auch ständig, weil sie mal wieder zu viel gestrickt hatte, wenn der Chef nicht da war, und ihre neueste Sehnenscheidenentzündung auskurieren musste.

Wenig später, gewaschen, gekämmt und den Duft ihres neuen fruchtigen Deos in der Nase, nahm Hannah gesunden Appetit in sich wahr. Die Sonne schien durch die rustikal-groben, bodenlangen Stores, die sie kürzlich gekauft hatte. Sie stellte das alte Radio im Wohnzimmer an und fand einen Sender, der einigermaßen klar neueste Schlager spielte. Sie schob die Gardine ein Stück beiseite, öffnete das Fenster und stellte fest, dass es für Januar erstaunlich mild war. Kurzentschlossen schnappte sie sich ihre Börse und den Wohnungsschlüssel, zog eine leichte Strickjacke über und eilte in Onkel Horsts Laden nebenan, um frische Brötchen, etwas Käse, Ananasmarmelade und die Sonnabendszeitung zu besorgen. Papas Bruder hatte wie immer ein paar flotte Sprüche auf den Lippen und drückte ihr an der Kasse eine Tüte Lakritzschnecken in die Hand, als kleines Präsent aus Onkelhand.

Aus dem Radiolautsprecher tönte Roy Black's Stimme, als Hannah wenig später die Wohnung wieder betrat. *Du bist nicht allein*, sang der Schmusesänger. Ich bin schon allein, dachte sie, aber das muss ja nicht so bleiben. Wenig später biss sie herzhaft in ihr Mohnbrötchen, mit *Rama* bestrichen, üppig mit Gouda belegt und mit einer Schicht Marmelade als Krönung versehen. Dann schlug sie in der Westdeutschen Allgemeinen die Seite mit den Kontaktanzeigen auf und begann, Annonce um Annonce zu studieren.

Nichts schien zu passen. Sie war schon fast unten angekommen, kurz davor, die Seite enttäuscht sinken zu lassen, da ... Die Anzeige war kurz und unscheinbar und schien ihr doch zu sagen: Übersieh mich nicht. Zwei junge Männer aus Mülheim, einundzwanzig und dreiundzwanzig

Jahre alt, suchten mit wenigen schlichten Worten nach netter weiblicher Ergänzung. Mülheim war von Essen aus gut erreichbar und der Text klang nach ganz normalen, anständigen Jungs. Hannah überlegte nicht lange, beendete mit einem letzten Schluck Kaffee ihr Frühstück und holte das Briefpapier mit den Rosen hervor, das Tante Rut, Gott hab sie selig, ihr mal geschenkt hatte. Schreiben fiel ihr leichter als Reden und es machte ihr Spaß. Wie ernsthaft dieser Brief womöglich nicht nur ihr Schicksal entscheiden würde, bedachte sie nicht. Erst einmal war es ein Spiel.

Im Nu hatte sie einen wohlformulierten Brief fabriziert, nicht zu ernst und nicht zu locker. Im letzten Satz erwähnte sie, kurzentschlossen und ohne Ines gefragt zu haben, ihre ebenfalls unbemannte Schwester. Schwungvoll unterzeichnete sie mit *eine noch Unbekannte*. Zeitungsadresse und Anzeigen-Chiffre auf den Umschlag, Frankieren und ab damit in den nahegelegenen Briefkasten.

Drei Tage später kam ein akkurat adressierter Umschlag bei ihr an. Ein freundliches Anschreiben steckte darin, dazu tabellarische Lebensläufe und Fotos von zwei jungen Männern, Conrad und Enrico, seit Jahren, wie sie lesen konnte, beste Freunde. Rotblond, sommersprossig und blauäugig der eine, braunäugig, dunkelhaarig und mit italienischen Wurzeln der andere. Wow! Der Dunkle ist rein äußerlich absolut mein Fall, dachte Hannah. Enrico, was für ein klangvoller Name. Und wie verdammt gut er aussah in seinem weißen Jeansanzug. Das halblange, fast schwarze Haar fiel ihm in die Stirn, der Blick war verträumt. Malerisch und lässig stand er an ein Holzgatter gelehnt.

Wie für mich gemacht, dachte sie. Schon immer hatte Hannah sich von braunäugigen Jungen angezogen gefühlt, die exotisch und geheimnisvoll auf sie wirkten. Nun endlich sah Hannah eine reelle

Chance, einen von ihnen näher kennenzulernen. Dann erst sah sie sich den Rotblonden genauer an. Sympathisch sah er aus, trotz der Sommersprossen. Und richtig lieb. Lässig saß er da auf diesem Barhocker, die Beine übereinandergeschlagen, eine Pfeife im Mundwinkel. Pfeife rauchende Männer fand Hannah toll, obwohl sie noch nie einen aus der Nähe gesehen hatte, sondern nur in der Werbung. Etwas in seinem gelassenen Blick sprach sie an und in seinem Brief ließ er als der Wortführer sie wissen, dass er mit Enrico bereits darüber gesprochen habe, dass nur Hannah für ihn in Betracht käme, und man sich diesbezüglich einig sei. Ines sei in seinen Augen zu jung mit ihren sechzehn Jahren. Sie sei eher etwas für seinen Freund. Dieser Mann will mich, dachte Hannah berührt, ausgerechnet mich. Derlei Interesse wirkte unwiderstehlich auf sie. Es nahm ihr die Angst, enttäuscht oder zurückgewiesen zu werden. Zwar stellte sie es sich wunderbar romantisch vor, in den Armen des schönen Dunklen zu verschwinden, doch vielleicht, dachte sie, ist der einfach zu schön für mich. Der Sommersprossige wird eben andere Qualitäten haben. Ganz bestimmt ist er nett und klug. Im Nu hatte sie sich weitgehend selbst überzeugt: Dann eben Conrad. Der scheint zu wissen, was er will, dachte sie. Und das gefällt mir.

Conrad hatte, anders als Enrico, seine Telefonnummer angegeben und Hannah um ihren Anruf gebeten. Was riskiere ich schon, dachte sie. Zwei Minuten später saß sie so aufrecht, als wolle sie sich an ihrem eigenen Rückgrat festhalten, auf ihrem nagelneuen Sofa, das sie im Kaufhaus *Horten* bestellt hatte. Mit seinem großen schwarz-orangefarbenen Blumenmuster war es hochmodern und gerade ihr ganzer Stolz. Mit wild klopfendem Herzen nahm sie den olivgrünen Hörer in die Hand und ließ die Wählscheibe schnarren.

Conrad war sofort dran. Seine sanfte Stimme mochte sie auf Anhieb und sie war überrascht, wie vertraut der Mülheimer ihr bereits nach wenigen Sätzen vorkam. Sie plauderten wie alte Bekannte und zwanzig Minuten später legte Hannah im Gefühl spontaner Verliebtheit wieder auf. So was Verrücktes!, dachte sie. Wer hätte je gehört von Liebe auf den ersten Ton am Telefon ...?! Und außerdem, hatte ich mir nicht selbst versprochen, dieses Mal vernünftiger zu sein und weniger impulsiv?! Sie rechnete mit Rosas Einwurf, doch die schien gerade ein Schläfchen zu halten und schwieg.

*

Die Sache mit Ines war ein Problem. Die Kleine wusste noch nichts von ihrem Glück und es würde Umsicht von Nöten sein, damit sie mitmachte. Hannah griff erneut zum Hörer, rief zu Hause in der Senecastraße an und kündigte ihren Besuch an.

„Ich komme morgen gleich nach dem Frühstück und bleibe bis Montag früh, Schwesterherz", sagte sie. „Dann können wir mal wieder in aller Ruhe quatschen, solange bei euch noch die Möbel stehen. Und außerdem habe ich eine Überraschung für dich."

„Was für eine Überraschung?"

„Wird noch nicht verraten."

„Du hast dir mal wieder ein neues Kleid gekauft."

„Nein, viel besser."

„Nun mach's doch nicht so spannend."

„Bis ba-hald ...!"

Überraschung ...!

Während Hannah in der S-Bahn Richtung Essen-Eiberg saß, wie die für die Philosophensiedlung zuständige Station hieß, dachte sie über die letzten Stunden nach - ein wenig fassungslos über sich selbst. Neugier und Spontanität hatten die Vernunft mal wieder mühelos besiegt. Hannah hatte im Gespräch mit Conrad einem persönlichen Treffen zugestimmt und keinen Grund gesehen, die beiden jungen Männer nicht gleich zum Kaffeetrinken einzuladen. Allerdings nicht zu sich in ihre kleine Butze, denn da gab es ja nicht einmal einen Esstisch, sondern in die Wohnung in der Senecastraße. Ihr war schon klar, dass sie ihre Schwester vorher hätte fragen sollen, aber sie hatte Angst gehabt, Ines würde ihr die Sache wieder ausreden. Papa wird mir keine Steine in den Weg legen, dachte Hannah. Vermutlich ist er sowieso wieder bei Gerlinde oder, den Pinsel schwingend, in der neuen Wohnung. Hannah hatte beschlossen, im Supermarkt, der mitten in der Siedlung thronte, noch schnell einzukaufen. Dort würde sie alles bekommen, was sie zum Backen eines ansehnlichen Kuchens brauchte. Kuchenduft in der Wohnung – welch wunderbare Gelegenheit, mit einem Rezept aus ihrer umfangreichen Sammlung, die sie aus Illustrierten-Seiten zusammengetragen hatte, zu glänzen.

Als sie, mit gefülltem Einkaufsnetz, in ihrem alten Zuhause ankam, war sie froh, dass alles dort noch unverändert wirkte. Allerdings könnte die Wohnung ruhig noch ein bisschen mehr glänzen, dachte sie und krempelte die Ärmel hoch.

„Ich hab Besuch eingeladen“, verriet Hannah, kaum dass sie Ines, die noch im Schlafanzug herumlief, und Dietmar, der schnell wieder in seinem Zimmer verschwand, begrüßt hatte.

„Wie jetzt?“, fragte Ines. „Hierher?“

„Ja, also, eh ... Ich wollte doch schon immer mal meine, eh ..., Kolleginnen zum Kaffee einladen. Und bei mir habe ich doch weder Ess- noch Küchentisch in der Wohnung, nur diesen alten Couchtisch, und da dachte ich ...“

„Mir egal“, sagte Ines. „Tu, was du nicht lassen kannst. Hauptsache, ich krieg ein Stück Kuchen ab.“

„Kriegst du“, sagte Hannah und betrachtete Ines kritisch. „Ich mach jetzt hier mal ein bisschen klar Schiff und du solltest vielleicht erst einmal gemütlich baden“, sagte sie, „deine Haare könnten vielleicht eine Wäsche gebrauchen.“

„Ich wüsste nicht, was dich das angeht“, sagte Ines, doch wenig später hörte Hannah das Badewasser einlaufen. Gott sei Dank! Ines hätte es ihr nie verziehen, wenn Hannah sie mit fettigen Haaren ihrem möglichen künftigen Lover zugemutet hätte.

Bei dieser Vorstellung schien Rosa nervös zu werden. „Wie lange willst du denn noch warten, bis du es ihr sagst?“, wetterte sie.

„Mach ich ja gleich.“

Hannah stellte das Radio an und legte los. Eine Dreiviertelstunde später war die Wohnung aufgeräumt und die Wasserhähne im Gäste-Klo, die sie mit einem Frotteetuch auf Hochglanz poliert hatte, blitzten. Sie sah sich um, griff erneut zum Putzlappen und wienerte noch schnell das Fenster an der Essecke, weil sie mit den jungen Männern direkt davor auf der Eckbank sitzen würden. Für ein schnelles Mittagessen mit ihren Geschwistern hatte sie frische Brötchen, Schweinemett, grobe Teewurst und Gouda mitgebracht. Das kam immer gut an und so würde es nicht nach Essen riechen in der Wohnung. Schließlich deckte sie den Tisch mit dem blau-weißen Kobalt-Geschirr, das zu ihrer Konfirmation angeschafft worden war, badete selbst, föhnte sich die Haare, zog sie die schickeren Klamotten an, sie zum Umziehen mitgebracht hatte, und schminkte sich nach allen Regeln der Kunst, ganz so, wie es in *Brigitte* und *Freundin* empfohlen wurde: Lidschatten, dunkelblauer Mascara, Highlighter unter den Brauen, Rouge auf den Wangen, ein Tupfer von dem weißen Zeug in den Amorbogen über der Oberlippe und zum Schluss ein Hauch Lipgloss über den Lippenstift. Sie besah ihr Werk im Spiegel. Perfekt. Die Jungs konnten kommen.

„Was hast du dich denn so aufgedonnert?", fragte Ines, die nach dem Baden kurzerhand ihren Nachtpölter wieder angezogen hatte. Sie liebte es, am Wochenende so herumzulaufen. „Das müssen ja wichtige Kolleginnen sein."

Schiet! Jetzt muss es heraus, dachte Hannah. „Du, Ines, eh ... Also, ich habe da was gemacht, was du vielleicht ganz toll finden wirst, vielleicht aber auch, eh, also eher nicht so gut. Ich hoffe, du reißt mir nicht den Kopf ab ..." Hannah, die die Kuchenplatte zur Feier des Tages mit Tortenspitze belegt hatte, stellte den fertigen Kuchen auf den Tisch.

Ines beugte sich schnuppernd vor. „Riecht heftig nach Alkohol."

„Das ist Kirschstreusel-Whisky-Zimt-Kuchen."

„Deine Kolleginnen sind also Schnapsdrosseln?" Ines sah Hannah herausfordernd an. Für ihr jugendliches Alter kann sie ganz schön selbstbewusst sein, fand Hannah.

„Ehrlich gesagt ist mir die Whiskyflasche ein wenig ausgerutscht", gab Hannah zu. „Aber ... Nun, um noch ehrlicher zu sein, wir bekommen gleich Herrenbesuch."

„Du hast männliche Kollegen eingeladen?!"

„Nun ja, nicht ganz ..." Endlich rückte Hannah mit der Sprache heraus und erklärte in kurzen Worten, was sie angeleiert hatte. „Ich dachte, du freust dich vielleicht", sagte sie, plötzlich kleinlaut geworden.

„Bist du verrückt geworden?!"

„Aber du hast doch gesagt, dass du auch gern einen Freund hättest."

„Aber doch nicht so ...!"

„Nun reg dich nicht auf, Schwesterchen. Ich glaube wirklich, die sind sehr nett. Guck doch erst mal." Sie wedelte mit dem Briefumschlag. „Hier sind die Fotos."

„Gib her." Ines' Blick darauf war länger und wohlwollender als gedacht und Hannah entspannte sich ein wenig.

„Hm", sagte Ines, „der Dunkle gefällt mir tatsächlich."

Mir auch, dachte Hannah, mir auch, aber sie schwieg, um ihre kleine Schwester bei Laune zu halten. Außerdem bin ich ja schon fast verliebt in den Blonden, dachte sie, merkte plötzlich, wie nervös sie war, und wischte sich die schwitzenden Finger an dem Küchenhandtuch ab, das sie im Gürtel stecken hatte. Ein schneller Blick auf die Uhr. Schon in einer guten halben Stunde würde die Hausklingel läuten. Erwartungsvoll sah Hannah ihre Schwester an.

„Na jaaa", sagte Ines endlich, „angucken kann ich mir die beiden ja mal."

Grinste Ines etwa? – Oh ja, das tat sie, breit wie ein Honigkuchenpferd ...!

„Wann kommen die Knaben denn?", fragte sie.

„Um drei."

Nun sah Ines auf die Uhr. „Das ist ja in ner guten halben Stunde. Das verzeih ich dir nie!“ Eine Minute später stand sie vor ihrem Kleiderschrank, nahm fluchend ein paar Sachen heraus und verschwand damit im Bad.

Diavortrag im Fieberwahn

Klingeling! – Durchatmen. Lippen befeuchten. Tür öffnen. Der schlanke junge Mann in cremefarbener Hose und feingestreiftem Hemd reichte Hannah strahlend zuerst die Hand und dann ein Sträußchen mit fünf gelben Freesien und drei lachsfarbenen Rosen, kombiniert mit dem derzeit fast unvermeidlichen Schleierkraut.

„Conrad Adelmann“, sagte er. „Hallo, Hannah, schön, dich kennenzulernen. Du siehst noch hübscher aus als auf dem Foto.“

„Hallo Conrad!“, sagte Hannah und lauschte dem Klang seiner Stimme nach. Sie klang mindestens so sympathisch wie am Telefon. Und Adelmann, fand sie, klang fast wie Edelmann. Schöner als Scheuermann jedenfalls. Wohlwollend betrachtete sie das glattrasierte Gesicht ihres Gegenübers und das markante Kinn. Erst kurz bevor er ihre Hand endlich losließ, fiel ihr auf, wie heiß Conrads Finger sich anfühlten. Und waren seine Wangen nicht ziemlich gerötet? Er muss noch nervöser sein als ich, dachte sie und blickte ihm über die Schulter. „Wo ist denn dein Freund?“, fragte sie.

Mit entwaffnender Ehrlichkeit gab er zu, Enrico gar nichts von dem Treffen erzählt zu haben. „Ich wollte mir einen Vorteil verschaffen dir gegenüber“, sagte er. „Kannst du mir verzeihen?“

„Muss ich ja wohl“, sagte sie lachend. „Komm rein.“

„Ich habe ein bisschen Fieber", sagte er, während er eintrat, „aber ich wollte nicht absagen ..."

Hannah lächelte entzückt. Er ist krank und kommt dennoch, dachte sie, nur weil er mich haben will. Wie süß!

Im nächsten Moment hörte sie Schritte hinter sich und wandte sich um. „Das hier ist Ines, meine kleine Schwester", sagte sie. Ines hatte eines ihrer hübschesten Kleider angezogen. „Ines, das ist Conrad. Enrico konnte leider nicht kommen."

„Oh ..."

Hannah sah ein enttäuschtes Zucken im Gesicht ihrer Schwester, doch im Nu hatte sie sich gefangen. „Was fehlt ihm denn?", fragte sie.

„Eh, also, im Grunde nichts ..." Conrad war tatsächlich rot geworden. Dann gestand er auch Ines seine Vorgehensweise. „Nichts gegen dich", sagte er, „und ich bin sicher, jetzt, da ich dich sehe, dass Enrico mich einen Kopf kürzer machen wird, weil ich ihn nicht informiert habe, so dass er jetzt hier sein kann. Aber", er lächelte, „ich habe Dias mitgebracht, da könnt ihr Enrico wenigstens im Bild sehen, nach dem Kaffeetrinken vielleicht. Ich hol dann den Projektor und die Leinwand aus dem Auto, okay?"

Das meint er jetzt nicht ernst, dachte Hannah. Doch, das tat er. Und so sahen die drei sich nach dem Verzehr des, sagen wir mal, interessant schmeckenden Kuchenexperiments ein Dia nach dem anderen an, Kassette um Kassette.

Wie nett er ist, dachte Hannah. Ich habe es doch geahnt. Conrad hatte sich spürbar vorgenommen, sie gut zu unterhalten. Er zeigte Fotos, erklärte, erzählte Anekdoten und gefiel ihr von Minute zu Minute besser. Bald hatten sie und Ines nicht nur von ihm und Enrico so manchen Eindruck gewonnen, sondern auch von Conrads Eltern, seinem Zimmer in seinem Elternhaus am Ende einer Sackgasse und dem bunt bemalten und mit Postern beklebten Partykeller, in dem er mit seinen Eltern Skat zu spielen pflegte. Selbst Bilder von zwei Verflossenen enthielt er ihnen nicht vor. Ines zog die Brauen hoch und Hannah musste grinsen.

Gut zwei Stunden später saßen sie zu dritt in Conrads weißem Käfer. Er fuhr ruhig und sicher und parkte das Auto unter den Helbingbrücken, einen Katzensprung entfernt von der Stelle, wo Hannah die laut Muttis Aussage lebensgefährliche Helbingstraße auf dem Schulweg täglich hatte überwinden müssen, und stiegen aus. Auf dem Weg vom Parkplatz zum Jugoslawen in der Essener City nahm Conrad ihre Hand. Hannahs Herzschlag beschleunigte sich, ihr wurde heiß und so schnell nicht wieder kalt und sie lächelte erfreut in die Dunkelheit hinein. Ihre Finger fühlte sich in den seinen geborgen wie ein Jungvogel im Nest. Die Würfel waren gefallen.

Dass Conrad das Essen für alle bezahlte, war eine galante, wenn auch teure Selbstverständlichkeit für einen Mann, der um eine Frau warb. Für Hannah hätte Conrad sich diese Ausgabe sparen können - sie bekam vor Aufregung kaum einen Bissen herunter. Ines aber ließ es sich schmecken. Sie wirkte gelassen, plauderte, lachte. Hannah verstand das. Ines wollte ja ohnehin Enrico – eventuell jedenfalls - und Conrad hatte versprochen, ihn beim nächsten Mal mitzubringen.

„Willst du noch mit reinkommen?“, fragte Hannah nach kurzem Zögern, als sie wieder in der Senecastraße angekommen waren. Da ich keine Jungfrau mehr bin, dachte sie, wird die delikate Frage ja wohl erlaubt sein.

„Gern, wenn ich darf.“

Minuten später waren sie und Conrad unter sich. Papa war tatsächlich bei Gerlinde, Ines und Dietmar hatten sich dezent in ihre

Zimmer verzogen. Hannah knipste im Wohnzimmer die Lampe mit den bunten Glühfäden an, die Mutti sich kurz vor ihrem Tod geleistet hatte, legte ihre geliebte neue Bee-Gees-LP auf, die sie in ihrer eigenen Wohnung derzeit nicht abspielen konnte, weil sie noch keinen eigenen Plattenspieler besaß und Berthold den seinen behalten hatte. Dann setzte sie sich, ziemlich sicher, dass das, was nun vermutlich kommen würde, ihr gefallen würde, neben Conrad aufs Sofa.

Die drei berühmten Brüder mit den zärtlichen, so wunderbar miteinander harmonierenden Stimmen sangen *To love somebody*. Die Luft knisterte. Jedes Wort wurde überflüssig. Da waren nur noch Hände und Lippen und zwei Herzen, die in Flammen standen. Er will wirklich mich, jubelte Hannah innerlich. Ich bin nicht mehr allein. Aber dieses Mal, das schwöre ich, werde ich nicht gleich wieder ans Heiraten denken. Dieses Mal werde ich einfach nur glücklich sein, mehr nicht. Einfach. Glücklich.

Conrad blieb noch eine gute halbe Stunde, dann verabschiedete er sich. Eine Woche später würden sich auch Enrico und Ines Hals über Kopf ineinander verliebt haben. Der Altersunterschied zwischen ihnen schien kein Problem zu sein. Von den Katastrophen, die ihnen und zur selben Zeit auch Hannah Jahre später bevorstehen würde, konnte niemand etwas ahnen. Erst einmal waren die beiden froh, einander zu haben, und Hannah war froh, Conrad zu haben. Und zu viert fuhren sie zwei Wochen nach dem Kennenlernen nach Remscheid, um Hannahs Sachen abzuholen, die Berthold und seine Eltern allesamt in Kisten gepackt und in den Keller geräumt hatten.

Gerlinde hatte im Keller den großen Kleiderschrank inspiziert, in dem kistenweise Spielzeug aus Kinderzeiten lagerte, was sie veranlasst hatte, Hannah anzurufen.

„Willst du da noch was von haben?", fragte sie.

„Ich glaub nicht", sagte Hannah, während Conrad neben ihr auf dem Sofa saß und ihr den Nacken kraulte. „Ich glaube, darüber bin ich hinaus."

„Dann kommt das alles in den Müll. Ist ja schon alt und vieles ist kaputt."

Wie sehr Hannah später ihre Barbie-Puppe mitsamt der selbstgenähten Kollektion und ihr Schlummerle, ihr halb zusammengebrochenes Puppenhaus und ihre alten Bilderbücher vermissen würde, ja selbst den Blechkreisel und ihr Jo-Jo, das sie einst so gern hatte auf- und niedersausen lassen, davon hatte sie noch keine Vorstellung. Hätte sie doch wenigstens ein paar Fotos davon gemacht. Stattdessen war ein Teil ihrer Kindheit unwiederbringlich verlorengegangen. Doch als Gerlinde anrief, war sie einfach eine moderne junge Frau, frischverliebt und neugierig aufs Leben. Wen interessierte da schon das Spielzeug von gestern. Ihr Märchenbuch aber wollte sie für immer behalten, aber das stand ja, zum Glück, auch längst in ihrem eigenen Regal.

*

Eine Woche später heirateten Papa und Gerlinde mit einer sehr überschaubaren Zahl an Gästen. Die neuen Schwiegersöhne in spe gehörten dazu. Hannah, selbst nun frisch verliebt, hatte ihre Bedenken gegen Papas Hochzeit aufgegeben und beobachtete gerührt das gealterte Paar beim Brautwalzer. Die Flitterwochen der beiden beschränkten sich auf ein verlängertes Wochenende im Harz. Gleich danach stand der Möbelwagen vor der Tür und wenige Stunden später war die Erdgeschoss-Wohnung in der Senecastraße leer bis auf ein paar Staubflocken.

*

Eine Etage über Papas neuer Wohnung befand sich das Dachgeschoss mit Verschlägen für nicht ständig Gebrauchtes der Mieter und Mieterinnen und zwei Extraräume mit Klo. Diese waren für Dietmar und Ines mitangemietet worden. „Da oben haben die beiden ihre Ruhe“, sagte Gerlinde. Zwar gab es unterm Dach weder Küche noch Dusche oder Badewanne, aber zumindest würden die Geschwister sich nicht häufiger in der unteren Wohnung aufhalten als nötig und das junge Glück nicht weiter stören. Ihre Geschwister taten Hannah leid, aber Gerlinde konnte sie verstehen.

Einige Wochen nach dem Umzug besuchte Hannah gemeinsam mit Conrad ihre Geschwister in ihrem kleinen Reich dort oben. Sie machten Käse-Fondue, aßen Weißbrot dazu und tranken kühlen Wein. Dietmar hatte erstmals ein Mädchen kennengelernt und eingeladen. Zwei Wochen später würde es bereits Geschichte sein und Hannahs Bruder ein anderes Mädchen treffen, Rita, seine künftige Frau.

Auf nach Griechenland

Hannah und Conrad waren glücklich miteinander. Die erste Liebesnacht in Hannahs kleiner Wohnung lag inzwischen längst hinter ihnen und ein Vierteljahr nach ihrem Kennenlernen zog Conrad fest bei Hannah ein. Endlich hatte Hannah auch all ihre Sachen aus der Remscheider Wohnung herausbekommen, bis auf die Brautschuhe aus weißem Satin, die unauffindbar waren. Ob Bertholds Mutter sie wutentbrannt einfach weggeworfen hatte? Ihr weißes Schleiflackbett, noch kaum benutzt, hatte Hannah weiterverkauft und sich stattdessen ein französisches Bett zugelegt, in dem auch Conrad ausreichend Platz fand.

Im Frühsommer 1976 saßen sie ebenso verliebt wie aufgeregt Seite an Seite in Conrads Käfer, um zuerst nach Süden und dann über die berüchtigte, von Schlaglöchern übersäte *Autoput* ostwärts Richtung Griechenland zu fahren. Hannah fühlte sich mehr als beklommen, wohnte doch ein guter Teil von Muttis ewiger Was-wäre-wenn-Sorge auch in ihr. Die geradezu unendlich lang erscheinende Transitstrecke von Österreich nach Griechenland, die in jeder Fahrtrichtung nur eine Spur besaß, war eine bessere Landstraße. In geradezu halsbrecherischer Manier machten die Trucker Überholmanöver, um mehr Tempo zu erreichen. Mehrfach blieb Hannah vor Angst beinahe das Herz stehen und auch wenn sie jedes Mal wieder aufatmen konnte, wenn die Gefahr vorüber war, spürte sie eine Bedrohung in der Luft, die sich einfach nicht lösen wollte.

Die Neugier auf Neues war längst einer gewissen Erschöpfung gewichen und der dritte Anreisetag schien sich einfach unendlich in die Länge zu ziehen. Sie hatten Zwischenübernachtungen in Graz und in der Nähe von Belgrad eingelegt, waren gefahren und gefahren, hatten sich am Steuer abgewechselt und abwechselnd ein Nickerchen auf dem Beifahrersitz versucht, Picknickpausen eingelegt, bevor es immer wieder neu hieß: „Wir müssen weiter!" Es war hart, doch die Vorfreude trug sie. Ihr Ziel in der Nähe von Tessaloniki schien zum Greifen nahe. Hannah war so erleichtert, dass sie die verflixte Fernstraße unbeschadet hatten verlassen können. Das ständige Gehupe der so bedrohlich wirkenden Trucks klang ihr noch deutlich in den Ohren.

Inzwischen befanden sich beide in einer Phase größter Erschöpfung und waren voller Sehnsucht nach dem Ende der Fahrt. Conrad, der den Löwenanteil der Fahrt am Steuer verbracht hatte, konnte offensichtlich kaum noch die Augen offenhalten. „Erzähl mir was, irgendwas", bat er, „sonst schlaf ich ein."

Draußen war es stockduster. Nicht einmal der Mond war zu sehen. Hannah, für die es nach der Hochzeitsreise mit Berthold erst der zweite Urlaub ohne ihre Eltern und Geschwister war, fühlte sich heimatlos in all der Anstrengung und bedrohlich wirkenden Dunkelheit, erzählte, um Conrads Bitte Folge zu leisten, wie sehr sie sich auf Athen und die Akropolis freute, und hielt zugleich die Augen weit offen, um ihren neuen Freund für den Fall zu unterstützen, dass er etwas übersähe. Sie schob ihm das letzte Stück des herrlich frischen Weißbrotes in den Mund, das sie in einem kleinen Laden in Nis erstanden hatten. Dort hatten glutäugige Männer, die Touristen offenbar nicht gewöhnt waren, Hannah in ihren engen weißen Jeans, die erst unten, wo der modische Schlag begann, weiter wurden, ebenso begierig wie kritisch angeglotzt und sie war heilfroh geworden, als sie unbehelligt wieder im Auto gesessen hatten.

Die Scheinwerfer des Käfers tasteten sich durch die Dunkelheit. Die Straße war so gut wie nicht beleuchtet. Erschöpft rieb Conrad sich die Augen.

„Mein Gott, wann sind wir denn endlich da?! Ich kann nicht mehr lange".

Angestrengt richtete Hannah die Taschenlampe auf die Karte. *Castle Camping*, der Campingplatz am Meer in der Nähe einer Burgruine, musste zum Greifen nah sein, doch da war kein Eintrag. „Ich weiß gerade nicht, wo wir sind, Schatz, aber es kann nicht mehr weit sein. Halt durch!"

„Ich darf gar nicht ans Zeltaufbauen denken", jammerte Conrad.

„Zur Not schlafen wir einfach am Strand ... Wir schaffen das schon."

Rums!!!?

Conrad war hart in die Bremsen gestiegen. „Was war das, verdammt?!" Sie starrten einander an.

„Bist du verletzt?", fragte Hannah.

„Nein, du?"

„Ich glaub nicht."

Mühsam versuchten sie, in der Dunkelheit etwas zu erkennen.

„Das glaub ich jetzt nicht", rief Conrad. Da stehen Fässer auf der Straße ...! – Das hier ist eine Baustelle!"

Die Barriere war unbeleuchtet. Neben ihnen hielt ein Mercedes an. Ein Mann kurbelte die Scheibe herunter.

„Can I help you. What happenend?"

Sie erklärten die Situation.

„Okay. You look hungry and tired. Come and follow me."

Sie waren zu verdattert, um sich zu wehren, und fuhren mit bangem Gefühl dem Mercedes hinterher. Hannah kannte Conrad noch zu wenig, um ermessen zu können, wie wehrhaft er im Notfall sein würde. Auf offener Strecke hielt der Nobelschlitten an, in der Nähe eines Waldes. Hannahs Knochen begannen zu schlottern. Ihre Nerven waren nach der langen Fahrt zum Zerreißen gespannt. Was, wenn der Typ mich jetzt vergewaltigt und Conrad totschlägt? Vergeblich wünschte Hannah sich Rosas aufmunternde Stimme herbei, aber seit Hannah fest mit Conrad zusammen war, war sie nur noch selten zu hören.

Conrad jedoch kurbelte erstaunlich unerschrocken die Scheibe herunter.

„For you", sagte der Mann, „in ten minutes we will reach the restaurant."

Conrad nahm die Papiertüte entgegen, die der Mann ihm reichte, und sah hinein. „Pflaumen", sagte er. Verdattert blickten sie dem Fremden nach, der wieder in seinen Wagen stieg.

„Und wenn die vergiftet sind?", fragte Hannah.

„Jetzt spinnst du aber endgültig", sagte Conrad, der plötzlich wesentlich wacher wirkte. Herzhaft biss er in eine Frucht. „Die schmecken toll. Hier, probier mal."

Wirklich ... einfach wunderbar!

Im Restaurant herrschte entspannte Urlaubsstimmung, die Hannah wie ein Wunder vorkam. Fisch und Kartoffeln und Gemüse und Salat und riesige Bohnen, die sie sich in der Küche hatten aussuchen dürfen, weil es eine Speisekarte nicht gab, wurden auf einzelnen Tellern serviert. Heißhungrig fielen Hannah und Conrad über die Köstlichkeiten her.

Der fremde Mann aß kaum etwas. Endlich zückte Conrad sein Portemonnaie und erklärte, sie müssten nun wirklich weiter Richtung Campingplatz. Der Grieche legte eine Hand auf Conrads Börse. „I will pay. It's a pleasure. – Which campsite?"

„Castle Camping."

„That's not far. But too late for erecting a tent."

Er erklärte, dass sein Freund Anwalt sei und ihnen sicher gern helfen werde, wegen des Unfalls. Dann drückte er Conrad einen Zettel mit dessen Adresse und Telefonnummer in die Hand, telefonierte mit einem Hotel in der Nähe, das ein Zimmer frei hatte, zeigte ihnen den Weg, sagte, es sei nicht teuer, und empfahl sich.

„Das hätte auch böse ausgehen können", sagte Conrad, als sie wenig später erleichtert in die Hotelbetten fielen.

„Wir hätten tot sein können", gab Hannah zurück. „Wenn wir schneller gefahren wären. Und wenn wir ..."

„Lass uns einfach froh und dankbar sein."

Hannah nickte und Conrad gab ihr einen dicken Kuss auf den Mund. Minuten später waren sie eingeschlafen.

Castle Camping

In den folgenden zwei Wochen genossen sie das Leben, ihre Zweisamkeit und das Mittelmeerklima. Sie liebten es, in der verwunschenen Burgruine über dem Campingplatz im von blühendem Mohn durchsetzten Gras zu liegen, und erlebten dort, mit Blick aufs Meer, so manchen Sonnenuntergang. Sie knutschten und schmusten und gaben sich der Liebe hin. Hannah trug voller Wonne den langen, schwarzen Baumwollrock mit den weißen Rüschen, in dem sie sich immer so zigeunerinnenhaft feurig vorkam und den sie am Polterabend mit Berthold getragen hatte. Die Zeit mit ihm scheint ewig her zu sein, dachte sie. Nun gibt es einen neuen Mann an meiner Seite, der mich liebt und den ich liebe. Und das soll auch so bleiben.

Griechenland erschien ihnen als wunderbares Abenteuer. Verliebt zogen sie durch die *Plaka*, Athens Altstadt. Sie aßen reichlich Fleisch und tranken täglich Raki, den griechischen Anisschnaps, mit viel milchig werdenden Wasser im Glas, aber eben auch mit viel Schnaps. Sie kauften kitschige Souvenirs mit Aufschriften, die beweisen würden, dass sie tatsächlich in der griechischen Hauptstadt gewesen waren. Sie erstanden eine LP von *Mikis Theodorakis* und andere Scheiben mit griechischer Musik. Und wie von ungefähr sparten sie die Schaufenster der Juweliere nicht aus. Wäre es nicht eine wunderbare Idee, hier, in Athen ...?

„Du wolltest doch wohl nicht gleich wieder heiraten!“, meckerte Rosa, die plötzlich wieder aufgewacht zu sein schien. Doch die freche Stimme störte Hannah gerade kein bisschen. In diesen glücklichen Tagen stand sie ihr sogar gern Rede und Antwort.

„Ich will mich ja auch nur verloben“, flüsterte sie so leise, dass sich ihre Lippen fast tonlos bewegten. Doch ihr Herz klopfte umso lauter.

*

Aus Spiel wurde Ernst, denn Hannah und Conrad wollten es beide. Die freundliche, junge Juwelierin in einem der Läden – sie hieß Helena -

zeigte sich ausgesprochen entzückt davon, dass Conrad und Hannah tatsächlich Verlobungsringe bei ihr kaufen wollten. Sie bestand darauf, vor dem Laden mit ihnen für ein Erinnerungsfoto zu posieren, und nahm ihnen das Versprechen ab, ihr einen Abzug zu schicken.

Schon wenige Tage später holten sie die gravierten Ringe ab. Die schöne Verkäuferin zeigte sie ihnen. „Everything allright?“, fragte sie.

Gespannt sahen sie nach. 21. Juni 1976. *Conrad* stand in ihrem Ring, *Hannah* in seinem. „Perfect“, sagte Conrad und Hannah nickte.

Geradezu andächtig lächelnd legte Helena die Ringe in ein blaues Samtkästchen, das Conrad in seiner Hosentasche verschwinden ließ.

„Heute Abend“, flüsterte er Hannah ins Ohr.

Und sie war überglücklich.

*

Für einen Spottpreis hatte Hannah kurz nach dem Ringkauf ein zweiteiliges griechisches Kleid entstanden, mit langem Wickelrock und ärmellosem Top, cremefarben, mit dunkelblauen Stickereien in folkloristischer Manier. Gerade hatte sie den Staub des Tages vom Körper geduscht. Nun zog sie es an, betrachtete sich im Spiegel im Waschraum des Campingplatzes und konnte nicht umhin, sich selbst schön zu finden. Wenig später trugen Conrad und Hannah das Samtkästchen zur *Akropolis* hinauf, wo sie einander, auf antiken Steinen in einer etwas abgelegenen Ecke sitzend und den berühmten *Parthenon* vor Augen, die Ringe ansteckten, sich innig küssten und danach per Selbstauslöser ein Erinnerungsfoto schossen. Jetzt bin ich gerade mal einundzwanzig, dachte Hannah in einer Mischung aus Freude und Nachdenklichkeit, und zum zweiten Mal verlobt. Auf keinen Fall darf es ein weiteres Mal schiefgehen. Dazu liebe ich Conrad viel zu sehr.

Es war ein saugutes Gefühl, als sie nach drei Wochen Ferienzeit, sonnengebräunt, glücklich und erholt, die *Autoput* erneut hinter sich gelassen und die jugoslawisch-österreichische Grenze überwunden hatten. Das Ärgste ist überstanden, dachte Hannah erleichtert. Das große Abenteuer Griechenland geht seinem Ende entgegen und nichts wirklich Schlimmes ist passiert. Was für ein Glück!

Sie hatte kaum zu Ende gedacht, da tauchte ein Bahnübergang auf. Die Schranke senkte sich. Conrad hielt an. Hannah betrachtete ihren Verlobten zärtlich von der Seite. Sie freute sich inzwischen unendlich auf zu Hause, auf ein festes Dach über dem Kopf und auf ihr bequemes Bett. Und sie freute sich diebisch auf die verdutzten Gesichter der anderen, die noch nichts von ihrer Verlobung wussten.

Oh Gott!

Im Bruchteil von Sekunden wurde alles anders. Hannah spürte etwas Dunkles, Fremdes, Bedrohliches im Nacken, wie eine schwarze Faust, die nach ihr griff. Im nächsten Moment rumste es gewaltig und die Welt schien stillzustehen. Ganz kurz nur. Dann knallte Hannah, trotz Gurt, mit der Stirn vor die Sonnenblende und zurück gegen die Rückenlehne. Ihr Herz raste. Sie schnappte nach Luft. Sie sah ihren Verlobten an. Conrad war kalkweiß im Gesicht. Hannah suchte vergeblich nach Blut. Irgendwo musste doch Blut sein. Ganz viel Blut.

„Ist dir was passiert?“, fragte sie. Hatte sie das nicht kürzlich erst gefragt ...

„Ich, eh ..., nein, ich glaub nicht. - Dir?“

„Ich weiß nicht ...“

„Wir müssen raus aus dem Wagen. Wer weiß, ob er nicht explodiert“, sagte Conrad tonlos.

Mit wackeligen Knien stieg Hannah aus, im selben Moment wie er. Ein Mann kam von hinten auf sie zu. Er sprach mit holländischem Akzent und sah zerknirscht aus.

„Ich habe gebremst, wirklich“, beteuerte er. „Müssen Sie glauben, haste bliv. Aber dann war da ...“

„Aber Sie müssen uns doch gesehen haben!“, rief Conrad. „Mein Gott, haben Sie keine Augen im Kopf?“

Hannah blickte dem Mann über die Schulter in Richtung des Ungetüms, an dessen Steuer er gerade noch gesessen hatte. „Sie sind ohne Beifahrer unterwegs?“, fragte sie entgeistert.

„Het spijt me. Det Chef will det so. Aber mit zwanzig Tonnen unter det achterste musst du vervloekt lange bremsen. Verstaan?“

Hannah konnte es nicht fassen und nickte doch wortlos. Wir leben, dachte sie, das allein zählt. Was für ein verdammtes Glück, dass unser Käfer seinen Motor hinten hat.

Ein Anwohner hatte die Polizei gerufen. Während sie warteten, konnte Hannah kaum begreifen, was geschah: Ausgerechnet jetzt musste sie zum Klo. Ganz schrecklich dringend und für größere Mädchen. Der mühsame Versuch, nur ja nicht in die Hose zu machen, hielt sie, so peinlich ihr das auch war, immerhin geerdet genug, um nicht in Schreikrämpfe zu verfallen. Aber wohin soll ich mich bloß wenden, fragte sie sich. Um uns herum schaulustige Menschen. Kein Busch, hinter dem ich mich hätte verbergen können. Sie war drauf und dran, einen der mehr oder weniger verständnisvollen Gaffer nach einem stillen Örtchen zu fragen, wollte aber Conrad jetzt auf keinen Fall allein lassen. Also kniff sie die Arschbacken zusammen und versuchte, an etwas anderes zu denken. Wir leben, dachte sie immer wieder, wie ein Mantra. Wir leben. Wir bekommen unsere Chance. Wir sind füreinander bestimmt. Niemand wird uns auseinanderreißen, auch der Tod nicht. Zumindest nicht jetzt.

Endlich hatte die Polizei alles aufgenommen, Kreidemarkierungen und Fotos gemacht, Papiere kontrolliert, sowohl den Holländer als auch Conrad ins Röhrchen blasen lassen, nichts gefunden und das nicht mehr fahrtüchtige Käferchen zum Abschleppen freigegeben. Ein Taxi brachte Hannah und Conrad zur nächsten Pension. Gott sei Dank, da war ein Zimmer frei. Das Klo befand sich auf halber Treppe. Kaum hatte der Vermieter sie nach oben gebracht, ihnen das einfache Zimmer gezeigt und sich mit dem Hinweis verabschiedet, im Innenhof könne man gemütlich essen, raste Hannah zum Ort ihres Verlangens. Endlich konnte sie sich erleichtern. Wie dankbar man doch für Selbstverständlichkeiten sein kann, dachte sie und erinnerte sich kurz an vergangene Klo-Erlebnisse eher peinlicher Art, bei Cozi, wo sie gelernt hatte, und im Souterrain der alten Villa in Essen-Bredeney.

Eine Viertelstunde später aßen sie im lauschigen Innenhof, unter lauter entspannten Menschen, zu Abend. Sie waren durstig. Herrlich kühl floss der Weißwein ihre Kehlen hinab. Aus den Lautsprechern sülzten österreichische Heimatlieder.

Außer ihren Wertsachen hatten sie im Schock des Geschehens nichts aus dem Auto mitgenommen, nicht einmal Zahnbürsten. So schliefen sie eine Stunde später, tröstlich angeduselt, in Unterwäsche und frühstückten am nächsten Morgen in den verschwitzten Sachen des Vortages. Wie egal das doch war. Schlafen können. Etwas essen dürfen. Einander sehen und berühren. Das war wichtig. Glück konnte so einfach sein ...!

*

In einem kleinen Kaufhaus erstanden sie am Vormittag zwei billige, geräumige Pappkoffer. Draußen wartete der Taxifahrer auf sie, der sie hergefahren hatte. Nun brachte er sie zum Schrottplatz. Es war ein gutes, geradezu rührendes Gefühl, ihr treues Käferchen, wenn auch sehr lädiert, wiederzusehen. Alles schien noch drin zu sein. Aber was sollen wir jetzt damit anstellen? Hilflos nahm Hannah einzelne Dinge in die Hand, betrachtete sie und legte sie wieder weg.

„Wir müssen so viel zurücklassen", sagte Conrad bedrückt, „das Zelt, den schönen Windschutz, die Gasflasche natürlich auch, das Küchenschränkchen, Klapptisch und -stühle, Töpfe, Pfannen, Lebensmittel. Es ist ein Jammer, lässt sich aber nicht ändern."

Hannah kämpfte mit den Tränen. Autolos zu sein, das kam ihr fast so vor, als seien sie plötzlich heimatlos geworden. Und es widerstrebte ihr, Sachen, die ihnen gehörten, einfach zurückzulassen. Der Schrottplatzbesitzer wird sie verkaufen, dachte sie, doch was sollen wir machen. Sie riss sich zusammen, klappte ihren Pappkoffer auf und stopfte ihren Schlafsack sowie Kleidung und Schuhe hinein, ihren Kulturbeutel, ihre Reiselektüre und andere persönliche Gegenstände. Conrad tat es ihr gleich.

Tschüs, treues Käferchen, dachte Hannah, als sie fertig waren. Auf Nimmerwiedersehen. Leider!

Sie nahmen den Nachtzug nach Hause. Bald schon klappten die Reisenden im Sechserabteil die Sitze um, so dass auf jeder Seite drei schmale Stockbetten entstanden. Die unteren waren im Nu belegt und Conrad und Hannah mussten mit den oberen Liegen vorliebnehmen. Auch das noch! Während Conrad erstaunlich schnell tiefe Atemzüge von sich gab und dann ins Schnarchen verfiel, begann für Hannah eine fast schlaflose Nacht. Das monotone Fahrgeräusch wirkte beruhigend, doch da der Zug sie immer wieder durchrüttelte, hatte sie ständig Angst, herunterzufallen. Als sie doch endlich kurz einnickte, saß ihr die Furcht im Nacken. Ein Lkw nach dem anderen rollte in ihren Träumen so bedrohlich von hinten auf sie zu, dass sie den offenbar unvermeidlichen Zusammenstoß bereits spürte. Eine Kolonne des Horrors.

Zweibettzimmer mit Kuschelzeit

Draußen dämmerte es, als sie in Conrads Heimatstadt den Bahnhof verließen. Conrad hatte seine Mutter telefonisch informiert. Heidelore, die er nicht Mutti, sondern Heidi nannte, holte sie am Bahnhof ab und überschüttete sie mit Fragen. „Ist euch auch wirklich nichts passiert? Und euer Zelt und so – alles weg? Aber dieser Unfall ... Wie konnte das alles bloß geschehen? Warum habt ihr nicht ...?“

Conrads Vater Bodo, auch ihn nannte er beim Vornamen, begrüßte sie in der ihm eigenen freundlichen Wortkargheit. „Na, gut dass ihr wieder da seid“, sagte er.

Während sie Heidi tapfer Rede und Antwort standen, sehnte Hannah sich nur noch nach Ruhe, einem Bett und einer Decke, die sie sich über den Kopf ziehen konnte. Das Bett allerdings, in dem Hannah in dieser Nacht schlafen würde, hatte gestärkte, weiße Laken und würde anderswo stehen als erwartet.

„Setzt euch“, sagte Heidi und wies auf den reich gedeckten Tisch. Ihr müsst doch schrecklich hungrig sein.“

Hannah nahm ein paar Bissen. Dann schob sie ihren Teller zurück. „Ich kann nicht. Mir ist schlecht.“

„Kein Wunder, nach dem Schrecken. Wenn ihr hier fertig seid, bringe ich euch zum Arzt“, sagte Heidi. „Ich habe schon angerufen.“

*

Der Hausarzt der Adelmanns konstatierte Gehirnerschütterungen und Schleudertraumata und wies sie schnurstracks ins städtische Krankenhaus ein. Da lagen sie nun – als frisch Verlobte getrennt voneinander - in ihren Betten.

„Können Sie bitte das Kopfteil hochstellen, Schwester?“

„Das geht nicht. Sie sollen absolut flachliegen, sagt der Arzt.“

Hannah befragte den Doktor, als er zur Visite kam.

„Bei Gehirnerschütterungen ist das die ultimative Therapie“, sagte er. „Zwei Wochen lang werden sie das mit dem Liegen schon aushalten müssen. Aber die Zeit vergeht auch.“

„Kann ich denn wenigstens zwischendurch zur Toilette?“

„Das verbietet sich doch wohl von selbst. Aber unsere Schwestern sind Meisterinnen im Servieren von Bettpfannen.“

Der Mann hat einen seltsamen Humor, dachte Hannah und fuhr mit dem Zeigefinger unter die dicke Halskrause, die man ihr zur Stabilisierung des Nackens verordnet hatte. Es juckte teuflisch darunter.

„Und meinen Verlobten kann ich auch nicht sehen?“

„Verlobt sind Sie sicherlich auch noch länger, Frau Scheuermann." Der Arzt lächelte. „Hier wird er Ihnen sicherlich nicht davonlaufen. Ruhen Sie sich einfach mal gründlich aus."

Hannah hatte Glück im Unglück. Einer der Schwestern war aufgefallen, dass Hannah als im Bergbau Tätige knappschaftversichert war und damit Anspruch auf ein Zweibettzimmer anstelle des Vierbettzimmers hatte. Wenig später kam die Schwester mit dem dicken blonden Zopf, die immer so gern vor sich hin summte, strahlend ins Zimmer. „Wir ziehen Sie jetzt mal um, Frau Scheuermann", sagte sie, löste die Bremse am Bett und schob die verdutzte Hannah hinaus.

„Sie kommen in ein Zweibettzimmer." Im Fahrstuhl erklärte sie die Zusammenhänge.

„Darf mein Verlobter mich denn da vielleicht besuchen?", fragte Hannah hoffnungsvoll.

„Wir werden sehen..."

Eine halbe Stunde war die Blondbezopfte wieder da. Breit grinsend schob sie Conrad in seinem Bett zu Hannah herein. Hannah war ja so glücklich, ihn zu sehen. Und bald darauf zu spüren, als er näher an sie heranrückte. Hautnah. Unter der schützenden Decke.

Die achtzig Jahre alte Dame, mit der Hannah das Zimmer teilte, schien sieben Leben zu haben, wie man es Katzen nachsagt. Sie war von einem maroden Tor ihrer eigenen Fabrik niedergestreckt worden und das war nicht der erste schlimme Vorfall in ihrem Leben gewesen. Ihren Humor hatte sie nicht verloren, ihr weiches Herz auch nicht. Taktvoll hatte sie beschlossen, sich in ihren Bademantel zu hüllen und, auf ihre Krücken gestützt, für eine halbe Stunde in den Park zu gehen.

Nun kam sie zurück, mit wissendem Blick. Bald darauf wurde Conrad wieder hinausgeschoben.

„Der hat ja einen richtigen Kussmund", sagte sie, überlegte kurz und schob dann nach: „Aber ihr passt nicht zusammen, das sieht man gleich."

Hannah schluckte. „Wieso nicht?", fragte sie.

„Eine alte Frau spürt so was."

Ich sag dann noch mal ja

Im Sommer 1977 feierten Conrad und Hannah mit Freunden und Verwandten, mit Buffet, Polonaise und allerlei neckischen Spielen im Hinterraum einer benachbarten Gaststätte ihren Entschluss, für den Rest des Lebens zusammenzubleiben. Die zweistöckige Hochzeitstorte aus schokobraunem Biskuit mit Erdbeer-Buttercreme und roten Marzipan-Rosen hatte Hannah selbst fabriziert. Wozu ein Vermögen dafür ausgeben, wenn es doch so viel Spaß machte, selbst kreativ zu sein, hatte sie gedacht. Nach dem Abendessen leistete Hannah sich, schon leicht angeschickert, den peinlichen Versuch, Conrads und ihre Eltern, die einander erst einmal vor der Hochzeit gesehen hatten, zur Verbrüderung zu bringen, ob sie wollten oder nicht. „Nun, da wir verheiratet sind, solltet ihr wirklich ... Also, hier ist ein Schnaps für jeden. Einhaken, trinken, Küsschen geben. Hahaha."

Die Herrschaften in den Fünfzigern kamen mit schwer zu deutender Miene, eher säuerlich oder überfordert als erfreut, dem Vorschlag nach und machten sich noch vor elf auf den Heimweg. Sie sind eben doch schon ganz schön alt, dachte Hannah und feierte weiter bis in den frühen Morgen.

Zwei Tage später gingen Hannah und Conrad auf Hochzeitsreise. Hannah war stolz darauf, in der schönen Pension am Millstätter See in Österreich mit Frau Adelmann angesprochen zu werden. Es ist ein tolles Gefühl, wieder eine Ehefrau zu sein, dachte sie. Endlich fühle ich mich wieder ganz.

Zufrieden zu zweit

Wenn Hannah morgens erwachte und Conrads verwuschelten Schopf neben sich auf dem Kopfkissen liegen sah, war sie voller Dankbarkeit. Ich bin nicht mehr allein, dachte sie. Conrad ist da. Wenn sie am Morgen getrennte Wege gehen mussten, ließ sie ihn nur ungern ziehen und sehnte sich schon bald wieder danach, seine Arme um ihren Körper zu spüren, seine Wange an ihrer Wange, seinen Mund auf ihrem Mund. Berthold ist nur ein Versuch gewesen, dachte sie, eine Jugendsünde. Das hier aber muss die wahre Liebe sein. Wir bleiben zusammen.

Reich waren Hannah und Conrad nicht, aber sie kamen klar. Miete und Strom wurden ebenso wie die Versicherungen per Dauerauftrag abgebucht, und es war ein Geschenk, diese Kosten durch zwei teilen zu können. Wenn sie Ende des Monats den verbleibenden Rest ihrer Gehälter von den Konten abholten, breiteten sie die Scheine auf der Tischplatte aus imitiertem Kupfer des Couchtisches aus, den sie von

Conrads Eltern übernommen hatten. Gutgelaunt teilten sie das Geld ein: Soundsoviel Mark für Lebensmittel und Putzmittel, dies für das Auto, jenes für Ausflüge und so weiter. Und jedes Mal legten sie etwas zurück für ihren Traum von einer Reise *über den Großen Teich* und für das geplante neue Auto, von dem vor allem Conrad träumte. Jeweils am nächsten Tag würde Hannah zur Sparkasse gehen, um das Reisegeld aufs Sparbuch einzuzahlen, gleich danach einen stolzen Blick auf die aktuell hineingedruckte Zeile zu werfen und sich an den stetig steigenden Zahlen zu ergötzen. Am Ende der Geldaufteilung blieb fast immer noch etwas übrig für Extraausgaben, die Spaß machten. Für ein paar schöne, neue Sektschalen oder Cognacschwenker aus Bleikristall mit Goldrand zum Beispiel oder für aktuelle Langspielplatten von Milva, Roger Whittaker oder Peter Maffay, den Hannah seit ihrer Jugend verehrte. Im Buchclub waren Bücher und Platten vergleichsweise günstig zu bekommen. Man musste regelmäßig dort etwas einkaufen – für Hannah eine ausgesprochen süße Pflicht. Kaum weniger beglückend war der Einkauf neuer, modischer Klamotten. Wie Hannah es liebte, sich mit hübschen, neuen Sachen vor dem Spiegel der Umkleidekabine zu drehen. Längst vorbei die Zeiten, in denen sie sich trotz Mottenkugelduft mit gebrauchter Kleidung von entfernten Verwandten hatte zufriedengeben müssen. Und regelmäßige Diäten sorgten dafür, dass sie schlank genug war, um sich im Spiegel zu gefallen.

Ein gemeinsamer Einkaufstag schien zu beweisen, dass die tägliche Arbeit sich lohnte, dass es aufwärtsging. Volle Einkaufstüten ließen sie spüren, dass sie sich etwas leisten konnten. Wenn Hannah etwas fand, was zugleich preisgünstig und schön war und ihr auch noch ausgezeichnet stand, hob das ihre Laune für Tage. Auch ihren Mann sah Hannah gern in einer neuen weißen Jeans oder in einer schicken

Jacke aus weichem Leder. Schlank und sportlich, wie er war, stand ihm fast alles.

Inzwischen war die karge Möblierung, mit der Hannah sich anfangs hatte begnügen müssen, Neuerrungenschaften gewichen. Das französische Bett war herrlich bequem und nahm das komplette Bettzeug tagsüber im Bettkasten auf. Wo sie ohne Kühlschrank und mit einem Zwei-Platten-Kocher hatte klarkommen müssen, stand bald eine Küchenzeile mit tannengrünen Holztüren. Da es keine Fliesen an der Wand gab, nagelte Hannah Stücke eines rustikalen Bastteppichs zwischen Ober- und Unterschränke, die sie mit Klarlack versiegelte. Ein kleines Tischchen mit zwei grünen Klappstühlen, fertig war die gemütliche Küche. Der Sitzecke von Horten leistete bald eine preiswerte, aber schicke schwarze Schrankwand mit indirekter Beleuchtung und Glastüren Gesellschaft und an die gegenüberliegende Wand kamen Regalbretter, die die Bücher aufnahmen, die sie bereits gesammelt hatte. Und Hannah, die die schöne alte Tret-Nähmaschine von Bertholds Oma in Remscheid hatte zurücklassen müssen, bekam eine elektrische Nähmaschine, die sich in dem weißen Schränkchen versenken ließ, das dazu gehörte, und mit der man nicht nur gerade Nähte, sondern sogar Stickstiche produzieren konnte. Und so wurde ihr Leben gefühlt immer schöner.

Die Hausarbeit teilten sie sich, was Hannah nur gerecht fand angesichts der 40-Stunden-Wochen, die sie beide zu bewältigen hatten. Conrad übernahm weitgehend klaglos seinen Anteil. Nur wenn sie ihm in einem Anfall ausgeprägten Gerechtigkeitssinns dazu verdonnern wollte, auch einmal das Treppenhaus oder die Fenster zu putzen, streikte er. Na ja, vielleicht findet er das ja unmännlich, dachte sie. Obwohl sie das verstand, gab es immer wieder Streit in dieser Sache. Hannah wollte nicht dauerhaft nachgeben und dass sie ihren gutwilligen Mann mit ihren Ansprüchen womöglich überfordern könnte, kam ihr nicht in den Sinn.

Kleine Machtkämpfe blieben, doch alles in allem war sie glücklich mit ihm – wären da nicht diese seltsamen Phasen gewesen, in denen sie weniger als sonst für ihn fühlte, ja, ihr zuweilen gar so war, als liebe sie ihn gar nicht mehr. Stunden und Tage, die ihr Angst machten. Ein Gefühl, das sie so schnell wie möglich verdrängen musste, um nicht durchzudrehen.

Traumauto

Sie hatten sich für einen Toyota Celica entschieden, in Kupfer metallic. Als sie das Auto abholen durften, platzte Conrad beinahe vor Stolz und Freude. Sie machten eine Spritztour durch die Umgebung, parkten zentral in Mülheim, spazierten durch die Innenstadt, machten Fotos und ließen sich glücklich in einem Café nieder, um Kaffee und Kuchen zu genießen. Als sie zurück zum Parkplatz kamen, bat Conrad Hannah, sich für ein Foto auf der Motorhaube zu drapieren. Im selbstgenähten Tellerrock, den sie malerisch ausgebreitet hatte, im figurbetonten T-Shirt, die Sonne im Gesicht, folgte sie seinem Wunsch. Sie kam sich sehr schön und weiblich vor in diesem Moment, wie in einen Spielfilm aus den Fünfziger Jahren.

„Bitte lächeln“, sagte Conrad und drückte mehrfach auf den Auslöser. „Das werden tolle Bilder. Noch heute Abend schicke ich den Film weg.“

Als die fertigen Dias zurückkamen und Conrad Bild für Bild an die Leinwand warf, wirkten die Aufnahmen auf der Motorhaube so positiv, strahlten soviel Glück und Unbeschwertheit aus, dass es Hannah ganz warm ums Herz wurde. Obwohl die Bilder nur sie zeigten – und das neue Auto natürlich, war zugleich Conrad als Fotograf darin zu spüren und die Liebe und Bewunderung, die er nicht nur dem Gefährt, sondern auch seinem menschlichen Modell entgegenbrachte. Mehr Zuneigung, als im Alltag auf den ersten Blick zu spüren war.

„Liebst du mich noch?", fragte Hannah aus einem Impuls heraus, als er den Diaprojektor wieder wegräumte.

Er sah sie mit großen Augen an, beinahe ein wenig erschreckt. „Aber das weißt du doch!", sagte er. Und das klang geradezu vorwurfsvoll.

Platz fürs Leben und die Kunst

Im Herbst 1977, wenige Monate nach ihrer Hochzeit, geschahen gleich zwei wichtige Dinge. Zum einen war Hannah den Versprechungen einer Werbeanzeige in einer Zeitschrift erlegen und hatte beschlossen, sich zu einem Fernlehrgang anzumelden, der sich *Großer Schriftsteller-Lehrgang* nannte. Von der Zeitungsmeldung bis zum Schreiben von Heimatromanen, vom Verseschmieden bis zum Verfassen von Drehbüchern würde sie alles lernen können, was man schreibend würde ersinnen können. Hannah freute sich sehr auf die ersten Lehrhefte. Wenn schon kein Abitur, dachte sie, dann wenigstens so was. Dann werde ich zwar keine Akademikerin. Aber eine erfolgreiche Autorin zu sein, das wäre ja auch nicht übel.

Wenig später trudelte ein Plastikordner mit einem Schwung an Lehrheften ein. Hannah wollte sich gerade darin vertiefen, da ergab sich - und das war die zweite tolle Sache – unverhofft eine tolle

Chance. Conrad, der ebenso wie Hannah von einer größeren Wohnung mit mehr Möglichkeiten träumte, hatte eine Anzeige in der Zeitung entdeckt, mit der eine Altbauwohnung in Altenessen angeboten wurde, die mehr als doppelt so groß war wie ihre kleine Zwei-Zimmer-Wohnung neben dem Lebensmittelladen von Onkel Horst - zu einem bezahlbaren Preis. Sie lag direkt an der Gladbecker Straße, einer vierspurigen Bundesstraße. Trotz der miserablen Lage sah Hannah sich vergleichsweise bereits in einem Schloss, sollten sie den Zuschlag bekommen. Und dort würde es sicherlich Platz geben für einen Schreibtisch, an dem sie künftig in Ruhe würde arbeiten können. Allerdings hatte die Sache einen Haken: Der Makler berichtete am Telefon, die Wohnung habe einer alten Dame gehört, die kürzlich verstorben sei, und die neuen Mieter müssten wenigstens einen großen Teil ihres Mobiliars käuflich erwerben.

„Was sollen wir mit alten Möbeln?", fragte Conrad, als er aufgelegt und Hannah die Sachlage erklärt hatte.

„Aber ansehen können wir uns die Wohnung ja wenigstens mal", sagte Hannah. „Bitte, Conrad. Vielleicht lassen die Leute ja mit sich reden. Und vielleicht sind die Möbel ja auch ganz toll!"

Große Fenster. Parkettfußböden. Und statt eines einzelnen Kohleofens in der guten Stube gab es Zentralheizung in allen Räumen. Gespannt gingen Hannah und Conrad durch die Zimmer. Die Möblierung der kleinen Küche, die ohne Zwischenwand von der Diele abging, war simpel und unterirdisch altmodisch. Nicht zu vergleichen mit der hübschen kleinen Einbauküche mit den tannengrünen Holztüren, die Hannah und Conrad sich gerade erst zugelegt hatten. Auch das Schlafgemach besaß die Ausstrahlung längst vergangener Tage. Hannah öffnete eine der von innen mit einer Gardine bespannten Glastüren des

Kleiderschranks. Die Kleider hingen noch auf den Bügeln. Ein deprimierender Geruch nach alter Frau und Mottenkugeln strömte heraus, der Hannah Übelkeit bereitete. Vor ein paar Wochen ist in diesen Räumen, in diesen Schränken noch Leben gewesen, dachte Hannah beklommen. Nun gibt es nur noch Dinge, die einmal einem Menschen wichtig gewesen sind, doch den Menschen gibt es nicht mehr. Dann wich ihr Mitgefühl der Neugier. Wäre sie jetzt allein gewesen, hätte sie gern die Kleider herausgenommen, um zu sehen, wie eine alte Lady mit eleganten Möbeln sich wohl gekleidet hatte, doch das verbot sich leider von selbst. Im nächsten Moment dachte sie darüber nach, wie schön es war, dass sie beide erst Mitte zwanzig waren und fast ihr ganzes Leben noch vor sich hatten.

„Die Schlafzimmermöbel will ich auf gar keinen Fall haben“, sagte sie, als sie alles gesehen hatten, „und die Küche auch nicht.“

Wohlwollend aber betrachtete Hannah die edel wirkende Esszimmer-Einrichtung mit Vitrine, Buffet, Tisch und sechs Stühlen aus Eichenholz. Was für tolle Schnitzereien, dachte sie, und befühlte eines der Wappen an den Rückenlehnen der Stühle. Was für ein Kontrast zu der eher apfelsinenkistenartigen Einrichtung in unserer bisherigen Wohnung. Und die Schrankwand in Eiche rustikal im Wohnzimmer ist wirklich auch nicht übel. Im Flüsterton beriet sie sich mit Conrad.

„Okay“, sagte sie dann, „wir nähmen vielleicht das Esszimmer und den Wohnzimmerschrank, aber alles andere muss raus. Was sollen die Sachen denn kosten?“

„Zweitausend für den Schrank und dreitausend für das Esszimmer. Echte Schreinerarbeit!“

Hannah sah, wie Conrad blass wurde. „Da hätten wir aber was Gutes“, flüsterte sie eindringlich. „Das hält ewig. Und es sieht doch wirklich schön aus, oder?“ Inzwischen wollte sie die großzügige Wohnung ganz dringend haben, aber was, wenn der Makler sie nur mit dem gesamten Mobiliar abgeben würde? – Tat er nicht.

Als Conrad zustimmte, musste Hannah sehr an sich halten, um ihm nicht vor lauter Freude vor den Augen des Maklers um den Hals zu fallen.

*

Hannahs Hochgefühl hielt an. Mit Feuereifer überlegte sie, wie es gelingen könnte, die große Wohnung behaglich zu machen. Sie und Conrad kauften einen Spiegelschrank fürs Bad, der größer war als der bisherige. Hannah nähte Gardinen für alle Fenster.

Bereits zehn Tage später war die Wohnung bis auf die gekauften Möbel geräumt und Conrads Eltern, die ihre Hilfe zugesagt hatten, begannen mit der Arbeit. In tagelanger Mühe strichen sie Türen und Fußleisten in Dunkelbraun matt statt in langweiligem Weiß, weil Hannah sich genau das in den Kopf gesetzt hatte. Heidi war eine Meisterin im Anstreichen und Tapezieren und Bodo ging ihr gutmütig zur Hand. Hannah und Conrad klebten an den Wochenenden Textiltapeten an die Wände. Pünktlich zum geplanten Umzugstermin war alles fertig und Hannah und Conrad luden Heidi und Bodo zum Dank für ihre Hilfe zum Essen bei genau dem Jugoslawen ein, den sie mit Ines am Tag ihres Kennenlernens besucht hatten. Und dieses Mal konnte Hannah mit Appetit essen.

Das ehemalige Arbeitszimmer, das nach hinten hinausging, verwandelten sie in ihr Schlafzimmer. Das französische Bett wirkte dort viel weniger wuchtig als bisher und in einer Zimmerecke blieb genügend Platz für einen aus Böcken und einer weißen *IKEA*-Tischplatte zusammengebauten Schreibtisch für die geplante Schriftstellerei. Ein über Eck gebautes Regalbrett nahm Wörterbücher und Nachschlagwerke auf. Wie einladend das aussah! Hannah sah sich bereits Bestseller dort schreiben.

Die schwarze Schrankwand stellten sie in den Raum, in dem kürzlich noch die Kleider der alten Dame gehangen hatten. Hannah hatte beschlossen, eine Art Galerie für ihre Bilder aus dem Raum zu machen, und Conrad hatte zugestimmt. Übereck brachten sie eine Vertäfelung aus Kiefernbrettern an, die sie schwarz lasierten. Bald hingen dort Hannahs Bilder in billigen Rahmen dicht an dicht: Landschaften, Porträts, gemalt mit Buntstift und Wasserfarben, Farbspielereien in Pastell, Kohlezeichnungen. Die beiden Porträts von Willy Brandt und Marylin Monroe im Format A 2 waren Hannahs ganzer Stolz und dass die Rahmen dafür wegen der Größe ein bisschen teurer wurden, nahm sie hin. Sie war hingerissen, als alles hing, und fühlte sich versuchsweise wie eine echte Künstlerin.

Rosa nahm das zum Anlass, sie auf den Teppich zurückzuholen. „Du eine Künstlerin?“, sagte sie. „Dass ich nicht lache. - Nun dreh mal nicht durch. Wenn überhaupt, ist das noch ein weiter Weg.“

Bald trudelten die ersten Besucher ein. Stolz präsentierten Hannah und Conrad ihr neues Reich Freunden und Verwandten und servierten selbstgemachten Rumtopf mit Sekt und Käse-Sahnetorte oder Schwarzwälder Kirsch. Als Großtante Grete, die mit einem kleinen Teil der Wuppertaler Verwandtschaft gekommen war, ins schwarz getäfelte Zimmer eintrat und die Galerie sah, rückte sie ihre Diakonissenhaube zurecht und betrachtete die Bilder, auf die Hannah so stolz war, mit gerunzelter Stirn.

„Wieso hängt denn da nicht wenigstens ein Bild von deiner Mutter, Hannah?“, fragte sie, deutlichen Tadel in der Stimme.

„Weil hier nur meine gemalten Bilder hängen, Tante Grete“, gab Hannah freundlich zurück.

„Das gefällt mir aber nicht. Jetzt, wo sie tot ist, müsst ihr sie wirklich aufhängen.“

Und Hannah wusste nicht, ob sie lachen sollte ob dieser Stilblüte ihrer schrulligen Tante oder lieber weinen, weil ihre künstlerische Begabung so wenig gewürdigt wurde.

Zu viel?

Es war eine ausgeprägte Angst vor allzu viel Gleichmaß und Eintönigkeit, gegen die Hannah nicht ankam.

„Armer Conrad!“, sagte Rosa. „Hast du eine Ahnung wie anstrengend es für einen Mann ist, sich auf solch ein Wechselbad von Stimmungen und Gefühlen einzulassen?“

Hannah nickte und dachte daran, dass Conrad kürzlich erst versucht hatte, sie zur Vernunft zu bringen. „Hannah“, hatte er gesagt, „es mag ja sein, dass du vieles interessant findest. Aber du musst ja wirklich nicht alle Hobbys gleichzeitig verfolgen. Mach doch drei Monate das eine und dann drei Monate das andere?“

„Aber ich schaff das schon. Wirklich. Du siehst doch, dass es geht.“

„Es geht aber nicht gut. Du wirst ganz offensichtlich immer nervöser dabei. Schreiben, Nähen, Malen, Lesen, Besuche. Aber du hast einen vollen Job und der Haushalt macht sich auch nicht von allein. Du übernimmst dich.“

Hannah spürte, dass da etwas dran war, doch Verzicht war nicht ihre Stärke. Sie wollte alles, was ihr in den Sinn kam, zumindest ausprobieren. Wenn es theoretisch im Bereich des Möglichen war, so sah sie nicht ein, warum sie hätte warten sollen. Wenn wir sonntags ein Tablett Kuchen aus der Bäckerei holen, dachte sie, freuen wir uns doch auch, die vier oder fünf Stücke jeweils zu teilen, so dass wir immer wieder neue Geschmackserlebnisse haben. Vielfalt ist doch einfach etwas Wunderbares! Die Welt ist so voller Farben, Wunder und Möglichkeiten. Ich will so viel wie möglich davon mitbekommen. Es macht mir so viel Freude.

Doch bald darauf ermahnte Conrad sie erneut: „Der Tag hat nur vierundzwanzig Stunden. Es wäre wirklich schön, wenn du etwas weniger anspruchsvoll wärest, Hannah, nicht so sprunghaft. Sei doch endlich mal zufrieden mit dem, was machbar ist.“

Hannah fühlte sich unverstanden. Ich bin aber nun mal so, dachte sie trotzig. Dass sie manchmal schon ganz gern vor sich selbst davongelaufen wäre, wenn sie ehrlich war, das behielt sie für sich. Lieber suchte sie die Schuld bei ihrem Mann und wenn sie das Tohuwabohu in ihrem Kopf selbst nicht länger aushielt, flüchtete sie sich, weil sie sich nicht anders zu helfen wusste, in die Welt ihrer Tagträume. Das half sofort. Besonders gern kreierte sie Liebesfantasien, die ihr schön, aber ungefährlich vorkamen, und wenn es ihr nicht gut ging, stellte sie sich vor, an der Seite eines anderen Mannes genau das zu bekommen, was sie gerade brauchte und wollte. Mit einem Anderen vielleicht genau die Romantik zu erleben, die an Conrads Seite immer mehr nachließ. Mit einem Mann, der sie nicht verunsichern und einschränken würde.

Mit der Zeit verlagerten sich ihre Fantasien in ihr Unterbewusstsein. Und als sie zum ersten Mal in der Nacht von einem fremden Mann träumte, der ihr seine Liebe gestand, erwachte sie mit einem tiefen Glücksgefühl, das sie durch den Tag trug. Und dann hörte es auf mit der Harmlosigkeit und ein Mann tauchte auf, den es wirklich gab.

Der Anwalt mit dem Pferdestall

Sein Name war Dr. Theodor Bandoleit. Der Chef ihrer Kollegin und Freundin Roswitha, ein hochgewachsener, gutaussehender Anwalt mit grauen Schläfen und ruhigem Blick, war geschieden und sechsundzwanzig Jahre älter als Hannah. Seinen Doktortitel trug er dezent und ohne Allüren. Roswitha hatte ihr bereits Einiges über ihn erzählt. Von einer neuen Frau an seiner Seite sei nichts bekannt, sagte sie. Er lebe weitgehend zurückgezogen auf einem alten Resthof auf dem Lande.

Hannah war nicht verborgen geblieben, dass die Blicke, die der Grauschläfrige ihr seit ihrer Rückkehr ins Unternehmen nach der Scheidung von Berthold zuwarf, Bewunderung und Interesse in sich trugen. Zunächst hatte sie das nicht weiter ernst genommen, doch neuerdings gefielen die Blicke ihr so sehr, dass sie begann, sich darauf zu freuen und ein Gebäude der Fantasie darum herum zu errichten. Wann immer sie nun morgens bei Dienstantritt zusammen mit vielen anderen das Gebäude der Essener Bergbau betrat, hoffte sie auf eine Begegnung. Ja sie lechzte geradezu danach, zu erleben, wie er sie mit feinem Lächeln und einer Neigung seines Kopfes begrüßen würde.

Und wenn sie sah, wie in seinen grauen Augen Bewunderung aufblitzte, war ihr, als knipse man ein Licht darin an.

Manchmal sprang er unerwartet und in letzter Sekunde in dieselbe Paternoster-Kabine, in der Hannah gerade nach oben glitt, offensichtlich erfreut, sie erwischt zu haben. Dann freute auch sie sich, ihr Herz klopfte schneller, und sie schwebten plaudernd und lächelnd und Blicke werfend dem dritten Stock entgegen, schritten dann Seite an Seite über den gebohnerten Linoleumboden der Gänge, bis der charmante Mann mit dem nach hinten gekämmten feinen Haar nach links in sein Büro ging und Hannah wenig später rechts vom Gang in ihrem Sekretariat Stellung bezog.

Wenn Hannah sich nun morgens ankleidete, fragte sie sich oft, ob sie ihm darin gefallen würde. Kürzlich hatte sie durch beherzten Stoffwegschnitt ein kurzes Kleid aus dem leuchtendroten Abendkleid gezaubert, dass sie zu Papas Hochzeit getragen hatte. Sie zog es nur sehr gelegentlich im Dienst an, weil sie es selbst ein wenig unpassend fand mit seinem allzutiefen Ausschnitt, doch wenn sie Lust darauf hatte, trug sie es in vollem Bewusstsein der Wirkung, die sie sich damit im eher verstaubten Milieu der traditionsreichen Bergbauverwaltung erlaubte. Erst recht bei ihm. Geradezu sehnsüchtig blickte er in den tiefen Ausschnitt ihres Kleides. Am nächsten Tag brachte er ihr ein Schneeglöckchen-Sträußchen aus seinem Garten mit, das er in aller Herrgottsfrühe gepflückt hatte. Wenig später fragte er sie, ob sie nicht gern künftig mit ihm und den Herren Kollegen gemeinsam zu Tisch gehen wolle.

Zu Tisch? Mit den Herren?! Hatte er das wirklich gesagt? Hannah wuchs gefühlt um mindestens fünf Zentimeter. Was für eine Auszeichnung! Normalerweise blieben die Damen in der Kantine unter sich und die Herren ebenfalls, denn in der Rechtsabteilung gab es ein deutliches soziales Gefälle. Umso lieber akzeptierte Hannah das Angebot. Ein Quantensprung. Sie, die Tippse ohne Abitur, saß von nun an als einzige Dame der Abteilung mit drei Herren Anwälten am Mittagstisch, unterhielt sich mit ihnen, lachte und scherzte. Die halb abschätzigen, halb neidischen Blicke der Kolleginnen von den Nachbartischen trübten Hannahs Freude nur ein wenig. Um ehrlich zu sein, sie vertieften sogar ihren Stolz.

Ein einziges Mal saß sie mit Theo, wie sie ihn heimlich nannte, allein am Tisch. Die Atmosphäre war privat und schön. Sie gestand ihm vertrauensvoll, wie gern sie studiert hätte, ganz so, als würde sie ihrem Vater nach langer Trennung, davon erzählen.

„Aber das hätten Sie tun sollen", sagte der Anwalt. „Vielleicht wären Sie dann heute Ärztin oder so."

Hannah fühlte, wie sie innerlich wuchs. Er achtet mich wirklich, dachte sie. Er behandelt mich, als sei ich gleichwertig, und das fühlt sich so gut, so richtig an. Ob ich wohl ernst zu nehmende Chancen bei ihm hätte, als Ehefrau? Im nächsten Moment haute sie sich innerlich auf die Finger. Dass er vom Alter her mein Vater sein könnte, ist die eine Sache, dachte sie. Dass ich verheiratet bin, eine ganz andere. Doch bei näherer Betrachtung war gerade das ideal. Eine Schwärmerei ohne jede Verpflichtung. Ja, dachte sie in einem kleinen Anflug von Euphorie, auf diese Weise kann die Liebe beinahe gefahrlos und wirklich berückend einfach sein und ritterliche Männer finde ich einfach unwiderstehlich. Als Theo ihr wenig später, als Hannah viel heimzutragen hatte, anbot, sie nach Hause zu fahren, willigte sie ein, obwohl sie die Blumensträuße und halbleeren Flaschen, die von der Feier ihres 25. Geburtstages stammten, durchaus allein hätte befördern können. Er kam mit nach oben, da sie ihn einlud. Doch kaum hatte Hannah – mit ihm in der Diele angelangt – gefragt, ob er den Rest ihrer schönen neuen Wohnung sehen wolle, da beschloss er, sich der Gefahr ganz offensichtlich bewusst, sich doch lieber aus dem Staub zu machen.

*

Sie musste es zugeben: Auch wenn Conrad zuweilen genervt wirkte, so war er doch noch immer ein geduldiger Gatte, der sich bemühte, Hannahs Wünsche selbst dann zu erfüllen, wenn sie ein bisschen verrückt waren. Seit Hannah bei einem Einkaufsbummel die jungen Hunde in der Tierabteilung von Karstadt entdeckt hatte, war sie Feuer und Flamme für solch ein niedliches Wesen. Und Conrad ging darauf ein. Nachdem Gerlinde, begeistert von der Idee, zugesagt hatte, den kleinen Hund tagsüber zu betreuen, kauften Hannah und Conrad für fünfhundert Mark ein reinrassiges kleines Cocker-Spaniel-Mädchen. Sie nannten sie Debbie und sie waren beide entzückt von dem Fellknäuel, das so gern abends auf ihrem Schoß saß oder zu ihren Füßen lag und sich kraulen ließ.

Zwei Wochen später nahm Gerlinde ihr Versprechen zurück. „Ich schaff das nicht“, sagte sie.

Das Tier, das womöglich überzüchtet und zu früh der Mutter beraubt worden war, litt unter Durchfall, war unruhig und kläffte viel. Und nun? Hannah war ebenso traurig wie ratlos und erzählte am nächsten Tag Theo davon.

Er bot seine Hilfe an – ritterlich wie immer. Während der Mittagspause ging er mit ihr ins Kaufhaus, entschlossen, sich als ihr Vater auszugeben, sich als Anwalt vorzustellen und durch seine Autorität Hannahs Ansinnen, den Kaufpreis zurückerstattet zu bekommen, zu unterstützen. Auf der Rolltreppe gingen sie auf Hannahs Vorschlag hin zum Du über – was als Vater und Tochter ja nur natürlich wäre. Doch kaum war die Sache zehn Minuten später erfolgreich abgeschlossen, waren sie wieder beim Sie. Und Hannah ging neben Theo durch die belebte Innenstadt zurück Richtung Bahnhof, in dessen Nähe ihr gemeinsamer Arbeitsplatz lag. Traurig, dass sie Debbie niemals wiedersehen würde, und betrübt darüber, dass die Distanz zwischen Theo und ihr bleiben würde, vermutlich für immer.

Es war wenige Wochen vor Theos 50. Geburtstag, als er Hannah und Conrad zu sich nach Hause einlud – weitere Gäste gab es nicht. Bei Rotwein und Keksen saßen sie im Halbdunkel seines mit Bücherwänden zugestellten kleinen Wohnzimmers neben dem Kamin und unterhielten sich über dies und das. Plötzlich wandte der Anwalt sich direkt an Conrad. „Dass ich Ihre Frau bewundere", sagte er, „weiß in der Rechtsabteilung wohl so ziemlich jeder. Aber ich würde nie in eine Ehe einbrechen, das müssen Sie wissen, Herr Adelmann."

Conrad nickte ernst und Theo sah würdevoll aus und betrübt. Hannah schluckte. Beide sind wirklich Ehrenmänner, dachte sie bewegt. Und Theo ist noch dazu einer, der mich wahrscheinlich ernstlich mag, sich aber einer so jungen und verheirateten Frau nicht zumuten will. In diesem Moment hätte sie sich gern in seine Arme geworfen, um seinem düsteren, frauenlosen Haus die Liebe und Wärme zu geben, die er sicherlich ersehnte. Warum hat er mich niemals direkt gefragt, ob ich nicht lieber mit ihm ...? Wer weiß, vielleicht hätte ja ...

Im nächsten Moment schämte Hannah sich zutiefst dieser Gedankenansätze und Rosa machte sich über ihren Hang zu Kitsch und Drama lustig. Conrad saß so nah neben Hannah auf Theos Junggesellen-Sofa, dass sie das Aftershave riechen konnte, das sie so an ihm mochte. Sie ging streng mit sich ins Gericht. Conrad ist mein Mann, dachte sie bedrückt. Diese Ehe muss halten. Ich muss mich einfach mehr anstrengen und ich darf einfach nicht mehr erwarten, als Conrad geben kann. Er tut doch schon so viel für mich. Ich sollte nicht ständig an seiner Liebe zweifeln und innerlich an ihm herummäkeln. Überall finde ich in letzter Zeit Kritikpunkte, dabei hat er mir doch so gefallen, als wir uns kennenlernten. Das ist doch gemein!

Und doch waren und blieben sie da, unerwünschte Gefühle, die einfach nicht weichen wollten. Es störte Hannah, dass Conrad eben kein Akademiker war, dass er sich hauptsächlich für Krimis und Shows und kaum für Literatur, die Oper, Museen und Reisen in fremde Metropolen zu interessieren schien. Allein die Tatsache, dass er stundenlang Sportübertragungen gucken konnte, ohne sich zu langweilen, befremdete sie. Gab es nicht so viel Interessanteres, Berührendes, Inspirierendes im Leben und auf der Welt ...?!

*

Zu seinem runden Geburtstag hatte Theo alle Mitarbeiter der Rechtsabteilung nebst Partner oder Partnerin auf seinen Resthof geladen. Es war ein schöner Sommerabend und zahlreichen Tische waren im Freien aufgebaut worden. Es war zugleich der Tag, an dem Hannahs schwärmerische Beziehung zu ihm abrupt enden sollte.

Conrad war nur ungern mitgekommen – er mochte solche Feiern nicht, doch er hielt sich tapfer. Roswitha saß mit ihrem Mann – sie hatte kürzlich einen mehr als zehn Jahre älteren Kollegen aus einer anderen Abteilung geheiratet - an Hannahs Seite. Hannah nippte an ihrem Weinglas und versuchte vergeblich, einen Blick des Gastgebers zu erhaschen, der im Schatten alter Balken ein wenig abseits stand und das Geschehen beobachtete. Mit leichtem Lächeln sah er den Bäuerinnen aus der Nachbarschaft zu, die ihm zu Ehren einen Tanz aufführten, Mistgabeln in den Händen, deren Stiele sie immer wieder rhythmisch auf den Boden stießen. Sie ließen ihn hochleben. Das verträumte Lächeln wich einem Lachen. Damit wirkte er ausgesprochen fröhlich. Die Erkenntnis, dass Theo gar nicht so einsam war, wie sie gedacht hatte, hätte Hannah freuen sollen, doch albernerweise wurmte seine Unbeschwertheit sie. Aber war es wirklich das? Nein, dachte sie, das ist es nicht. Es wurmt mich, dass er mich ignoriert. Vorhin, da wir einander begrüßt haben, hat er mich mit ungewohntem Gleichmut betrachtet, als sei ich nur ein Gast unter vielen. In diesem Moment erst bemerkte sie die attraktive Brünette, die neben Theo getreten war, kaum jünger als er selbst.

„Das ist ja vollkommen albern, dass du jetzt enttäuscht bist“, sagte Rosa. „Du hast Conrad. Soll dieser Theo etwa ewig aus der Ferne für dich schwärmen?“

Hannah wusste das und doch ... Unter dem Vorwand, mal für kleine Mädchen zu müssen, stand sie auf. Die Brünette stand inzwischen mit anderen Leuten zusammen. Hannah passte Theo an einer vergleichsweise stillen Stelle im Schutz der Dunkelheit ab. „Wer ist denn die schöne Unbekannte da drüben?“, fragte sie in einem Tonfall, der neckisch klingen sollte.

„Eine Freundin“, sagte er. Sein Lächeln wirkte undurchsichtig und eine Spur triumphierend.

Wenig später würde er die Fremde heiraten und eine harmlos-amouröse Geschichte, die Hannah viel gegeben hatte, würde nur noch Erinnerung sein.

Hannah hatte es aufgegeben, mittags in der Kantine zu essen, und wenn sie es doch tat, setzte sie sich zu einer Kollegin an den Tisch. Theo grüßte sie nur noch flüchtig. Doch zum Glück gab es einen neuen Traum in ihrem nach Abwechslung dürstenden Leben: Amerika. Dieses Mal war sie sich mit ihrem Mann vollkommen einig.

Einmal das *Land der unbegrenzten Möglichkeiten* zu sehen, war eine Sehnsucht, mit der sie beide nicht allein dastanden, denn Nordamerika stand nach Aussage einschlägiger Marktforschungsunternehmen gerade ganz an der Spitze der Reisetraumziele. Endlich waren Dollar und D-Mark sich nähergekommen und man brauchte, so war es in einem Prospekt zu lesen, nicht unbedingt einen Erbonkel in den USA zu haben, um das faszinierende Land sehen zu können.

Sie hatten genügend Geld gespart und sich endlich dazu durchgerungen, sich unverbindlich im Reisebüro beraten zu lassen. Auch wenn so ein Urlaub schnell vergeht, dachte Hannah, und wir auf anderes werden verzichten müssen, wir sind nur einmal jung. Jetzt oder nie ...!

Erste Tulpen und Narzissen blühten, als sie sich im Reisebüro des Kaufhauses *Horten* in Bahnhofsnähe, das nicht mehr war als eine mit verheißungsvollen Postern und bequemen Stühlen ausgestattete Ecke ganz hinten rechts im Erdgeschoss, über die Möglichkeiten schlaumachten. Aufgeregt rutschten sie auf ihren Stühlen hin und her, während die Angestellte eine USA-Reise für etwas ganz Normales zu halten schien. „USA ist immer eine prima Idee", sagte sie fröhlich. „Wir bieten über Twen-Tours gerade eine ganz neue Reiseform an, in

Zusammenarbeit mit dem amerikanischen Schwesterunternehmen. Es gibt relativ preisgünstige Busreisen durchs Land mit Unterbringung in Zelten oder Motels. Vielleicht wäre das etwas für Sie. Schauen Sie mal hier ..."

Conrad und Hannah waren tief beeindruckt von dem, was sie zu sehen bekamen. Doch der Blick auf die Preiskalkulation ließ sie zaudern. Die Reisebürokauffrau griff daraufhin ins Trickkästchen professioneller Überredungskünste:

„Dank des günstigen Dollar-Kurses haben in diesem Jahr bereits über eine halbe Million Deutsche die USA als Reiseland gewählt und es werden bis Jahresende sicher noch mehr werden", berichtete sie strahlend. „Die Vereinigten Staaten sind nun einmal ein Ferienland mit unzähligen Möglichkeiten – einfach grenzenlos. Und der Wechselkurs liegt derzeit zwischen 1,70 und 2 Mark. Das ist doch unschlagbar, oder?"

Hannah überlegte fieberhaft. Bei ihrer Geburt hatte der Kurs angeblich noch über vier Mark betragen und ein englisches Pfund sogar um die zwölf Mark gekostet. Und wer konnte schon wissen, wie sich alles weiterentwickeln würde. Womöglich würden die Kurse bald wieder viel ungünstiger liegen.

Die Dame zeigte weitere Fotos. „Sehen Sie mal: Washington würden Sie auch bei Nacht erleben, und ich sage Ihnen, das ist ein Traum. Ich war selbst schon dort. Und schauen Sie doch mal, wie hinreißend das Kapitol beleuchtet aussieht."

Das tat es wirklich. Und auch die Bilder von Las Vegas und vom Grand Canyon waren absolut verlockend.

„Wir sollten das machen", flüsterte Hannah Conrad ins Ohr.

„Aber wir wollten es doch auf alle Fälle noch mal überschlafen", flüsterte er zurück.

„Wozu? – Wir wissen doch, was wir wollen. Nun gib dir einen Ruck. Biiiiittttee!!!“

Conrad zog die Brauen hoch. Dann lächelte er, ganz wenig nur und offensichtlich noch immer besorgt. „Ist schon toll, aber ...“

„Conrad, Schatz, wir wollen es doch schon so lange ...!“

„Ungeduld, dein Name sei Hannah“, sagte Rosa.

Hannah gab ihr Recht und zappelte weiter.

Fünf Minuten später hatte Conrad die Buchung für eine 26-tägige Reise, die sie von New York bis nach San Francisco führen würde, tatsächlich unterschrieben. Hannah hatte das Gefühl zu schweben, als sie das Kaufhaus, die Unterlagen in der Hand, wieder verließen. Zugegeben, es ging um viel Geld, doch da sie Zelt- statt Motel-Unterbringung gewählt und sich für die Route *Transamerican South* entschieden hatten, statt die sicher noch traumhaftere *Gran American* zu wählen, die in siebenundvierzig Tagen durch ganz Nordamerika führte, hatten sie immerhin einen Rest von Vernunft walten lassen. Nun war Vorfreude angesagt. Viereinhalb Monate lang würden sie darin baden können, dann würde es losgehen. Endlich.

*

Die Zeit hatte sich nicht antreiben lassen und war letztlich doch vergangen. Als die Abreise kurz bevorstand, ging Hannah, die möglichst flott wirken wollte unter all den jungen Leuten, die den Bus mit ihnen teilen würden, zum Friseur. Sie hatte beschlossen, sich eine neue Dauerwelle machen zu lassen, und brachte einen Ausriss aus einer Illustrierten mit. „So ungefähr soll das aussehen.“

„Na, dann wollen wir mal.“

Hannah war bereits erfahren genug, um ahnen zu können, dass sie nachher ein wenig anders aussehen würde als das Modell auf dem Foto, aber so anders ... „Ich schneide Ihnen das jetzt noch ein bisschen in Form“, sagte die Friseurin, nachdem sie die stinkende Flüssigkeit abgespült und die Röllchen entfernt hatte. „Für solch eine Reise soll es ja praktisch sein, nicht wahr?“

Hannah stimmte zu und schloss die Augen, um sich vorzustellen, wie megaflott sie bald aussehen würde. Als die Friseurin zum Föhn griff, versenkte Hannah sich in die *Neue Revue* und verbot sich, in den Spiegel zu sehen. Das tat sie erst, als sie ein fröhliches „So, fertig!“ vernahm. Hannah blickte auf und - war entsetzt: Ach du Schande! Ich sehe aus wie ein Junge, dachte sie. Aber auch kein bisschen sexy.

„Wirklich enorm praktisch“, frohlockte indes die Haarkünstlerin. „Sie werden sehen, die Haare sind im Nu trocken.“

Hannah nickte und bemühte sich, den Kloß in ihrem Hals zu schlucken, zahlte und vergaß absichtlich das Trinkgeld.

Zu Hause wusch sie sich sofort erneut die Haare und ließ sie an der Luft trocknen, doch sie gefiel sich kaum besser. Danach probierte sie ihre neue sicherlich unverwüstliche Jeanslatzhose an, die sie kürzlich gekauft hatte. Trotz Obst- und Sauerkrauttagen kam sie sich im Grunde noch immer nicht schlank genug vor für solch eine modische Eskapade, doch vielleicht würde das angesagte Teil ja die blöde Frisur ein wenig herauszureißen. - Im nächsten Augenblick hätte Hannah am liebsten den Spiegel verhängt. Einfach furchtbar! So was von unweiblich!

„Aber die Buchse ist doch prima kombinierbar“, tröstete Rosa. Sie ist ja wirklich eine gute Seele, dachte Hannah in einem Anflug von Dankbarkeit ihrer inneren Stimme gegenüber. Immer zur Stelle, wenn’s mir gerade mies geht oder ich im Begriff bin, Mist zu bauen oder was

Falsches zu denken. Und das Fluggepäck ist ja tatsächlich nicht gerade üppig bemessen. Und dann sollen auch noch Schlafsäcke und sperrige Gummistiefel mit in den Koffer. Letztere seien unentbehrlich bei Regen, hatte im Prospekt gestanden. Und was sonst noch alles einzupacken sei: Jeans, T-Shirts, Badezeug, feste Schuhe, Sandalen, ein warmer Pullover und ein Parka für kalte Tage. Außerdem ein besseres Kleidungsstück für Stadtbesuche, ein Regenmantel, ein leichter Bademantel, ein Schlafsack, Handtücher, Seife, diverse Toilettenartikel, Unterwäsche, ein Stück Plastikwäscheleine, Klammern, Waschmittel, eine Taschenlampe, Socken, Sonnenöl, Insektenmittel, ein Adapter für Rasierapparat oder Föhn wegen der anderen Stromspannung und natürlich Kamera und Filme. Das alles möge man in einem mittelgroßen Koffer unterbringen, was Hannah für ein Ding der Unmöglichkeit hielt. Einen Parka besaßen weder sie noch Conrad. Gummistiefel immerhin hatten sie inzwischen gekauft.

Am letzten Tag vor der Abreise erstand Hannah noch einen neuen Badeanzug: lavendelfarben und schulterfrei. Der immerhin war sexy. Und deshalb musste er einfach sein. Dabei gab es ihn nicht einmal im Sonderangebot.

Let's Go

Bis zuletzt hatte Hannah Angst gehabt, das beantragte Visum für die mehrfache Einreise, das verlangt worden war, könnte nicht rechtzeitig kommen oder ihnen gar versagt werden. Nun war es da. Ihrer Abreise stand nichts mehr im Wege. Und dann kam er, der Tag aller Tage.

3. September 1980. Der Versuch, alles so sauber aufgeräumt und gewienert zu hinterlassen, dass niemand schlecht über sie würde reden können, falls das Flugzeug abstürzen und posthum andere Menschen in ihre Wohnung kommen sollten, hatte Hannah in Stress versetzt. Nun aber war alles erledigt. Der Haushalt glänzte porentief rein. Alle Zimmerpflanzen standen in einem üppigen Fußbad aus klarem Wasser in der Badewanne, wie Hannah es von Mutti gelernt hatte. Das Gepäck wartete bereits im Flur. Zum Schluss stellte Hannah den leeren Kühlschrank aus und steckte einen Holzlöffel in den Türschlitz, um üble Gerüche zu vermeiden.

Als sie die Wohnung verließen, um zur Bushaltestelle schräg gegenüber zu gehen, quälte Hannah das übliche Gefühl, etwas Wichtiges vergessen zu haben. Sei's drum. In Amerika konnte man vermutlich einfach alles kaufen. Der Griff des schweren, mit Twen-Tours-Aufklebern versehenen Koffers schnitt schmerzhaft in ihre Finger und Hannah bedauerte sehr, dass das Gepäckstück keine Rollen besaß wie manche dieser modernen Koffer. Ihre olivgrünen Schlafsäcke waren zwar leicht, hätten aber unmöglich noch in die Koffer gepasst, so dass sie unerlaubterweise einen dritten Koffer damit bestückt hatten. Wenn es da bloß keinen Ärger gibt, dachte Hannah besorgt. An Conrads Handgelenk baumelte sein Herrenhandtäschchen. Auch seine Haare waren – dank Minipli – ungewohnt lockig – da sollte noch mal jemand sagen, Männer verstünden nichts von Mode.

Ihre Wertsachen, darunter die US-Traveller-Checks, die als unabdingbar empfohlen worden waren, trug Hannah in einem Brustbeutel auf nackter Haut. In der kleinen Umhängetasche über der Schulter befanden sich ihre Börse mit ein wenig Geld, Taschentücher, Puderdose, Lippenstift und ein Kamm sowie ein kleines Kassenbuch.

Fein säuberlich hatte Hannah die Ausgaben für die große Reise hineingeschrieben, die bereits zu leisten gewesen waren. 1.344 DM pro Person kostete die Bustour samt Zeltunterkunft und Verpflegung. 2.188 Mark hatten sie für die Flüge bezahlt, was als günstig galt, und noch einmal 630 Mark für ihre Flüge von San Francisco zurück nach New York. Allein das sind schon über 4.000 Mark zusammen, dachte Hannah. Ich will gar nicht darüber nachdenken, wie viele Stunden wir dafür hätte arbeiten müssen. Ich freu mich lieber, denn diese Reise wird alle Urlaubsfahrten, die ich mit meinen Eltern und Geschwistern je erlebt habe, unendlich weit in den Schatten stellen.

Nur kurz dachte sie an die begeisterten Erzählungen ihrer Eltern von deren Reise zum Lago Maggiore. Vor ihrer Geburt sei das gewesen, hatte Mutti gesagt. Italien – das Sehnsuchtsziel der Deutschen schlechthin in den 1950er-Jahren. Einmal Italien ...! Ganz so, wie sie jetzt dachten: Einmal Amerika! Omma hat in ihrem Leben noch nicht einmal die Berge gesehen, dachte Hannah, und noch niemals das Meer. Wir aber werden bald schon berühmte Orte sehen - weit, weit weg von daheim. Was für ein Geschenk ...!

„Der Bus kommt!“, rief Conrad.

Hannah blickte nach links. Tatsächlich. Oh yeah ...! Sie konnte es kaum glauben: Es ging wirklich, wirklich los ...!

*

Die Route, die sich vor sich hatten, klang ebenso fremdländisch wie gigantisch: von New York aus über Washington, Williamsburg, Winston Salem, Cherokee, Atlanta, New Orleans, Houston, San

Antonio, Del Rio, Carlsbad, Albuquerque bis zum Grand Canyon und dann weiter über Las Vegas und Los Angeles nach Pismo Beach, wo nach all den Erlebnissen ein Badetag geplant war, bis nach San Francisco, dem Zielpunkt ihrer Reise. Hannah sah die berühmte Brücke schon vor sich. *Golden Gate Bridge* – wie das schon klingt, dachte sie sehnsuchtsvoll. Ein goldenes Tor hinaus in die Welt.

Die DC 10, besser bekannt als Airbus, stand auf dem Rollfeld bereit. Hannah empfand es als überaus erhebendes Gefühl, das berühmte Großraumflugzeug zu betreten, das nun schon seit zehn Jahren parallel zum Jumbo Jet gebaut wurde. Die Zeit an Bord genoss sie in vollen Zügen. Sie liebte es, Menschen zu beobachten und auch sonst jedes Detail in ihrer Umgebung zu betrachten, nicht zuletzt die schicken Uniformen der Stewardessen. Sie unterhielt sich leise mit Conrad, aß, trank, las oder döste.

Gerade als sie das Gefühl hatte, dass die Zeit sich allzu sehr in die Länge ziehen würde, wurde ein aktueller Film gezeigt: *Kramer gegen Kramer* mit Dustin Hoffman als Ehemann und Meryl Streep als Ehefrau. Noch wusste Hannah nicht, dass dieses charismatische Schauspielerin, die sie nun zum ersten Mal erlebte, einmal zu ihren erklärten Lieblingen gehören würde. Doch je mehr sie in die Handlung eintauchte, desto näher kam sie der Frau, die Meryl darstellte. Eine Frau, die in einer tiefen Identitätskrise beschlossen hatte, Mann und Kind zu verlassen. Einen Mann, der einfach nicht genügend Zeit für sie hatte, so dass sie die Liebe zu ihm nicht mehr spürte. Später, nach ihrer Psychotherapie, verwickelte sie ihren Mann, der inzwischen höchst mühsam und unter Opfern in die Rolle des alleinerziehenden Vaters hineingewachsen war, in einen erbitterten Sorgerechtsstreit – mit überraschendem Ausgang.

Als der Film zu Ende war, dachte Hannah noch eine ganze Weile über dessen bittersüßes Ende nach. So etwas möchte ich niemals erleben, dachte sie bedrückt. Dann döste sie erneut ein. Und irgendwann waren sie tatsächlich da. Amerika! New York.

*

„That is a Fahnungsliste", sagte der Beamte an der Passkontrolle feixend. „Do you know what a Fahnungsliste is?"

Obwohl sie nichts verbrochen hatten, war Hannah ehrlich erleichtert, dass ihre Namen nicht auf dieser Liste standen. In einem eher schäbigen Hotel in der 42. Straße von Manhattan hatte das Reisebüro ein Zimmer für sie reserviert. Glücklich, es mit Hilfe eines einfachen Stadtplans und des enorm praktischen Schachbrettmusters der New Yorker Straßenführung vom Busbahnhof aus gefunden zu haben, ließen sie sich widerspruchslos Raum 1339 im 13. Stock zuweisen. Zweimal die dreizehn, dachte Hannah allerdings. Wenn das nur kein böses Omen ist. Doch diesen Gedanken behielt sie für sich.

Als sie eine Stunde später frisch geduscht nach draußen traten und nach oben blickten, wo kaum noch Himmel zwischen all dem Glas und den Steinen zu sehen war, fühlte Hannah sich vollkommen fasziniert. Die Spitzen der Hochhäuser kratzen ja tatsächlich an den Wolken, dachte sie. Genau, wie es im Englischbuch stand. Aber wie anders diese Welt doch ist, dachte sie, verglichen mit unserem überschaubaren Deutschland.

Hannah sog all die fremden Eindrücke ebenso begeistert wie begierig in sich auf. Die unzähligen gelben Taxis. Menschen verschiedener Hautfarben, die wie Ameisen hierhin und dorthin hasteten. Geschäfte über Geschäfte und Werbung überall.

Als sie beide hungrig wurden, betraten sie ein Automatenrestaurant. Auch so etwas hatte Hannah noch nie gesehen. Ein wenig unsicher beobachtete sie die anderen Gäste. Es schien genial einfach zu sein. Man nahm aus gläsernen Fächern heraus, was man haben wollte, und bezahlte zum Schluss alles zusammen. Sie entschieden sich für Kuchen und Wackelpudding und nahmen Orangensaft dazu, der in riesigen Pappbechern gereicht wurde.

Trotz der Stärkung wurde ihre Müdigkeit von Minute zu Minute größer. Es war noch hell draußen, als sie gegen zwei Uhr früh nach deutscher Zeit in ihr enges Hotelzimmer zurückkehrten. Obwohl die Klimaanlage ratterte, trotz der verbrauchten Luft kein Fenster zu öffnen war und von draußen beinahe unaufhörlich das schrille Geräusch der Polizeisirenen zu ihnen heraufdrang, schliefen sie schon bald erschöpft ein.

*

Hannah hatte Conrad vorgeschickt und er tat er alles, um den Pförtner am nächsten Morgen zu überreden, den leeren grasgrünen Koffer, in dem sie die Schlafsäcke transportiert hatten, für die Dauer ihrer Reise im Gepäckraum für sie zu verwahren, bis sie im Anschluss an die Tour eine weitere Nacht im Hotel verbringen würden. Leider bekam er ein entschiedenes „No, Sir, I'm sorry“ zu hören und der Rezeptionist sah ihn ob seines Ansinnens an, als sei er von einem anderen Stern.

Als Nächstes flirtete Conrad mit Eve, der dicken, kleinen Frau mit dem kurzen dunklen Haar, die mit breitem Lächeln neben den offenen Gepäckklappen stand und offenbar zum Team gehörte. „Hi. I'm Eve" sagte sie zu jedem und jeder. Bei ihr hatte Conrad Erfolg. „It's allright", sagte sie gutmütig. Obwohl die fünfzig jungen Menschen aus Europa, Japan, Südafrika, Australien, Neuseeland und Nordamerika zwischen achtzehn und fünfunddreißig Jahren, die einander gerade neugierig beäugten, je nur einen Koffer dabei hatten und obwohl schon das Verstauen des erlaubten Gepäcks das Bus-Team vor echte Probleme zu stellen schien, durfte ihr Sorgenkoffer mit.

Nach einer Viertelstunde startete der blondgelockte Busfahrer, er hieß Ed und war vielleicht fünfundzwanzig Jahre alt, den Motor, während ein muskulöser Mann Anfang dreißig, der sich als Drake vorstellte und knallbunte Hosenträger zu seinen Jeans trug, zum Mikrofon griff. „Hi, guys. Welcome to our beautiful bus! The adventure can begin. We are on the road ...!" Und damit drückte er auf einen Knopf. Mitreißende Musik und eine melodische Stimme, die Hannah nicht kannte, füllte den Bus: „We're on the road again ...!", sang die Stimme.

Fünftausend Kilometer liegen vor uns, dachte Hannah, unzählige Eindrücke. Wie toll! Ich wüsste nicht, wann ich jemals glücklicher und aufgeregter gewesen wäre. Sie strahlte Conrad an. Und er strahlte zurück.

*

Die sechsundzwanzig Tage, die vor ihnen lagen, übertrafen ihre kühnsten Erwartungen. Allein die saftigen Sandwiches aus weichem

Weißbrot, belegt mit knackigen Salatblättern, Wurst, Käse oder Hühnchen und Mayonnaise, die Eve, die sich inzwischen als Köchin vorgestellt hatte, mit ein paar Freiwilligen in einem Park im Schatten hoher Bäume auf einer Mauer als erste Mahlzeit arrangiert hatte ...! Hätte je etwas besser geschmeckt?

Als einziges *legally married couple* an Bord wurde Conrad und Hannah eines der kleinen stickigen Holzhäuschen in einer großen Halle der *Colonial Plaza Motel and Dormitories* nahe der amerikanischen Hauptstadt für sich allein zugewiesen, während die anderen zu viert in einer Hütte nächtigen mussten. Draußen gab es einen kleinen Pool, den gerade niemand nutzte. Die Luft war schwül. Nicht ohne Stolz zog Hannah ihren schicken neuen Badeanzug an und schritt mit Conrad Richtung Wasser, froh, sich ein wenig abkühlen zu können. Inzwischen war das Becken nicht mehr leer. Einer der Mitreisenden hing lässig am Rand und lächelte sie an. Verdammt gut sah er aus.
„Hi", sagte er, „I'm Allan from New Zealand."

„Hannah and Conrad from Germany." Auch Hannah versuchte ein Lächeln, auch wenn sie fand, dass Deutschland als Herkunftsland viel weniger cool klang als Neuseeland. Sie fand es ausgesprochen aufregend, mit einem echten Neuseeländer das Wasser teilen zu dürfen. Und dann auch noch mit einem Bild von einem Mann. Der bärtige Typ war ihr schon im Bus aufgefallen. Wenn ich Conrad nicht hätte, dachte sie, könnte ich für nichts garantieren ...!

„Bild dir bloß nichts ein", zischte Rosa, „warum sollte er wohl ausgerechnet dich gut finden. Sieh ihn dir doch an. Vermutlich könnte er jede haben. Außerdem, ich wiederhole mich ungern, bist du verheiratet. Legally, you know?"

Das wollte Hannah gerade gar nicht hören. Dieser Allan sieht gar nicht aus wie ein Frauenheld, dachte sie. Er ist einfach ein sehr sympathischer junger Mann. Mit seinem Vollbart und dem strahlenden Lächeln sieht er einfach unwiderstehlich aus.

„Aber ..." Setzte Rosa an.

Sei still, dachte Hannah, ich weiß es ja.

Im nächsten Moment wirkte Allan seltsam besorgt. Er wies mit dem Kinn auf sie, als wolle er sie auf etwas aufmerksam machen. Hannah war verunsichert. Was sollte das denn jetzt? Da stieß Conrad sie leicht in die Seite. „Dein Badeanzug", sagte er leise. Hannah, die inzwischen ebenfalls am Beckenrand hing, die Ellbogen am Überlauf aufgestützt, sah an sich hinab. Ach du Schei...! Ihr schicker neuer lavendelblauer Badeanzug, der ihr so gut stand, hatte sich in Richtung Bauchnabel verabschiedet. Obenherum stand sie im Freien. Hannah spürte, wie heiße Röte sie übergoss, als sie ihn nach oben zerrte. Was hat mich nur geritten, ein schulterfreies Modell zu wählen?! Eilends ließ sie sich ins Wasser gleiten, um ein paar Züge zu machen und krampfhaft so zu tun, als ob nichts sei.

*

Die Lady bei Horten hatte die Wahrheit gesagt: Die amerikanische Hauptstadt bei Nacht erwies sich als wahrgewordener Traum. Die Präsidenten-Memorials waren wirkungsvoll illuminiert. Auch das *Weiße Haus*, das so hieß, seit es nach einem Brand im Krieg weiß gestrichen worden war, lag im goldenen Glanz in der Dunkelheit. Ob Jimmy Carter und seine Frau Rosalyn dort gerade zu Abend aßen? Wie wunderbar das erleuchtete Capitol aussah. Und wie besonders das

Washington Monument, das wie ein riesiger, von innen leuchtender Bleistift in die Höhe ragte.

Die Abendluft war herrlich mild. An jeder Sehenswürdigkeit durften sie für ein paar Minuten aussteigen, um herumzugehen und Fotos zu machen. Im Bus machte Hannah sich Notizen in Kurzschrift. Wieder einmal war sie dankbar, dass ihre Eltern sie mit dreizehn Jahren im örtlichen Stenografen-Verein angemeldet hatten, damit sie Steno und Maschinenschreiben lernte. Papa hatte gesagt: „Das wirst du dein Leben lang gebrauchen können, glaub mir." Und er hatte Recht behalten.

*

Gut drei Stunden lang dauerte die Fahrt. Auf einem Campingplatz in der Nähe von *Colonial Williamsburg*, einer restaurierten historischen Stadt, in der die Bewohner lebten wie im 18. Jahrhundert, begann das Camperleben. Zum ersten Mal bauten Hannah und Conrad ihr Dreimann-Zelt auf, in dem sie zu zweit schlafen würden. Es bestand aus stabilem Segeltuch, sah von vielfältigem Gebrauch schäbig aus und roch nach sehr gut durchgereiftem Käse. Während Hannah sich ins Zelt zurückzog, trotz des strengen Geruchs froh, der Gesellschaft der Mitreisenden für eine Weile entkommen zu können, verschwand Conrad auf einer angrenzenden Wiese. Dem Reiz, mit anderen Jungs *American Football* zu spielen, konnte er sich als begeisterter Hobbysportler nicht entziehen. Als es vorbei war, kamen zwei junge Männer mit zerrissenen T-Shirts aus dem Match heraus und Conrad berichtete fassungslos, Drake, der Tourleader, habe ihn während des Spiels einfach umgerannt. „Groß ist er nicht", sagte er, „aber der Typ hat Bärenkräfte."

Von nun an reihte sich eine bemerkenswerte Sehenswürdigkeit an die nächste. Und jedes Highlight hatte seine eigene Geschichte. In *Monticello*, dem Landsitz von Präsident Thomas Jefferson, lauschte Hannah berührt der Erzählung der Fremdenführerin, die diese mit offensichtlichem Vergnügen zum Besten gab. Der Präsident habe mit seiner jungen Frau, mit der er nachts inmitten eines Schneesturms eingetroffen war, die Hochzeitsnacht im Gärtnerhaus verbracht, berichtete sie, in einem verteufelt schmalen Bett. Das Paar habe Rücksicht genommen auf die schlafende Dienerschaft. Hannah war beeindruckt. Ein großer Mann und so bescheiden, dachte sie, wie sympathisch! Und während sie versuchte, sich das Paar vorzustellen, ging wie üblich die Fantasie mit ihr durch. Sie stellte sich die Gefühle der jungen Braut vor, die von ihrem berühmten Bräutigam beschützt, bewundert und begehrt wurde. Im nächsten Moment malte Hannah sich aus, wie sie selbst hier leben, die Stille genießen und Vögel und Eichhörnchen beobachten würde. Am Nachmittag würde ich mit Blick auf den Park eine Tasse Kaffee trinken und von einem antiken Kuchenteller ein Stückchen Kuchen essen, dachte sie. Dann würde ich ein Buch lesen oder ein wenig Klavier spielen, statt nach dem Kochen und Essen in der Küche Pfannen und Töpfe in fettigem Spülwasser zu säubern und den Raum irgendwann müde und mit aufgeweichten Fingern zu verlassen.

„Wo bleibt dein Gerechtigkeitssinn?", fragte Rosa. „Warum sollten andere diese Arbeit tun und dann auch noch ausgerechnet für dich?" Da hatte Rosa ja nun Recht, dachte Hannah ein wenig beschämt, doch die tiefe Sehnsucht, auf einer so abgelegenen Anhöhe inmitten einer sanften Landschaft wie dieser zu leben, all die Schönheit und die Stille zu genießen und sich den ganzen Tag lang ihren Träumen hingeben zu können und zu tun, was ihr Herz begehrte, die blieb.

Das Programm war dicht gedrängt und durchorganisiert, es gab nur wenige persönliche Freiheiten und recht wenig Schlaf. Bald waren Hannah und Conrad sich einig: So toll diese Reise auch ist, die Tage sind beinahe anstrengender als unser Alltag im Büro. Es war keine körperliche Anstrengung, es war das Wechselbad der Gefühle, der Wünsche und der Erwartungen, die sich mal erfüllten und mal nicht, das zumindest Hannah zu schaffen machte.

Als Hannah in Chirokee ihren ersten Indianer mit seinen blauschwarzen Haaren sah, war sie enttäuscht. Mit *Winnetou*, diesem edlen, wunderschönen, von Pierre Brice gespielten Recken, den sie schon als Kind geliebt hatte, schien das, was sie sah, nichts zu tun zu haben. Die Rothaut vor ihnen posierte gegen Geld für Touristen. Schaudernd las Hannah auf einer Schautafel vom *trail of tears*, bei dem jeder vierte Indianer gestorben war, während man sie wegen der Goldfunde ungerührt von ihrem eigenen Land vertrieben hatte. Und nun lebten sie in einem Reservat, während ihnen zuvor das ganze Land gehörte. Wie unendlich gemein! Hannah war ehrlich bedrückt und lenkte sich damit ab, in einem der Shops den Indianerschmuck zu betrachten, der dort, in einfacher Version, preiswert angeboten wurde. Die prachtvollen indianischen Needle-Point-Arbeiten dagegen, die Hannah allen Respekt abnötigten, waren unbezahlbar.

*

Hannah hätte gern die Zeit angehalten, doch die Zeiger der Uhren tickten unaufhörlich. Ein eindrucksvoller Tag nach dem anderen verging. Es gab Stunden, da dachte Hannah, keine weiteren Eindrücke mehr verkraften zu können. Sie aß viel, um ihre Nerven zu beruhigen, egal ob süß oder herzhaft. Bratkartoffeln zum Frühstück waren zwar ungewohnt, aber nahrhaft und lecker. Auch die krosse Süße der am Lagerfeuer gerösteten Marshmallows hatte was. Hannah ließ sich die herzhafte Teighülle schmecken, die man sich an der *Kitchen Unit* nach Belieben mit Hackfleisch, Bohnen, Käse, Tomaten, Salat und Oliven füllen lassen konnte, mit einer Schicht Soße als Krönung obenauf. Sie genoss den Thunfischsalat mit Mayonnaise, Zwiebeln und Erbsen, bei dessen Zubereitung sie helfen durfte oder eher musste, wobei sie sich fest vornahm, das Salatrezept daheim in ihr Repertoire aufzunehmen.

Nicht alles war traumhaft. Sie hatten Florida erreicht, das Land, in dem, soweit Hannah wusste, alte Menschen ihren letzten Lebensabschnitt verbrachten. Der Sand am Strand von *Navarre Beach* war ebenso weiß wie die Spinnen, die sich blitzschnell darin vergruben und sehr plötzlich wieder auftauchten. Motten, Falter und Unmengen von Fliegen, die sich überall niederließen und in jede verfügbare Körperöffnung krochen, strapazierten Hannahs Nerven. Dazu war es unerträglich heiß. Erst nachdem am Abend aus einem Flugzeug heraus reichlich Gift über dem Campingplatz versprüht worden war, ließ die Fliegenplage nach. Als sie weiterfuhren, entdeckte Hannah erschreckt von einer Highway-Brücke tief unten am Fluss Alligatoren. Wow! In ihr stritten Ruhebedürftigkeit und eine diffuse Angst mit Abenteuerlust und noch war nicht klar, was auf Dauer gewinnen würde.

Trotz der allgemeinen Reisestrapazen des Amerika-Trips freute Hannah sich auf New Orleans im Staat Louisiana, unweit des Golfs von Mexiko am Mississippi gelegen. Die Stadt, die bekannt war für ihr pulsierendes Nachtleben, für den Jazz und die pikante Küche, in der sich kulinarische Einflüsse aus der französischen, afrikanischen und amerikanischen Kultur mischten.

Tief sog sie die Atmosphäre ein, als der Bus sie an geeigneter Stelle im *home of dixieland jazz* ausspuckte. Tatsächlich drang Jazzmusik aus beinahe jeder Bar. In einem der größeren Lokale wagte sich Conrad zu Hannahs Bewunderung auf einen elektrischen Bullen aus Stahl und hartem, braunem Leder, der ruckartige Bewegungen machte und alles daran ansetzte, den deutschen Reiter möglichst schnell wieder abzuwerfen. Seit dem Film *Urban Cowboy* mit John Travolta waren die künstlichen Bullen überall im Land aufgetaucht und das *bull riding* war bei vielen männlichen Touristen als Mutprobe mit hohem Spaßfaktor beliebt. Conrad hielt sich einige Sekunden lang wacker und fiel vergleichsweise weich ins Stroh. Er ist eindeutig mutiger als ich, dachte Hannah.

Es gab einfach unendlich viel zu sehen. Als Offenbarung erlebte Hannah am Abend das Restaurant *Anything goes*, in dem die ganze Gruppe zum gemeinsamen Abendessen angemeldet war. Die Salatbar war in einem antiken Auto untergebracht. Unzählige Schlüssel hingen von der Decke oder waren in die Tische eingelassen worden. Die jungen Service-Kräfte, die in fantasievollen Verkleidungen servierten, schienen mal aus 1001 Nacht, mal aus der Welt von Pippi Langstrumpf zu stammen. Ein Typ in Pluderhosen stellte sich als Jeanny vor. Ein Mädchen mit taillenlangen, blonden Haaren trug nichts als ein kurzes Trikot, das mit *Stars und Stripes* verziert war. Ein Mann in schwarzen Strumpfhosen, der einen Plastikumhang hinter sich her wehen ließ und eine Riesensonnenbrille auf der Nase trug, sah aus wie ein übergroßer Falter. Wie im Märchen, dachte Hannah begeistert. So etwas gibt es bei uns nicht einmal ansatzweise. Das hier ist der Fleisch gewordene *American dream.*

Dann hatten sie Houston in Texas erreicht und damit etwa die Hälfte ihrer Reise bereits hinter sich. Im *Space and Air Museum* der NASA betrachtete Hannah ehrfurchtsvoll ein Stück Mond, angeblich vier Milliarden Jahre alt war, und dachte daran, wie sie mit Mutti, Papa und ihren Geschwistern in Herzbichl am Chiemsee in der einfachen Stube des Bauernhauses gesessen hatte, in dem sie Unterkunft gefunden hatte, um gemeinsam mit den Bauersleuten die Mondlandung zu verfolgen. Damals war das äußerst aufregend gewesen für sie alle, doch das hier war anders. Das hier wirkte nah und echt – ebenso wie die Raketen und Raumsonden, die es zu bewundern galt.

In San Antonio besichtigten sie Fort *Alamo*, wo ein General mit hundertundsiebenundachtzig Texanern die ehemalige Missionsstation dreizehn Tage lang gegen fünftausend mexikanische Soldaten verteidigte, bevor alle Verteidiger starben. Wie unglaublich mutig Männer doch sein können, dachte Hannah und kam zum ersten Mal auf die Idee, dass es vielleicht doch ganz gut war, als Mädchen geboren worden zu sein.

Grand Canyon

In den kommenden Tagen ging es Schlag auf Schlag: Sie besuchten Albuquerque, New Mexicos größte Stadt, wo noch zahlreiche historische Lehmgebäude standen und im nahegelegenen *Indian Pueblo Cultural Center* die Geschichte der Stämme dokumentiert wurde. Sie erlebten ein Rodeo bei der Farmermesse, sahen *Petrified Forest*, wo pastellfarbene, versteinerte Baumstämme auf Besucher warteten, und die *Painted Desert*, wo im Souvenirshop bunter Sand aus der Umgebung verkauft wurde. Dann war die Fahrt frei für das in Hannahs Augen attraktivste Ziel der gesamten Reise: die Wunderwelt des Grand Canons, jener weltberühmten Schlucht, die vom Colorado River in die Wüstenlandschaft Arizonas gegraben worden war.

Kurz vor Einbruch der Dunkelheit näherten sie sich diesem Traumziel unzähliger Menschen. Wer an der richtigen Seite des Busses saß, drückte sich die Nase platt. Hannah und Conrad saßen auf der falschen Seite. Nur hier und da erhaschten sie zwischen den Köpfen der anderen einen kurzen Blick auf das Wunderwerk der Natur. Laute Begeisterungsrufe ertönten, während Hannah schrecklich gern ausgestiegen wäre, um die Natur auf sich wirken zu lassen. Ungestört, schweigend und allein.

Es war lausig kalt und schon fast dunkel, als sie im hochgelegenen Camp ankamen. Müde errichteten Hannah und Conrad ihr Käsezelt, pumpten die kaum weniger miefenden Luftmatratzen auf, auf denen vor ihnen vermutlich schon Hunderte junger Menschen aus aller Welt genächtigt hatten, zogen die Trainingsanzüge an, putzten sich gleich neben dem Zelt die Zähne, spuckten Schaum und Wasser ins Gras und kuschelten sich endlich aufatmend in die Schlafsäcke. Hannah bedauerte gerade sehr, dass sie keinen Doppelschlafsack hatten, in dessen Innerem sie sich an Conrad hätte schmiegen und darauf hoffen können, etwas von seiner Körperwärme abzubekommen. Bibbernd zog sie sich stattdessen die Kapuze über die Ohren, ließ sich von ihrem Mann auf die kalte Nasenspitze küssen und rieb sich heftig die Oberarme. Es war wie eine Erlösung, als ihr endlich warm wurde und sie einschlief.

Am nächsten Morgen gingen sie im Schein der frühen Morgensonne los, um noch vor dem Frühstück zu sehen, wo genau sie gelandet waren. Nur einen Steinwurf weit vom Camp entfernt erstreckte sich der Canyon. Gigantisch, dachte Hannah. Felsformationen bis hin zum Horizont. Gesteinsschichten, dicht übereinandergelegt wie die Schichten in meinem geliebten Blätterkrokant. Faszinierende Farbspiele.

Beim Lunch erzählte Drake von den Hubschrauberflügen, die einen fulminanten Überblick versprachen. Aber siebzig Dollar? Sie überlegten lange. Dann stand es fest: „Wir machen das! Diese Chance kriegen wir niemals wieder."

*

Der Wecker riss sie aus dem Schlaf. Draußen Stimmen und Getrappel. Hannah öffnete den Reißverschluss des Zeltes ein kleines Stück weit. Es war stockdunkel, bis auf das Licht einiger Taschenlampen. Offenbar wollten sich auch andere das Naturspektakel des Sonnenaufgangs über dem Canyon nicht entgehen lassen. Nun steckte auch Conrad die Nase nach draußen. „Brrrrhhh!", sagte er. „Saukalt!"

„Und im Schlafsack ist es doch noch muckelig warm geworden", gab Hannah gähnend zurück. „Herrlich!"

„Ganz deiner Meinung. Lass uns noch fünf Minuten dösen."

Als sie wieder wach wurden, war die Sonne längst aufgegangen. „Shit!", rief Conrad, „wir haben verpennt." Er befreite sich aus dem Schlafsack und sprang auf. „Los jetzt. Wenigstens den Flug dürfen wir nicht verpassen!"

Drei Hubschrauber standen auf dem Start- und Landeplatz der *Grand-Canyon-Helicopter*-Gesellschaft, als die Bustüren sich zischend öffneten. Im Nu hatten sich kleine Gruppen zusammengefunden.

„Wer sich in Gefahr begibt, kommt darin um.“ Deutlich hörte Hannah Muttis Stimme in sich, während sie warteten. Ihr war mehr als mulmig zumute.

„So ein Blödsinn“, schimpfte Rosa, „wetten, dass du dich noch niemals so lebendig gefühlt haben wirst wie jetzt gleich?!“

Hoffentlich fühle ich mich am Ende auch noch lebendig, dachte Hannah und versuchte, das Vibrieren ihrer Finger in den Griff zu bekommen.

Das Warten hatte ein Ende: „The last group, please.“

„Come on, guys“, sagte Ed, der Busfahrer, der kostenlos mitfliegen durfte. Er jedenfalls sah kein bisschen ängstlich aus. Conrad durfte vorn neben dem Piloten sitzen, worum Hannah ihn brennend beneidete. Im nächsten Moment hob der Helikopter wie eine riesige Hummel ab. Hannah war überrascht. Der Vogel flog so ruhig, als säße man in einem Auto. Hannahs Angst war verflogen. Die Kamera schussbereit in der Hand, wartete sie begierig darauf, dass das Waldgebiet unter ihnen ein Ende nehmen würde.

Plötzlich fiel der Helikopter förmlich in den Canyon hinein. Klick, klick, klick. Hannah hatte am frühen Morgen extra einen neuen Film eingelegt, der sechsunddreißig Aufnahmen zuließ. Conrad hatte gemahnt, sie möge nicht gleich alle Bilder verknipsen, aber Hannah konnte nicht anders. Faszinierend ...! Unter ihnen die Wunderwelt, von der sie schon so viel gehört hatte. Die Gewalt und Schönheit der Natur ließ sich, dessen war Hannah sich sicher, auf Fotos nur unzulänglich einfangen. Und doch versuchte sie es. Dieses Rot, Grau, Weiß. Grelles Sonnenlicht über allem. Ganz tief unten schlängelte sich wie ein schmuddeliges Band der Colorado River. So ein mickrig wirkender

Fluss und solch eine gigantische Wirkung? Hannah konnte es kaum fassen.

Der Pilot flog eine Schleife und der Vogel legte sich auf die Seite. Im nächsten Moment flogen sie so frontal auf einen Felsen zu, dass ein Zusammenstoß unvermeidlich erschien - nur um im letzten Moment so nah darüber hinwegzuziehen, dass man beinahe die Grashalme hätte zählen können. Ein Fels sah aus wie Snoopy, ein anderer wie eine Kathedrale, ein dritter wie ein riesiges Tortenstück. Der Pilot brüllte Erklärungen nach hinten, die Hannah nicht verstand. Sie verließ sich allein auf ihre Augen und die hatten genug zu tun.

Irgendwo zwischen dunklen Felsen blitzte ganz tief unten etwas Grünes im Sonnenlicht auf. Der Pilot deutete darauf. Jetzt verstand Hannah sogar, was er sagte: „It's a farm. The only one in the whole Canyon."

Meine Güte, dachte Hannah begeistert, was für eine Einsamkeit da unten, aber auch was für eine Naturnähe. Ein Leben im Angesicht der Ewigkeit.

Die Zeit war tatsächlich im Flug vergangen, als sie auf ein Gebiet mit vielen kleinen Grasbüscheln zuflogen. Aber Grasbüschel? Nein, das mussten Bäume sein. Sie gingen tiefer und Hannah erkannte den Wald. Der fantastische Wunderflug näherte sich viel zu schnell seinem Ende zu, doch jeder Cent hatte sich gelohnt. Das vergesse ich nie, dachte Hannah tief beglückt, mein ganzes Leben lang nicht. Niemals!

Der Rest des Tages stand zur freien Verfügung. Husten und Schnupfen hatten sich ihrer bemächtigt. Zurück am Camp schlug Conrad ein Nickerchen vor und brauchte Hannah nicht lange zu überreden. Im riesigen Business Center auf dem Campgelände kauften sie danach

Tabletten gegen *cold.* An der Kasse blickte Hannah auf die Uhr. Gerade noch zweieinhalb Stunden Zeit bis zum Fototermin in der Abendsonne mit der ganzen Gruppe, den Canyon im Hintergrund. Sie entdeckten den Einstieg in den *Bright Angel Trail*, einen ausgebauten Indianerpfad, der bis zu zweiunddreißig Kilometer lang in Serpentinen nach unten führte, und begnügten sich damit, ein paar hundert Meter weit hinunterzugehen.

Pamela aus Südafrika kam ihnen entgegen, die die Reise allein angetreten hatte. Seit sieben Stunden sei sie unterwegs, berichtete sie schnaufend. „Going uphill all the time is awful. Never ever ever again!" Stundenlang bergauf zu gehen ist sicher kein Zuckerschlecken, dachte Hannah. Und doch war sie neidisch, dass ihr dieses Erlebnis verwehrt geblieben war.

„Du hättest das sowieso nicht geschafft", flüsterte Rosa. „War sicher besser so."

Hannah sog die Luft ein und sagte nichts.

Trotz des Mittagsschlafs zog es Conrad abends früh wieder ins Zelt. Vermutlich hat er keine Lust, wieder mit all den anderen zusammenzusitzen, dachte Hannah, und die Erkältung quält ihn. Betrübt begleitete sie ihn ins Zelt, weil sie fand, dass sich das für eine loyale Ehefrau so gehöre, doch das nagende Gefühl, etwas zu verpassen, überwog. Warum soll ich mir einen Abend am Lagerfeuer hoch über dem Canyon entgehen lassen, dachte sie. Das ist doch wirklich zu viel verlangt, bei aller Liebe.

„Komm doch mit, Schatz", bat sie.

„Nö. Geh ruhig allein, wenn's sein muss. Ich mag nicht."

Die Plätze auf den Baumstämmen rund ums Feuer waren begehrt - die Leute saßen eng an eng. Dann erst bemerkte Hannah den Indianer mit altersgefurchtem Gesicht und langen schwarz-grauen Haaren, der mit brüchiger Stimme Legenden erzählte. Drake, der Tourleader, und Maria, die rassige Südafrikanerin, waren nirgends zu sehen. Vermutlich kommen sie sich im Zelt oder im dunklen Bus gerade besonders nahe, dachte Hannah nicht ohne Neid. Drake und Ed haben vermutlich bei jeder Tour eine andere Angebetete. Was für ein Leben ...!

Hannah fühlte ein ziehendes Gefühl im Bauch, als sie darüber nachdachte. Im nächsten Moment entdeckte sie Allan, den schönen Neuseeländer. Auf dem rauen Baumstamm neben ihm schien noch ein einziger freier Platz zu sein. Einladend lächelte er sie an. Ebenso scheu wie erfreut setzte sie sich neben ihn.

„Do you feel warm enough“, erkundigte er sich.

„To be honest: no!“, sagte Hannah schniefend. Diese Nacht schien noch kälter zu werden als die vorherige.

„Come a bit nearer.“ Galant hob er die Decke, die er über seine Knie gebreitet hatte, und gewährte Hannahs Beinen Unterschlupf. Wie süß von ihm, dachte sie. Genau die Art von Romantik, die ich jetzt gern mit Conrad erlebt hätte, nah beieinander in die Flammen zu blicken und zu wissen, dass es der Grand Canyon ist, der da in seiner einmaligen Großartigkeit in der Dunkelheit liegt. Hannah war Allan wirklich dankbar für seine Freundlichkeit, doch verschnupft, wie sie war, mit den aufkeimenden Herpesbläschen an der Unterlippe, ihren Sauerkrautlocken, den ewig gleichen Klamotten und ungeschminkt fühlte sie sich gerade viel zu unattraktiv, um mit Allan flirten zu können. Dabei mochte sie ihn wirklich, diesen sympathischen Kerl mit dem offenen Blick, den großen, weißen Zähnen und dem vollen blonden Haar. Er sah einfach zu lieb aus.

„Denk an was anderes“, riet Rosa.

Ich kann nicht, dachte Hannah. Verträumt blickte sie ins Feuer, froh, dass es in dessen flackerndem Licht vermutlich zu dunkel war, als dass die anderen hätten erkennen können, was für ein Durcheinander gerade wieder einmal in ihrer Seele herrschte. Ihre Sehnsucht nach Liebe und Zuwendung war gerade in diesem Moment einfach riesen-, riesengroß und sie wusste nicht, wohin damit. Allan ist hier, dachte sie, und Conrad nicht.

Es blieb bei der Sehnsucht – nichts weiter geschah. Das hier war eben nicht Hollywood, das war das Leben. Kein Streicheln, kein Kuss, nicht einmal eine Berührung. Und doch spürte Hannah einen unschuldigen Zauber zwischen Allan und sich, der ihr Trost schenkte. Als sie ein Stündchen später ins Zelt kletterte, schlief Conrad schon. Oder tat er nur so? Sie wagte nicht, ihn anzusprechen. Hannah zog den Trainingsanzug an und schlüpfte dann in den eiskalten Schlafsack. Ihr war übel vor Kälte und sie fühlte sich fast so allein wie in ihrer Hochzeitsnacht mit Berthold, in der er sie, frisch entjungfert, unter das klamme Plumeau auf dem Sofa seiner Junggesellenbude geschickt hatte, während er selbst in seinem warmen Junggesellenbett geblieben war, das er nur für wenige Minuten zum Ehebett gemacht hatte.

*

Das warme Frühstück mit Rührei und gebratenen Brötchen tat Hannah und Conrad gut. Kaum waren sie fertig, stieß Drake seinen Schlachtruf aus: „On the road again!“ Im Bus legte er die Kassette in den Recorder und ließ den gleichnamigen Hit von Willie Nelson laufen. Der Country-Song, den der begabte Gitarrist und Sänger ein Jahr zuvor für den Film *Honeysuckle Rose* geschrieben hatte, war ein Ohrwurm und den Refrain grölten gewöhnlich alle mit.

Wehmütig nahm Hannah vom Canyon Abschied. Vermutlich werde ich niemals zurückkehren, dachte sie. Doch der nächste Höhepunkt wartete bereits.

Las Vegas

Atemlos warf Hannah einen Blick auf den Hoover Dam mitten in den Bergen an der Grenze zwischen Nevada und Arizona. Dieses Mal saß sie auf der richtigen Seite des Busses. Dieses wunderbare, beinahe unwirkliche Türkisblau des Colorado Rivers, das da im Sonnenschein leuchtete. Die gewaltige gebogene Staumauer, die das Wasser aufhielt und sicher zweihundert Meter weit in die Tiefe reichte. Ich hätte nicht gedacht, dass so ein technisches Bauwerk solch eine ästhetische Ausstrahlung besitzen kann, dachte sie, so viel Schönheit. Ein Ausstieg war nicht vorgesehen. Ein schnelles Foto durch die trotz der Arbeit der Buscleaner nicht ganz saubere Scheibe – vorbei.

Eine Dreiviertelstunde später aber lag Las Vegas vor ihnen. Mein Gott, dachte Hannah, was für eine Märchenwelt! *Caesar's Palace*, eines der Hotels, beeindruckte sie über alle Maßen mit seinem eleganten Aussehen und dem illuminierten Springbrunnen vorm Eingang. Und dieser riesige Leucht-Cowboy an der Fassade einer der Spielhöllen. Und das Geglitzere und Geklingele überall.

Man möge vorsichtig sein mit den einarmigen Banditen, hatte Drake blendend gelaunt erklärt, nachdem Barbara ihm die deutsche

Bezeichnung für die glitzernden *slot machines* erklärt hatte. „Very suitable name", sagte er. „Bandits, sure, they are. They take all your money." Er lachte und empfahl im Anschluss das billige Essen, das vielerorts zu bekommen sei, auch wenn die Touristen damit nur in die Etablissements hereingelockt werden sollten, um ihr Geld zu verspielen oder die teuren Shows zu besuchen. „It's up to you", sagte Drake augenzwinkernd und wirkte dabei durchaus so, als würde er persönlich das alles mächtig lieben.

Während sie durch die ersten Spielhöllen schlenderten, träumte Hannah allen Ernstes davon, am nächsten Morgen als Dollarmillionärin die Augen aufzuschlagen. Wie lächerlich, dachte sie, als sie tags darauf arm wie gehabt erwachte. Zwar hatten sie in einem Laden einen ganzen Plastikbecher voller Kleingeld gewonnen, doch das verspielten sie schneller wieder, als sie gucken konnten, und das Budget, das sie sich nun einmal gesetzt hatten, war schnell erschöpft gewesen.

Beim Anblick der Werbung für die Show mit Paul Anka waren sie kurz geneigt gewesen, weiteres Geld auszugeben. Paul's song *She's a lady* war gerade ein absoluter Ohrwurm und Hannah fand, dass der Typ auch noch verdammt gut aussah. Doch ein Blick auf die Preise ernüchterte sie schnell.

„So schön kann der gar nicht sein", sagte sie.

„Sowieso nicht", gab Conrad zurück, fuhr sich mit der Hand durchs Haar und gab ihr einen Kuss. „Außerdem hast du ja mich."

Hannah freute sich. Es schien ihm besser zu gehen.

Everybody kisses

Der Riesenabwasch für die gesamte Truppe gehörte wie die Hilfsdienste beim Kochen und die Busreinigung zu den unvermeidlichen Aufgaben, zu denen sie sich verpflichtet hatten. Alle Mitreisenden wurden gruppenweise eingeteilt, jeweils für mehrere Tage. Hannah und Conrad gehörten zu unterschiedlichen Gruppen. Es dauerte Stunden, bis Hannah mit dem Dishwasher-Team den Abwasch für fünfzig Leute plus Crew erledigt und all die fetttriefenden Bleche und Pfannen geschrubbt hatte, dreimal am Tag. Doch derlei Unbill ließ sie ebenso über sich ergehen wie die Tatsache, dass die Hüte und Sonnenbrillen an Bord vermutlich bereits auf zahlreichen anderen Nasen und Köpfen gesessen hatten. Dann aber kam die Sache mit dem Küssen und damit hatte Hannah ein echtes Problem. Denn was da geschah, war in ihren Augen alles andere als romantisch.

Es begann damit, dass Sheila aus Birmingham ausgerechnet nach dem anstrengenden Tag in Las Vegas als Geburtstagskind gefeiert wurde, auf sehr besondere Weise: Eve servierte eine kleine Torte mit vielen Kerzen. Nachdem die ausgepustet worden waren, forderte Drake alle Männer auf, zum Küssen des Geburtstagskindes anzutreten. Sheila ließ sich die nun einsetzende Kussorgie verschämt grinsend gefallen und Conrad schien ebenso wie die anderen Herren keine Schwierigkeiten damit zu haben, das hübsche, blonde Mädchen zu küssen. Während Hannah noch darüber nachdachte, wie froh sie war, erst im Frühjahr Geburtstag zu haben, bahnte sich die Steigerung des Programms an.

Drake, der zur Feier des Tages zu den knallbunten Hosenträgern auch noch einen pinkfarbenen Hut mit Eselsohren trug, war eindeutig in Fahrt. Er nahm einen großen Schluck Rotwein und verlangte dann lautstark: „Now everybody kisses everybody!“

Hannah glaubte, sich verhört zu haben, doch Drake meinte es ernst. Er instruierte alle Mitreisenden fröhlich dazu, sich in zwei Kreisen aufzustellen, Männer und Frauen getrennt, um dann küssend immer ein Plätzchen weiterzuziehen.

Die Japanerinnen zogen sich auf der Stelle ins Zelt zurück. Hannah war komplett verunsichert. Oh Gott! Was mach ich denn jetzt? Es klingt ebenso verlockend wie schrecklich. Aber ich muss es wenigstens versuchen ...

Sie küsste einige Männer und bemerkte schon bald, dass die Küsserei sich zumeist nicht in brüderlichen und schwesterlichen Küssen erschöpfte, sondern Zungen kreisten. Sie ließ sich von Drake küssen, ganz kurz nur und harmlos. Offenbar schreckte ihr ernster Blick ihn ab. Den sympathischen Vince aus Melbourne in Australien küsste sie versuchsweise ein wenig länger – zu ihrer eigenen Überraschung mit Zunge, doch als sie diesen langen Kuss so, wie sie es stets bei Conrad tat, mit einem liebevollen, kurzen Küsschen beendete, anstatt einfach so auseinanderzugehen, und Vince sie daraufhin ganz komisch, beinahe mitleidig ansah, floh sie beschämt aus dem Kreis. Abseits vom Geschehen ließ sie sich auf einer Bank nieder, wieder einmal unzufrieden mit sich selbst.

Vince hält dich jetzt ganz bestimmt für prüde und altmodisch, für eine Spielverderberin, dachte sie. Und das bin ich wohl auch. Hoffentlich redet er nicht später mit anderen darüber. Das alles ist so schrecklich peinlich. Betrübt beobachtete sie Conrad, der strahlend von Frau zu Frau ging und die ganze Aktion sichtlich genoss. Seine Erkältung schien er vergessen zu haben. Als es endlich vorbei war, saß er brav an ihrer Seite, während sie missmutig ins Lagerfeuer blickte. „Bei der dicken Gaby war es schon ein bisschen ekelig“, sagte er, „aber insgesamt war es toll.“

„Was du nicht sagst.“ Lange hatte Hannah sich nicht mehr so unwohl gefühlt.

Es war bereits gegen ein Uhr in der Früh, als sie endlich ins Zelt gingen und Hannah kurz vorm Einschlafen bedauernd darüber nachdachte, dass ihre Feigheit sie die ultimative Gelegenheit gekostet hatte, den schönen Allan zu küssen, aber das war vielleicht ganz gut so.

Gefahr & Ablenkung

Die internationalen Nachrichten, mit denen Drake sie täglich per Bus-Mikro versorgte, hatten Unerfreuliches zu vermelden: Krieg war ausgebrochen zwischen dem Iran und dem Irak. Die Russen, so hieß es, würden durch Polen an die afghanische Grenze marschieren. Der Iran drohe, den Luftweg zu den Ölländern zu sperren. Hannah wurde ein wenig übel. Das klingt ernst, dachte sie beklommen. Die Gefahr eines dritten Weltkrieges, von der immer wieder einmal die Rede war, war mit einem Mal wieder zum Greifen nah.

Ablenkung tat not und Hannah war erleichtert, als sie am Eingang der *Geisterstadt Gallico* in der Mojave-Wüste ankamen, einer naturgetreu restaurierten Bergarbeiterstadt. Ihnen blieben zwei Stunden Zeit, um Essen zu fassen und in brütender Hitze herumzugehen. Bereits nach einer guten halben Stunde ließ Conrad sich auf eine Bank fallen. „Ich bin echt froh, wenn die Tour endlich vorbei ist“, sagte er.

„Das meinst du nicht ernst, oder? Wir haben uns doch so darauf gefreut.“

„Vielleicht war das falsch. Mir ist so was einfach zu anstrengend. Und guck dich doch mal um. Was soll denn daran toll sein?!“

Zwischen verdorrtem Gras und ohne nennenswerte Bäume und Sträucher standen Holzhäuser herum. Außer Braun und Beige gab es so gut wie keine Farben. Dort, wo früher Silber und Borax abgebaut worden waren, fuhr immerhin eine Eisenbahn in die Grube ein. Es gab ein altes Feuerwehrauto, einen Barber Shop, ein Schulhaus, eine Art Kaufhaus, in dem früher offenbar neben Nudelhölzern, Sieben und Nachthemden auch Colts über die Ladentheke gegangen waren, ein Restaurant und einen Saloon mit einem Schaukelstuhl davor. Außerdem ein Geschäft, in dem wundervolle Patchworkarbeiten angeboten wurden. Doch ihre Reisekasse war so gut wie leer. Oben auf dem Hügel würde das angeblich beste Eis von ganz Kalifornien verkauft, erzählte Pam im Vorbeigehen. Das ist drin, dachte Hannah.

„Komm, Schatz", sagte sie, „ein Eis wird uns guttun."

Die drei Kugeln in abenteuerlichen Sorten, die die schwarze Verkäuferin ihnen in die Hörnchen füllte, waren gigantisch groß und Hannah war fest entschlossen, sich die Laune nicht verderben zu lassen.

Zauberwelten

Die *Universal Studios* in Los Angeles wollte auch Conrad offenbar mit allen Sinnen genießen – was für ein Glück, dass er nicht streikte. In einer Mini-Eisenbahn fuhren sie übers Gelände und eine Show der Superlative begann. So etwas war ihnen aus Europa vollkommen unbekannt: Aus dem Nichts auftauchende Kanonen stießen Dampfwolken aus. Im nächsten Moment fuhren die Besucher in eine Raumfahrtstation hinein, wo Monster und Roboter einen galaktischen Überfall inszenierten. Beinahe zum Anfassen nah waren die Marsmenschen an ihren Schaltpulten zu sehen, die peitschenden Flammen, die Laserkanonen, die ihren tödlichen Strahl auf Puppen richteten, die getroffen zu verglühen schienen. Rote Lampen leuchteten auf, ein Schauspieler im grellorangefarbenen Dress ballerte wie wild um sich. Ohrenbetäubender Lärm erfüllte das Studio. Vollkommen gebannt verfolgte Hannah das Spektakel, mit vor Staunen offenem Mund.

„Instantly you will enter our test studios", sagte die Stimme aus dem Lautsprecher. Eine Schiebetür wich zur Seite – die Bahn fuhr ein. In einem der Räume saß ein Mann auf einem schweren Motorrad, während hinter ihm auf der Leinwand ein Film die Straßen von Monte Carlo zeigte. Es wirkte so, als führe dieser Mann wirklich und genau in diesem Moment dort herum. Sie erlebten bewegliche Fußböden, austauschbare Wände, Fenster, hinter denen man es nach Belieben regnen oder schneien lassen konnte. In einem weiteren Raum hob ein Mann mit einer Hand einen schweren Wagen an und ein anderer sprang über eine Stahlsprossenwand, wie von Geisterhand getragen.

Hannah schwebte inzwischen beinahe selbst – vor Glück und Begeisterung. Alle ihre Sinne waren angeregt, all ihre Antennen ausgefahren. Ihre Nerven vibrierten. Selten hatte sie sich lebendiger gefühlt und doch war sie erleichtert, als sich für sie, als sie zurückkamen auf die studioeigenen Straße, eine stillere Welt eröffnete. Hannah genoss das kurze Aufatmen für die Seele, als sie die Villengegend betrachtete, die wie schlafend vor ihnen lag. Häuser, die allesamt in Filmen eine Rolle gespielt hatten. Das Haus, in dem 1959 Hitchcock's *Marnie* hinter dem Duschvorhang vor ihrem Mörder zitterte, fehlte nicht. Hannah spürte Gänsehaut im Nacken. Minuten später brach vor ihren Augen eine Brücke zusammen. Sie fuhren trotzdem darüber, während es rumpelte und krachte, Pfähle zusammenzubrechen drohten.

„Träum ich oder seh ich das hier alles wirklich?", fragte Hannah. „Kneif mich mal, Schatz."

„Das glaubt uns zu Hause keiner", gab Conrad zurück.

Es war wie in einem guten Roman: Action und stille Momente wechselten miteinander ab. Hier ein friedlicher Wald, da ein plötzliches Unwetter, das Bäume umknickte wie Streichhölzer. Den Hügel hinunter donnerte ein Sturzbach auf sie zu. Schon hörte es auf, zu regnen, und der Baum richtete sich wieder auf. Sie passierten ein mexikanisches Viertel, sahen ein U-Boot durch einen See fahren und abtauchen, bevor eine Detonation das Wasser aufpeitschte. An anderer Stelle bildete der See eine Furt, die sich vor ihnen auftat wie vor Moses im Roten Meer. Die Mini-Eisenbahn fuhr hindurch, das Wasser floss zurück und es war nichts weiter zu sehen als die spiegelglatte Fläche des Sees. Dann ein gellender Pfiff. Hannah zuckte zusammen. Von rechts jagte eine prustende, zischende Lokomotive mit einer großen Puppe im Lokführerstand auf sie zu. Im nächsten Gewässer verschwand ein armer unschuldiger Angler. Von rechts schoss der *Weiße Hai* aus dem Wasser heraus, mit weit aufgesperrtem Maul und dolchspitzen Zähnen. Pappmaché - Hannah war nah genug dran, um das sehen zu können. Dennoch war ihr erneut der Schreck in die Glieder gefahren.

Es war faszierend. Es war anstrengend. Als die Fahrt in der kleinen Bahn mit einem Mal zu Ende war und sie zu Fuß weitergingen, stellte Hannah fest, dass das Gelände kleiner war als zunächst gedacht. Doch die Illusion von Größe und Weite war wie so manch anderes hier einfach perfekt. Ein wenig Zeit blieb noch für die kurzen Shows. Endlich ein Blick auf die Uhr. „Die Stunt-Show schaffen wir nicht mehr“, sagte Hannah - traurig und erleichtert zugleich.

Vor dem weltberühmten *Chinese Theatre* blieb ihnen eine halbe Stunde, um sich die Sterne und die vielzitierten Hand- und Fußabdrücke sowie Unterschriften der Stars davor anzusehen und nach Namen zu suchen, die sie kannten. Hannah legte ihre rechte Hand in den Abdruck von Doris Day's Hand. Passte beinahe genau. Sie wunderte sich, welch kleine Füße viele Schauspielerinnen hatte – winzige Pfennigabsätze, schmale Spitzen. Ob sie die Schuhe wohl wegwarfen, nachdem der frische Zement sie ruiniert hatte? Selbst die winzigen Fußabdrücke von Kinderstar Shirley Temple waren zu sehen. Als sie weiterfuhren, sah Hannah durchs Busfenster den berühmten weißen Schriftzug am Hang: *HOLLYWOOD.* Sie waren wirklich da, auch wenn sie bereits wieder fuhren, um wenig später der Liveshow eines Fernsehsenders beizuwohnen, wo ihnen beigebracht wurde, wie sie zu klatschen hatten, bevor man auf Sendung ging.

*

Es war wunderbar und zugleich beinahe mehr, als in Hannahs Seele hineinpasste. Disney Land. Noch niemals hatte Hannah so etwas Zauberhaftes gesehen. Sie war einfach hingerissen von all den märchenhaften Eindrücken entlang der *Main Street,* und den einzelnen Welten, die davon abgingen: *Fantasy Land* mit fliegenden Elefanten und rasend schnellen Matterhorn-Bob-Sleds, *It's a small world*, wo man mit Booten durch einen schmalen Kanal fuhr, um Puppen in Aktion in Trachten aus aller Herren Länder zuzusehen. *Tomorrow Land* – mit der Simulation eines Raumflugs und einer dreißigminütigen Show mit schwarzen und weißen Sängern und Sängerinnen, die durch hervorragende Stimmen bestachen. *Adventure Land* - mit jenem Geisterschloss, durch das man in runden Gondeln fuhr und mittels geschickter Spiegelungen den Eindruck gewann, plötzlich einen leibhaftigen Geist mit an Bord zu haben. Schließlich *Frontier Land,* wo es eine Zahnradbahn gab, Geier die Köpfe senkten, Felsbrocken fielen und Felswände sich verschoben. Nach den Eindrücken im Universal

Studio hatte Hannah gedacht, vergleichbar märchenhaft Perfektes sicher niemals wiederzusehen, doch Disney Land schien die Studios noch zu übertreffen. Sie wurde wieder zum Kind. Zum Kind, das mit großen Augen und weit offenen Sinnen Märchen am eigenen Leib erfuhr, von denen es zuvor nur in Büchern gelesen hatte.

Farewell

Inzwischen war auch Hannah schon fast froh, dass die Reise allmählich zu Ende ging. Der vorletzte Tag war hereingebrochen. Nach einem Abstecher nach Solvang, einer dänischen Stadt mit Fachwerkhäusern, spitzen Giebeln und romantischen Türmchen, erreichten sie am später Nachmittag *Pismo Beach*, das letzte Camp auf ihrer Route. Der Pazifik lag zum Greifen nah - die Distanz zwischen zwei Ozeanen war überwunden. Fünftausend Kilometer - Hut ab vor Ed's Leistung! Nach einem herrlichen Barbecue mit Fleisch, Grillkartoffeln, Mais und buntem Salat ging es zum Abschiedsabend in die Disco. Durch die Fenster neben der Theke sah Hannah aufs Meer, während sie zugleich, eine *Pina Colada* in der Hand, einem Typen lauschte, der sich bemühte, mit Gesang, Gitarre und Rhythmusgerät die Leute zum Tanzen zu animieren. Mit Hannah tanzte niemand – aber das kannte sie ja schon.

*

Montag. The very last day. Das morgendliche Müsli hing Hannah inzwischen derart zum Hals heraus, dass sie sich zum Frühstück mit etwas Trockenobst und einem Schluck Orangensaft begnügte. Conrad hatte sich bereiterklärt, auf die Zeltinspektion zu warten, und Hannah nutzte die Zeit, um zum Meer hinunterzugehen, den Fotoapparat in der

Hand. Ihr Herz atmete auf. Endlich allein – mit sich und der Natur. Hier sah es so aus, wie sie sich den Pazifik immer vorgestellt hatte: dunkelblaues, schäumendes, wogendes Wasser. Unzählige Vögel, die sie für Kormorane hielt, hockten im Sand, flatterten herum, schwangen sich in die Höhe und drehten ihre Kreise. Aus dem Sand ragte starr ein toter Fisch. Ein Felsen wuchs ganz in der Nähe in den Himmel hinein und bildete eine majestätische Kulisse für Hannahs Aufnahmen. Sie hatte nicht viel Zeit und musste sich geradezu losreißen von der wunderbaren Atmosphäre. Hier sind Natur und Frieden, dachte sie, hier möchte ich gern bleiben. Leider waren Zeit und Muße während des gesamten Urlaubs ein Fremdwort geblieben. Eile, Termine, Aufbruch – so hatten die Sklaventreiber geheißen und nicht mehr lange, dann würde es letztmalig für sie heißen: Load up!

*

Zum Mittagessen kehrten sie in ein Schnellrestaurant am Straßenrand ein, wo sich das Roastbeef als zäher, fettiger Rindfleischlappen erwies, zu dem kaum weniger fettigen Pommes frites serviert wurden. Dass all das Fett eine gute Grundlage sein würde für das, was nun kommen würde, konnte Hannah noch nicht wissen, doch kaum war Ed wieder losgefahren, da begann die Sektparty an Bord. Die ersten Stunden der Fahrt verbrachte Hannah in sich gekehrt in ihrem Sitz. Der Abschied von all den vertraut gewordenen Gesichtern und Gewohnheiten erschien ihr als Herausforderung, doch zugleich sehnte sie sich nach ihrem gemeinsamen Zuhause, nach hundertzehn Quadratmetern Wohnfläche an Stelle eines stinkenden Zeltes, nach ihrer eigenen Waschmaschine und einem gut gefüllten Kühlschrank, den sie nach eigenem Gusto würde füllen können, nach Deutsch sprechenden Menschen um sich herum und dem eigenen Auto vor der Tür. Conrad, der in der letzten Busreihe saß, dort, wo es besonders schaukelte, weil kein anderer Platz mehr freigewesen war, las in einem Buch und schien das Getöse um sich herum vergessen zu wollen. Komisch, dass ihm nicht schlecht wird, dachte Hannah.

„Wanna have some champain?“ Der lange John, Allan's Freund, den Hannah bisher arrogant gefunden hatte, riss sie aus ihren Gedanken und hielt ihr einen weißen Plastikbecher entgegen. Mit einem Mal sah er richtig freundlich aus. Noch freundlicher wirkte Allen selbst. Seit mehreren Tagen schon hatte Hannahs Blickkontakt mit dem Neuseeländer sich vertieft. Anstatt wegzusehen, hatte sie seine Blicke zugelassen – im Bewusstsein, dass sie auch ihn vermutlich nie im Leben wiedersehen würde. Nun, da das Ende der Reise nahte, war sie ein wenig mutiger geworden. Sie nahm ein paar Schlucke von dem süffigen Sekt, ließ sich nachschenken und bald zeigte der Alkohol, der, vom Fahrersitz abgesehen, im ganzen Bus in Strömen floss, auch bei Hannah seine Wirkung. Sie wurde deutlich lockerer. Und nicht nur sie. Der lange John zog Hannah, die es nicht länger auf ihrem Sitz gehalten hatte, auf seinen Schoß und kniff sie mit beiden Händen in den Hintern, als sie, sich wehrend, wieder aufstand.

„Hey!“, rief Hannah. Ihr Blick suchte Conrad. Er hatte das Buch beiseitegelegt und schlief. Zumindest tat er so. Sie sah Allan an, der neben ihr stand. Er war nicht frech oder gar dreist wie sein Freund. Er legte liebevoll, beinahe beschützend, seinen Arm um ihre Taille und versorgte sie mit der freien Hand mit Wein, nachdem der Sekt ausgegangen war. Hannah fühlte sich unter dieser Berührung beglückt und unwohl zugleich. Pam musste zum Klo und löste die Träger ihrer Latzhose grinsend schon auf dem Weg dorthin. Margret, die bisher eher reservierte Rothaarige aus Holland, die gerade noch mit Brian geknutscht hatte, zog überraschend Hannah in ihre Arme, die inzwischen selbst schwankend auf dem Weg zur Bustoilette war. „Give me your address“, lallte sie.

Scheißsekt, dachte Hannah. Nur mühsam hielt sie sich im fahrenden Bus aufrecht. Es fiel ihr bedrohlich schwer, nicht auf Mitreisende zu fallen. Sie fühlte sich wie auf einem Watteteppich und als sie sich die in dem winzigen Becken die Hände wusch, zogen ihre Eingeweide sich zusammen und wieder auseinander, als wollte sie in ihrem Inneren ein Tänzchen miteinander wagen.

Als Allan wenig später nach ihrer Hand griff, war Hannah plötzlich hellwach. Zärtlich sah er sie an. Jetzt müsste er mich küssen, dachte sie, einmal nur. Er tat es nicht. Und dennoch dachte sie, beduselt wie sie war: Was für eine wundervolle Party! So locker, so lebensfroh. Warum nur halte ich mich sonst immer zurück von so etwas? Es ist doch so schön, nicht länger unsichtbar für die anderen zu sein. Endlich einmal keine Außenseiterin zu sein, sondern genauso locker und tabulos wie die anderen. Endlich gehöre ich einmal dazu.

In diesem Moment öffnete Conrad die Augen. Er sah blass aus. Vermutlich war ihm doch schlecht inzwischen. Jemand drückte ihm einen gefüllten Plastikbecher in die Hand und er nahm einen tiefen Schluck. Aber er blieb sitzen. Er kam nicht zu ihr, legte nicht den Arm um sie, redete nicht mit ihr und teilte auch nicht ihren Abschiedsschmerz. Stattdessen spürte sie Allan's Hand, die immer noch die ihre hielt. Hannah wusste nicht, was sie fühlen sollte und durfte. Ich halte doch wirklich viel von Treue, dachte sie. Ich erwarte sie von Conrad. Ich erwarte sie von mir.

Ein würziger Duft Allan's Aftershave. Er drückte ihr einen Kuss auf die Wange. Hannah erschauerte. Es ist so schön, umworben zu werden, dachte sie sehnsüchtig, nicht im Alltag zu vertrocknen, immer wieder etwas Besonderes zu spüren. Warum nur ist es mit Conrad nicht mehr so schön wie am Anfang. Warum nur muss jede Liebe irgendwann zum Alltag werden?

„Du willst zu viel, Hannah." Wie oft schon hatte Conrad das gesagt. Aber ich will doch nur beachtet werden, dachte sie. Ich will geliebt werden. Und mich sicher und geborgen fühlen. Sie versuchte noch einmal, Conrads Blick zu erhaschen. Er wirkte bedrückt und schien durch sie hindurchzusehen. Im nächsten Moment hielt der Bus.

„We're home", rief Drake. Verunsichert sah Hannah sich um. Es war, als würde sie aus einem Traum erwachen. Lachende Gesichter, fast leere Becher, eine heillose Unordnung im ganzen Bus. Durch das ein wenig beschlagene Fenster blickte sie nach draußen. *Yerba Buena*, las sie. Das gebuchte Hotel. Es war so weit: Die Busreise, auf die sie so lange und sehnsüchtig gewartet hatten, der Höhepunkt ihres bisherigen Lebens, war zu Ende.

*

Sie bezogen ihr Hotelzimmer und Conrad hatte ganz offensichtlich nicht vor, es an diesem Tag noch einmal zu verlassen. Vorsichtshalber fragte Hannah dennoch nach: „Du willst nicht zur Party in die Bar?" Sie lauschte dem Klang ihrer Stimme nach. Lalle ich etwa? Vermutlich wäre es auch für mich das Vernünftigste, einfach früh schlafen zu gehen, dachte sie. Aber auch das Langweiligste „Dann sehen wir die ganzen Leute ja nie wieder ...!", schob sie nach. „Das wäre doch schade."

„Das tun wir sowieso nicht, Hannah. Vorbei ist vorbei."

„Aber das ist doch einfach zu schade. Warum sollen wir denn nicht mit den anderen feiern und noch ein bisschen Spaß haben? Und wir müssen ja ..." Sie suchte verzweifelt nach Argumenten. „Also wir müssen ja schließlich auch noch was essen. Und außerdem will ich noch was von San Francisco sehen!" Hannah hatte ein wenig Schwierigkeiten, sich zu konzentrieren, aber was sie genau spürte, war: So schnöde darf dieser herrliche, einmalige Urlaub nicht zu Ende gehen!

„Hannah", sagte Conrad und seine Stimme klang so, als müsse er sich mühsam bremsen, um nicht zu explodieren, „man muss wissen, wann es genug ist. Wir haben viel, ja sehr viel gesehen und man muss auch irgendwann mal zufrieden sein. Wir haben noch Obst und ein paar von den Sandwiches, die ich extra beim Frühstück für uns geschmiert habe. Das können wir essen, wenn wir Hunger kriegen. Morgen gehen wir frühstücken und dann geht es ab zum Flughafen. Außerdem denke ich, du hast wirklich zu viel getrunken."

Er hatte sich ausgezogen, während er sprach, schlug die Bettdecke zurück und verschwand darunter. „Komm zu mir, Schatz", sagte er und klang plötzlich versöhnlich. „Lass uns ein bisschen kuscheln. Überleg doch mal: Endlich sind wir wieder ganz für uns."

Hannah sah auf die Uhr. Es war kurz nach sechs. „Aber Conrad ..." Sie spürte Tränen in den Augen. „Nichts gegen Kuscheln, aber doch nicht jetzt. Es ist noch viel zu früh."

Conrad sah verletzt aus. Was mach ich denn jetzt, dachte Hannah verzweifelt. Ich will ihn nicht vor den Kopf stoßen, erst recht nicht nach meinem Flirt mit Allan. Aber San Francisco. China Town. Die Golden Gate Bridge ... Und hat Conrad sich nicht oft genug ins Zelt zurückgezogen, während die anderen gemütlich beisammensaßen? Immer habe ich ihn gewähren lassen oder bin ihm gefolgt. Aber das hier ist doch etwas anderes. Zutiefst frustriert begann Hannah, sich ebenfalls auszuziehen.

Im nächsten Moment aber bekam sie ihre Chance. Conrad hatte sich plötzlich aufgerichtet. „Wo ist die kleine schwarze Tasche?", fragte er. Hannah sah sich um. „Ich weiß nicht. Womöglich haben wir sie in der Halle stehen lassen."

„Dann sieh nach, schnell."

In der schwarzen Tasche waren all ihre Souvenirs und die Reste vom Proviant. Eilig zog Hannah die Jeans wieder hoch, verließ das Zimmer und fuhr mit dem Fahrstuhl in die Lobby. Gott sei Dank, da stand sie.

Auf dem Rückweg traf Hannah auf dem Gang auf Jutta, die sanfte, zierliche Düsseldorferin, die seit der Kussorgie an jenem Abend das Zelt mit Yamachan, dem freundlichen Japaner, geteilt hatte.

„Hallo, Hannah“, sagte sie, „geht ihr noch zur Abschiedsparty?“

„Ich glaube nicht. Conrad will nicht. Und du?“

„Ich auch nicht. Yamachan ist vorhin schon abgereist. Sein Flieger geht noch heute. Da ist mir nicht nach Feiern.“ Für einen Moment sah sie traurig aus. Dann lächelte sie. „Ich sehe mir lieber die Stadt an. Komm doch mit.“

Hannah zögerte nur kurz. Das ist die Gelegenheit, dachte sie. Ich brauche nicht allein zu gehen und bekomme noch was zu sehen. Wenigstens ein bisschen. Allein traue ich mich ja sowieso nicht.

„Gut“, sagte sie, „wir treffen uns in zehn Minuten in der Lobby, okay? Ich sag nur schnell Conrad Bescheid.“

Drei Minuten später war er informiert, Hannah stand mit neu erwachter Unternehmungslust im Bad und warf sich reichlich kaltes Wasser ins Gesicht. Dann trocknete sie sich ab, puderte sich die Nase, zog ihren Seasucker-Overall an, drückte ihrem Mann, der sich beleidigt wegdrehte, einen Kuss auf die Wange und machte sich auf den Weg.

*

Auf den Anblick der fast zwei Kilometer langen Golden Gate Bridge musste Hannah schweren Herzens verzichten. Von der *Banc of America* aus sollte man sie sehen können, doch die hatte geschlossen. Vom Hotel aus wären es zu Fuß rund zwei Stunden gewesen – und dann wieder zurück. Auch ihr Traum von einer Fahrt mit einem der *Cable Cars* diese wahnsinnig steile Straße hinauf, die Hannah in einem Film gesehen hatte, würde sich nicht erfüllen, denn die berühmte Straße war offenbar ganz woanders. Blieb noch *China Town.*

Die größte chinesische Gemeinde außerhalb Asiens erreichten sie in einer guten Viertelstunde. Für ein Weilchen ließen sie sich treiben. Hannah bewunderte all die leuchtenden Papierlampions und die dekorativen Straßenlaternen, sah viel Rot und viel Gelb, blickte in so manches asiatisch geschnittene Gesicht, nahm den herzhaften Duft aus Garküchen am Straßenrand auf, hörte fremde Stimmen und fand doch, dass das Viertel nicht so aufregend war, wie sie gedacht hatte.

Sie wandten sich ab und erklommen eine der Seitenstraßen, die steil bergan führten. Oben angekommen, sahen sie tatsächlich ein *Cable Car,* einen einzelnen Wagen, vollgestopft mit Menschen, bis hin zu den Trittbrettern.

Zwei gutaussehende Schwarze kamen ihnen entgegen, als sie sich auf den Rückweg machten, weil Jutta nun doch den Beginn der Party miterleben wollte. „Two girls without boyfriends", sagte einer von ihnen, änderte die Richtung, lief eine Weile neben ihnen her und ging, als sie nicht reagierten, zu seinem Freund zurück.

Obwohl Hannah gern mehr von der Stadt gesehen hätte, war sie erleichtert, als sie sich dem Hotel näherten. Conrad konnte so liebevoll, treu und hilfsbereit sein, aber wenn er verletzt ist, dauerte es oft Tage, bis sie sich wieder verstanden und mit einem zunächst leicht verschämten, dann erleichterten Lächeln zu neuer Zärtlichkeit fanden. Und doch blieb mit jedem langen Schweigen eine kleine Narbe in Hannahs Seele zurück.

Als Hannah das Hotelzimmer betrat, schien ihr Mann zu schlafen. Enttäuscht schaltete sie den Fernseher an. Conrad schlug die Augen auf. „Mach den Fernseher aus", sagte er und schon fand sie sich, erleichtert, dass er nicht böse war, in seinen Armen wieder.

Nach einer Zwischenübernachtung in New York hatte die Zeit gerade noch gereicht, mit dem Fahrstuhl des Empire State Buildungs bis ganz nach oben zur Aussichtsplattform zu fahren. Staunend hatten sie die Stadt aus der Vogelperspektive betrachtet. Nun waren sie erneut über den Wolken – auf dem Weg zurück nach Deutschland. Während es in New York inzwischen finsterste Nacht sein würde, entdeckte Hannah vom Flieger aus nach einigen Stunden einen orangefarbenen Streifen am Himmel. Gelbe Farbe gesellte sich dazu, dann himmelblaue. Unter ihnen waren weiße Wolkenhaufen zu erkennen, hier und da ein Licht, wenn die Wolkendecke riss. Die Maschine flog tiefer, beinahe in die Schicht weißer Zuckerwatte hinein. Wieder ein Loch in den Wolken. Grauschwarz erkannte Hannah Felder, dann einen Fluss, Häuser, Straßen, Autos. Ungeahnt schnell näherten sie sich der Erde. Hannah entdeckte die ersten Positionslichter des Flughafens und dann das graue Band der Rollbahn. Bollernd setzte die Maschine auf und rollte gemächlich zu ihrem Parkplatz.

Vorbei.

Wieder daheim.

Amerika war Vergangenheit.

Das Taxi Richtung Altenessen fuhr am Gebäude der Essener Bergbau vorüber. Erst am nächsten Morgen würde Hannah wieder dort antreten müssen. Der heftige Verkehrslärm ernüchterte Hannah, als das Taxi sie vor dem Mietshaus, in dem sie lebten, ausspuckte. Doch kaum hatten sie die Haustür hinter sich ins Schloss fallen lassen, mit all ihrem Gepäck mühsam den Weg in den dritten Stock bewältigt, die Wohnungstür aufgeschlossen und ihre so liebevoll hergerichtete Wohnung betreten, war Hannah einfach nur noch glücklich und erleichtert, wieder zu Hause zu sein. Nur Conrad und ich, dachte sie. Und genau so soll es doch sein.

Ein knappes Jahr später. Hannah war nun sechsundzwanzig Jahre alt und die vielfältigen Eindrücke des wunderbaren Amerikaurlaubes beleuchteten ihre innere Welt noch immer wie das Licht einer kostbaren, dicken Kerze. Ihre Reisen waren stets wichtige Höhepunkte ihres gemeinsamen Lebens gewesen. Reisen, die sie nach Paris und Versailles geführt hatten, nach Korsika oder Dänemark, quer durch Jugoslawien bis zur albanischen Grenze und nach Mostar mit seiner pittoresken Brücke, zu den wundervollen Plitvicer Seen, die Hannah mit ihrem türkis-grünen Farbspiel, den Wasserfällen und den gewundenen Holzpfaden begeistert hatten. Und zuletzt quer durch die USA.

Gewöhnlich waren sie zweimal im Jahr mit Zelt und Auto unterwegs und sehnten die nächste Fahrt schon immer Monate im Voraus herbei. Beim Campen genoss Hannah das Zusammenspiel von Freiheit und vertraut-häuslicher Behaglichkeit sehr. Indem sie ihr häusliches Leben an Conrads Seite einfach zwischen Zeltwände verlagerte, konnte sie sich für begrenzte Zeit überall daheimfühlen.

In diesem Sommer fiel der Urlaub ein weniger bescheidener aus als bei der Amerikareise im Jahr zuvor und führte sie auf die Zeltplätze von Südengland, doch in seinem Verlauf würde sich etwas Einzigartiges ereignen: Bei einer Fahrt durch einen der Hohlwege in Cornwall in Richtung *Land's end* kamen ihnen auf der sonst fast menschenleeren Straße zwei Autos entgegen. Hannah guckte hin und - erstarrte. Im vorderen Wagen, einem offenen Cabriolet, glaubte Hannah *Lady Di* und *Prince Charles* zu erkennen. Im zweiten saßen zwei Männer, vermutlich Security-Kräfte. Die hübsche junge Frau lächelte

Hannah im Vorüberfahren freundlich zu, der Mann an ihrer Seite grinste leicht. Spontan lächelte Hannah zurück, da waren die beiden Wagen auch schon wieder verschwunden. Sie konnte ihr Glück kaum fassen. Was für eine Ehre! Diana! Für Hannah war die sympathische Zwanzigjährige mit dem scheuen Augenaufschlag, die sich im Februar des Jahres mit Prince Charles verlobt hatte und ihn in Kürze heiraten würde, ein absolutes Idol. Niemals würde sie die Fernsehbilder vergessen, die die sympathische Kindergärtnerin an der Seite des Kronprinzen zeigte, der ihr diesen tollen Ring mit dem großen blauen Stein an den Finger gesteckt hatte. Niemals das bezaubernde Lächeln, mit dem Diana sich der Presse präsentierte. Dianas Geschichte war ein Märchen, wie Hannah es liebte.

„Also, wenn das echt die Prinzessin war, fress ich einen Besen", sagte Rosa. „Vermutlich ist die Fantasie mal wieder mit dir durchgegangen, meine Liebe."

Mann! Warum musste Rosa aber auch immer alles kaputtmachen?! Es war doch so eine schöne Vorstellung gewesen ...!

Hannah musste an Papa denken, der so oft erzählt hatte, die persische Kaiserin Soraya in seinen Armen gehalten zu haben, was nichts anderes bedeutete, als dass er an der Drehtür des Spielcasinos von Monte Carlo mit ihr zusammengestoßen war. Keine Leistung und doch hatte es ihn nachhaltig stolz gemacht. Und diese junge Frau hatte doch wirklich so ausgesehen wie die künftige Frau des Kronprinzen!

Als Hannah am nächsten Tag an einem Zeitungsstand einer Schlagzeile entnahm, dass das illustre Paar sich derzeit in Cornwall aufhalte, um repräsentative Pflichten zu erledigen, war ihre Welt wieder in Ordnung. Es ist keine Einbildung gewesen, jubilierte sie im Stillen. Ich habe es tatsächlich erlebt: Eine echte Prinzessin hat mir zugelächelt. Und ausnahmsweise hat Rosa einmal nicht recht gehabt.

Ein Baby wäre schön

Während ihrer ersten gemeinsamen Jahre hatte Hannah stets behauptet, keine Kinder haben zu wollen. Ihr Traum von Abitur und Studium war noch nicht ausgeträumt und Hannah glaubte nicht daran, dass man als Frau Karriere und Familienleben wirklich vereinbaren könnte. Conrad hatte das bislang hingenommen. Doch dann passierte kurz nacheinander zweierlei:

Zum einen bekam Hannah von ihrer Hausärztin einen unerwarteten Rat. Hannah war wieder einmal stark erkältet, klagte über anhaltende allgemeine Schwäche, trübe Stimmung und darüber, wie sehr ihr Job sie gerade anstrenge. Dann holte sie Luft und bat um einen *gelben Schein.*

„Okay", sagte die Ärztin, „ich schreibe Sie noch mal für eine Woche krank. Aber ich denke, dass Ihr schwaches Abwehrsystem durchaus seelische Ursachen haben könnte. Sie sind eine junge Frau. Warum werden Sie nicht einfach schwanger und bleiben mit Ihrem Kind daheim?"

„Wir möchte keine Kinder", sagte Hannah.

„Tatsächlich?" Die Ärztin schob die Brille auf ihrem Nasenrücken etwas höher. „Das sollten Sie überdenken. Ich finde, die so genannten modernen Frauen sollten sich einmal klar machen, was das von der Natur Gewollte im Leben ist. - Bitte sehr und auf Wiedersehen."

Ohne die Spur eines Lächelns reichte sie die Krankschreibung über den Schreibtisch und Hannah war entlassen.

Sehr nachdenklich ging sie nach dieser Unterredung nach Hause. Eine Woche nicht zur Arbeit gehen zu müssen, dachte sie, das ist sicherlich gut und erholsam, aber immer zu Hause bleiben zu dürfen, zumindest über Jahre, wie müsste das erst einmal sein ...!

Inzwischen waren sechs Wochen vergangen. Es war ein sonniger Nachmittag und der liebe Gott hatte offenbar beschlossen, der wohlmeinenden Medizinerin Schützenhilfe zu leisten. Hannah und Conrad unternahmen einen Sonntagsausflug zu einem der zahlreichen romantischen Schlösser im Münsterland. In riesigen Filzpantoffeln gingen sie durch die Räume. Entspannt durchstreiften sie den Schlosspark und gingen schließlich, Hand in Hand, im Wechsel von Licht und Schatten, durch ein kleines Waldstück in Richtung Parkplatz. Da fiel ihnen ein kleiner Junge auf. Er war vielleicht zwei Jahre alt, hatte blonde Locken und trug kurze Hosen. Auf seinen strammen Beinchen marschierte er offensichtlich frohgemut vor ihnen her. Seine linke kleine Hand lag in der Hand seiner Mutter, die rechte in der Hand seines Vaters. Er plapperte, seine Eltern gaben Antwort und zwischendurch einander einen Kuss. Es war ein so friedliches, durch und durch idyllisches Bild, dass Hannah das Herz aufging. Sie spürte so viel Verbundenheit und Harmonie. So viel ... wie soll ich es nur nennen, fragte sie sich. So viel Ganzheit. So viel Erfüllung.

Hannah spürte, wie ihre Augen feucht wurden. Sie sah ihren Mann an und sah die verhaltene Liebe in seinem Blick. Wir sind jung, dachte sie. Wir sind gesund. Wir haben zwar keinen Thron zu vergeben, doch ein Baby würde sicherlich unsere ganz persönliche kleine Prinzessin, unser kleiner Prinz sein.

„Ist der Kleine da vorn nicht süß", sagte Hannah leise.

„Sehr süß", gab Conrad zurück.

Sie überlegte nur noch einen kurzen Moment. Dann brach er aus ihr heraus, ein Gedanke, der ihr am Morgen desselben Tages noch völlig fremd vorgekommen wäre. „Weißt du was", sagte sie, „ich glaube, ich möchte doch ein Kind. Wäre es nicht toll, wenn wir beide auch so einen süßen kleinen Jungen hätten? So einen kleinen Engel?"

„Doch", sagte Conrad, „das wäre es. Ganz bestimmt." Er lächelte warm. Und dann küsste er sie.

*

Die Frage, ob diese plötzliche lebensentscheidende Idee einfach nur eine Laune gewesen sei, stellte sich ihnen nicht. Bereits auf der Rückfahrt nach Essen malten sie sich alles genauer aus. Die Vorfreude in Hannah war mit einem Mal riesengroß.

Bereits nach der nächsten Regel setzte sie die Pille ab und eine aufregende Zeit begann. Ungeduldig, wie sie war, schwankte sie zwischen Hoffnung und Verunsicherung hin und her. Was, wenn ich gar keine Kinder bekommen kann, fragte sie sich betrübt, nachdem zwei Monate vergangen waren und erneut ihre Menstruation einsetzte. Sie war unvernünftig traurig und beschloss trotzig, das Schicksal ein wenig herauszufordern. Wenn ich im nächsten Monat auch nicht schwanger werde, versprach sie sich selbst, dann melde ich mich beim *Ruhrkolleg* an und mache doch noch das Abitur. Kinderkriegen ist zwar mehr was fürs Herz, aber Studieren ist was für den Kopf und für die Seele letztlich auch. Und das ist eben auch nicht übel. Und dann sprach sie mit Conrad über ihren Plan.

So wie damals bei Berthold konnte sie auch dieses Mal sehr überzeugend sein, obwohl ihre Entschlossenheit sie selbst erstaunte.

Rosa aber war nicht zufrieden mit ihr. „Meine Güte, Hannah“, sagte sie. „Wie alt bist du eigentlich? Du änderst deine Meinung ja wie ein Fähnchen im Wind. Und verdammt ungeduldig bist du auch. Was sind denn schon zwei Monate?!“

„Ach, lass mich doch in Ruhe“, flüsterte Hannah. „Das muss jetzt eben der liebe Gott entscheiden.“

Leider war sie sich nicht ganz sicher, ob der noch für ihr Glück zuständig war. Vor einiger Zeit war Hannah, weil das modern zu sein schien, aus der Kirche ausgetreten, um die Kirchensteuer zu sparen. An ihrem kindlichen Glauben an einen Gott im Himmel hatte das nichts geändert. Kirche an sich fand sie blöd, doch sie redete sich ein, auch dann an Gott glauben zu können, wenn sie einer von Menschen gemachten Institution den Rücken kehrte. Der liebe Gott weiß und sieht alles, dachte sie. Also sieht er auch in mein Herz. Er wird das schon richtig verstehen. Dennoch blieb ein schlechtes Gewissen. Was, wenn Gott mich nun für meine Treulosigkeit bestraft?

Offenbar hatte der himmlische Vater das nicht vor, jedenfalls noch nicht. Allerdings machte er es spannend. Im dritten Zyklus ließ die Blutung sich besonders lange Zeit. Hannah versuchte, das unter dem Stichwort normale Unregelmäßigkeiten abzubuchen. Zwei weitere Tage waren vergangen. Allmählich wurde sie unruhig. Sie hörte in sich hinein. Spannt meine Brust nicht neuerdings ein wenig? Oh doch, ziemlich deutlich sogar. Sollte ich etwa ...? Sollte der liebe Gott etwa ...? Ach du meine Güte ...! Zeit, zum Arzt zu gehen. Jippie ...!

Der freundliche Gynäkologe sorgte im Nu für Klarheit:

„Herzlichen Glückwunsch, Frau Adelmann, Sie sind schwanger!"

„Echt?" In Hannah explodierte eine Glücksfontäne.

Der Arzt schmunzelte. „Echt. Bei ihrem nächsten Besuch machen wir einen Ultraschall."

Wenig später schwebte Hannah, einen ganzen Stapel Broschüren unterm Arm, zurück ins Büro und hatte das Gefühl, jeder, der ihr unterwegs begegnete, würde das Strahlen in ihren Augen sehen. Erst vor wenigen Monaten war sie von der Rechtsabteilung in den Verkauf gewechselt und nun Sekretärin des Abteilungsleiters. Ein spürbarer Aufstieg, denn sie hatte nun ein Büro ganz für sich allein und das Kontor ihres neuen Chefs war größer als das des bisherigen. Ihr Gehalt war gestiegen. Herr Schubert, ihr neuer Vorgesetzter, brachte ihr von seinen zahlreichen Dienstreisen kleine Geschenke mit, wie Rotwein, Ziegenkäse oder kunsthandwerkliche Arbeiten. Und Hannah war nun, wie damals die vertrocknete Chefsekretärin bei *Cozi*, diejenige, die einen Schlüssel zu dem Schrank besaß, in dem die tollsten Werbegeschenke lagen. Es war ein guter Job. Direkt schade, dass ich demnächst in Mutterschutz gehen werde, dachte Hannah. Aber auch ganz toll.

„Guten Morgen", sagte Herr Schubert, als sie das Vorzimmer betrat, in dem er gerade vor dem Aktenschrank stand, einen Ordner in der einen Hand, ein Zigarillo in der anderen. Im nächsten Augenblick warf er einen schnellen, wissenden Blick auf die Broschüren in ihrer Hand.

Sein Gesicht schien ein wenig länger zu werden. „Sie gucken ja so komisch, Frau Adelmann", sagte er gedehnt. „Ist irgendwas passiert?"

„Ja", jubelte sie, „ich muss Ihnen leider sagen, Herr Schubert, dass ich schwanger bin."

„Sagen Sie bloß." Er wirkte kaum überrascht. „Eine Ewigkeit sind Sie ja noch nicht gerade bei mir. Schade. Ich hatte mich gerade an Sie gewöhnt." Er nahm einen tiefen Zug aus dem stinkenden Tabakerzeugnis, betrachtete es kurz und schien unschlüssig, was er nun damit tun sollte. „Ich nehme an, Sie wollen nicht wiederkommen nach der Mutterschutzzeit?"

Hannah schüttelte den Kopf. Das wäre ja noch schöner. Eine Mutter gehört zu ihrem Kind, da waren Conrad und sie sich absolut einig. Theoretisch jedenfalls, denn noch wusste der künftige Papa ja nichts von seinem Glück.

„Des einen sin Uhl, des andern sin Nachtigall", sagte Herr Schubert achselzuckend und mit dem Anflug eines Lächelns verschwand er in seinem Büro. Die Tür ließ er angelehnt – wie immer. Hannah rümpfte die Nase. Sie hatte es nie gewagt, die Zwischentür von sich aus zu schließen, obwohl der Tabakqualm in Schwaden zu ihr herauszog. Jetzt aber bin ich in gesegneten Umständen, wie es früher so schön geheißen hat, dachte sie. Hannah zögerte nur noch ganz kurz. Dann stand sie auf und schloss leise, aber bestimmt die Tür.

*

Es wurde ein schöner Abend. Das Strahlen in Hannahs Gesicht hatte sich im Nu auf Conrad übertragen. Er wirkte so stolz. „Du bist wirklich schwanger, Schatz?" Er küsste sie. „Das ist ja toll. Ich werde Papa. Unglaublich! – Und wann ist der Stichtag?"

„Sechster Juni."

Conrad küsste Hannah noch einmal. Dann stopfte er seine Pfeife. „Meine Güte, ist das aufregend! Ich weiß noch gar nicht, wie ich damit umgehen soll."

Hannah hätte ihm allzu gern gesagt, er möge das Rauchen in ihrer Anwesenheit künftig unterlassen, so gut der Pflaumentabak auch duftete, denn zwischen ihnen gab es keine Zwischentür, die sie hätte schließen können. Aber sie schwieg, um die schöne Stimmung nicht zu zerstören. Conrads Umerziehung in dieser Hinsicht kann noch ein bisschen warten, dachte sie. Jetzt will ich erst einmal nur glücklich sein.

Neun Monate

Hannah nahm die Sache mit der Schwangerschaft sehr ernst. Sie aß so gesund wie möglich. Sie ging viel spazieren. Mit einer harten Massagebürste bearbeitete sie ihren Bauch und rieb ihn mit dem legendären *Frei-Öl* aus der Apotheke ein, um Schwangerschaftsstreifen vorzubeugen. Sie lernte, mit Übelkeit und dem einen oder anderen Ohnmachtsanfall umzugehen. Sie besuchte mit Conrad einen Vorbereitungskurs und las alles, was sie in die Finger bekam, über eine gesunde Schwangerschaft und die richtige Behandlung des Säuglings. Als der Gynäkologe feststellte, dass ihr Muttermund zu kurz sei, erschrak Hannah. So was war in ihren Planungen nicht vorgesehen.

„Sie müssen operiert werden, sonst verlieren Sie das Kind."

Oh Gott! – Hannah war zu allem bereit. Wenig später wurde ihr unter Vollnarkose eine Cerclage gelegt, was bedeutete, dass der Gebärmutterhals an einer Stelle zusammengezogen, gleichsam zugenäht wurde. Doch vorzeitige Wehen zeigten bald schon an, dass das kleine Wesen in ihr dennoch in Gefahr war.

„Es nützt nichts – Sie müssen zusätzlich ein wehenhemmendes Mittel nehmen", sagte der Arzt.

Hannah nickte ergeben.

„Und wahrscheinlich müssen Sie sehr viel liegen."

Hannah schluckte und nickte erneut.

*

Die Voraussage des Arztes hatte sich bewahrheitet. Drei Wochen lang verbrachte Hannah von nun an fast ausschließlich im Bett oder auf dem Wohnzimmersofa, doch die Wirkung des Mittels erwies sich als nicht ausreichend.

„Es tut mir leid, Frau Adelmann", sagte der Arzt bei der nächsten Kontrolle, „Sie müssen an den Tropf. Stationär."

„Ich soll ins Krankenhaus?"

„Ja, wenn Sie Pech haben, bis zur Geburt."

Ich fasse es nicht, dachte Hannah. Meine Schwangerschaft habe ich mir wahrlich anders vorgestellt. Doch es dauerte nicht lange, da erschien ihr die Aussicht, sich in einem Krankenhaus verwöhnen und gut versorgen zu lassen, gar nicht einmal so übel. Ich bin aller Pflichten enthoben, dachte Hannah und seufzte. Kein Chef, kein Mann. Und das Gehalt wird auch ohne Arbeit auf dem Konto eingehen. Was für ein

Glück ist es doch, hier in Deutschland zu leben, wo alles so gut geregelt und sicher ist.

Die Zeit verging rasch. Zweimal durfte Hannah noch für kurze Zeit nach Hause, um ihre Liegekur dort fortzusetzen, doch jedes Mal stellte sich heraus, dass sie im Krankenhaus besser aufgehoben war. Herr Schubert besuchte Hannah dort kurz und brachte ihr ein Buch mit, das vom Fühlen und Sein des Ungeborenen erzählte. Hannah verschlang es und wenn sie allein im Zimmer war, sprach sie zärtlich mit dem kleinen Wesen in ihrem Bauch, sicher, dass es sie hören konnte.

Die letzten Wochen wurden lang. Hannah strickte und döste und sah fern und döste und freute sich über Besuch und döste. Ihre Bettnachbarin bekam nervtötend viel Besuch. Jedes Mal, wenn es laut wurde oder Hannah sich anderweitig gestresst fühlte, und das tat sie schnell, verhärtete sich ihre Bauchdecke. Und schon, als ob sie es gerochen habe, kam die Schwester mit dem Wehenschreiber, der jede Kontraktion genauestens anzeigte.

Ein Wunder namens Roman

Inzwischen wussten Hannah und Conrad, dass es tatsächlich ein Junge werden würde. Wie der kleine blonde Lockenkopf beim Schloss, dachte Hannah verträumt. Die Ärzte rechneten schon lange nicht mehr damit, dass Hannah das Kind bis zum errechneten Termin würde austragen können. Es würde bereits im Mai zur Welt kommen. Hannah hätte sich keinen besseren Monat für die Geburt ihres ersten Kindes denken können. Sie liebte den Mai mit der linder werdenden Luft und all dem zarten, sauberen Grün.

Man gab ihr eine Spritze, um die Lungenreife des Babys zu verbessern, als es an der Zeit war, und mahnte zur Geduld. „Halten Sie durch – jede Woche zählt", sagte der Oberarzt bei der Visite. „Aber haben Sie keine Angst. Ihr Kind ist jetzt schon lebensfähig."

Lebensfähig. Was für ein tröstliches Wort!

An einem Nachmittag rund zwei Wochen vor dem errechneten Termin sprachen Fakten. Der Wehenschreiber hatte wieder einmal Besorgnis erregend zahlreiche Kontraktionen angezeigt und das Baby in Hannahs Bauch hatte noch immer keine Anstalten gemacht, sich aus der Beckenendlage in die richtige Position zu drehen, Kopf voraus in Richtung Geburtskanal. Hannah machte sich Sorgen. Wenn die Wehen das Baby so, wie es liegt, in den Geburtskanal pressen würde, wären wir beide in Gefahr.

„Schluss jetzt", sagte der Dienst habende Arzt. „Wir können nicht länger warten – wir müssen das Kind holen."

„Per Kaiserschnitt?", fragte Hannah kläglich. „Aber ich bin doch gar nicht nüchtern. Hab vorhin erst zu Mittag gegessen."

„Darauf können wir jetzt keine Rücksicht nehmen. Wir werden schon aufpassen, dass Sie nicht ersticken."

„Und wann?"

„Na, jetzt gleich."

Hannah wäre gern davongelaufen und zugleich war sie unendlich erleichtert. Bald ist es vorbei, dachte sie. Endlich, endlich werde ich mein Baby sehen.

*

Eine Viertelstunde später fand Hannah sich in einen kleinen Nebenraum wieder.

„Legen Sie sich bitte auf die Seite, Rücken zu mir, machen Sie sich ganz rund, wie eine Katze, und dann ... entspannen Sie sich."

Die haben leicht reden, dachte Hannah. Sie hatte sich zur Rückenmarkspritze anstelle einer Vollnarkose entschlossen, um ihr Kind zu schonen, aber sie hatte verflixt Angst vor dieser Spritze. Noch mehr Angst hatte sie davor, von nun an lebenslang Kopfschmerzen zu haben, was als mögliche Folge dieser Narkosemethode genannt worden war. Dennoch tat sie alles, um ruhig zu bleiben.

„Sie machen das wunderbar. Es ist gleich vorbei."

Tut aber gemein weh, dachte Hannah. Aber was soll das schon. Gleich wird unser kleiner Roman zur Welt kommen. Das ist das Einzige, was zählt.

Gefühlte Augenblicke später wechselte Hannah einen Raum weiter auf den OP-Tisch. Die Schwester an ihrer linken Seite streichelte beruhigend ihr Gesicht und fragte, wie das Kind denn heißen solle. Hannah war so dankbar für diese liebevolle Berührung einer ihr völlig fremden Frau. „Roman-Rafael", sagte sie, stolz und zugleich ein wenig verschämt, „Rufname Roman." Conrad und sie hatten sich sehr viel

Mühe gegeben bei der Wahl und sich für italienische Namen entschieden, weil Hannah diese klangvolle Sprache so liebte.

„Wunderschöner Name", sagte die rotblonde Schwester. „Roman-Rafael Adelmann – das hat Klang und Stil."

Hannah hätte sie küssen können. Dass der Junge auch noch Adalbert heißen sollte, nach Conrads Großvater, behielt sie für sich.

*

„Ich setzte jetzt den Schnitt", sagte der Arzt. Dr. Siebert war in den Dreißigern, hatte aber kaum noch Haare auf dem Kopf. Viel wichtiger fand Hannah, dass er bekannt dafür war, den entscheidenden Schnitt schnell und präzise in der Bikini-Zone zu setzen und ihn so klein wie möglich zu halten. Das Licht der hellen OP-Lampen warf blitzende Reflexe auf seine runden Brillengläser. Im nächsten Moment war die Brille mit Blut bespritzt. Hannah zuckte zusammen. Sekunden später aber wich ihr Schrecken einem jähen Glücksgefühl. Der Arzt hielt ein rotes, schrumpeliges Etwas an den Füßen hoch und Hannah hörte einen Schrei. Oh, mein Gott, mein Baby lebt, dachte sie überglücklich. Es kann schreien. Seine Lungen sind stark genug.

„Hat sie denn keinen Arm frei?", fragte Dr. Siebert, dem eine Schwester gerade die Brille abnahm, um sie zu putzen. Er blickte auf Hannahs nach links und rechts ausgebreiteten Arme, die mit Infusionsnadel und Blutdruckmessgerät verbunden waren. „Na, dann eben so." Kurz entschlossen drückte er Hannah das Kind kurz ins Gesicht. Sie küsste es. Und sie liebte es sofort.

„Und nun holen Sie mal den Vater rein, Schwester. Wenn es der junge Mann ist, den ich vorhin gesehen habe, dann hat der die Beruhigung, dass alles okay ist, jetzt echt nötig."

*

Während Hannah genäht wurde, hörte sie Stimmen im Nebenraum. „Sie dürfen Ihr Kind jetzt baden, junger Mann. Ich bräuchte mal Ihre Armbeuge. - Na, na, nicht so zimperlich. Sie werden schon nichts abbrechen."

„Er ist aber so winzig."

„Das legt sich noch."

Das Baby war tatsächlich nicht sonderlich groß geraten, gerade einmal siebenundvierzig Zentimeter, was Hannah erstaunlich fand angesichts seiner großgewachsenen Eltern. Aber es war gesund. Der Agape-Wert: eine glatte Zehn. Roman-Rafael Adalbert Adelmann. Ein Wunder! Ein neuer kleiner Mensch auf der Welt und ich bin seine Mama, dachte Hannah. Wir sind Eltern. – Was für ein unfassbares Glück!

In diesem Moment war Hannah bereit, alles zu tun, um dieses Glück für immer festzuhalten. Wir werden eine Familie sein, dachte sie, einander ewig lieben, füreinander da sein, zärtlich, fröhlich, verantwortungsvoll, dankbar, kreativ, gesund und munter. Hannah hielt ein, als würde jemand sie mahnend an der Schulter berühren. Für einen kurzen und doch unendlichen Moment stand ihr sprudelnder Gedankenquell still. Und wenn es nicht so wäre ...? Ein schneller

Gedanke nur. Wenn etwas schiefginge? Aber nein, wer wollte denn an so etwas denken?! Es ist doch so wunderschön, dachte sie. Und es wird schön bleiben. Es muss einfach ...!

Hannah hatte sich vorgenommen, eine Bilderbuchmutter zu werden und getreulich alles zu tun, was sie in Büchern und Broschüren gelesen hatte. Vor allem wollte sie der Empfehlung folgen, ihr Kind so lange wie möglich zu stillen. Schlimm genug, dass ich mit der Flasche großgezogen wurde, dachte sie. Ich werde es besser machen als Mutti. Ach, Mutti, dachte Hannah, wenn du das jetzt miterleben könntest. Ich vermisse dich.

Opa Bernd

Am Tag nach der Geburt kam Papa ins Krankenhaus, um sein zweites Enkelkind zu sehen, nachdem Dietmars Frau Rita bereits zwei Jahre zuvor ein kleines Mädchen zur Welt gebracht hatte. Das inzwischen fast weiß gewordene Haar wie in jungen Jahren streng zurückgekämmt, hielt Papa Roman stolz im Arm. Gerlinde war nicht mitgekommen und so hielt es Papa nicht allzu lang im Krankenhaus. „Ich muss wieder heim. Aber ich komme bald wieder."

Hannah hatte ihren Vater in letzter Zeit nur selten gesehen. Er hatte viel damit zu tun, für sich und Gerlinde zu sorgen, die wenig belastbar war. Und noch war er nicht in Rente. Nach Feierabend putzte er die Fenster, wischte das Treppenhaus, hielt den Kleingarten in Schuss, der eigentlich mal der ihre gewesen war, reparierte die Spülmaschine oder führte den Hund Gassi, den sie sich ein Jahr nach dem Intermezzo mit dem kleinen Cocker Spaniel doch noch angeschafft hatten. All das tat er offensichtlich gern und ganz bewusst. Dass Mutti ihn bereits mit zweiundfünfzig Jahren so plötzlich für immer verlassen hatte, nachdem sie sich im Zusammenhang mit Hannahs Trennung von Berthold so hatte aufregen müssen, hatte ihm gezeigt, wie ernst man das Kränkeln einer Frau zu nehmen hatte. Und es war vollkommen klar für ihn, dass er das Glück seiner Lieben wichtiger nahm als das eigene.

Nur hin und wieder fand er Zeit, dem neuen Hobby nachzugehen, dass er – neben der Gartenarbeit – für sich gefunden hatte. Er malte. Aquarelle, Pastelle, Seidenbilder. Er tat es mit großer Begeisterung und mit großem Geschick. Manchmal besuchte er einen Malkreis, um Gleichgesinnte zu treffen. Und hin und wieder besuchte er einen Kunsthandwerker-Markt, um seine Bilder zu zeigen und das eine oder andere zu verkaufen.

Versteh einer diese Traurigkeit ...!

Schon wenige Tage nach der Entbindung war der Milchfluss aus Hannahs Brüsten erfreulich gut. Roman wurde vor und nach jeder Mahlzeit gewogen.

„Sechzig Gramm getrunken", sagte die Schwester. „Das ist recht anständig. Und wenn Sie ihn fleißig anlegen, wird es schon bald mehr werden."

Zehn Tage nach der Geburt kam Conrad, um sie beide nach Hause zu holen. Hannah hatte das ärmellose Sommerkleid aus weißem Baumwollkrepp angezogen, dessen gerüschten Kragen sie über die

Schultern ziehen konnte. Es war fast so weit wie ein Umstandskleid und fühlte sich doch so viel attraktiver an als die Hosen mit dem Stretch-Einsatz und die Kaftans, Hängerchen und vor allem Nachthemden, die sie allzu lange getragen hatte. Stolz hatte sie Roman, den die Schwestern bislang in krankenhauseigene Windeln gewickelt und in Gummitücher gelegt hatten, in seinen ersten eigenen Strampelanzug gesteckt. Conrad hatte das wunderhübsche Tragekörbchen aus Bast mitgebracht, das sie gebraucht erstanden hatten. Hannah legte ihr Baby hinein und stolz wie nur was lief sie an Conrads Seite, der das Körbchen nicht minder stolz trug, zum Auto. Doch daheim angekommen, wichen Vorfreude und Erleichterung allzu bald einem Gefühl der Schwäche. Roman schrie. Hannah stillte und wickelte ihn, war froh, als er ruhig wurde, legte ihn ins Körbchen zurück und sich selbst ins Bett. „Ich brauche eine kleine Pause", sagte sie, als Conrad sie mit kritischem Blick beäugte.

„Du musst aber jetzt schon wieder auf die Beine kommen", sagte er. „Zehn Tage Pause sollten doch genügen, oder?"

„Ich steh bald wieder auf, versprochen. Lass mich einfach ein bisschen ..."

Er legte sich neben sie und streichelte sie. Doch Hannah wollte nicht gestreichelt werden. Sie wollte ihre Ruhe haben, sich wieder an die vertraute Umgebung, die ihr so fremd geworden war, gewöhnen und alles verarbeiten, was sie erlebt hatte. Conrad drehte sich auf die andere Seite und war wenig später eingeschlafen. Hannah aber blieb wach.

In den nächsten Tagen wurde es nicht besser. Hannah schlief schlecht. Sie hatte keinen Appetit, was ein Zustand war, der in ihrem Leben noch niemals vorgekommen war. Sie hatte nicht einmal Durst.

„Du musst aber trinken, Hannah", sagte Conrad. „Draußen ist eine Affenhitze."

„Ich weiß. Ich kann ja auch nicht stillen, wenn ich nicht genug trinke. Oh, Schatz, wie soll ich das nur schaffen? Roman ist so klein und zart. Wenn ich jetzt nicht funktioniere, wie soll ich ihn denn dann nur großkriegen?"

„Du darfst dich da nicht so reinsteigern. Du schaffst das schon. Andere schaffen das doch auch. "

„Ich bin aber so schrecklich müde ...!"

Mit Romans Geburt war alles anders geworden. Conrad war nun der alleinige Ernährer der Familie, Hannah war Mutter und Hausfrau. Nurhausfrau – wie das schon klang. Um das mütterliche Vorrecht, zu Hause bleiben zu dürfen, ohne zum Einkommen beizutragen, auch verdient zu haben, versuchte Hannah, alles so perfekt wie möglich zu machen – ein Anspruch, der wie ein Berg vor ihr stand. Mein Gott, dachte sie, was man nicht alles tun und lassen soll ...! Sie fühlte sich kein bisschen perfekt. Sie fühlte sich komisch.

Mein eigener Bauch erscheint mir fremd und leer, dachte sie, als sie näher hinspürte, wie eine nutzlos gewordene Hülle. Obwohl ich mein Baby doch nun sehen und anfassen kann, fehlt es mir dort, wo es gewesen ist – in mir. Wieso kann ich nicht ruhiger sein? Ob ich allmählich durchdrehe? Ich muss etwas tun, damit das endlich besser wird. So geht das doch nicht weiter mit mir.

In diesem Moment gab Roman sein rhythmisch-kurzatmiges Neugeborenen-Geschrei von sich. Es klang so ähnlich wie eine amerikanische Polizeisirene. Hannah sah auf die Uhr. Schon wieder! Ich habe ihn doch gerade erst gestillt. Sie nahm ihn auf und legte ihn an. Mit geschlossenen Augen und schmatzenden Geräuschen nuckelte er und Hannah redete sich selbst gut zu. Er trinkt doch gut, dachte sie. Er schläft. Ich kann ihn satt machen, wenn auch nicht für lange. Der Kinderarzt ist zufrieden. Roman wird schon nicht umkommen unter meiner Obhut und wenn ich ihn nur alle zwei Tage bade oder nicht jeden Tag mit ihm spazieren gehe, weil mir mal wieder alles zu viel wird, dann wird er auch nicht daran sterben.

„Das ist die Hormonumstellung", hatte der Kinderarzt gesagt. „Haben Sie Geduld mit sich. So was kann schon mal depressiv machen, aber das gibt sich. Ihr Sohn ist zwar zart und nicht gerade ein Moppel, aber alles ist in Ordnung mit ihm. Glauben Sie mir."

Vorsichtig legte Hannah das sorgsam gebügelte Herrentaschentuch, das sie als Stilleinlage verwendete, wieder in den Büstenhalter und lehnte Roman an ihre Schulter, um ihn sein Bäuerchen machen zu lassen.

Immer wieder und wieder führte Hannah sich in den kommenden Wochen die Worte des Arztes vor Augen. Und obwohl sie sich selbst nicht recht glaubte, wurde es ganz allmählich besser. Sie lernte, das Stillen zu genießen und das wunderbare Gefühl, dass dieses kleine Menschlein wirklich sie brauchte und nur sie. Niemand kann ihn so schnell trösten wie ich, dachte sie stolz. Mein Herzschlag ist ihm ebenso vertraut wie meine Stimme. Und wie er mich ansieht, wenn er trinkt, mit diesem dunklen Blick voller Vertrauen, während sein winziger Mund meine Brustwarze umschließt. Wie sein Blick in dem meinen versinkt. Das ist doch wunderschön! So süß! Es ist, als wollte er mir sagen: Es gibt niemanden außer uns beiden auf der Welt, Mama.

Und ich, ich muss nur da sitzen und meine Milch fließen lassen, sonst nichts.

Wenn Conrad seinen kleinen Sohn auf den Arm nahm und Roman an seiner flachen Brust suchend herumzappelte und schrie, wenn er das Gesuchte nicht fand, reichte Conrad ihn im Ausdruck des Bedauerns an Hannah weiter. „Da ist nichts drin, mein Sohn!“, sagte er. Dass die schönen Brüste seiner Frau nur für das Baby reserviert waren, schien ihn ein wenig zu frustrieren. „Du solltest aber nicht zu lange stillen“, sagte er.

Hin und wieder löste er Hannah beim Wickeln ab, zwei-, dreimal badete er liebevoll seinen Sohn, doch weitgehend überließ er die Sache mit dem Baby ihr. Sie war die Frau, die für ein friedliches, gemütliches, sauberes Zuhause zu sorgen hatte, und er war der Mann, der das Geld nach Hause brachte. Hannahs störrische Versuche, einen modernen Vater aus ihm zu machen, der ihren Ansprüchen genügte, prallten zunehmend an ihm ab. Eine Frau putzte die Fenster und das Treppenhaus, eine Frau wickelte das Baby – so war das eben.

Roman war drei Monate alt, als eine Brustentzündung der Sache mit der Stillromantik ein Ende machte. Zunächst hantierte Hannah mit der Milchpumpe, die sie in der Apotheke ausgeliehen hatte, doch das schmerzhafte und so schrecklich technische Gehampel hielt sie nicht lange durch. Der Zauber des Stillens war verklungen.

„Hör doch endlich auf damit“, sagte Conrad. „Drei Monate sind doch genug.“

Hannah fand das zwar nicht, aber sie zog einen engen Büstenhalter an, zwirbelte die Träger, wie sie es gelesen hatte, so hoch wie möglich und wartete traurig darauf, dass die Milchproduktion erlosch. Es funktionierte. Nach wenigen Tagen kam nicht ein Tropfen mehr und bald war auch die Entzündung verschwunden. Der Breilöffel leistete dem Milchfläschchen Gesellschaft. Und Roman gedieh prächtig.

Mit einem Jahr konnte er laufen und schon erstaunlich gut sprechen. Er hatte blonde Locken bekommen, die Hannah ein wenig länger wachsen ließ, und ähnelte immer mehr dem kleinen Jungen im Wäldchen am Schloss. Er sah bezaubernd aus. Er war zärtlich und liebevoll. „Unser kleiner Sonnenschein", sagte Hannah.

„Bald kann er Fußball spielen", sagte Conrad schmunzelnd.

Hannah nickte lächelnd. „Ja, genau", sagte sie und gab ihrem Mann einen dicken Kuss.

Taufe mal zwei

Um Roman taufen lassen zu können, musste Hannah wieder in die Kirche eintreten. Nach einem Gespräch mit dem zuständigen Pastor wurde sie in einer kurzen Zeremonie, bei der außer dem Geistlichen nur noch Conrad und Roman anwesend waren, in einem schmucklosen Raum in einem Gemeindehaus in der Nähe ihrer Wohnung erneut getauft. Hannah hatte niemals aufgehört, zu beten, wenn sie sich in Nöten gefühlt oder das Bedürfnis gehabt hatte, sich dafür zu bedanken, dass sie alle gesund und unversehrt waren, zu essen und ein Dach über dem Kopf hatten. Doch zu ihrer eigenen Überraschung machte sich nach ihrer Taufe ein Gefühl von Wärme in ihr breit, als sie daran dachte, dass sie nun wieder offiziell ein Kind Gottes geworden war. Es war, als sei sie nach einer langen Reise wieder zu Hause angekommen.

*

Schweren Herzens hatten Hannah und Conrad beschlossen, die großzügig geschnittene Wohnung an der Gladbecker Straße wieder aufzugeben. Diese Gegend, so hatten sie einsehen müssen, war keine Umgebung für ein kleines Kind. Zu laut, zu schmutzig, zu gefährlich. In Wattenscheid-Höntrop, wo man ihnen eine noch im Bau befindliche Erdgeschoss-Wohnung zugesichert hatte, würde das vollkommen anders sein.

Während Hannah den Saum von Romans Taufkleidchen, das sie aus weißem Batist geschneidert hatte, mit Maiglöckchen und grasgrünen Blättern bestickte und zum Schluss ein paar gelbe Tupfer aus Sticktwist dazusetzte, dachte sie immer wieder über ihr neues Zuhause nach. Sie sah ihren kleinen Jungen genau vor sich, wie er auf dem Spielplatz der entstehenden neuen Siedlung, den es noch gar nicht gab, im Sonnenschein herumtollen und auf der Wiese gleich hinterm Haus, die noch niemand eingesät hatte, bei kräftigem Wind einen Drachen steigen lassen würde. So, dachte sie, sollte eine Kindheit aussehen. Unbeschwert und geborgen, mit einem Hauch von Abenteuer.

17. Oktober 1982. Der große Tag war gekommen. Beide Großelternpaare und Teile der Wuppertaler Verwandtschaft erschienen – in Feiertagslaune – zur Taufe. Hannahs Schwester Ines wurde Patentante, ebenso wie ihre alte Schulfreundin Bärbel, der sie diese

Ehre bereits als Dreizehnjährige versprochen hatte. Voller Stolz hielt Bärbel, die selbst noch keine Kinder hatte, ihren Patensohn über das Taufbecken. Und Roman sah im selbstgemachten Taufkleidchen einfach zuckersüß aus.

Glück zu viert

Lang ersehnt war die Neubauwohnung in Wattenscheid-Höntrop, einem ruhigen Bochumer Vorort, fertig geworden. Noch wuchs dort kein einziger Busch oder Baum, aber das sollte sich bald ändern. Der Wechsel dorthin erwies sich als genau die richtige Idee. Der nun fast fertige Spielplatz lag nur fünfzig Meter weit entfernt, zum Kindergarten waren es zehn Minuten mit dem Rad und ein neuer Kindergarten würde demnächst direkt in der Siedlung entstehen. Die Grundschule und ein Supermarkt waren ebenso wie der nächste S-Bahnhof leicht zu erreichen und es gab viele junge Familien in der Nachbarschaft. Nicht weit entfernt gab es einen malerischen Park mit einer Waldbühne, auf der einmal jährlich Märchenspiele stattfanden. Pfauen und anderes Getier waren im Park unterwegs, man konnte prächtig dort Schlitten fahren und im November führten die Martinsumzüge über die Parkwege. Auch der Besuch des angrenzenden Freibades sorgte für Lebensfreude. Es war einfach eine Umgebung, in der man gut leben konnte.

Roman war ein sehr lebendiger kleiner Junge geworden, liebevoll, zugewandt und wissbegierig. Wenn er mit gespitzten Lippen auf Hannah und Conrad zukam, um Küsschen zu verteilen oder sich eines abzuholen, schmolzen sie beide dahin. Hannah hatte seiner Experimentierfreude einen Riegel vorschieben müssen, indem sie die zahlreichen Küchenschubladen mit Kindersicherungen versah, die Roman nicht entriegeln konnte. Statt mit Topfdeckeln und Kartoffelstampfern zu scheppern, löcherte er seine Eltern seitdem mit Fragen. Mit Begeisterung fuhr er auf seinem *Bobbycar* durch die Gegend. Nachdem er als Baby monatelange diese entsetzlich starre Spreizhose hatte tragen müssen, so dass Hannah immer das Gefühl hatte, eher einen technischen Apparat als ein weiches, anschmiegsames Baby im Arm zu haben, hatte sich seine Hüftstellung normalisiert. Er liebte es, mit Hannah auf den nahegelegenen Spielplatz zu gehen, und hatte vor keiner Leiter und keinem Klettergerüst Angst.

Dieses Mal hatte es gleich im ersten Zyklus geklappt. Kurz nach Romans zweitem Geburtstag meldete sich erneut Nachwuchs an. Überglücklich verließ Hannah nach der ersten Ultraschall-Untersuchung die Frauenarzt-Praxis. Doch schon bald schloss sich das vertraute Procedere an: Cerclage, Pillen und Liegen, Liegen, Liegen – teils daheim, teils im Krankenhaus. Conrads Mutter kümmerte sich um Roman, wenn Hannah mal wieder für Wochen an den Tropf musste. Hannah war ihr ehrlich dankbar und das milderte die Tatsache ab, dass sie beide im Allgemeinen nicht allzu viel voneinander hielten.

Endlich ging auch diese Schwangerschaft ihrem Ende entgegen. Zwei Wochen vor dem errechneten Termin, abends gegen halb zehn, Hannah hatte sich gerade zusammengerollt, um einzuschlafen, da bemerkte sie ein kurzes Ziehen im Unterleib. Es war das schon so vertraut gewordene Festwerden der Bauchdecke, das beinahe täglich auftrat. Kein Grund zur Sorge, dachte sie. Zwanzig Minuten später verhärtete sich die Bauchdecke erneut. Kaum war sie im Begriff, wieder einzunicken, kam das Gefühl wieder. Wie ein ... ja, doch, wie ein Küken, das von innen an der Eierschale pickt. Das war neu. Hannah rief die Schwester. Die brachte den Wehenschreiber.

„Frau Adelmann, es geht los“, konstatierte sie wenig später. „Nun ja, in absehbarer Zeit. Jetzt noch nicht. Versuchen Sie, noch ein bisschen zu schlafen.“

Sehr witzig. Wie soll das denn gehen? Hannah war viel zu aufgeregt. Die Wehen würden sicher bald heftiger werden, richtig schmerzhaft vermutlich. Es wäre eine Lüge gewesen, wenn sie behauptet hätte, keine Angst davor zu haben.

„Soll ich meinen Mann anrufen?“, fragte Hannah.

„Ach nein, lassen Sie ihn schlafen. Im Moment kann er nichts tun. Da das Kind dieses Mal richtig liegt, zählt der Kaiserschnitt nicht. Für Ihren Körper sind Sie eine Erstgebärende. Es kann also dauern.“

Und es dauerte. Und es wurde schmerzhaft. Früh um sieben endlich rief Hannah Conrad an. Sie fühlte sich mit einem Mal ganz klein und verletzlich und brauchte unbedingt eine Hand, die die ihre hielt.

„Ich muss noch duschen, dann komm ich“, sagte Conrad.

„Okay, beeil dich. Bitte!!!“

Conrad kam. Doch Eile wäre nicht von Nöten gewesen. Stundenlang gingen sie auf und ab. Hannah krümmte sich vor Schmerzen. „Das ist ja nicht zum Aushalten“, sagte sie ächzend. „Wie lange denn noch?“

„Es dauert halt, solange es dauert“, sagte die dicke Schwester Anita, die Hannah mit ihren unerschütterlich guten Nerven und ihrer Ruhe schon oft beeindruckt hatte, dieses Mal aber ärgerte. „Steigen Sie Treppen. Das hilft in der Regel.“

Jammernd ging Hannah zwei Etagen weit nach unten und schnaufend und jammernd zwei Etagen wieder nach oben. „Ich kann nicht mehr“, sagte sie und konnte die Tränen nicht länger zurückhalten. „Das tut so weh.“

„Ich muss unbedingt mal ein paar Züge machen“, sagte Conrad. „Leg dich so lange aufs Bett, ich komm gleich wieder.“

Eine Viertelstunde später war er wieder da. „Ihre Frau scheint einfach nicht die besten Nerven zu haben“, sagte Schwester Anita. „Gehen Sie mit ihr zum Kreißsaal. Vermutlich ist sie da jetzt besser aufgehoben.“

Die Dienst habende Hebamme war leider ähnlich dickfellig wie Schwester Anita, aber wesentlich unfreundlicher. „Ziehen Se mal den Kittel da an, junger Mann. Und Sie ziehen Ihren Slip aus, junge Frau, und legen sich hin. Ich rasiere Sie, falls es doch wieder auf einen Kaiserschnitt hinauslaufen sollte, und dann untersuche ich Ihren Muttermund.“

Auch das noch. Eine Nassrasur in der kostbaren Region war nicht gerade das, wonach Hannah jetzt der Sinn stand. Es schabte und zwickte und die Untersuchung ergab, dass der Muttermund noch lange nicht weit genug geöffnet war. Und Kaiserschnitt? Wieso Kaiserschnitt?!

„Na toll, das dauert noch“, sagte die Hebamme mit säuerlicher Miene. „Sie sind eigentlich viel zu früh hier. Ist ja nicht so, als wenn wir hier nichts zu tun hätten.“

Aus dem Nebenraum ertönte ein Schrei.

„Na, sehen Sie. Ich muss los. Nach Ihnen sehe ich, wenn’s soweit ist.“

Hannah hätte die Hebamme erdolchen können. Inzwischen stellten die Wehen die schlimmsten Menstruationsbeschwerden in den Schatten. Nach einer gefühlten Ewigkeit platzte die Fruchtblase. Dann war auch die Hebamme wieder an Hannahs Seite, außerdem ein Arzt und Conrad. Der Dammschnitt wurde gesetzt. Endlich setzten die Presswehen ein, kamen alle zwei Minuten und dauerten jeweils länger, als Hannah glaubte, ertragen zu können. Doch statt sie zu loben für ihre Tapferkeit, zeigte der Arzt sich unzufrieden mit ihr.

„Pressen! Sie müssen stärker pressen." Dann fügte er leise hinzu, offenbar nicht für Hannahs Ohren bestimmt: „Die Narbe", sagte er und deutete mit dem Kinn auf ihren Unterleib, „wenn das Kind jetzt nicht bald kommt, bleibt nur die Sectio."

Hannah hätte sich schrecklich gern die Ohren zugehalten. Doch noch schneiden – nach all den Strapazen?! Bloß das nicht. Sie presste so stark, dass sie das Gefühl hatte, ihr Schädel würde im nächsten Moment auseinanderspringen. Doch der Kopf blieb heil. Und das Baby kam.

„Das Köpfchen ist da, Schatz", sagte Conrad, der zwar totenblass aussah, aber zu Hannah Erleichterung noch nicht in Ohnmacht gefallen war.

Und dann hörte Hannah den Schrei. Mirco war da, Romans kleiner Bruder. Endlich! Sie hätte heulen können vor Glück.

*

Eine Stunde später war es ruhig geworden auf der Gebärstation. Conrad hatte sich, offenbar kaum weniger erschöpft als Hannah, verabschiedet und war heimgefahren. Hannah lag in einem sauberen Bett im Halbdunkel auf dem Flur, versorgt mit einer dicken Binde zwischen den Beinen, die ihr tröstlich und schützend erschien. Eine Tür öffnete sich. Eine Schwester näherte sich auf leisen Sohlen.

„Na, geht es Ihnen wieder etwas besser? Schauen Sie mal, hier kommt Ihr kleiner Sohn.“ Vorsichtig legte sie ihn in ihre Arme.

„Mirco“, flüsterte Hannah zärtlich und küsste ihr Baby. Ein Wunder, wie jedes Kind, einzigartig und doch so normal, das Endergebnis zweier miteinander verschmolzener Zellen eben. Doch für Hannah war das neue Baby für diesen Moment der Mittelpunkt der Welt. Sie war so froh, nun zwei Kinder zu haben. Zwei gesunde Kinder.

In der folgenden Nacht wich der verdiente Schlaf mehrfach einem Dämmerzustand, wenn eine Schwester nach Hannah sah, um die Binde zu wechseln. Doch jedes Mal schlief Hannah wieder ein, zutiefst dankbar für die Ruhe.

Dieses Mal kam Conrad bereits nach fünf Tagen, um Hannah und das Baby abzuholen. Roman berührte mit seinem Zeigefinger ganz vorsichtig Mircos Gesichtchen. „Jetzt muss Mirco aber ganz bald groß und stark werden“, sagte er ernsthaft. „Und dann darf er mit meinem neuen Parkhaus spielen.“

„Bist du sicher?“, fragte Hannah.

„Indianerehrenwort“, sagte Roman und hob feierlich drei Finger.

Schriftstellerlehrgang & Mütter zum Kaffee

Schneller als gedacht, war der Alltag wieder da. Conrad ging wie gewohnt seiner Arbeit nach und wirkte seltsam erleichtert, wenn er morgens die Tür hinter sich ins Schloss ziehen konnte. Papa verstand das. Er stellte bei seinen Besuchen immer wieder fest: „Conrad hat den ruhigeren Part gewählt. So kleine Kinder kosten wirklich Kraft und Nerven. Ich bewundere dich, Töchterchen."

Doch Hannah fühlte sich eher allein als angestrengt. Die Nachbarinnen in der Siedlung, nett genug für eine gemeinsame Tasse Kaffee hier und da, waren nicht wirklich ihr Fall und Hannah hatte begonnen, sich zu langweilen. Immer nur Haushalt, Kinder und Smalltalk, das ist einfach nichts für mich, dachte sie. Mein Kopf braucht neue Herausforderungen. Die Chance, mit zwei kleinen Kindern das Abitur nachzuholen, tendierten gegen null. Doch für einen Schriftstellerlehrgang, da würden die Abende ausreichen.

Sie dachte an die Anzeige, die sie kürzlich in einer Zeitschrift entdeckt hatte, ließ Informationsmaterial kommen und meldete sich schließlich, nachdem Conrad vor allem wegen der Kosten nur zähneknirschend zugestimmt hatte, bei einem Hamburger Fernlehrinstitut zum *Großen Schriftsteller-Lehrgang* an. Bald schon traf ein Schuber mit den ersten Lehrheften ein und Hannah stürzte sich mit Feuereifer darauf. Sie las, lernte, machte Übungsaufgaben, schickte Hausaufgaben ein und wartete jeweils sehnlichst auf den großen DIN-A-4-Umschlag, der die korrigierten Aufgaben zu ihr zurückbrachte.

„Sie zeigen ein bemerkenswertes Talent, das nur noch ein wenig der Entwicklung bedarf", schrieb einer der Kursleiter. Ob das nur Lobhudeleien sind, damit ich am Ball bleibe? Schnell schob sie den Gedanken beiseite und dachte lieber an die Geschichten von Teddy Braun, die sie ihrer kleinen Schwester erzählt hatte, als sie beide noch Kinder waren. Ines hatte gar nicht genug bekommen können davon. Vielleicht wird ja mal eine akzeptable Schriftstellerin aus mir, dachte sie. Ich will einfach daran glauben, dass ich gut darin bin, dass mein Traum eine Chance hat. Und es steht doch schon in der Bibel: Der Glaube kann Berge versetzen.

*

So schön das Schreiben für Hannah auch war, es war doch eine einsame Tätigkeit. Nachdem die erste Begeisterung abgeklungen war, merkte sie, dass sie andere Menschen um sich herum brauchte. Erwachsene Menschen. Weibliche Menschen. Und so gab sie – warum sollte das nur bei der Partnersuche erfolgreich sein? – wieder einmal eine Anzeige auf. Mit einem kurzen freundlichen Text suchte sie andere junge Mütter zwecks Austausch und gemeinsamer Unternehmungen. Drei junge Frauen meldeten sich telefonisch. Bei einer wurde schon beim ersten Gespräch klar, dass die Chemie einfach nicht stimmte, die anderen beiden, Ingrid und Veronika, lud Hannah mitsamt Nachwuchs zum Kaffeetrinken ein:

Ingrid, sportliche Figur, kurze, dunkle Haare, hatte einen zweijährigen Jungen bei sich und ein drei Monate altes Baby auf dem Arm. „Wie süß!", sagte Hannah. Veronika kam mit ihrer kleinen Tochter, nur wenig jünger als Roman. Während das Baby schlief, hielten sich die älteren Kinder eng an die Beine ihrer Mütter geschmiegt. Hier und da fand ein kleiner Daumen seinen Weg in den Mund, dort gab es einen scheuen Blick, von unten herauf zu den fremden Erwachsenen da oben und zu den anderen Kindern, die ebenfalls fremd waren. Auf Mamas Schoß allerdings schienen die Kinder sich bald sicherer zu fühlen. Eine halbe Stunde später wurden Kinderhände und –Münder mit feuchten Waschlappen von Kuchenresten befreit. Ingrid und Veronika begleiteten ihre Kinder ins

Kinderzimmer. „Wollen wir mal gucken, was Roman und Mirco für Spielzeug haben?!" Das zog. Und irgendwann durften die beiden Frauen sich – bei offengelassenen Türen natürlich – mit Hannah in die Essecke zurückzuziehen, um noch ein weiteres Tässchen Kaffee zu trinken und sich kennenzulernen. Als die beiden Damen zum Aufbruch bliesen, war man sich einig: „Wir sehen uns wieder. Wir besuchen uns einfach gegenseitig und reihum."

*

Bald darauf hatte Ingrid zu sich nach Hause eingeladen. Sie wohnte mit ihrer Familie in einem Zweifamilienhaus mit Garten im ersten Stock, während ihre Eltern im Parterre wohnten. Es gab mehrere Sorten selbstgebackenen Kuchens, den Ingrid aus dem kühlen Keller holte. „Bedient euch", sagte sie fröhlich „und langt kräftig zu. Ist alles vom gestrigen Kaffeetrinken mit meinen Eltern übriggeblieben. Meine Mutter und ich, wir backen beide gern, müsst ihr wissen. Und für die Kinder habe ich noch ein bisschen Wackelpeter gemacht." Sie stellte zwei Glasschüsseln auf den Tisch, in der rote und grüne Götterspeise glänzten. „Wartet, ich hole noch eben die Vanillesoße."

Was für eine Power Ingrid hat, dachte Hannah bewundernd. Ich fass das ja nicht. Sie geht stundenweise arbeiten, kommt mit zwei Kindern klar, wuppt Haushalt und Garten, hat offenbar auch noch Spaß daran, alles perfekt zu gestalten, ist gastfreundlich und wirkt kein bisschen müde. Beneidenswert! Wie macht sie das bloß?!

„Kinder, wollt ihr Wackelpeter?", rief Ingrid. Doch Roman und Marcel saßen bereits einträchtig im Sandkasten unter einem kleinen Sonnenschirm und waren mit Matchbox-Autos beschäftigt, die sie über Sandpisten fahren ließen, während das Baby in einem Körbchen in

Sichtweite des Kaffeetisches im Schatten schlief und Mirco gleich daneben in seiner Wippe. Was für ein Idyll!, dachte Hannah. Sie genoss es in vollen Zügen, entspannt im Sonnenschein sitzen zu dürfen, noch ein halbes Stückchen Donau-Welle zu nehmen und von der Schichttorte zu naschen und sich einmal um nichts kümmern zu müssen.

Busen- und Gedankenaustausch

Hannahs Schichttorte sah, obwohl sie sie genau nach Ingrids Rezept zubereitet hatte, nicht ganz so perfekt aus. Aber sie wird Ines schon schmecken, dachte Hannah. Es war sieben Monate her, dass ihre jüngere Schwester ihren kleinen Jungen zur Welt gebracht hatte, fünf Monate, bevor auch Mirco das Licht der Welt erblickt hatte. Dass sie zur gleichen Zeit schwanger gewesen waren, das hatte das Zusammengehörigkeitsgefühl der beiden Schwestern noch verstärkt. Und nun waren sie beide stillende Mütter.

Kaum war Ines eingetroffen, meldeten beide Babys zugleich ihren Hunger an, als hätten sie sich abgesprochen. Mit geübten Bewegungen öffneten die Schwestern ihre Still-BHs. Im nächsten Moment hatten beide denselben Gedanken: „Sollen wir mal tauschen?"

Hannah kicherte und warf einen Blick auf Roman, der neben ihnen auf dem Teppich saß, doch der war ganz vertieft in sein Bilderbuch. „Ziemlich verrückt, oder? Aber zum Spaß könnten wir ja mal ..."

So reichten sie einander ihre Söhne, doch die bemerkten den Betrug schnell.

„Du siehtst ein bisschen bedröppelt aus, Hannah“, sagte Ines. „Geht’s dir nicht gut?“

„Ich bin einfach zu viel allein, trotz der Kinder.“

Ines nickte verständnisvoll. „Frauen müssen nun mal reden können über ihre Gedanken und Gefühle – mit kleinen Kindern geht das nicht.“

„Du sagst es“, sagte Hannah. „Und deshalb ist es ja so schön, dass du jetzt da bist.“

Zeugen Jehovas

Hannah stand auf dem Balkon und befestigte das Rankgitter aus grünem Kunststoff, das sie gekauft hatte, über dem breiten Balkonkasten aus Waschbeton. Sie sah die Rankpflanze, die sich daran hochhangeln und aus dem Balkon eine Art grüne Laube machen sollte, bereits deutlich vor sich. Roman spielte in Sichtweise auf der Wiese mit einem Jungen aus der Nachbarschaft, Mirco schlief. Hannah hielt ihr Gesicht der Sonne entgegen, da klingelte es an der Wohnungstür.

Hannah freute sich – Abwechslung war stets willkommen. Als sie öffnete, blickte sie in zwei sympathische, lächelnde Gesichter, die einander ähnelten. Die beiden modisch gekleideten, dezent geschminkten Frauen stellten sich als Mutter und Tochter vor. „Guten Tag! Wir würden mit Ihnen gern über die Verheißungen der Bibel sprechen. Haben Sie Zeit? Dürfen wir vielleicht hereinkommen?“

In Hannahs Kopf ratterte es. Roman spielt und Mirco wird noch mindestens eine halbe Stunde schlafen, dachte sie. Die beiden sehen wirklich nett aus. Vielleicht wird es ja Spaß machen, mit ihnen zu reden

– nur mal so. Was riskiere ich schon. Womöglich passen die beiden sogar besser zu mir als die oberflächlichen Nachbarinnen, die mich oft so ansehen, als sei ich mit meiner ruhigen Art vom anderen Stern. Und Verheißungen ist doch ein wunderbar tröstliches Wort. Eines, das fast nach Weihnachten klingt.

Hannah gab sich einen Ruck. „Mein Baby wird wohl gleich aufwachen“, sagte sie, „aber so lange habe ich schon Zeit.“

„Oh, Sie haben ein Baby. Wie schön“, sagte die Ältere.

„Wie alt ist es denn? Junge oder Mädchen?“, fragte die Jüngere.

Wie warmherzig ihre Stimmen klangen. Wie wach und offen ihre Blicke waren.

Und schon war Hannah in den Beginn eines ihr herrlich normal erscheinendes Gespräches vertieft und geleitete die beiden zur Essecke, wo sie ihnen einen Becher Jasmintee aus der Thermoskanne anbot, die sie vorhin erst gefüllt hatte.

Als Mirco wach wurde, verabschiedeten die Damen sich, versprachen aber, bald wiederzukommen. Zu ihrer eigenen Überraschung erhob Hannah keinen Widerspruch, ganz im Gegenteil. Von nun an studierte sie einmal in der Woche mit Marie und ihrer Tochter Cora die Bibel. Die beiden Damen, die sich als Angehörige der Zeugen Jehovas entpuppt hatten, hatten nichts dagegen, dass Hannah ihr eigenes Exemplar der Luther-Bibel verwendete, was Hannah beruhigend fand. Wenn ich meine Bibel nehmen darf, dachte sie, dann kann diese Glaubensrichtung ja wohl keine Sekte sein. Bei jedem weiteren Treffen bewunderte Hannah die gepflegte Erscheinung der beiden Frauen. Was Cora doch wieder für einen hübschen Pullover trägt, dachte sie. Angora, oder? Und dieses Blau sieht wunderbar aus zu ihren meerblauen Augen und den blonden Haaren. Wer als Frau so auf sich achtet, muss schon ziemlich normal sein. Nein, eine Sekte ist das sicher nicht. Wahrscheinlich auch nicht viel anders als katholisch oder evangelisch. Und es ist irgendwie spannend.

Mit der Zeit aber gestaltete die Sache sich schwierig, was vor allem daran lag, dass Conrad die Sache mehr als kritisch sah. „Also Hannah, wirklich, wenn du demnächst mit dem *Wachturm* an der Ecke stehst, lasse ich mich scheiden", sagte er.

„Nun übertreib mal nicht", sagte sie.

„Ich will eine normale Frau haben", sagte Conrad, „keine Heilige".

Das Wort Scheidung hatte Hannah mehr erschreckt, als sie zugeben wollte. Andererseits hielt sie es für ihre Pflicht, ihre Suche nach Gott nicht gleich wieder aufzugeben, auch wenn sie niemals verstehen würde, welches Leid die Märtyrer für ihren Glauben auf sich genommen hatten.

Der Wachturm spielte tatsächlich eine große Rolle. Hannah gefiel die Ausstattung der Hefte, die vorn auf dem Cover gemalte Szenerien zeigten, die ihr Herz tief berührten. Da lagerten Löwen neben Lämmern und einer glücklich wirkenden jungen Familie auf einer Wiese in einer wunderbaren Landschaft im Sonnenschein. So friedlich. Im Einklang mit der Natur und im Frieden miteinander. Lächelnd, liebend. Hannah spürte tiefe Sehnsüchte in sich aufsteigen. Auch der Begriff *Bibelstudium* sagte ihr zu. Es scheint eine ernsthafte Angelegenheit zu sein, dachte sie, ich freue mich über Besuch und dümmer werde ich bei diesem Studium sicher nicht werden.

Wiederholt luden die beiden Frauen Hannah ein, mit ihnen den *Königreichssaal*, ihr Gemeindehaus, zu besuchen, um andere Gemeindemitglieder kennenzulernen. „Sie alle würden sich so sehr freuen, dich endlich kennenzulernen."

Hannah war sehr neugierig, doch sie wagte es nicht, zuzusagen. Conrad würde es strikt ablehnen, die Kinder zu hüten, nur weil seine Frau vermutlich verrückt geworden war. Und sie einfach mitzunehmen, ohne zu wissen, was sie dort erwartete, das wollte Hannah auch nicht.

Es war in der Vorweihnachtszeit, kurz vor Mircos erstem Geburtstag, da bat Hannah die frommen Frauen, nicht länger zu kommen. Die Streitigkeiten mit Conrad über deren Kommen hatten zugenommen und Hannah zermürbt. Was aber noch mehr zählte, waren die Zweifel, die in ihr selbst immer lauter geworden war. Vor allem Coras Aussage, dass Gott nicht wolle, dass man Geburtstage feiere und erst recht nicht Weihnachten, das Fest zu Jesu Geburt, befremdete sie sehr. Coras Erzählung, ein neues Gemeindemitglied habe im vergangenen Jahr den geschmückten Baum aus dem Fenster geworfen, um Satan zu entsagen, erst recht. Ich liebe es, wenn Geburtstagskerzen ausgeblasen und Geschenke ausgepackt werden, dachte sie. Ich liebe die Vorweihnachtszeit, das Schmücken des Baumes, die Geheimnistuerei wegen der Geschenke, das Leuchten in den Augen unserer Kinder. Auf all das verzichten? Nein, dachte sie, solch freudige Feiern sind gewiss nichts Böses. So kann Gott das unmöglich gemeint haben.

Marie und Cora klingelten danach noch zweimal an Hannahs Tür und fragten, ob sie nicht vielleicht doch noch einmal mit ihnen reden wolle, doch Hannah lehnte ab.

„Wie schade“, sagte Marie. „Dann wirst du nicht zu den Auserwählten gehören, die das Himmelreich ererben werden.“

Sie bedachte Hannah mit einem langen, ernsten Blick. Dann wandten die beiden sich ab und kamen nie wieder. Hannah war erleichtert und traurig zugleich. Sie fühlte sich wieder freier, aber die

Sehnsucht nach Gemeinschaft und Geborgenheit in ihr war größer geworden als je zuvor. Und schon glaubte sie, den Schuldigen gefunden zu haben: Es liegt an Conrad, dachte sie. Er hat einfach zu wenig Zeit für mich. Wozu habe ich ihn überhaupt geheiratet?! Er arbeitet oder er ruht sich aus. Er spielt mit den Kindern und wir gehen zusammen spazieren. Wir sehen gemeinsam fern und wir haben Sex. Aber das genügt mir einfach nicht. Ich brauche mehr. Irgendwie ...

Sonnenwarm

Kurz nach seinem ersten Geburtstag besuchte Hannah mit Mirco erstmals den örtlichen Miniclub, ganz so, wie sie es zuvor mit Roman getan hatte. Dort wurde gebacken, gebastelt, gesungen. Es war einfach eine schöne, entspannte Zeit für Mütter und Kinder.

Roman besuchte inzwischen den Kindergarten. Jeden Morgen brachte Hannah ihn mit dem Fahrrad hin – ein Kind hinten, eines vorn in den Kindersitzen – und holte ihn mittags wieder ab. Zwischendurch genoss sie es, nur für ihren Jüngsten da sein zu können – und manchmal auch für sich selbst.

Mirco, der bei den Miniclub-Treffen anfangs noch ein wenig ängstlich auf ihrem Schoß saß und sich auf keinen Fall von ihr lösen wollte, überwand allmählich seine Scheu und lebte unter den anderen Kindern auf. Und Hannah war froh, mal eine Zeitlang nur schauen und ihre Gedanken kreisen lassen zu dürfen. Kinder sind etwas Wunderbares, dachte sie, solange man hin und wieder Pause hat.

Unter den Müttern war Hannah schon beim ersten Treffen eine dunkelgelockte Frau aufgefallen, die eine große Brille auf der Nase hatte, eine sanfte Stimme besaß, viel lächelte und ein kleines goldenes Kreuz im Ausschnitt ihrer karierten Bluse trug. Hannah gegenüber war sie besonders freundlich und zugewandt. Ich glaube, sie mag mich, dachte Hannah erfreut. Die Frau hieß Gudrun. Bald hatte Hannah sich ein wenig mit ihr angefreundet und so war sie sehr angetan, als Gudrun sie mit den Kindern zum Kaffeetrinken für den kommenden Sonnabendnachmittag zu sich nach Hause einlud. „Du darfst deinen Mann gern mitbringen", sagte sie.

„Danke für das Angebot, aber ich glaube, er bleibt lieber daheim. Er kennt euch ja gar nicht. Außerdem muss er lernen."

„Lernen?"

„Er bereitet sich berufsbegleitend auf eine wichtige Verwaltungsprüfung vor, um voranzukommen."

„Verstehe. Dann kommt einfach nur zu dritt. Wir freuen uns."

Am fraglichen Nachmittag öffnete Holger, Gudruns Mann, großgewachsen und gutaussehend, die Tür. „Willkommen!", sagte er und streckte Hannah mit offenem Lachen die Hand entgegen. Willkommen, dachte Hannah, was für ein schönes Wort. So bin ich noch nie begrüßt worden.

Das Sonnenlicht tauchte die Räume des kleinen Reihenhauses, in dem Naturholzmöbel das Sagen hatten, in ein warmes Licht. Bunte Baumwollvorhänge hingen vor den Fenstern. Der selbstgebackene Bienenstich war köstlich. Gudruns sensible und persönliche Fragen taten Hannah gut. Dass jemand sich spürbar für sie interessierte, ja, mehr noch, ihr das Gefühl gab, sogar gern für sie da sein zu wollen, ohne Gegenleistung, das war ihr fremd. Sie badete in dem Gefühl, gerade so etwas wie eine heile Welt zu erleben, eine belebende Welle, die groß genug war, um in ihr Leben hinüberzuschwappen und ihr zu sagen: Fühl doch mal hin, wie gut das tut.

Die Kinder rutschten inzwischen unruhig auf ihren Stühlen herum. „Geht ruhig spielen, wenn ihr satt seid“, sagte Gudrun. „Einmal Mund abputzen und los geht's.“ Sie fuhr ihren eigenen und dann auch gleich Hannahs Kindern mit einer sauberen Serviette über den Mund. Sekunden später machten die vier sich über das auf dem Berberteppich verstreute Spielzeug her. Gudruns Mann bedankte sich bei seiner Frau mit einem Kuss und einem dicken Lob für Kaffee und Bienenstich und stand ebenfalls auf, um im schmalen Garten hinterm Haus zu arbeiten. Hannah sah ihm durch die große, blankgeputzte Fensterscheibe, die zur Terrasse führte, nach. Blumen, Salate, Kräuter und Gemüse wuchsen in dem schmalen Reihenhausgarten üppig vor sich hin.

„Schmeckt dir der Tee?“ Gudrun schenkte nach.

Hannah nickte und betrachtete ihre Gastgeberin. Auch an diesem Tag trug sie das kleine Kreuz im Ausschnitt. Im nächsten Moment gab Hannah einem plötzlichen Bedürfnis nach und berichtete von ihren Erfahrungen mit den Zeugen Jehovas. Gudrun schien nur allzu gern auf das Thema einzugehen.

„Die Zeugen Jehovas haben zwar eine etwas andere Sichtweise als wir“, sagte Gudrun, „aber für uns ist die Bibel ebenso wichtig wie für sie.“ Sie lächelte. „Wenn wir uns nicht in Gottes Hand wüssten, wäre unser Familienleben vermutlich nicht so harmonisch, wie es nun ist.“

„Ich beneide euch“, sagte Hannah leise und bedauerte, dass Conrad nicht mitgekommen war. Ich wäre so gern glücklicher mit ihm, dachte sie. Er ist fleißig und tut seine Pflicht, das schon. Er zeigt Ehrgeiz und steckt viel Zeit in diese Zusatzausbildung. Aber ich würde so gern mehr Harmonie zwischen uns spüren, ein bisschen Romantik trotz aller Pflichten. Immer habe ich das Gefühl, dass etwas fehlt zwischen uns, dass ich hungere nach ... Nach ... Ja, nach was eigentlich?

Gudrun lächelte schon wieder. Sie sah so lieb aus dabei, dass Hannah das Gefühl bekam, dass Gudruns Gott mehr war als der gütige alte Mann zwischen den Wolken, als den Hannah ihn als Kind gesehen hatte. Dass er womöglich immer da war, ganz in der Nähe. Dass er ein Helfer im täglichen Leben, ja ein Freund fürs ganze Leben sein könnte. Was für ein verlockender Gedanke, dachte sie.

„Vielleicht hast du ja morgen Lust, mal mit uns zum Gottesdienst zu kommen“, sagte Gudrun. „Wir gehören zur hiesigen Baptistengemeinde.“

„Baptisten? Sagt mir nichts.“

„Wir nennen uns so, weil bei uns die Großtaufe üblich ist. Weißt du, wir haben ein im Fußboden verborgenes Taufbecken neben dem Altar, das groß genug ist für die Erwachsenentaufe. Wer sein Leben als Erwachsener Gott übergeben möchte, wird von unserem Prediger untergetaucht und dabei reingewaschen von all seinen Sünden. - Es ist ein wunderbarer Neubeginn.“

Hannah schluckte. Ein Neubeginn. Das hörte sich gut an, dachte sie, so befreiend. Und so interessant. Sie spürte eine ziehende Sehnsucht in sich.

„Ich glaube nicht, dass ich morgen kommen kann“, sagte sie. „Conrad würde es nicht gefallen, wenn ich schon wieder etwas ohne ihn unternehme.“

„Er könnte mitkommen.“

„Keine Zeit und auch ...“

„Versteh schon. Nimm ihm ein Stück Bienenstich mit. Oder mag dein Mann nichts Süßes.“

„Oh doch, das mag er.“

Katastrophal

Hannahs Erschöpfung und ihre latente Traurigkeit nahmen zu. Gerlinde, deren Ehe mit Papa inzwischen bereits heftige Kratzer abbekommen hatte, hatte kürzlich erst gesagt, sie halte Papa nun, da sie ihn lang genug kenne, für schwermütig. Schwermut, dachte Hannah, das passt. Vielleicht habe ich das von ihm geerbt. Dabei wäre ich doch viel lieber leicht ..., ja, wie soll man das nennen, leichtmütig ...?

*

April 1986. Der Kinderarzt hatte dringend dazu geraten, Roman die Mandeln herausnehmen zu lassen. Zur gleichen Zeit riet auch Hannahs Arzt ihr zur Operation, als er von ihren Plänen mit Roman erfuhr. „Frau Adelmann, Ihre Mandeln sind derart zerklüftet. Kein Wunder, dass Sie sich immer wieder Infekte einhandeln und sich schlapp fühlen. Ich rate Ihnen, nutzen Sie die Gelegenheit, für Ihr Kind da zu sein und gleichzeitig sich selbst etwas Gutes zu tun. Trennen Sie sich von den Dingern."

Hannah war nicht scharf darauf, unters Messer zu kommen. Aber ihr gefiel der Gedanke, sich mit ihrem Vierjährigen das Zimmer teilen zu dürfen, um ihn trösten zu können. Conrads Mutter versprach zu kommen, um auf Mirco aufzupassen.

Roman war schon bald wieder auf dem Damm, doch Hannah erholte sich nur mühsam. Hannah brauchte eher Trost als ihr kleiner Filius. Sie hatte Schmerzen und das Schlucken fiel ihr so schwer, dass sie bereits nach einer halben Schnitte Weißbrot ohne Kanten aufgab. Na prima, dachte sie mit Galgenhumor, so leicht ist mir eine Diät noch niemals gefallen.

Der Oberarzt erschien zur Visite und fuhrwerkte an ihrem Kiefer herum. „Na, das fühlt sich ja bretthart an. Nun stellen Sie sich mal nicht so an, Frau Adelmann, und fangen sie einfach an, fleißig zu kauen. Dann wird das auch wieder."

Hannah nickte ergeben. Dass eine Respektsperson ihr sagte, sie möge essen, anstatt zu hungern und dünner zu werden, war ein nie geahntes Gefühl. Sie überwand sich und ihr Kiefer lockerte sich zusehends. Bald aß sie mit Appetit zwei ganze Scheiben. Und dann sogar drei.

Am Abend kam Conrad mit einer Nachricht, die jedes Essproblemchen in den dunkelsten Schatten stellte:

„In der Ukraine hat es letzte Nacht einen schweren Unfall gegeben", berichtete er. „Hast du davon gehört? Sie haben es heute schon mehrfach im Radio gesagt."

„Was für ein Unfall?" Hannah war ahnungslos.

„Es ist unheimlich. Es kommen tatsächlich so seltsame gelbliche Niederschläge vom Himmel, die sich im Balkonkasten ablagern."

„Das sind vermutlich Pollen."

„Aber alle Spielplätze hier bei uns in Deutschland sind gesperrt, weil der Sand verseucht ist."

Nun erschrak Hannah doch. „Aber das kann doch nicht sein."

„Und ob das sein kann. Eine Nuklearkatastophe größeren Ausmaßes. Der Ort heißt Tschernobyl. Man spricht von menschlichem Versagen. Es hat eine atomare Explosion im Reaktorkern eines der Blöcke gegeben. Jedenfalls werden wir wohl noch lange damit zu tun haben." Conrad fuhr sich nervös mit der Hand durch die Haare. „Am besten lasst ihr auch hier im Zimmer die Fenster erst einmal geschlossen. Die Sache klingt wirklich bedrohlich ...!“

Als Conrad wieder heimgefahren war, konnte Hannah es noch immer nicht fassen. Das ist ja grauenhaft, dachte sie. Für den Moment war sie richtig froh, mit Roman im Krankenhaus zu liegen. Sonst würde er jetzt auf den Spielplatz wollen, dachte sie. Aber vielleicht ist ja alles doch nicht so schlimm und man wird bald wieder Entwarnung geben. Hoffentlich.

Erst einmal war alles mögliche verboten, nicht nur, die Kinder im Sand spielen zu lassen. Verboten war es auch, die Katze zu streicheln, Eier von freilaufenden Hühnern, Pilze oder Wildkräuter zu essen. H-Milch schien plötzlich gesünder zu sein als frische Milch und die Idee, demnächst die zuckersüßen Früchte der Erdbeerpflanzen aus dem Garten zu essen, die gerade blühten, erschien auf einmal gefährlich. Tatsächlich wurden die Spielplätze schneller wieder freigegeben, als Hannah gedacht hätte, doch es blieb ein mehr als schales Gefühl zurück, als sie den vierjährigen Roman und seinen gut einjährigen Bruder wieder dort spielen ließ. „Steck bloß den Sand nicht in den Mund“, sagte sie besorgt zu ihrem Großen, „am besten kletterst und rutscht du nur. Oder noch besser: Du fährst mit deinem Bobbycar. Und wenn du heimkommst, wäschst du dir ganz gründlich die Hände.“ Sie fühlte sich so verdammt hilflos.

„Warum denn, Mama?“

„Eh, also, da ist was passiert, ganz weit weg von hier. Trotzdem kommt da im Moment schlechte Luft rüber und die ist nicht gesund. Gar nicht gesund. Also müssen wir draußen vorsichtig sein. Ich weiß auch nicht so genau ...“

Roman sah Hannah mit großen Augen an. Hinter seiner kleinen Stirn schien es zu rattern. „Ich wasch sie dann am besten mit ganz viel Seife", sagte er. „Dann ist bestimmt bald alles wieder sauber."

Hannah nahm ihren kleinen Sohn auf den Arm und drückte ihn an sich. Was für ein lieber, verständiger kleiner Kerl. „Ja", sagte sie, „das ist eine gute Idee."

Dass der Vorfall auf der siebenstufigen internationalen Bewertungsskala für nukleare Ereignisse unter der Stufe 7 als katastrophaler Unfall eingestuft werden würde, wusste Hannah noch nicht. Und erst recht nicht, dass dieser Vorfall nicht die letzte große Katastrophe bleiben würde. Erst einmal galt es, praktische Tipps zu beherzigen. Wildpilze zum Beispiel galten als verstrahlt, aber die aß Hannah ohnehin nicht. Viel schlimmer war die Nachricht, dass viele Menschen in Tschernobyl sofort tot gewesen waren. Weitere würden nun wahrscheinlich Krebs bekommen. Man wollte eine Hülle, *Sarkophag* genannt, über den Reaktor bauen, um Schlimmeres zu verhindern. Ob auch wir Krebs bekommen werden, dachte Hannah. Es ist so bedrückend. Doch von Tag zu Tag schob sie die schrecklichen Gedanken mehr von sich weg, bis sie beinahe verschwunden waren.

Liebe außer Konkurrenz

Die Zeit verging und Hannah war froh, dass sie und Conrad trotz mancher Missstimmung weiterhin zusammen waren. Conrad ist ein guter Mann, sagte sie sich immer und immer wieder, ich darf ihm nicht davonlaufen. Auch wenn es Momente gibt, da möchte ich einfach nur weg, um für mich zu sein und mein eigenes Leben zu leben, in Ruhe und Frieden.

Roman war inzwischen in der nahegelegenen Grundschule eingeschult worden. Mit Stolz trug er den Ranzen, den Ines als seine Patentante ihm geschenkt hatte. Als Hannah ihn an diesem Tag mittags damit heimkommen sah, verspürte sie Sehnsucht nach ihrer kleinen Schwester, die ihr in der ihr eigenen abgeklärten Vernunft oft eher wie eine große Schwester vorkam. Kurzentschlossen rief sie an, um sie zum Kaffeeklatsch einzuladen, und wenige Tage später saßen sie mit den Kindern in der gemütlichen Essecke, die Küche und Wohnzimmer miteinander verband.

„Immer wieder lecker!“, sagte Ines und nahm noch ein Stück von dem Käsekuchen mit versunkenen Aprikosen, den Hannah nach Muttis altem Rezept gebacken hatte. Dann machte sie eine Bemerkung, die Hannah überraschte.

„Ich habe jetzt zu Jesus gefunden“, sagte sie in einem Tonfall, der klang, als habe sie soeben ein großes Geschenk erhalten. „Und ich habe sehr dafür gebetet, dass auch du zum Glauben finden mögest – weil du mir so wichtig bist.“ Ines blickte Hannah offen in die Augen.

Hannah wusste, dass Ines sich bereits seit einiger Zeit mit religiösen Themen beschäftigte. Doch was sie nun gesagt hatte, klang so entschieden, begeistert und irgendwie altmodisch zugleich, dass Hannah irritiert war. Ines ist mal wieder einen Schritt weiter als ich, dachte sie und das unbehagliche Gefühl, sich rechtfertigen zu müssen, rumorte in ihr.

„Ich beschäftige mich ja bereits mit dem Thema“, sagte sie. „Ich habe es mit den Zeugen Jehovas versucht und neuerdings besuche ich sonntags die Gottesdienste der Baptisten, aber das weißt du ja.“

„Und warum genau tust du das?“

Was für eine komische Frage. „Na ja, weil die Menschen dort wirklich nett sind und weil der gemeinsame Gesang mir so gut gefällt. Mit Gitarrenbegleitung, weißt du. Manchmal sogar mit einer ganzen Band. Und dann die modernen Texte. Das klingt ganz anders als die uralten Kirchenlieder, die man sonst so kennt. Und außerdem ... ist es einfach schön, mit anderen Menschen etwas Gemeinsames zu haben und irgendwie ... geborgen zu sein.“

„Aber ...?“

„Wieso aber?“

Ines lächelte wissend. „Du wirkst auf mich, als fändest du diese Sichtweise selbst, sagen wir mal, ein bisschen oberflächlich. Als würde noch etwas fehlen.“

Hannah fühlte sich ertappt. „Also gut“, sagte sie, „manchmal wünsche ich mir schon ein bisschen mehr. Aber ich habe Angst davor, der liebe Gott da oben könnte mehr von mir erwarten, als ich geben kann, also, als ich zu geben bereit bin ...!“ Jetzt war es heraus.

Ines ließ sich nicht aus der Ruhe bringen. „Aha“, sagte sie gedehnt, „und was genau?“

Hannah sprach die Sache mit dem Zehnten an, die ihr sehr gegen den Strich ging. „Wenn ich zehn Prozent von Conrads Gehalt abzweigen würde, um das Geld der Gemeinde zu geben“, sagte sie, „würde er mir vermutlich den Kopf abreißen. Er hat schon bei den Zeugen Jehovas mit Scheidung gedroht. Aber die anderen Gemeindemitglieder, die machen das einfach. Gott verlangt das, sagen sie.“

Ines lachte. „Da würde mein lieber Enrico wohl auch rotsehen. – Ich denke, Schwesterherz, du solltest dich entspannen. Die Zeugen Jehovas waren wohl nicht das Richtige für dich. Die Baptisten vielleicht auch nicht, keine Ahnung. Aber Gott ist es schon, Hannah." Nun lächelte sie warm. „Du solltest Jesus persönlich kennenlernen. Das kann man wirklich. Und es ist einfach schön mit ihm."

Schön mit ihm, dachte Hannah und lauschte den Worten ihrer Schwester nach. Das klingt so ... menschlich. „Aber wieso denn Jesus?", fragte sie. „Ich glaube doch schon an Gott."

„Das erkläre ich dir demnächst mal", sagte Ines und klopfte dem kleinen Chris auf die Finger, der gerade mit dem Zeigefinger in ihrem Kuchenstück herumbohrte. „Ich glaube, jetzt brauchen unsere Kinder erst einmal saubere Finger und dann könnten wir zusammen rausgehen. Sieh doch mal, wie schön die Sonne scheint."

*

Während die drei Jungs wenig später auf dem Klettergerüst des kleinen Siedlungsspielplatzes herumturnten, erklärte Ines Hannah die Sache mit dem Stromkabel: „Da stecken jeweils drei Drähte drin. Jede Ader ist wichtig und unverzichtbar, aber erst zusammen sind sie ein Kabel, das sicher Strom führt. So ähnlich ist es mit Gott. Er hat seinen Sohn Jesus auf die Erde geschickt und damit im Grunde sich selbst. Aber über Jesus finden wir zu Gott. Er ist Mittler und unser Bruder. Das hat Gottvater so vorgesehen. Und der dritte Draht ist der Heilige Geist."

„Ganz schön kompliziert", sagte Hannah. So ganz anders als mein kindlicher Glaube von früher, dachte sie. Das Jesuskind war wichtig für mich. Aber der erwachsene Jesus ...? Ob ich mich bei ihm vielleicht fallenlassen könnte? Genügt es nicht einfach, hin und wieder ein kurzes Stoßgebet Richtung Himmel zu schicken, ohne persönlichen Empfänger, einfach an eine höhere Macht? „Ich habe so viele Zweifel", sagte sie. „Warum lässt Gott zum Beispiel all das Böse auf der Welt zu?“

„Ist doch eigentlich ganz einfach: Er hat uns nach seinem Bilde geschaffen. Wir sind frei. Wir können uns fürs Gute oder fürs Böse entscheiden.“ Ines griff nach ihrer Umhängetasche, die neben ihr auf der Bank lag. „Ich habe dir was mitgebracht“, sagte sie, „lies einfach mal drin. Du wirst dich bereichert fühlen. Und du glaubst gar nicht, wie schön diese Zeit der jungen Liebe ist, wenn man Jesus erst einmal in sein Leben gelassen hat.“

Honig schlägt Zucker

Conrad aß, was ihm schmeckte, denn Figurprobleme kannte er nicht. Dass ausgerechnet er ihr einmal etwas von gesunder Ernährung vorschwärmen würde, hätte Hannah nicht gedacht. An diesem Abend aber erzählte er gleich beim Heimkommen von der neuen Kollegin namens Janka, die am Morgen im Büro ihren Dienst aufgenommen hatte. „Stell dir vor, Jutta backt eigenes Brot mit selbstgemahlenem Mehl und Kuchen mit Honig statt mit Zucker. Es soll da so einen tollen Arzt namens Bruker geben, der dafür wirbt. Das Ganze nennt sich Vollwertkost.“

„Klingt irgendwie altmodisch“, sagte Hannah, „aber auch romantisch.“ Im nächsten Moment sah sie den alten Herd mit den umlaufenden Stangen in Herzbichl vor sich, in dem großen Bauernhaus, in dem sie mit ihren Eltern und Geschwistern so wunderbare Urlaube verbracht hatte.

„Seit Janka so isst, so mit viel biologisch gezogenem Obst und Gemüse, sind sie und ihr Mann angeblich nie mehr erkältet“, sagte Conrad, „und du schniefst doch dauernd.“

„Klingt gut.“ Hannah dachte an den so urig wirkenden Bioladen am Bahnhof, in den sie sich immer noch nicht hineingetraut hatte. „Ich könnte ja mal in diesen Bioladen am Bahnhof ...“

„Nein. Vergiss es – viel zu teuer da! – Jutta und ihr Mann sind Doppelverdiener und sie haben keine Kinder. Die können sich das leisten, wir nicht. Ich wollte es dir einfach nur mal erzählen.“

Was soll das denn, dachte Hannah enttäuscht. Doch da Conrad das Geld nach Hause brachte, wagte sie zunächst keinen Widerspruch. Als sie aber am nächsten Tag auf ihrem Weg zum Kindergarten wie immer am Bioladen vorbeikam, beschloss sie, nachdem sie Roman abgeliefert hatte, einfach mal hineinzusehen. Mirco hatte gerade zum zweiten Mal innerhalb kurzer Zeit eine Mittelohrentzündung durchgemacht. Roman schniefte auch schon wieder. Vielleicht wäre es ja wirklich an der Zeit, etwas für die Gesundheit der ganzen Familie zu tun, dachte sie, und womöglich ist der Laden ja gar nicht so furchtbar teuer wie gedacht.

An diesem Abend lag ein neues Buch auf dem Esstisch. Auf der Rückseite zeigte es das Konterfei eines deutschen Arztes mit vollem, weißen Haar und einer dunkelgeränderten Brille. Im Bioladen – tatsächlich waren die Preise dort alles andere als günstig – hatte Hannah zu ihrer Freude ein kleines Bücherregal vorgefunden und wo Bücher waren, da fühlte sie sich aufgehoben. Nach kurzem Blättern stand es für sie fest: Das Buch muss ich lesen. Sie kaufte es, außerdem ein paar Biomöhren und ein duftendes Vollkornbrot.

Am Nachmittag hatte sie, überzeugt, eine wichtige Entdeckung gemacht zu haben, ihre Aufgaben vernachlässigt, um so viel wie möglich in dem Ratgeber lesen zu können. Mit der Brotschneidemaschine in gleichmäßige Scheiben geteilt, lag nun ein Teil des Brotes in dem hölzernen Brotkorb, in den Hannah ein weißes Häkeldeckchen gelegt hatte. Conrad, der einen missbilligenden Blick auf den unerledigten Abwasch in der Spüle geworfen hatte, nahm eine Scheibe davon, strich Margarine und grobe Teewurst darauf und biss hinein. „Was is‘n das für'n Brot?“, fragte er. „Schmeckt arg ... eh ... rustikal.“

„Vollwertbrot“, sagte Hannah stolz, „wie bei deiner neuen Kollegin, nur nicht selbstgebacken.“

„Aha.“

„Und ich habe auch gleich ein Buch von diesem Dr. Bruker mitgebracht. Guck doch mal.“ Sie hielt es ihm vor die Nase.

„*Unsere Nahrung, unser Schicksal*“, las Conrad vor. „Ganz schön theatralisch, oder? Außerdem hast du doch wohl allmählich genug Bücher.“ Er stand auf und holte die Plastiktüte mit dünn geschnittenem, frischem *Kassler Brot*, ohne ein einziges sichtbares Korn, aus dem Schrank. „Viel besser“, sagte er wenig später kauend, „wirklich, viel besser. Und so saftig.“

Hannah aber griff zum Bioladenbrot, trotzig und in einer plötzlichen Sehnsucht nach einfachem, bäuerlichen Leben.

*

Bereits eine Woche später hatten die Möbel Staub angesetzt und Hannah das Buch ausgelesen. Nun war sie restlos überzeugt und probierte von da an, gegen Conrads Widerstand, so viel wie möglich von ihrem neuen Wissen umzusetzen. Sie kaufte Obst und Gemüse zwar weiterhin zum großen Teil im Supermarkt ein, aß aber viel mehr davon als bisher. Sie raspelte Rohkost und sparte an Zucker. Von einer Getreidemühle träumte sie zwar erst einmal nur, aber sie kaufte Vollwertmehl ein und begann mit dem Brotbacken. All das hatte Folgen. Ihre Verdauung wurde besser und ihre Haut wurde klarer. Sie blieb länger satt und ihre Laune hob sich. Gelegentlich kaufte sie ein paar Süßigkeiten aus dem Bioladen für ihre Kinder und versuchte, ihnen die herkömmlichen Süßigkeiten auszureden. Die beiden aßen die teuren Gummibärchen zwar gern, quengelten aber, wenn sie alle waren, und fielen, sobald sie mit ihren Spielkameraden zusammen waren, über deren ganz normalen Naschkram her – sofern man sie ließ.

Wenig später entdeckte Hannah im Bioladen-Regal ein schmales Kochbuch von Barbara Rütting. Gesehen, gekauft. Begeistert las Hannah bald darauf, was die Schauspielerin mit den dunklen Haaren über ihr Leben auf ihrem eigenen Bauernhof berichtete. Über den Garten, in dem üppig Gemüse und Kräuter gediehen, über die riesigen Brote, die sie mit Hingabe buk, über die Salatschüssel, die sie mit halbierten Knoblauchzehen ausrieb und die Salatköpfe, die sie kurzerhand dünstete, wenn die Salatflut in den Beeten einmal überhandnahm. Das alles wirkt so ursprünglich, dachte Hannah, während ihr Blick durchs Fenster auf die Waschbetonplatten der angrenzenden Hauswände fiel, so wunderbar herzerwärmend.

Wochenende. Hannah hatte einen Nusskuchen mit Vollkornweizenmehl und Honig gebacken. Conrad probierte, kaute und nahm noch einen Löffel geschlagener Sahne. „Also, mit Sahne geht das ja gerade noch. Aber du brauchst so was trotzdem nicht noch mal zu backen."

Auch die Kinder ließen die Hälfte stehen.

„Aber das ist doch total lecker", sagte Hannah.

„Ich glaube, es war eine ziemliche Schnapsidee von mir, dir von Jutta zu erzählen." Conrad nahm ein zweites Stück, gab ordentlich Sahne dazu und krönte die Sahne mit einem Teelöffel weißen Zucker, weil er Rohrohrzucker unmöglich fand.

„Find ich gar nicht", sagte Hannah. „Ganz im Gegenteil. Ich bin froh, dass du mich drauf gebracht hast."

„Aber mich nervt das Getue langsam. Lass uns doch einfach wieder normal essen. So wie alle anderen."

„Aber das ist ungesund!!!"

Am Abend raspelte Hannah trotzig rohen Blumenkohl in eine Sahnesoße und gab geröstete Sonnenblumenkerne dazu, die in der kleinen Pfanne ihren herrlichen Duft entfaltet hatten. Hannah fand den Salat köstlich. Die drei anderen Familienmitglieder aßen nur wenig davon. Egal, dachte Hannah. Sie werden sich schon daran gewöhnen. So schnell gebe ich nicht auf. Ich weiß, dass ich das Richtige tue, auch für sie. Ich spüre das.

*

Hannah gab tatsächlich nicht auf. Immer wieder setzte sie Conrad neue Kreationen vor, die dieser nur mit vorwurfsvollem Blick und langen Zähnen aß oder ablehnte. „Wenn das so weiter geht, dann gehe ich bald nach Feierabend in die nächste Pommesbude", sagte er. „Ich mag diese Vollkornnudeln und den ungeschälten Reis einfach nicht. Und Dinkelkekse und Kohlrabi-Rohkost. Hör endlich auf damit. Ich meine es ernst."

Hannah fühlte sich arg in die Ecke gedrängt. Sie wollte ihren Mann nicht weiter verärgern, aber auch nicht ihre eigenen Überzeugungen aufgeben. Wenig später begann sie, zweigleisig zu fahren und für sich und die Kinder anders als für ihn zu kochen. Das war aufwändig und so geriet sein Teil des Essens mitunter ein wenig lieblos. Ein nicht sichtbarer, aber deutlich spürbarer Graben entstand. Conrad fühlte sich provoziert von ihrem Verhalten und die Kinder wollten bald auch essen, was Papa aß. Hannah fühlte sich – wieder einmal – alleingelassen. Aber aufgeben? Niemals ...!

„Du bist schon eine seltsame Pflanze", sagte Rosa mit kratziger Stimme. „Wieso bist du nicht einfach glücklich mit deinem Leben und lässt alles so, wie es ist? Ein netter Mann, zwei gesunde Kinder, genug zu essen und ein Dach über dem Kopf. Anderswo hausen sie auf Müllhalden. Nun sei doch einfach mal dankbar. Das wäre einfacher für alle, glaub mir."

Doch Hannah fand den Zugang nicht zu einem einfachen Weg. Und stand nicht schon in der Bibel, man möge den schmalen, unbequemen Weg nehmen, denn der führe ins Paradies? Ich kann nun einmal nicht aus meiner Haut heraus, dachte Hannah. Ich habe einfach noch nicht den richtigen Weg für mein Leben gefunden, das spüre ich. Aber ich find ihn schon noch.

„Merkst du was?", fragte Rosa. „Du sehnst dich schon wieder in ein Leben hinein, das aktuell nicht das deine ist. Dein eigenes Leben aufgeben, das willst du aber auch nicht. - Kann es sein, dass du im Grunde alles auf einmal haben willst?"

„Irgendwie schon", gab Hannah kleinlaut zu.

„Aber alles gab es nun einmal nicht. Man muss sich entscheiden im Leben. Jeder. Du auch."

Zweifelhaft

Mit der Zeit stritten Conrad und Hannah immer mehr - auch über andere Themen - und sie verlernten das gemeinsame Lachen. Das Unverständnis zwischen ihnen tat Hannah weh. Doch obwohl es zwischendurch auch wieder friedliche, schöne Zeiten gab, wurde es insgesamt immer schlimmer. Erneut hatte begonnen, was Hannah einfach nicht verstehen konnte. Es kam aus der Tiefe ihres Selbst. Sie wurde auch dann unzufrieden, wenn Frieden herrschte. Sie begann zu nörgeln. Immer mehr störte sie an ihrem zweiten Mann. Immer häufiger fühlte sie sich fehl am Platz an seiner Seite. Es nervte sie, wenn er sich stundenlange Wintersportübertragungen oder Tennis-Matches im Fernsehen ansah. Er brachte brav das Geld nach Hause, aber undankbarerweise hätte sie ihn lieber in einem spannenderen Beruf gesehen. Er rauchte genussvoll sein Pfeifchen mit Kirsch- oder Pflaumenaroma, doch der süßlich duftende Qualm, der ihr anfangs noch gefallen hatte, stieg ihr immer häufiger so unangenehm in Augen und Nase, dass sie demonstrativ das Fenster aufriss.

Conrad wehrte sich. Er wollte sich keine Vorschriften machen lassen. „Was willst du eigentlich?", fragte er. „Warum meckerst du ständig? Ich bin mir keiner Schuld bewusst. Hör auf damit. Was soll das denn? Willst du mich vielleicht kaputtmachen?!"

Natürlich nicht, dachte Hannah erschreckt. Aber sie fand auch keinen Weg, anders mit ihm umzugehen, und fragte sich immer häufiger, ob sie mit einem anderen Mann nicht glücklicher sein könnte Es war, als würde eine unsichtbare Kraft sie an Seilen von Conrad wegziehen, während er sich immer häufiger schweigend vor den Fernseher und in sich selbst zurückzog.

Ich darf nicht auch diese Ehe riskieren, dachte Hannah, wenn sie zwischendurch wieder einmal zu sich kam. Ich muss mich mehr am Riemen reißen. Ist es nicht schlimm genug, dachte sie, dass ich zuerst Gerald und dann Berthold verlassen habe?!

Rosa schüttete Öl ins Feuer. „Genau, Hannah. Warum kannst du nicht einfach lieben und dich lieben lassen?"

Ja, warum nicht? Hannah fühlte sich zunehmend verzweifelt. Andere machen das doch auch. Doch sie fand keine Antwort und ihre Zweifel wuchsen. Ich muss durchhalten, hämmerte sie sich ein, immer wieder. Ich darf nicht noch einmal einfach weggehen. Auf – keinen – Fall! Denn dieses Mal würden nicht nur zwei Erwachsene zu leiden haben, sondern auch noch zwei Kinder.

Ferdi und die Schnapszahl

Ob Jesus mir helfen könnte, friedfertiger zu werden, dachte Hannah. Selig sind die Friedfertigen, hieß es nicht so? Um Conrad nicht mehr als nötig zu irritieren, las sie nur dann im Neuen Testament, das Ines ihr in einer modernen Übersetzung geschenkt hatte, wenn ihr Mann nicht da war. Wider Willen war sie fasziniert und sie hatte Fantasie genug, um sich immer mehr in die Welt der Bibel hineinzuversetzen. All die Bilder, die sie nun vor sich sah. Es war, als läse sie einen guten Roman, dessen Figuren ihr mehr und mehr vertraut wurden, so sehr, dass sie das Buch gar nicht mehr aus der Hand legen wollte. Und von

Tag zu Tag nahm sie Jesus voller Erstaunen mehr als reale Person wahr. Ihn als Herrn zu sehen, fiel ihr schwer. Sie war nicht erpicht auf jemanden, der ihr sagen würde, was sie tun oder lassen sollte – nicht einmal wenn er heilig war. Aber vielleicht ist Jesus ja gar nicht darauf aus, mich zu bevormunden dachte sie. Vielleicht wartet er nur auf mich. Liebevoll. Hannah dachte an das wunderbare Gemälde zurück, das sie in einer englischen Kathedrale entdeckt hatte. Es zeigte einen bärtigen Jesus im langen, weißen Gewand, der vor einer verschlossenen Tür stand, die mit Dornen zugewachsen war. Diese Tür, so erinnerte Hannah sich, hatte der Maler als Sinnbild für das Herz eines Menschen ersonnen, das verschlossen war. Doch Jesus stand wartend draußen, in Treue und bedingungsloser Liebe. Damals hatte Hannah sich eine Bildpostkarte von diesem Gemälde gekauft, weil es sie so sehr angerührt hatte. Wo habe ich die Karte nur, fragte sie sich. Sie suchte und konnte sie nicht finden, doch das warme Gefühl in ihrem Herzen war nach wenigen Wochen so stark geworden, dass sie einfach nicht mehr darauf verzichten wollte. Es fühlte sich tatsächlich an wie ... War das etwa die junge Liebe, von der Ines gesprochen hatte?

Hannah musste mehr wissen und griff zum Telefon. „Lebst du immer noch mit Jesus oder war das nur so eine Laune?“, fragte sie geradeheraus.

„Natürlich tue ich das. Es war die beste Idee, die ich je hatte.“

„Und du glaubst wirklich alles, was in der Bibel steht? Da sind doch auch viele völlig verrückte Gedanken zu finden. Allein der Satz: Das Weib sei dem Manne untertan. Meine Güte, Ines. Du bist doch auch eine moderne Frau.“

Hannah hörte Ines lachen. „Da steht aber auch: Der Mann liebe seine Frau wie Christus die Gemeinde. – Und für seine Gemeinde ist Jesus gestorben.“

Wow. Das saß. Hannah sagte nichts mehr.

Für einen Moment herrschte tiefes Schweigen in der Leitung.

„Ich kenne da einen netten Vikar", sagte Ines dann. „Er heißt Ferdi und hat mich wirklich überzeugt. – Sprich mit ihm über deine Zweifel, wenn du dich nach Klarheit sehnst. Ich denke, er kann dir helfen."

*

Es war ein Montagabend im August 1988, als Hannah Ines begleitete, die sich mit diesem Ferdi in dessen gemütlicher kleiner Wohnung verabredet hatte.

„Ferdi, das ist meine große Schwester Hannah. Hannah, das ist Ferdi."

„Ines hat mir schon von dir erzählt", sagte der junge Vikar, der mit seinem spärlichen Haarwuchs wenig attraktiv auf Hannah wirkte, aber ein ausgesprochen liebes Gesicht hatte. „Ich darf doch du sagen?", fuhr Ferdi fort. „Du möchtest also zu Jesus finden und hast noch Zweifel?"

„Eh, ja, eh, ich weiß auch nicht ..."

„Dann lass uns reden, in aller Ruhe. Frag mich einfach alles, was du fragen willst."

Sie redeten vielleicht eine Stunde lang miteinander, während Ines still daneben saß und an dem duftenden Kräutertee nippte, den der Vikar eingeschenkt hatte. Ferdi war rhetorisch äußerst begabt, das merkte Hannah sofort. Er zerstreute ihre Zweifel, als läge ein Zauberstab in seiner Hand. Und auch wenn ich noch immer Angst habe, manipuliert zu werden, dachte Hannah, es fühlt sich verdammt gut an. Sie kämpfte mit den Tränen, so gerührt war sie.

„Ich denke, du bist jetzt bereit und unser Herr Jesus ist für dich da“, sagte Ferdi, der ihre Stimmung mit feinen Antennen aufzufangen schien. „Wenn du willst, kannst du jetzt sofort mit mir und Ines als Zeugen dein Leben an ihn übergeben. Ganz offiziell. Gleich gegenüber meiner Wohnung gibt es einen Versammlungsraum. Ich habe den Schlüssel. Alles andere wird sich fügen. Du wirst schon sehen.“

Hannahs Hände wurden feucht vor Aufregung, als sie zustimmte und Ferdi und Ines auf die andere Straßenseite folgte. Ferdi schloss auf, zündete ein paar Kerzen an, las einige Worte aus der Bibel und legte Hannah die Hände auf. „Sprich mir nach ...“

Hannah tat, wie geheißen, und kämpfte erneut mit den Tränen, als die kurze Zeremonie vorüber war. Im nächsten Moment spürte Hannah den Arm ihrer Schwester liebevoll um ihre Schultern. Ines sagte nichts, aber ohne Worte sagte sie ganz viel.

In Hannah tobte ein heftiger Zwiespalt. Mein Leben gehört nun Jesus, dachte sie bewegt. Ich werde niemals mehr allein und Ines vermutlich näher sein als je zuvor. Dann dachte sie an Conrad. Er wird sich immer weiter von mir entfernen, wenn ich so weitermache mit meinen immer neuen Ideen, dachte sie. Aber erwartet Gott nicht auch Opfer von mir? Jedes Opfer, wenn es sein muss? Hannah begann zu schwitzen, dann fror sie. Ich bin aber nicht Abraham, der seinen Sohn Isaak geopfert hat, um Gott zu gefallen. Ich könnte so was niemals tun, nur weil Gott Gehorsam verlangt. Das ist doch wirklich furchtbar! Sie fuhr sich mit der Hand an die Kehle – ihr Hals war ganz trocken geworden. Aber das steht ja auch im Alten Testament, fiel ihr ein, und seit Jesus auf die Welt gekommen ist, gilt das Neue, das, in dem ich nun schon so viel Schönes gelesen habe. Ach, es ist alles so unendlich schwierig ...!

Ferdis Stimme riss sie aus ihren Gedanken. „Das Jahr ist zwar schon zu mehr als der Hälfte um", sagte er, „aber ich habe hier noch einen Neukirchener Kalender. Den darfst du gern mitnehmen. Er wird dir Geleit geben."

Mit zitternden Fingern nahm Hannah den Abreißkalender entgegen.

„Gott segne euch", sagte Ferdi, als sie sich verabschiedeten.

„Dich auch", sagte Ines.

„Tschüs", sagte Hannah. „Und ... danke."

„Ist dir eigentlich aufgefallen, welches Datum wir heute haben", sagte Ines, als sie im Auto saßen.

„Montag", sagte Hannah, noch immer in Gedanken.

„Das Datum, meine ich."

„Sechster oder siebter August?"

„Es ist der achte. Wir haben heute den 8. 8. 88."

„Ach ja, stimmt ja ...!"

„Ist das nicht ein wunderbarer Tag für solch eine Entscheidung?! Stell dir vor, ganz viele Leute haben heute geheiratet und du hast deinen Lebensweg mit Jesus begonnen. Und dann ist die Acht auch noch das Zeichen für Unendlichkeit. Ist das nicht wirklich schön?"

„Ja", sagte Hannah, „das finde ich auch."

Jesus schien sich zu freuen und dieses Gefühl zurückgeben zu wollen, zumindest bildete Hannah sich das ein. Von diesem Tag an hatte sie das zutiefst befriedigende Gefühl, wirklich mit Gottes Sohn sprechen zu können und Antwort zu bekommen. Niemals werde ich mein Leben von Jesus zurückfordern, dachte sie dankbar. „Dein Reich komme, dein Wille geschehe ...", flüsterte sie. Und plötzlich war ihr völlig egal, wessen Wille genau gemeint war. Es wird schon der richtige sein, dachte sie. Ich muss einfach vertrauen.

Flucht nach vorn ins Sauerland

Conrad hatte alles gegeben und die Prüfung bestanden. Er war stolz, sie war stolz. Doch ein Job mit mehr Verantwortung war nicht in Sicht, da es gerade keine freie Planstelle gab. Notgedrungen nahm Conrad das hin, doch sein Schreibtischjob in Essen schien ihm immer weniger zu gefallen. Hannah vermutete, dass er, ähnlich wie sie, Schwierigkeiten hatte, sich mit Menschen zu arrangieren, die anders dachten und fühlten als er. Dass er sich in einer anderen Rolle sah als in der, die er gerade in seinem eng abgesteckten Arbeitsbereich einzunehmen hatte. Er hat nun einmal seine ganz eigene Art, dachte sie, und grundsätzlich finde ich das gut.
Zunächst hatte er nur von Ärgernissen erzählt und von Missverständnissen. Dann schien die Sache ernster zu werden. „Ich glaube, ich muss mir was Neues suchen", hatte er vor ein paar Wochen mit Ernst und Nachdruck gesagt. „Ich passe nicht in dieses Büro."
Am Tag darauf hatte er begonnen, die Stellenanzeigen zu studieren. Noch hatte er nichts gefunden. Hannah war inzwischen ebenso begierig auf den Stellenmarkt in der Zeitung wie er, denn eine neue Stelle würde eine neue Chance bedeuten, vielleicht sogar an einem anderen Ort. Sie witterte Abwechslung, was ihr enormen Auftrieb gab.
An diesem Tag, Conrad hatte länger geschlafen als sonst, entdeckte sie ein aufregendes Inserat, bevor er auch nur die Zeitung zur Hand genommen hätte. In Winterberg, mitten im Sauerland, wurde ein Abteilungsleiter im öffentlichen Dienst gesucht. Eine erfolgreich

abgelegte Verwaltungsprüfung war Voraussetzung. Und die hatte Conrad zu seiner und ihrer Freude ja gerade erst gemacht.

Conrad saß in der Wanne. Sie eilte ins Bad und wedelte mit der Zeitung.
„Guck mal, Schatz!“
„Pass auf. Du machst die Zeitung ja ganz nass. Kann das nicht warten?“
„Glaub nicht. Da ist wirklich eine ganz tolle Anzeige. Könnte was für dich sein. Im Sauerland. Stell dir nur vor!“
„Im Sauerland??! - Was sollen wir denn da?“
„Da ist es doch schön, da machen andere Leute Urlaub.“
„Viel zu weit weg.“
„Aber sieh dir die Anzeige doch wenigstens mal an. Guck doch mal.“
„Später. Leg sie mal auf den Tisch.“

Beim Frühstück überflog Conrad den Text. „Klingt ja interessant, aber ich weiß nicht recht. Sauerland. Da versauert man bestimmt. Andererseits, es wäre schon eine tolle Herausforderung. Einen Versuch wäre es wert. Vielleicht.“
Am nächsten Tag hatte er seine Zeugnisse kopiert und griff, kaum dass die Kinder im Bett waren, zum Füllfederhalter, um seinen Lebenslauf zu schreiben. Als es ans Anschreiben ging, bat er Hannah um Rat. „Hör dir das mal an. Wie klingt das?“
„Du warst zwar Klassenbester, mein Lieber“, sagte sie, „aber ich glaube, da geht noch mehr.“
Sie griff zum Stift, strich und ergänzte und las ihm ihre Fassung vor. Er verzog das Gesicht. Sie diskutierten, formulierten erneut um, strichen, veränderten, überarbeiteten und hatten am Ende gemeinsam einen Text entwickelt, der wirklich überzeugend klang und ihnen beiden gefiel. Ein Schreiben, das die Leute im Sauerland neugierig machen

wird auf meinen Mann, dachte Hannah nicht ohne Stolz. Und Neugier ist nun mal eine prima Voraussetzung für eine Einladung zum gegenseitigen Kennenlernen.

*

Die Rechnung ging tatsächlich auf. Man lud Conrad zu einem Vorstellungsgespräch ein und bald darauf fuhren sie gemeinsam mit den Kindern ins *Land der tausend Berge*. „Was für eine wunderschöne Landschaft!“, sagte Hannah, nachdem sie das Ruhrgebiet hinter sich gelassen hatten. So viele Tannen, so viele Anhöhen. Und all diese hübschen Fachwerkhäuser mit den Schieferdächern. Was für ein Kontrast zum Kohlenpott ...!“

Sie parkten am Straßenrand vor einem am Ortsausgang gelegenen Verwaltungsgebäude. Hannah wartete mit den Kindern im Auto, während Conrad in der Höhle des Löwen darum rang, gut anzukommen. Als er zurückkam, reckte er zu Hannahs riesiger Freude den Daumen in die Höhe. „Sie haben gesagt, ich würde einen sehr guten persönlichen Eindruck machen“, sagte er, als er einstieg. „Sie denken, ich könnte zu ihnen passen. Spätestens übermorgen kriege ich Bescheid. Ich kann das noch gar nicht glauben.“

„Aber das kling doch super!“ Hannah küsste Conrad. In diesem Moment, da etwas Neues, Aufregendes in ihr gemeinsames Leben trat, hätte sie platzen können vor Stolz auf ihren Mann. Genau den Mann, an dem sie kürzlich noch herumgemäkelt hatte. Aber sind es nicht eigentlich immer nur Kleinigkeiten gewesen, dachte sie ebenso reumütig wie aufgeregt. Habe ich vielleicht übertrieben? Das hier aber, das ist was Großes, das ist eine Riesenchance.

„Stell dir vor, sie nähmen dich wirklich, Schatz, dann könnten wir bald hier in dieser wunderbaren Umgebung leben. Sieh dich doch nur mal um. So viel Grün, so viel Wald, und der Bach da vorn. – Wir könnten einen Bach stauen, wenn wir mal mehr Zeit haben." Sie wandte sich nach hinten, wo ihre Söhne saßen, die gerade einem Kinderhörspiel lauschten, das sie eigentlich längst auswendig kannten.

„Au ja", sagte Roman. „Eine Staumauer. Jetzt sofort?"

„Jetzt müssen wir erst mal irgendwo Picknick machen und dann nach Hause, bevor es dunkel wird. Aber beim nächsten Mal bestimmt."

*

Hannah fiel es ausgesprochen schwer, sich auf eine gewisse Wartezeit einzurichten, während Conrad tat, als sei er die Ruhe selbst. Doch schon am nächsten Nachmittag kam ein Anruf.

„Herr Adelmann, wir haben die Sache durchgesprochen und wir würden es gern mit Ihnen versuchen. Und Sie können wirklich am 1. Juli anfangen?"

„Ich denke schon", sagte Conrad.

„Haben Sie noch Fragen?"

„Es gilt die Vergütungsstufe, die in der Annonce stand?"

„Natürlich. Kommt alles in den Vertrag. Und über die Steigerungen bei uns im öffentlichen Dienst haben wir ja schon gesprochen. Sie werden einen sicheren Arbeitsplatz haben."

„Danke", sagte Conrad. „Sowie Sie mir den Vertrag zugeschickt haben, werde ich die alte Stelle kündigen. Vielen Dank. Ich freue mich sehr." Geradezu liebevoll legte er den Hörer auf.

„Sie wollen mich wirklich haben", sagte er ungläubig. „Ich werde Geschäftsführer. Was für eine Ehre! Hoffentlich schaff ich das."

„Klar tust du das. Ganz bestimmt. Ich freu mich ja so."

Hannah umarmte ihren Mann stürmisch. Conrad lächelte ein wenig verhalten, doch wenig später strahlte auch er. „Ich glaube, ich geh jetzt mal los und kauf für heute Abend ne Pulle Sekt."

„Prima Idee", sagte Hannah. „Und bring ein schönes Stück Sauerbraten mit. Den mach ich gleich morgen für dich. Hast du dir so was von verdient."

„Mit Klößen und Rotkohl", sagte Conrad.

„Genau. Und Eis zum Nachtisch."

*

Die ersten Wochen der Probezeit verbrachte Conrad in einer Ferienwohnung. An den Wochenenden kam er nach Hause und jedes Mal hatte er gute Nachrichten im Gepäck. Die Arbeit war interessant und er kam gut an. „Ich denke, das mit der Probezeit ist jetzt nur noch eine Formsache", sagte er. „Wir können auf Wohnungssuche gehen. Ich habe den *Hunau-Wilzenberger* mitgebracht. Das ist das örtliche Käseblatt. Heute steht nichts passendes drin, aber vielleicht beim nächsten Mal."

Die Zahl der in Frage kommenden Wohnungen war kleiner als gedacht. Sie sahen sich einige wenige an – begeistert waren sie nicht. Dann endlich stach Hannah eine Anzeige ins Auge, die sie aus den Pantinen haute. In Grafschaft, einem 500-Seelen-Dorf im Schatten des Wilzenberges, wurde zu einem erstaunlichen günstigen Preis eine riesige Wohnung angeboten. Sie erstreckte sich über 180 Quadratmeter und zwei Etagen. Was für ein Traum! Wie sehr würden die Kinder und auch wir selbst uns dort ausleben können, dachte sie. Hannah wusste kaum, wohin mit all den Glücksgefühlen in ihrer Seele, und setzte alles daran, Conrad zu überzeugen, einen Besichtigungstermin auszumachen. Er fand die Wohnung übertrieben groß, ließ sich aber überreden.

Hannah war hingerissen, als Willibald Schauerte, der Hausbesitzer, am Tag darauf die Tür öffnete und sie herumführte. Sie fühlte sich wie in einem Heimatfilm. Durch die Panoramascheibe des Wohnzimmerfensters sah man über eine Viehweide und zwei Bauernhöfe hinweg auf ein altes Kloster. Einer der beiden Höfe gehöre ihm, sagte der potenzielle Vermieter, und im Kloster sei eine Klinik untergebracht.

Von der geräumigen Wohnküche aus ging es über eine hölzerne Treppe nach unten, wo sich Waschküche und Kellerräume befanden. Im Erdgeschoss besaß die Wohnung ein Kaminzimmer mit einem offenen Kamin, eingebettet in schwere Schieferplatten, das traditionelle Gestein der Region. Gespannt folgten sie Herrn Schauerte nach oben. Der Flur, der vor ihnen lag, hatte trotz der Schrägen etwas Hallenartiges. Er war so groß, dass man problemlos eine Tischtennisplatte dort würde aufstellen können. Eine kleine Tür in der Holzvertäfelung unterhalb der Dachschräge führte zu einer Abseite, die sich über die gesamte Raumlänge erstreckte – bestens geeignet, um Spielzeug und allerlei Sperriges dort unterzubringen, das nicht ständig gebraucht wurde. Was für ein Paradies für die Kinder ...!

„Hier ist das Bad und nebenan ein zweites WC, mit dem von unten sogar ein drittes“, sagte der freundliche Bauer. „Und dort vorn gibt es einen zweiten Balkon, größer als der von unten. – Man merkt eben, dass das hier mal eine Pension war.“

Mächtig viel zu putzen, dachte Hannah. Sie betrachtete die Fliesen auf dem Balkon, der sich Richtung Osten über die ganze Hausbreite erstreckte, und die Fensterscheiben, die ihn mit dem großzügigen Raum davor verbanden. Wirklich viel Arbeit, aber das schaffe ich schon irgendwie.

„Außer Ihnen wären noch zwei Parteien im Haus", sagte Herr Schauerte, „gleich nebenan und im Untergeschoss."

„Die Wohnung ist ein Traum", sagte Hannah. „Findest du nicht auch, Schatz?"

„Hm, ja schon." Conrad schien längst nicht überzeugt zu sein. „Wir sollten uns aber noch andere Wohnungen ansehen", sagte er. „Diese Wohnung ist doch sehr groß. Eigentlich zu groß für uns."

„Überlegen Sie nicht zu lange", gab der Vermieter zurück und furchte die Stirn, „es gibt noch andere Interessenten."

Hannah stieß Conrad in die Seite und suchte eindringlich seinen Blick. Doch er sagte nur: „Dann auf Wiedersehen, Herr Schauerte. Und vielen Dank!"

Hannah war hochgradig nervös. Ich muss diese Wohnung einfach haben, dachte sie, so eine Chance kriegen wir so schnell nicht noch mal. Auf dem Weg zu seiner Ferienwohnung, in der auch sie mit den Kindern die Nacht verbringen würde, bearbeitete sie ihren Mann und war einfach nicht zu bremsen. „Nachher finden wir nichts Passendes und die hier ist vielleicht weg. Ich wäre kreuzunglücklich."

„Übertreib doch nicht immer so. – Es gibt mit Sicherheit kleinere und günstigere Wohnungen. Ich verdiene zwar jetzt nicht schlecht, aber Krösus bin ich auch nicht."

Krösus, dachte Hannah, und fühlte sich an ihre Kindheit erinnert. „Wir sind nicht Krösus." Wie oft ihre Mutter das gesagt hatte. Immer wenn Hannah sich nach etwas sehnte, was ihr ausnehmend gut gefiel, war es zu teuer gewesen. Na ja, fast immer. Die echte *Schlummerle*-Puppe von *Schildkröt* habe ich immerhin bekommen, dachte sie. Und ich war so glücklich darüber. Aber mit einer Puppe spielt man nur, in einer Wohnung verbringt man sein Leben!

Hannah holte Luft, um etwas möglichst Überzeugendes zu sagen, etwas, was alle bisherigen Argumente schlagen könnte.

„Du solltest jetzt mal die Klappe halten, Hannah", zischte Rosa. „Überspann den Bogen nicht. Lass deinem Mann ein bisschen Zeit."

Hannah atmete wieder aus und sagte nichts. Erst am Abend wieder, als sie in Conrads Arm lag und ihm zärtlich durchs Haar strich. „Schatz, überleg doch mal ernsthaft: Die Miete ist doch im Grunde spottbillig, wenn man bedenkt, was wir dafür bekommen würden", säuselte sie. „Und neunhundertfünfzig Mark. Das ist doch wirklich nicht viel für fast zweihundert Quadratmeter."

„Hundertachtzig", sagte er. „Aber in Wattenscheid wohnen wir in einer Sozialwohnung und jetzt willst du in eine ... wie soll ich das nennen, in eine Villa ziehen?"

„Nun übertreibst du. Es ist lediglich eine sehr große Wohnung mit vielen Möglichkeiten. Überleg doch mal, wie herrlich die Kinder spielen könnten dort oben, wenn es mal regnet. Und wir sitzen dann unten und haben unsere Ruhe. Und auf der Weide steht ein Pferd – das wird sie begeistern. Sie könnten es füttern und vielleicht irgendwann darauf reiten. Und der Vermieter hat gesagt, er würde mit dem Trecker ein Stück Weide umpflügen. Dann hätten wir sogar einen eigenen Garten."

„Schuster bleib bei deinen Leisten", sagte Conrad.

„Aber Schatz!" Hannah merkte, wie ihr schon wieder diese verdammten Tränen in die Augen stiegen. Wut und Trauer fochten einen Kampf aus. Sie entschied sich gegen beides und setzte den herzerweichendsten Bitte-Bitte-Blick auf, der ihr zur Verfügung stand. Sie wollte diese Wohnung einfach unbedingt haben, mehr noch als die der verstorbenen alten Dame damals, aus der sie so bald wieder ausgezogen waren. „Wenn wir die Wohnung nehmen", versprach sie, „habe ich ab sofort keine anderen Wünsche mehr. Ich brauche keine neuen Bücher mehr und keine neuen Klamotten. Nur die Wohnung und den Garten, dann bin ich zufrieden. - Du wirst sehen, wir werden glücklich dort sein." Hannah setzte sich rittlings auf ihn und küsste seine Nasenspitze. „Bitte!!!"

Conrad sah sie mit hochgezogenen Brauen an. Er wirkte besorgt und erfreut zugleich.

„Also gut", sagte er dann, „auf deine Verantwortung."

Und eine Zehntelsekunde später, als in Hannahs Verstand angekommen war, was ihr Mann gerade gesagt hatte, da schwebte sie auf einer Wolke, so hoch und weich, dass selbst dem lieben Gott dort oben schwindelig werden könnte. Auf meine Verantwortung, dachte Hannah – okay. Ich werde mir alle Mühe geben. Und ich will auch nie mehr nörgeln. Es ist bestimmt die richtige Entscheidung!

Wie eine Fototapete

Mit ihren dreißig Jahren fühlte Hannah sich jung genug für einen Neuanfang auf dem Lande. Der Umzug allerdings geriet zur Mammutaufgabe. Die Kinder schienen Hannahs Unruhe zu spüren und wurden von Tag zu Tag unleidlicher. Zahlreiche Kisten waren zu packen und es gab viel zu putzen, bevor alles besenrein war und der Möbelwagen endlich losfahren konnte. Hannah war mehr als dankbar, dass Conrads neuer Arbeitgeber sich bereiterklärt hatte, den Umzug zu bezahlen. Als die Möbelpacker am Abend gegen zweiundzwanzig Uhr endlich wieder abzogen, waren die Männer kaum weniger erschöpft als sie. „Nein, wir wollen keinen Kaffee und keine Brötchen mehr“, sagte einer von ihnen, während er mit einem Kollegen letzte Hand daran anlegte, die Einbauküche, die sie in Wattenscheid am Morgen abgebaut hatten, in der neuen Wohnung wieder zusammenzubauen. Sie hatten akkurate Ausschnitte in die neue Arbeitsplatte gemacht, die Hannah und Conrad bei einem Grafschafter Schreiner besorgt hatten, und das zusätzliche Küchenregal angebracht, das sie bei eben diesem Schreiner hatten anfertigen lassen. Hannah konnte es kaum erwarten, all ihre Kochbücher dort unterbringen zu können. Sie hatten die Küche über Eck arrangiert, was viel großzügiger wirkte als zwei gerade Zeilen einander gegenüber. Ich werde beim Gemüseschnippeln aus dem Fenster gucken können, dachte Hannah, und wäre ich nicht so müde, würde ich die Küche am liebsten sofort einweihen.

„Wir wollen einfach nur noch nach Hause“, sagte ein zweiter Möbelpacker und packte Säge und Schraubenzieher ein. „Irgendwann können auch wir nicht mehr.“

„Sie haben das wunderbar gemacht“, sagte Hannah und verteilte Trinkgelder.

Zehn Minuten später griff sie nach dem schweren schmiedeeisernen Griff, der so gut in der Hand lag, und schloss die Haustür aus Eichenholz hinter den Männern – von tiefer Dankbarkeit erfüllt.

Wenn Hannah von nun an morgens, noch nicht ganz wach, ins Wohnzimmer ging, um sich wieder einmal an der Pracht der neuen Wohnung zu erfreuen, und durch die große Fensterscheibe hinausblickte, musste sie sich kneifen. Für eine ganze Weile war ihr so, als habe jemand eine Fototapete davor geklebt. Der Ausblick aufs Grafschafter Kloster und auf die Wälder dahinter war einfach perfekt und wunderschön.

Dorfregeln & Frömmigkeit

Die neugierigen Nachbarn und Nachbarinnen erwiesen sich schon in den ersten Tagen als nett und aufgeschlossen. Vor allem Lina Droste, die Nachbarin von gegenüber und etwa in Hannahs Alter, war sehr auskunftsfreudig und offenbar ganz wild darauf, Hannah mit den aus ihrer Sicht bedeutendsten Informationen zu versorgen.

„Haben Sie schon von der Gräfin gehört?“, fragte sie.

„Welche Gräfin?“

„Die Chuniza. Die hat früher hier auf der Burg auf dem Wilzenberg gelebt, unserem heiligen Berg. Ihre sieben Männer hat sie alle umgebracht, erst verhext und dann vergiftet.“

„Eine echte Burg?!“ Hannah war begeistert.

„Na ja, Reste davon. Und eine Kapelle und einen Kreuzweg und einen Aussichtsturm. Frau Droste begann leise zu singen: „*Sie mixte in des Weines Glut Extrakt vom roten Fingerhut*“

Hannah schmunzelte. „Ich hoffe, zu solchen Methoden muss ich nie greifen“, sagte sie.

„Also, bei meinem, da könnte ich manchmal ... Egal.“ Sie schüttelte den Kopf, bevor sie fortfuhr: „Am Sonnabend putzen wir Frauen die Kirche und am Sonntag gehen alle zur Messe. Man kann auch schon Sonnabendabend gehen, wenn man sonntags mal ausschlafen will." Sie bückte sich und zupfte in ihrem gepflegten Vorgarten einige verblühte Blüten ab. „Der höchste Feiertag bei uns ist ..."

„Weihnachten", platzte Hannah heraus, die sich schon jetzt darauf freute, den ersten Baum im neuen Wohnzimmer schmücken zu dürfen, und immer noch froh war, nicht den Zeugen Jehovas beigetreten zu sein, die ihr Lieblingsfest so schnöde ablehnten.

„Aber nein", Lina lachte. „Vogelschießen natürlich. – Dann ist das ganze Dorf auf den Beinen und beim festlichen Umzug tragen die Frauen die tollsten Kleider. Besonders wenn sie im Hofstaat sind, so wie ich letztes Jahr. Und die Männer tragen Säbel und Uniform. Schmuck sehen sie darin aus – solange sie noch gerade gehen können."

Hannah dachte an Lulatsch zurück, der in seiner Schützenuniform ziemlich fesch ausgesehen hatte, trotz der Segelohren. Wie lang das schon her war – an die zwanzig Jahre.

„Also im Ernst, trinkfest muss man schon sein hier bei uns", dozierte Lina weiter. „Wollen Sie und Ihr Mann auch in den Schützenverein gehen?"

„Das wissen wir noch nicht", sagte Hannah vage. Ganz sicher nicht!, dachte sie insgeheim.

„Aber Sie sind schon katholisch, oder?"

„Evangelisch", sagte Hannah.

„Aha." Sie schien nachzudenken und Hannah hatte das Gefühl, Lina würde ein Stück von ihr abrücken. „Dann haben Sie ja Glück", sagte sie und lächelte. „Da brauchen Sie unsere Kirche schon mal nicht zu putzen."

Sie lebten erst wenige Wochen im Sauerland, da bekamen sie Besuch aus Nordrhein-Westfalen. Herr Bernau, Hannahs Gitarrenlehrer, machte mit seiner Tochter in der Gegend Urlaub und wollte sehen, wo seine *begabte Schülerin*, wie er sie nannte, abgeblieben war. Hannah hatte ihn etwa ein halbes Jahr vor dem Umzug kennengelernt, nachdem sie eine Kleinanzeige entdeckt hatte, mit der eine Konzertgitarre angeboten wurde. Hannah, die das preiswerte Modell mit den schmerzhaften Stahlsaiten, das Omma ihr zur Konfirmation geschenkt hatte, noch nicht vergessen hatte, hatte die angegebene Telefonnummer gewählt und dem alten Lehrer schon bald in einem Einfamilienhaus aus den Fünfziger Jahren gegenüber gesessen. Er lebte in Dortmund, ging auf die achtzig zu und verkaufte ihr nach kurzem Gespräch die fast neue Gitarre offenbar nur allzu gern. „Das ist ja schön, dass so eine hübsche, junge Frau wie Sie noch Gitarre lernen will."

„Jung ist gut", sagte Hannah, „ich bin schon über dreißig."

Herr Bernau lächelte nachsichtig und erzählte von dem jungen Mann, seinem Schüler, dem die Gitarre zuvor gehört hatte. Er sei bei einem Motorradunfall ums Leben gekommen. „Es ist schön, dass es nun wieder einen Menschen gibt, der das Instrument zu schätzen weiß und ihm neues Leben einhaucht", sagte Herr Bernau, „ich werde den Kaufpreis an die Mutter weiterreichen."

Hannah bekam Gänsehaut, als die an die arme Frau dachte.

Als Nächstes schenkte Herr Bernau Hannah zwei kleine *Notenhefte für den eifrigen Gitarrenschüler*, die er selbst verfasst hatte, und kündigte an, ihr künftig kostenlos Unterricht erteilen zu wollen.

„Das ist ja schrecklich nett von Ihnen“, sagte Hannah gerührt, nicht zuletzt angesichts seines fortgeschrittenen Alters, „aber ich habe zwei kleine Kinder und leider keine Zeit, regelmäßig nach Dortmund zu kommen.“

„Das macht gar nichts. Ich komme zu Ihnen. Ich nehme einfach den Zug. Einmal umsteigen, schon bin ich da.“

„Aber ist das nicht viel zu anstrengend?“

„Papperlapapp! Ich bin doch noch kein alter Mann!“

Herr Bernau kam tatsächlich, einmal in der Woche, zufrieden, dass Hannah fleißig übte und Fortschritte machte. Und nun war er eben zu ihr ins Sauerland gekommen.

„Setz dich mal hier neben mich“, sagte er zu Roman. „Klopf das hier mal nach.“

Herr Bernau klopfte verschiedene Rhythmen auf die Tischplatte und Roman schlug sich recht wacker darin, das nachzuahmen. Dann war Mirco, sein kleiner Bruder, an der Reihe. Der Kontrast war deutlich.

Der Vierjährige hatte nicht die geringsten Schwierigkeiten, alles akkurat richtig nachzuklopfen.

„Alle Achtung, du scheinst mir aber ein besonders musikalisches Bürschlein zu sein, mein Junge“, sagte der Lehrer. „Da sollten Mama und Papa aber unbedingt drauf achten, dich zu fördern.“

„Für Mirco gibt es tatsächlich nichts Schöneres als Dinge, die Töne machen“, sagte Hannah lächelnd und sah bereits Mircos große Augen vor sich, wenn er das kleine Keyboard auspacken würde, dass Conrad und sie schon für Weihnachten für ihn gekauft hatten.

Eine Stunde später, nach Kaffee und Keksen, machten der alte Lehrer und seine Tochter sich wieder auf den Weg. Ein knappes Jahr später würde sie Hannah eine Anzeige schicken, mit der der Tod ihres

Vaters bekanntgegeben wurde, und Hannah würde sich sicher sein, dass sie den freundlichen alten Herrn, der aus einer anderen Zeit gekommen zu sein schien und sich so selbstlos um sie gekümmert hatte, niemals vergessen würde.

Hauskreis

Es wäre praktisch gewesen, doch als Protestantin kann ich wohl schlecht die katholische Messe im Dorf besuchen, dachte Hannah. Aber ein Leben ohne sonntäglichen Gottesdienstbesuch würde mir schal und leer vorgekommen, nachdem ich mich im Kreis der freundlichen Baptisten so aufgehoben gefühlt habe.

Hannah hatte intensiv darum gebetet, im Sauerland eine neue geistige Heimat finden zu können, auch wenn sie keine Ahnung hatte, wie das gehen sollte - in einer so katholischen Gegend. Die kleine evangelische Kirche am Ortsausgang von Schmallenberg, nicht allzu weit von Grafschaft entfernt, hatte sie bisher nur von außen gesehen. Sie rechnete damit, dass wohl ernüchternd wenige Leute sie besuchen würden, beschloss aber dennoch, hinzugehen.

Es war der zweite Sonntag nach dem Umzug, da machte Hannah sich auf den Weg. Die Glocken läuteten bereits, als sie das Auto am Straßenrand parkte. Vergleichsweise friedlich hatte Conrad sie ziehen lassen. Eine normale Kirche erschien ihm offenbar weniger bedrohlich als die Baptisten oder Zeugen Jehovas, die er beide in die Sparte Sekte einordnete. Hannah dachte noch einmal an Marie und Cora zurück, die sie vergeblich dazu eingeladen hatten, am Sonntag ihren *Königreichssaal* zu besuchen. Und während sie über den kurzen Weg zum Kircheingang eilte, dachte sie sehnsüchtig an Gudrun, die Baptistin aus dem Miniclub, die so freundlich zu ihr gewesen war.

Die Glocken hörten auf zu läuten. Der Pastor in seinem schwarzen Talar sah ihr lächelnd entgegen. Hannah bemühte sich um einen freundlichen Gesichtsausdruck. Sie hatte wenig Hoffnung, in dieser Kirche aktive Glaubensgenossen finden zu können, wiederholte im Stillen aber noch einmal ihr Gebet: „Lieber Gott, lass mich hier eine aktive Gemeinde finden, in der ich unterkommen kann. Bitte, lieber Gott. Lass mich nicht im Stich!!!"

„Guten Morgen", sagte der Pastor und reichte ihr die Hand.

„Guten Morgen", sagte Hannah und unterdrückte ein Seufzen.

Wie hätte sie auch ahnen können, wie gut dieser Morgen noch werden sollte.

*

Hannah fand einen Platz am Gang in einer mehr als halbleeren Reihe und sah sich möglichst unauffällig um. Nicht mehr als fünfzehn, sechzehn Besucher, schätzte sie, ganz wie ich gedacht habe. Das Sonnenlicht fiel durch die bunten Fenster und malte Bilder auf die weißen Wände. Die Orgel spielte. Das erste Lied wurde gesungen. Der Pastor griff zur Bibel und las die Bibelstelle vor, die an diesem Sonntag dran war. Dann geschah es: Drei Reihen vor ihr zogen zwei junge Leute etwas aus der Tasche. Was ist das denn? Hannah traute ihren Augen nicht. Haben die etwa ihre eigene Bibel dabei?! So etwas hatte Hannah noch nie während eines normalen Gottesdienstes gesehen. Die beiden müssen gläubig sein, dachte sie aufgeregt. Die muss Gott mir geschickt haben, ganz bestimmt. Die muss ich ansprechen, gleich nach dem Gottesdienst, unbedingt. Oh danke, lieber Gott! ... lieber Herr Jesus! Eh ... Ob ich dem Heiligen Geist vielleicht auch noch danken sollte ...?

Wildfremde Leute einfach so anzusprechen, das war eigentlich nicht Hannahs Art, doch im Vertrauen auf Führung von oben wagte sie es: „Ich habe gesehen, dass Sie mitgelesen haben", sagte sie, „das ist, eh, eher ungewöhnlich ..."

„Für uns nicht. Wir sind überzeugte Christen, wir leben mit Gottes Wort." Die beiden strahlten Hannah so offen und herzlich an, dass Hannah ihnen, ohne lang zu überlegen, von ihrem Gebet erzählte.

„Gottes Wege sind wunderbar", sagte der junge Mann.

„Wir haben immer dienstags einen Hauskreis in einem Dorf hier ganz in der Nähe", sagte die junge Frau. „Sie können gern dazu kommen, wenn Sie wollen."

„Schrecklich gern", sagte Hannah.

Zwei Tage später fand sie sich an der angegebenen Adresse ein, in einem großen alten Haus, das seine besten Tage schon hinter sich hatte. Dort wohnte Werner, ein Prediger, dessen blonder Haarkranz wie ein Glorienschein um seine tonsurartige Glatze lag. Dort lebten auch seine Frau Myriam, die drei Kinder und die Katze, die Hannah vor der Haustür gerade schmeichelnd um die Beine strich, während Hannah vergeblich nach einer Klingel suchte. So nahm sie sich ein Herz und drückte vorsichtig die Klinke nieder. Die Tür war nicht abgeschlossen und Hannah trat mit mulmigem Gefühl in die Diele des alten Bauernhauses.

„Hallo ...", rief sie zaghaft.

Ein kleiner Junge lugte um die Ecke. Als er sie sah, machte er auf dem Absatz kehrt und rief: „Mama! Da ist jemand."

Eine Frau mit blonden Locken kam Hannah entgegen. „Oh, guten Tag. Herzlich willkommen. Ich glaube, ich habe schon von Ihnen gehört. Sie sind die Zugezogene und möchten gern an unserer Bibelstunde teilnehmen?"

„Wenn ich darf ..."

„Aber was für eine Frage – natürlich. Wir freuen uns sehr. Kommen Sie herein."

Zwei Minuten später saß Hannah in einem aus alten Stühlen zusammengesetzten Stuhlkreis in einem ansonsten sparsam möblierten Wohnraum. Menschen, die sie nicht kannte und die ihr doch seltsam vertraut vorkamen, saßen auf den Stühlen. Wenig später öffnete sich die Tür, die beiden jungen Leute aus dem Gottesdienst traten ein und begrüßten Hannah freudig. Eine Viertelstunde später fühlte sie sich bereits daheim, genau so aufgehoben, wie sie es sich erträumt hatte. Danke, lieber Gott!

Bald wusste Hannah das Wichtigste. Die Familie lebte von Spenden und von Kindergeld, nicht in Saus und Braus zwar, aber so, dass alle anständig angezogen waren, sie zu essen und ein Dach über dem Kopf hatten und eben all das einkaufen konnten, was zum Leben gebraucht wurde. Sogar ein altes Auto war drin.

Der Abend wurde nett, sehr nett. Es gab Tee und Kekse. Es wurde gelacht und herzliche Umarmungen gehörten in dieser kleinen Runde offenbar einfach dazu. Werner, der Prediger und mit der blonden Frau ehelich verbunden, konnte wunderbar Gitarre spielen. Die Lieder, die dem spiralgebundenen Gemeinde-Liederbuch entnommen wurden, gefielen Hannah mindesten so sehr wie die in der Baptistengemeinde, auch wenn sie die meisten nicht kannte. Bei *Ins Wasser fällt ein Stein* stimmte sie aus vollem Herzen ein, denn dieses gefühlvolle Lied, das der Theologe Dietrich Bonhoeffer vor seiner Hinrichtung im KZ geschrieben hatte, kannte sie nur zu gut: *Wo Gottes große Liebe in einen Menschen fällt, da wirkt sie fort in Tat und Wort hinaus in uns're Welt.* Ob sie auch in mir wirkt, diese Liebe? Hannah fragte sich das nicht zum ersten Mal.

„Am Sonntag feiern wir hier immer Gottesdienst", sagte Werner beim Abschied, „du bist herzlich eingeladen."

Hannah war so froh. „Wenn es daheim passt" sagte sie, „komme ich gern."

Und Hannah war so begeistert, dass sie es passend machte. Dass es doch egal sei, wo sie sonntags zum Gottesdienst ginge, konnte Conrad nicht von der Hand weisen. Und dass er eben stattdessen bei anderer Gelegenheit zum Sport gehen könne, während sie für die Kinder sorgen würde, und dass das nur gerecht sei, auch nicht.

Schon bald gehörte Hannah fest zu der kleinen Gemeinde. Es war ein vertrauter Kreis, doch hin und wieder kamen ein paar Gestrandete, die Hannah noch nicht kannte, in dem offensichtlichen Verlangen, ihre Seelen massieren zu lassen. Alle wurden vorbehaltlos willkommen geheißen und auch Hannah versuchte, das zu tun, was man von ihr erwartete. Mit einer alten, einsamen Rentnerin ging sie bald im Dienste des Herrn regelmäßig einkaufen. Den mehr als aromatischen Geruch, den eine beim Gottesdienst neben ihr sitzende alte Deutsch-Russin ausdünstete, die seit kurzem in einer Notunterkunft lebte und offensichtlich nur selten Zugang zum Bad hatte, versuchte sie, im Geiste Christi zu ertragen – was ihr nur unzureichend gelang. Bald folgte sie Myriams Einladung, Roman und Mirco mit zur

Kinderbibelstunde bringen. Neugierig kamen die beiden mit. Brav sangen sie die kindgerechten Lieder, hörten sich biblische Geschichten an, bastelten und spielten. Richtig wohl schienen sie sich nicht zu fühlen, aber wenn, dann protestierten sie nur leise.

Conrad allerdings blieb konsequent fern. „Ich brauch so was nicht“, sagte er. „Ich bin konfirmiert, ich habe meinen eigenen Glauben oder auch nicht, und das genügt mir.“

Sein gutes Recht, dachte Hannah. Traurig war sie trotzdem.

*

So froh Hannah auch war über die neuen Kontakte, ihre kleine Schwester fehlte ihr. Sie lebte mit Enrico und den beiden Kindern in Mülheim, viel zu weit weg, um häufiger zu Besuch zu kommen. Umso dankbarer war Hannah dafür, dass neuerdings einige Gemeindemitglieder zu ihr in die Wohnung kamen, um Gebetsgemeinschaft zu halten. Reihum brachten sie ihre Anliegen vor Gott und waren sich sicher, dass der Herr dabei mitten zwischen ihnen weilte, ganz wie es in Matthäus 18 Vers 20 versprochen wurde. Na ja, weitgehend sicher. Hannah nämlich zweifelte immer wieder. „Das ist der Teufel“, sagten die anderen, wenn sie von ihren Zweifeln sprach. „Der Antichrist. Er will dich verführen, so wie er auch Jesus in der Wüste versucht hat. Da musst du einfach gewappnet sein und immer neu widerstehen.“

„Ich versuch's ja“, sagte Hannah, „aber es ist schwer.“

Der aktuelle *Neukirchener Kalender*, den sie sich inzwischen selbst gekauft hatte, nachdem der von Ferdi abgelaufen war, hing im Esszimmer an der Wand. Jeden Morgen riss sie ein Blatt ab und der Kalender gab ihr jeweils einen neuen Impuls. Außerdem hatte sie sich ein Heft mit Tageslosungen zugelegt, in dem sie an jedem Morgen las. Wann immer es ihr nicht gutging oder sie verunsichert war, führte sie stille Zwiegespräche mit Jesus. Leider aber ließen die kaum hörbaren Antworten ihr irritierend viel Interpretationsspielraum.

Conrad hatte reichlich zu tun mit seiner anspruchsvollen Arbeit und erholte sich gern vor dem Fernseher. Die Kinder gingen zur Schule oder spielten mit ihren Freunden. Hannah kümmerte sich um den Haushalt und den Garten. Tag um Tag verging und die Geborgenheit, die Hannah auf der Suche nach Liebe gesucht und vermeintlich im Gemeindeleben gefunden hatte, wich immer mehr dem Gefühl von Bedrückung und Beschränkung. Sie hatte den quälenden Eindruck, niemals so gut, ja so heilig sein zu können, wie die Bibel es von ihr erwartete. Ich bin doch nur ein ganz normaler Mensch, dachte sie. Und eigentlich will ich auch gar nichts anders sein. Nur ein wenig glücklicher wäre ich gern, ausgeglichener. Ist das wirklich zu viel verlangt? Muss man tatsächlich leiden, um ein guter Christ zu sein?

Trotz mancher Zweifel hielt Hannah tapfer an ihrem Glauben fest. Dem Glauben, der ihr selbst ein bisschen kindlich vorkam, dem Glauben daran nämlich, dass Gott gut war und ganz bestimmt sehen würde, dass sie im Grunde schon alles tat, wozu sie fähig war. Allzu fähig bin ich eben nicht, dachte sie, aber ich hab mich auch nicht selbst gemacht.

Wie sehr das Schicksal ihren Glauben noch herausfordern würde, stand in dieser Zeit noch in den Sternen. Noch dankte Hannah Gott trotz trauriger Momente jeden Tag aus ganzem Herzen dafür, dass es ihr und ihren Lieben gutging.

Roman gewöhnte sich schnell ein in der neuen Schule. Mirco besuchte bei Schwester Uta, einer freundlichen Nonne, die von weltlichen Kräften unterstützt wurde, den Kindergarten, nur hundert Meter von der neuen Wohnung entfernt. Wie erwartet, waren die Kinder entzückt von Mäxchen, dem gelbmähnigen Pferd auf der Weide. Und als Herr Schauerte wie versprochen mit dem Trecker anrückte, einen Teil der Weide umpflügte und die Zaunpfosten so versetzte, dass ihr künftiger Garten von Besuchen hungriger Huftiere verschont bleiben würde, schien Hannahs Glück perfekt zu sein.

Auch Conrad schien sich wohlzufühlen. Die Anerkennung, die er im neuen Job fand, wuchs von Tag zu Tag und damit wuchs auch seine Zufriedenheit. „Hier werde ich wirklich anerkannt mit dem, was ich kann und bin“, sagte er. „Endlich.“

„Und ich freue mich so, dass wir es wahrgemacht haben und hierher gezogen sind“, sagte Hannah. „Es ist einfach toll hier.“

An jedem Morgen ging Hannah mit der Milchkanne zum Bauern und ließ sich kuhwarme Milch abfüllen und manchmal auch frische Sahne oder Butter. Die Kinder fanden schnell neue Freunde, stromerten durchs Dorf und amüsierten sich auf dem großen Spielplatz mit der Seilbahn und dem hölzernen Krokodil, auf dem gleich fünf Kinder hintereinandersitzen und schaukeln konnten. Was für ein Kontrast zu dem kleinen Spielplatz in Wattenscheid, dachte Hannah. Von Herzen dankte sie Jesus, ihrem neuen Freund, der das vermutlich alles für sie eingefädelt hatte. Sicherheitshalber dankte sie seinem göttlichen Vater gleich mit, weil sie Ines‘ Erklärung mit dem Stromkabel noch immer nicht so richtig verstanden hatte.

Acht Wochen nach ihrem Einzug parkte in der Nähe des Spielplatzes ein großer Bus, dem eine ganze Horde Kinder entstieg, begleitet von zwei Lehrkräften. Sie hatten es wahrgemacht: Romans alte Schulklasse hatte im Rahmen der Klassenreise eigens einen Umweg über Grafschaft gemacht, um zu sehen, wo Roman abgeblieben war.

Die Dörfler, die die Ankunft des Busses mitbekamen, schienen nicht schlecht zu staunen. Hannah sah, wie sie die Köpfe zusammensteckten, und versuchte, nicht allzu stolz zu sein, dass man ihrem Sohn solch große Bedeutung beimaß. Roman strahlte, tobte mit den anderen Kindern auf dem großen Spielplatz herum, alberte mit ihnen am dahinter gelegenen Bach und zeigte ihnen und seiner Lehrerin zum Abschluss das am Hang gelegene Haus, in dem er nun mit Mama, Papa und Mirco lebte. Ganz besonders das Kinderzimmer und vor allem den großen Spielflur und die Abseite mit dem Spielzeug. Hannah war hin- und hergerissen zwischen Freude, Rührung und der Angst, all die Sechs- und Siebenjährigen, die gerade begonnen hatten, auch die anderen Räume zu erkunden, könnten ihr neues Zuhause in kürzester Zeit in ein Trümmerfeld verwandeln. Das wusste Frau Mitscherlich, die Klassenlehrerin, zum Glück zu verhindern. „Kommt, Kinder, wir müssen weiter."

Zwei Stunden lang hatte der schöne Spuk gedauert, dann schlossen sich zischend die Bustüren. Hannah, Roman und Mirco winkten dem Gefährt hinterher, bis es außer Sichtweite war. Ein wenig wehmütig trat Hannah den Heimweg an und sah ihren Söhnen zu, die mehr Gras für das neue Meerschweinchen am Wegesrand pflückten als es in einer Woche würde fressen können.

Hannah war nachdenklich. Die Bemerkung, die Frau Mitscherlich auf dem Weg zum Bus gemacht hatte, ging ihr nach. „Ich mag alle meine Schüler“, sagte sie, „aber Ihr Roman ist einfach ein ganz besonders Kind. Da ist etwas an ihm ... ich weiß auch nicht. Einfach ... ein besonders Kind eben.“

Mirco ist das mindestens ebenso, dachte Hannah, der es immer gelegen daran war, ihre Liebe gleichmäßig auf beide Kinder zu verteilen.

„Ihr seid tolle Jungs“, sagte Hannah, „alle beide.“

Roman schien in sich hineinzuhorchen, sagte aber nichts. Dann lief er voraus, büschelweise Gras verlierend, auf flinken Beinen, dünn, aber stark. „Komm, Mirco, wer schneller zu Hause ist ...!“

Tschüs, Theo

Der Flirt mit Theo, dem charmanten Anwalt, der eine Andere geheiratet hatte, lag Jahre zurück und Hannah hatte keine Ahnung, woher er ihre neue Adresse hatte. Er schrieb ihr einige Monate nach dem Umzug, gratulierte zur neuen Wohnung und unterzeichnete mit *Ihr Theo Bandoleit.* Sie freute sich, dass er sie nicht vergessen hatte. Dem Brief lag das Buch über das Leben auf dem Lande bei, das ihm die Kollegen zu seinem Fünfzigsten geschenkt hatten und für das er offenbar keine Verwendung hatte.

Hannah zeigte sich dankbar und schrieb ihm einen netten Brief.

Ein kaum weniger netter Brief kam schon bald zurück.

Hannah antwortete erneut und konnte es sich nicht verkneifen, ein wenig persönlicher zu werden. *Lieber Theo,* schrieb sie, flocht einige leicht neckische Bemerkungen ein und unterzeichnete mit *Ihre Hannah.*

Der Anwalt antwortete, ging aber nicht auf ihren Tonfall ein. Hannah stach der Hafer und sie legte im Bedürfnis nach einem kleinen Flirt als Salz in der ihr gerade allzu eintönig erscheinenden Suppe ihres Ehelebens noch eine Schaufel drauf. Nichts fand sie frustrierender als Langeweile. Als er dieses Mal antwortete, verbat er sich derlei Bemerkungen. „Wenn meine Frau davon wüsste ...!“, schrieb er. Die Zurechtweisung des Mannes, der sie doch noch vor wenigen Jahren so bewundert hatte, beschämte sie so sehr, dass sie den Briefwechsel mit kühlen Worten abbrach.

Rosa wirkte genervt. „Meine Güte, Hannah, was hast du denn erwartet?“

Weiß ich auch nicht, dachte Hannah.

Jahre später würde Hannah durch Roswitha zum letzten Mal von Theo hören. Ihre ehemalige Kollegin, die längst zur Freundin und sogar zu Mircos Patentante geworden war, hatte längst gestanden, dass sie es gewesen war, die ihm Hannahs Adresse gegeben hatte. Nun erzählte sie, sie habe ihren einstigen Chef auf dem Friedhof auf einer Bank sitzen sehen, ganz allein. „Alt ist er geworden“, fügte Roswitha hinzu. „Vielleicht ist seine Frau ja jetzt tot.“

„Gut möglich“, gab Hannah zurück.

So ein netter, feiner Mensch, dachte Hannah, die es bedauerte, ihn nicht trösten zu können. Es war wirklich schön, ihm begegnet zu sein, fuhr sie in Gedanken fort. Und in einer kleinen Ecke meines Herzens wird er wohl für immer wohnen.

Sauerländer Geburtstagskaffee

Lina Droste stand vor der Tür, um Hannah zu ihrem Geburtstag einzuladen. „Wir Nachbarinnen feiern hier immer alle zusammen mit Kaffeeklatsch. – Vier Uhr. Können Sie kommen?“

„Das ist aber nett. Ja, ich komme wirklich gern.“

„Prima. Und bringen Sie Hunger mit. Bei uns wird nicht gespart.“

Neugierig stand Hannah bald darauf, reichlich nervös, auf der Matte, klingelte, wurde eingelassen – und war erschlagen. Nicht gespart, das ist wahrlich nicht übertrieben, dachte sie. Eine lange Tafel mit akkurat gebügelten, blütenweißen Tischdecken wartete auf die Gäste. Und was für perfekte Torten und Kuchen da in reicher Auswahl auf edlen Tortenplatten geradezu im Glorienschein zu schweben schienen. Linas Haus war penibel aufgeräumt, hübsch dekoriert und offenbar blitzblank geputzt. Sie machte Hannah mit den anderen Nachbarinnen bekannt: „Das ist die Frau des Gärtners, das ist die Frau von Lehrer Hartmann, das ist ...“ Und dann saßen alle am Tisch.

Sektflöten klangen aneinander, in kleinen Kristallgläsern funkelte der Likör. Und der Kuchen schmeckte so wunderbar, dass Hannah nicht die geringste Mühe hatte, ihren gerade erst ausgeheckten Diätplan schnellstens über den Haufen zu werfen.

Schon eine Woche später lud Edelgard Rickert ein, die Nachbarin von links. Sie schien eine leidenschaftliche Gärtnerin zu sein. Hannah blickte durch Fensterscheiben hindurch, die so sauber waren, dass man sie kaum noch wahrnahm. In Edelgards Garten war nicht ein Blättchen zu entdecken, das da nichts zu suchen gehabt hätte. Stattdessen wuchs alles, was wachsen sollte: Kartoffeln, Tomaten, Kohlrabi, Salat, Zucchini. Beeren leuchteten aus üppigem Grün hervor. Margeriten wiegten ihre Köpfe im Sommerwind.

„Das sieht aber schön aus“, sagte Hannah in ehrlicher Bewunderung, „und alles ist schon so weit gediehen.“

„Man muss einfach früh genug anfangen“, sagte Edelgard. „Wer am 1. Mai seinen Garten nicht parat hat, ist faul gewesen, heißt es bei uns.“

Hannah schwieg betroffen. Am 1. Mai würde ich wahrscheinlich gerade einmal über die Eisheiligen zwei Wochen später nachdenken und mir vornehmen, danach so ganz allmählich zu säen oder zu pflanzen, dachte sie und beschloss, lieber nichts weiter zu diesem Thema zu sagen, um sich nicht zu blamieren. Die anderen sagten umso mehr. Es wurde geredet und geraucht und gelacht und geredet und ...

Hannah schob ihren Teller zurück. „Danke, kein Kuchen mehr. Ich kann wirklich nicht mehr.“

„Ein Keks vielleicht? Gestern frisch gebacken.“

Hannah nahm ergeben einen Keks und knabberte lustlos daran. Der Smalltalk mit den Frauen auf ihrer linken und rechten Seite war beendet und Hannah, der bei Linas Feier alles noch kurzweilig erschienen war, da sie die Frauen so gut wie nicht kannte, begann sich zu langweilen. Sie freute sich zwar, in der neuen Nachbarschaft ohne Vorbehalte akzeptiert worden zu sein und nun offenbar dazuzugehören. Sie fühlte sich geehrt, dass ihr selbst eine Mittsiebzigerin inzwischen das Du angeboten hatte, doch sie wurde nicht recht warm mit den Damen. Es waren gerade einmal eineinhalb Stunden vergangen, da überlegte sie bereits, wie sie sich am elegantesten wieder würde verdünnisieren können.

„Aber was macht das denn für einen Eindruck, wenn du als erste gehst?“, sagte Rosa.

Das hatte Hannah auch schon gedacht und so blieb sie sitzen und lauschte und blickte sich um und lauschte und suchte nach Worten und fand das eine oder andere und lauschte und schwieg.

Weitere Einladungen folgten. Hannah freute sich jedes Mal auf den verführerischen Geschmack von Philadelphia-, Eierlikör- oder Walsnuss-Marzipan-Torte. Zugleich fürchtete sie das stundenlange Beisammensein. Pflichtbewusst ging sie dennoch hin, beteiligte sich am gemeinsamen Geschenk, plauderte und tat entspannt. Die Frauen waren durch die Bank sehr nett, aber es interessierte Hannah einfach nicht, was sie über Leute zu reden hatten, die sie ohnehin nicht kannte, und selbst den Austausch von Back- und Kochrezepten fand sie auf Dauer ermüdend und anstrengend. So viele Menschen um mich herum, dachte sie, das ist einfach nichts für mich. Ich mag intensive Gespräche zu zweit, vielleicht auch zu dritt, das schon. Alles andere wird mir zu viel.

Nachdem sie eine Zeitlang alle fünf Minuten zur Uhr gesehen hatte, stellte Hannah wieder und wieder beschämt fest: Ich muss sobald wie möglich hier weg! Ich will zurück in die Stille meiner Wohnung. Die Kinder werden draußen sein und ich werde wieder zwischen meinen Büchern und Blumen sein. Ich könnte ein Bild malen, dachte sie verträumt, vielleicht den malerischen Blick von unserem Balkon aufs Grafschafter Kloster mit den Wäldern im Hintergrund und den Wolken, die über die Szenerie hinwegziehen. Ich könnte verblühte Geranien abzupfen oder auch einfach nur das Bad putzen. Hauptsache weg!

Weil niemand vor ihr ging, gab Hannah sich endlich einen Ruck, erfand irgendeine Ausflucht, brach doch wieder als Erste auf, genoss zutiefst den Augenblick, in dem die Tür hinter ihr ins Schloss fiel - und kam sich denkbar blöd vor. Warum kann mir denn nicht einfach gefallen, was allen anderen gefällt? Warum bin ich bloß so anders ...?! Andererseits, dachte sie dann, könnten die anderen ja zur Abwechslung auch mal das blöd finden, was ich blöd finde. Das wäre doch echt nett. – Aber wer weiß, vielleicht tun sie das ja ... insgeheim.

Henriette

Hannah lebte mit ihrer Familie vielleicht ein Jahr lang in der neuen Wohnung, da entdeckte sie eine aufregende Annonce unter den Kleinanzeigen und bat Conrad geradezu flehentlich um fünfhundert Mark. Mit dem festen Versprechen, das Geld wieder hereinzuholen, kaufte sie davon zutiefst beglückt einen gebrauchten Töpferofen. Das schwere, silberfarbene Teil fand seinen Platz im Keller. Es war von außen so groß wie ein Kühlschrank und von innen mit dicken Schamottesteinen ausgestattet. Der Brennofen, der Temperaturen von weit über 1.000 Grad Celsius erreichen konnte, lief über Haushaltsstrom, so dass noch nicht einmal ein Elektriker kommen musste, um ihn anzuschließen.

Herr Schwab, der sonst so stille, allein lebende Nachbar von nebenan, der eine wertvolle Briefmarkensammlung sein eigen nannte, äußerte heftige Bedenken wegen der hohen Temperaturen, als er davon hörte. „Was, wenn das Haus abbrennt?“

„Ich pass schon auf“, sagte Hannah, die tatsächlich davon gehört hatte, dass ein Ofen, dessen Schaltung nicht richtig funktionierte, schon einmal irgendwo so glühend heiß geworden war, dass er durch die

Zimmerdecke brach. Doch Hannah wollte sich nicht mit Angst die Laune verderben. Sie war voller Tatendrang.

Die Frau aus der Nähe von Siegen, die den Ofen verkauft hatte, hatte ihr für wenig Geld auch Ton und Glasuren sowie einiges Werkzeug mitgegeben, außerdem ein paar sehr inspirierende, dicke Bücher. Hannah studierte sie umgehend. Wenig später gab sie im *Hunau-Wilzenberger* eine Kleinanzeige auf, mit der sie für einen Töpferkurs warb. Selig über die neue Perspektive wartete sie auf Antwort und geneigte Teilnehmerinnen. Sie wartete. Und wartete weiter. Doch erst einmal geschah nichts.

*

Den Tag, an dem Hannah erstmals Henriettes Stimme hörte, würde sie so schnell nicht vergessen. Für ihren Töpferkurs, der im großen Hobbyraum im Dachgeschoss stattfinden sollte, war die Resonanz noch immer gleich null gewesen. Doch dann kam dieser Anruf.

„Guten Morgen. Henriette Wilhelmi hier." Eine sehr bestimmt klingende Stimme am anderen Ende der Leitung. „Ich interessiere mich für Ihren Kurs."

„Es tut mir leid", sagte Hannah im Tonfall tiefen Bedauerns, „aber es gibt bisher so gut wie keine Interessenten, so dass ich den Kurs leider nicht anbieten kann."

„Na und? Wo ist das Problem? – Dann komme ich eben allein."

„Allein?! Nun ja, ehm, ..." Hannah druckste herum. „Dann würde das aber teurer für Sie, ehm ..."

Die Dame lachte. „Um es mal so auszudrücken: Ich kann es mir leisten."

Na, wenn das so ist ... Hannah fühlte sich geschmeichelt. Und sie war gespannt wie ein Flitzebogen.

Von nun an kam Henriette Wilhelmi, knapp dreißig Jahre älter als Hannah, jeden Mittwoch ins Dachstudio. Hannahs Vorschlag, zum Du überzugehen, akzeptierte sie bald, obwohl sie damit normalerweise, wie sie sagte, zurückhaltend umging. „Bei dir ist das irgendwie anders", sagte sie. „Wir wurden einander geschenkt - das erscheint mir ganz offensichtlich. Da kann man auch ruhig du sagen."

Das Töpfern erledigte Henriette, die vor Jahren mit ihrem verstorbenen Mann eine eigene kleine, aber nicht ganz unbekannte Firma aufgebaut hatte, mit Leichtigkeit und natürlicher Begabung. Sie zeigte sich begeistert von der massiven, auf einem vierfüßigen Metallgestell montierten Töpferrolle, die Hannah bald nach dem Ofen ebenfalls gebraucht hatte kaufen können. Mittels einer schweren Walze und eines großen Drehrades ließen sich damit spielend leicht wunderbar glatte Platten ausrollen. Hannah fühlte sich wie ein Profi damit – ein erhebendes Gefühl. Henriette zeigte sich auch entzückt von der Auswahl der Glasuren und den Glasurproben, die Hannah angefertigt und nebeneinander auf eine Holzplatte genagelt hatte. In der festen Ansicht, dass sich Gutes immer noch verbessern ließe, kaufte Henriette allerdings bald schon eigene Glasuren, die ihr noch besser gefielen.

Introvertiert zu sein, das konnte das Leben schwierig machen, doch es hatte auch seine Vorzüge. Wie so oft in ihrem Leben kam es Hannah zugute, dass sie intensiv zuhören konnte. Henriette erzählte und erzählte. Von ihren erwachsenen Kindern, allesamt in angesehenen Berufen, auf die sie stolz war, und von ihrem ersten Enkelkind. Sie erzählte von all ihren Reisen und Hannah hörte ihr bewundernd zu. Henriette steckte voller Anekdoten. Besonders gut gefiel Hannah die von ihrem Besuch in einer Hotelbar, bei dem sie angeblich zufällig mit dem Staatschef von Ägypten am Tresen gesessen hatte, oder die Erzählung von dem Tag, an dem sie sich während eines Urlaubs auf einer Burg über eine Brüstung gelehnt hatte, wo ihr ein fremder Mann auf den Hintern schlug und jubelte: „Was für ein herrlicher birnenförmiger Arsch!"

„Und das hast du dir gefallen lassen?", fragte Hannah.

Henriette lachte herzlich. „Ich habe es mit Humor genommen. Der Mann ist ein bekannter Hamburger Maler und Künstlern verzeihe ich grundsätzlich alles. Wir sind heute noch miteinander befreundet."

Hannah erbebte in Ehrfurcht. Wie groß die Welt doch sein kann, dachte sie. Und wie klein die meine ist.

Hannahs Bewunderung schien Henriette zu spüren und zu genießen. Außerdem gab sie Hannah manch ungefragten Rat zu nahezu jedem Thema, selbst zu Fragen der Erotik. Großzügig war sie auch, nicht nur bei der Preisgabe persönlicher Geheimnisse. Ohne mit der Wimper zu zucken, zahlte sie Hannah neben den Brand- und Materialkosten ein großzügiges Honorar. Das tat Hannahs Selbstbewusstsein gut, aber die Abwechslung und Inspiration, die Henriette in ihr Leben brachte, erschien ihr noch viel wertvoller. So etwas brauche ich so dringend wie ein Verdurstender in der Wüste eine Oase, dachte sie. Na ja, fast ...

Das freundschaftliche Verhältnis zu Henriette, die selbstironisch zu ihrer herrlich großen Klappe stand und das Herz spürbar am rechten Fleck hatte, war Hannah wichtig. Henriette war ehrlich und direkt, strahle Wärme aus wie ein Holzofen in einer Bergbauernhütte und wurde ihr beinahe zur Freundin. Sie kam nun bereits seit Monaten zu ihr.

Als sie an diesem Morgen kam, war Hannahs Magen mächtig leer und ihr war ganz schwummerig im Kopf. Auf Anraten ihrer neuen Winterberger Ärztin, die Hannah wegen ihrer ständigen Knieschmerzen aufgesucht hatte, ernährte sie sich seit Tagen nur von trockenen Semmeln und einer Winzigkeit Milch, was die Ärztin, die den schönen Namen Bella Waldreich trug, *Heilfasten nach Mayr* nannte. Für drei Wochen sollte Hannah nach dieser Methode leben. Durch den ungewohnten Nahrungsentzug fühlte sie sich sehr verletzlich. Sie war in sich gekehrt und fühlte sich überreizt von all den Gefühlen und Gedanken, die nun auftraten, hatte aber ihre beste und derzeit einzige Kundin nicht ausladen wollen. Henriette indes war munter wie immer und plapperte vor sich hin. Hannah gab Antwort, offenbar weniger munter als sonst. Sie gab sich so zart besaitet, wie sie sich gerade fühlte. Womöglich gab sie auch Sätze von sich, die sie sonst sooo nicht gesagt hätte, denn das Fasten verhalf ihr zu neuen Erkenntnissen, die einfach heraus wollten. Plötzlich schoss eine Bemerkung aus Henriette heraus, die Hannah ins Herz traf: „Also Mädchen, wirklich, du bist ja vollkommen egozentrisch!"

Bitte??! – Hannah fühlte sich in ihrer Verletzlichkeit in den Staub getreten. Wieso sagt Henriette so etwas? Ich denke, sie mag mich. Sie war den Tränen nahe. Egozentrisch, das klingt wie egoistisch und das will ich doch auf keinen Fall sein. War das wirklich der passende Begriff, wenn sie sich einmal ganz offen gab? Exzentrisch, nun ja, das würde ich in gewisser Weise ja noch als Lob betrachten, aber egozentrisch ...?! Verzweifelt versuchte Hannah, trotz des arg knurrenden Magens ihre Würde zu bewahren. Sie fühlte sich sehr verunsichert und war traurig darüber. Sie war wütend und fand auch das falsch.

Henriette schien das alles nicht bemerkt zu haben. Sie war aufgestanden und ging zum Regal mit den Glasurtöpfen. „Hast du noch dieses wunderbare Kornblumenblau?“, fragte sie.

Hannah beschloss, sich zusammenzureißen, und griff nach einer Tüte mit Glasurpulver. „Füll ich gleich auf für dich“, sagte sie. Und während sie die Staubmaske aufsetzte und sich ein wenig abseits stellte, um auch Henriette vor den gifthaltigen Stäuben zu schützen, dachte sie: Am Ende hat sie ja sogar Recht. Ich bin schon ein bisschen komisch. Ständig stehe ich unter Strom. Ich nehme täglich Baldrian, weil ich so nervös bin, und dann bin ich wieder todmüde und kriege nichts geschafft. Aber ich will nicht immer müde sein und ständig grübeln, dachte sie. Ich möchte ruhig sein und stark und gelassen. Ob ich erst alt werden muss, um das endlich zu lernen?

An diesem Vormittag war Hannah erstmals froh, als Henriette, die gerade ein Ensemble von kleinen Blumenschalen getöpfert hatte, ihre Sachen packte und nach Hause ging.

Jeannette

Zu ihrer Freude überlebte Hannah die Heilfasten-Aktion unbeschadet, obwohl sie sich vorgestellt hatte, bei so wenig Essen wohl verhungern zu müssen. Sechs Kilo nahm sie ab und kaufte sich eine Hose mit Top und Jacke aus fließender, feuerroter Viskose als Belohnung, eine Konfektionsgröße kleiner.

Nachdem Hannah danach mit neuem Elan einen zweiten Versuch gestartet hatte, einen Töpferkurs anzubieten, war der Zuspruch deutlich größer. Wirklich nette junge Frauen kamen, allesamt Sauerländerinnen, die meisten von Geburt an. Nach einer Weile freundete sie sich mit der sanften Jeannette an, einer frisch zugezogenen Städterin, deren Mann als promovierter Wissenschaftler im örtlichen Institut eine Anstellung bekommen hatte. Es war offensichtlich, dass Jeannette, die noch niemanden kannte, Anschluss suchte. Die sympathische Blondine hatte einen kleinen Sohn, etwa in Romans Alter. Jeannette gab sich freundlich und natürlich und besaß offensichtlich nicht einmal eine Spur von Standesdünkel ob ihres gebildeten Gatten, ganz im Gegenteil. Und auch ihr eigenes Studium schien nicht weiter von Belang zu sein.

Am zweiten Töpferabend erzählte Jeannette stattdessen von ihrem tiefen Traum, eigenes Gemüse anzubauen.

„Tatsächlich?“, fragte Hannah begeistert und beschloss im nächsten Moment, den Ball aufzugreifen: „Wollen wir beide dann vielleicht aus der Wiese zwischen den Obstbäumen gemeinsam einen Garten machen? Wir haben es bisher gerade mal geschafft, die Bäume und ein paar Büsche zu pflanzen und ein Erdbeerbeet anzulegen – mehr noch nicht. Mein Mann mäht den Rasen und sticht gern Kanten ab, sonst hat er kaum Zeit, mich zu unterstützen. Und ich traue mir einfach nicht zu, die restliche Gartenarbeit trotz Haushalt und Kindern allein zu bewältigen. Weißt du“, Hannah senkte die Stimme, „wenn ich mir die perfekten Gärten der Nachbarinnen so ansehe, ist mir das direkt peinlich. Aber ich schaff das nicht!“

Jeannette lächelte freundlich. „Für einen allein ist das ja auch viel Arbeit“, sagte sie, „aber es wäre wunderbar, sich aus dem eigenen

Garten mit gesundem Obst und Gemüse versorgen zu können, finde ich.“

„Und mit Kartoffeln. Und mit Blumen und Kräutern.“ Hannah strahlte. „Zu zweit ginge das viel besser. Man kann sich auch gegenseitig mal in den Allerwertesten treten, wenn einer kneifen will, also bei Nieselregen zum Beispiel.“

„Ja“, Jeannette lachte, „wir sind ja nicht aus Zucker.“

Die anderen Damen hatten nur kurz von ihren Töpferarbeiten aufgesehen und waren inzwischen wieder ganz in ihr Tun versunken.

„Also, wenn du wirklich willst, Jeannette“, sagte Hannah abschließend, „dann machen wir das, okay?“

„Und ob ich will!“

Na, das war ja einfach gewesen.

Jeannette freute sich. Hannah freute sich auch. Und fortan gärtnerten sie auf der ehemaligen Weide hinterm Haus gemeinsam und überboten einander bald im Entwickeln weiterer Gartenideen. Sie setzten trotz einsetzenden Regens Kartoffeln und brachte diese Arbeit tropfnass, aber glücklich zu Ende. Sie jagten Schnecken, gruben und hackten und harkten und legten ein Beet nach dem anderen an. Wie stolz war Hannah Monate später auf die erste kleine Ernte, auf den ersten Gemüseeintopf, der – bis auf die Mettwürstchen – komplett aus dem eigenen Garten stammte. Nie hatte sie Besseres gegessen. Und die erste Erdbeertorte, die sie gemeinsam mit Jeannette und den Kindern verzehrte – hätte man je Köstlicheres gekostet?! – Ach, dieses Landleben war einfach herrlich!

Die riesige Wohnung trat durch die gärtnerischen Aktionen ein wenig in den Hintergrund, bis Conrad begann, den zunehmenden Schmutz zu bemängeln. Hannah dachte nach und gelangte zu der Ansicht, dass sie insgesamt einfach zu viel Arbeit hatte. Ist ja kein Wunder, wenn ich immer so müde bin, dachte sie. Wenn ich in einer Ecke endlich fertig bin, könnte ich locker an drei anderen Ecken wieder anfangen. Auf Dauer ist das doch Mist!

Als Conrad sie das nächste Mal tadelte, ging sie zum Gegenangriff über und erklärte ihm, dass die Arbeit kaum zu schaffen sei, doch er ging nicht weiter darauf ein. „Jeder hat nun einmal seine Aufgaben", sagte er nur. „Ich leider auch nicht gerade unter Langeweile."

Hannahs Frustpegel stieg – langsam aber stetig. Eines Tages hatte er eine Höhe erreicht, die ihr nicht länger akzeptabel erschien. So habe ich mir das alles nicht vorgestellt, dachte sie. Ich brauche jetzt einfach mal Hilfe, genauso wie Mutti früher. Die hat sich mit ihrer Putzperle prächtig verstanden und sich sehr entlastet gefühlt – das weiß ich noch genau. So was will ich auch! Nur ganz kurz tauchte in den Tiefen ihres Gewissens ihr Versprechen auf, künftig keine weiteren Wünsche mehr zu haben. Dinge ändern sich eben, dachte sie, und mein Geschwätz von gestern war eben gestern.

Bald darauf sprach sie das leidige Thema Putzen von sich aus bei Conrad an. Dieses Mal ließ sie es nicht bei Andeutungen und eher harmlos klingenden Beschwerden bewenden. Dieses Mal sagte sie deutlich, woran sie dachte. Conrad aber erklärte sie für verrückt. „Eine

Putzhilfe?!! – Ich glaub, ich hör nicht recht. Du bist Nur-Hausfrau, Hannah, da wirst du doch wohl das bisschen Haushalt schaffen!"

Aus dir wird nie eine gute Hausfrau. Plopp! Da war es wieder: Muttis harsches Urteil von damals, das Hannah als Kind so vernichtend erschienen war. Hatte Mutti etwa Recht gehabt? Hatte Conrad etwa Recht? – Wie peinlich! Schweren Herzens schob sie den Gedanken an ein schöneres Leben, das ihren Neigungen und Begabungen entsprach, ein weiteres Mal von sich. Doch das war ihrer guten Laune kein bisschen zuträglich.

Bald war der Gedanke an eine Haushaltshilfe so quälend und mächtig geworden, dass er sich nicht länger verdrängen ließ. Ich bin wirklich verdammt sparsam, dachte Hannah ärgerlich, und leiste mir nur sehr selten etwas Neues. Als meine Hüttenschuhe durchgelaufen waren, habe ich sogar eine Ersatzsohle angenäht, anstatt neue Schluffen zu kaufen – welche Frau macht so was schon?! Außerdem werde ich immer dicker in letzter Zeit, was auch kein Wunder ist bei all dem leckeren Kuchen in der Nachbarschaft. Doch anstatt mir weitere Hosen zu kaufen, trage ich tagaus, tagein die beiden einzigen Buchsen, die noch einigermaßen passen. Sie merkte, wie sie sich allmählich in Rage dachte. Ich arbeite wirklich viel in der riesigen Wohnung, fuhr sie in Gedanken fort, und dann noch im Garten. Und ich gebe mir wirklich alle Mühe mit den Kindern, ohne einen Pfennig zu bekommen, weil das eben einfach meine Pflicht ist. Aber, verdammt noch mal, sollte ich nicht dennoch das Recht haben auf ein bisschen Unterstützung, auch wenn Conrad das für Luxus hält?!

Unverhofft spielte Hannah das Glück in die Karten. Eine Nachbarin vermittelte ihr am Institut am Wilzenberg für vier Wochen halbtags eine Urlaubsvertretung in einem Schreibbüro. Aufgeregt nach der langen Zeit, in der Hannah kein Büro mehr von innen gesehen hatte, fing sie dort an. Die Zeit verging rasch und die Arbeit war eine willkommene Abwechslung im Einerlei ihres Hausfrauenalltags. Zum ersten Mal in ihrem Leben tippte sie an einem Computer und konnte kaum glauben, dass der Text an einem Drucker, der in der Zimmerecke stand, ausgedruckt wurde, nachdem die Kollegin an der neumodischen Schreibmaschine einen entsprechenden Knopf gedrückt hatte.

Nachdem das Gehalt, das eher als Gehältchen daherkam, eingetrudelt war, hielt Hannah die Zeit für gekommen, diese Einnahme in einen Versuch zu ihren eigenen Gunsten zu investieren. Kurzentschlossen gab sie eine Anzeige im Käseblättchen auf, um sich eine Haushaltshilfe zu suchen. Wenn die Dame einmal in der Woche für drei Stunden kommen würde, sollten meine Einnahmen für ein paar Monate reichen, dachte sie. Und am Abend erzählte sie Conrad davon.

„Sag mal, willst du mich ärgern?“, fragte er.

„Nein, das will ich nicht. – Ich will es einfach nur versuchen. Und wenn es gut läuft, dann möchte ich mir einen Job für ein paar Stunden auf Dauer suchen und finanziere davon die Hilfe weiter. Das muss doch möglich sein. Ich möchte nicht immer nur putzen und räumen.“

„Eine Mutter gehört nun mal zu ihren Kindern.“

„Aber Conrad, verstehst du das denn nicht? Ich habe doch was im Kopf. Ich habe doch auch eigene Ideen und Fähigkeiten. Immer nur Haushalt, das macht mich auf die Dauer verrückt, und fertig wird man ja hier nie.“

„Darf ich dich erinnern, dass du diese Riesenwohnung haben wolltest?!“

„Jaaa, das weiß ich ja. Aber ich fühl mich einfach nicht wohl so. Und unglückliche Frauen sind nun mal keine ... eh, netten Ehefrauen.“

Conrad hob die Brauen. „Das erklärt manches“, sagte er ernst, ging ins Wohnzimmer und schaltete den Fernseher ein.

Hannah war traurig und haderte wieder einmal mit sich selbst. Dennoch blieb sie dieses Mal stur. Ich ziehe das durch, dachte sie, ob es ihm nun passt oder nicht. Ich tue das Richtige, ich weiß das.

Ihre Annonce blieb nicht ohne Resonanz. Nach und nach trudelten mehrere Damen zur Vorstellung ein in der ehemaligen Pension hoch überm Kloster. Nervös bat Hannah die Bewerberinnen an den Esstisch, der zur Abwechslung im Kaminzimmer sein Zuhause gefunden hatte, während im Esszimmer gerade nur ein Teppich lag, auf dem Hannah Gymnastik machte. Eine Deutsche war nicht unter den Bewerberinnen, aber das war kein Problem für Hannah. Ganz im Gegenteil – sie mochte fremde Kulturen. Nach jedem Gespräch sagte sie: „Vielen Dank für Ihren Besuch. Ich melde mich sobald wie möglich.“

Die, bei der Hannah sofort das Gefühl gehabt hätte, dass sie passte, war zu Hannahs Enttäuschung noch nicht dabei gewesen, da stand Piyumi vor der Tür. Die hübsche Singhalesin, vermutlich in Hannahs Alter, war in Begleitung ihres tamilischen Mannes erschienen, der vor den Soldaten aus ihrer gemeinsamen Heimat hatte fliehen müssen. Hannah bot Tee und Kekse an, was die beiden bescheiden ablehnten. Sie sprachen nur wenige Brocken Deutsch und Hannah, die nach allem dürstete, was nicht alltäglich war, bot ihnen nur allzu gern Englisch für die Konversation an. Der freundliche Mann, der sich als Athavan vorstellte, war noch wesentlich dunkelhäutiger als seine nicht minder freundliche Frau und so leuchteten Hannah das Weiß von Augen und Zähnen aus einem hellbraunen und einem dunkelbraunen

Gesicht entgegen. Seine Frau sei in Sri Lanka Mathematiklehrerin gewesen, berichtete Athavan stolz.

„And now you want to clean foreign houses?“, fragte Hannah mitfühlend.

„It is impossible for me to work as a teacher in Germany“, sagte Piyumi und lächelte. „But, you know, we are safe here with our children. We can be together as a family und there is no need to be anxious any more. That's like heaven on earth.“

Athavan nickte und legte seine Hand auf die ihre. „We will survive and Germany is a beautiful country indeed.“

Hannahs Herz flog den beiden zu, als sie Piyumis Blick sah, in dem ein großes Fragezeichen stand, dem ein bittendes Ausrufezeichen folgte. „I won't disappoint you, Mrs. Adelman“, sagte sie und neigte leicht den Kopf. „You can be sure. Really.“

Nein, dachte Hannah, du wirst mich sicher nicht enttäuschen, das sehe ich in deinen Augen. Und dass du mit deiner Familie hier geschützt leben willst, auch wenn die Heimat euch sicher allen fehlt, ist doch mehr als verständlich. Im nächsten Moment lächelte Piyumi so herzlich, dass Hannah das Gefühl hatte, über dem Tisch, an dem sie saßen, ginge mitten im Nieselwetter die Sonne auf. Die oder keine, dachte sie. Ich glaube, Piyumi ist toll.

Von nun an kam die gebildete Singhalesin einmal in der Woche für drei Stunden und Hannahs Eindruck hatte nicht getrogen. Sie erwies sich als fleißig und humorvoll. Sie tat, was man ihr sagte. Sie tat es mit viel Würde und war kein bisschen unterwürfig. Bei jedem Zusammenkommen legte Hannah eine Tee- und Kekspause mit ihr ein. Das hatte Mutti mit ihrer jugoslawischen Perle auch immer so gemacht und Hannah freute sich, mit Piyumi plaudern und sie näher kennenlernen zu können.

Schon bald war die ersehnte Haushaltshilfe für Hannah fast so wichtig wie eine gute Freundin geworden. Sie wirkte so erfrischend offen und ehrlich, und sie schien Hannahs Vertrauen zu erwidern. Eines Vormittags zeigte sie Hannah Bilder von ihren Kindern, von denen sie mit Stolz erzählte. Was für wunderschöne mandelförmige Augen, dachte Hannah. Was für hübsche Kinder! Und dann erzählte Piyumi zum ersten Mal ein bisschen mehr davon, was es damit auf sich hatte, dass ihr Mann ein Tamile Tiger sei. Hannah hing an Piyumis Lippen, als sie berichtete, dass die Tamilen in der Minderheit seien und als Rebellen gelten würden. Es sei sehr schlimm. Die Singhalesen würden den tamilischen Eltern ihre toten Söhne vor die Haustür werfen und Mischehen zwischen Tamilen und Singhalesen würden in Sri Lanka kaum noch geduldet. „It has become too dangerous for us, you know. But it was really hard to leave our home country."

Zu gefährlich geworden, dachte Hannah, das glaube ich gern. Sie sah, wie ihre neue Haushaltshilfe mit den Tränen kämpfte. Sie hätte sie gern in den Arm genommen, denn sie verstand sehr gut, wie schwer es sein müsste, die Heimat zu verlassen, in der man aufgewachsen war. Doch sie traute sich nicht. Vielleicht ist so was bei denen nicht üblich, dachte sie und hörte weiter zu. Eine neue, fast märchenhafte Welt tat sich vor Hannah auf: In Sri Lanka hatte Piyumi über zwei Diener geboten. In ihrem Garten gab es Schlangen und frische Mangos, die angeblich vollkommen anders schmeckten als die unreifen Früchte, die man in Deutschlands Supermärkten bekam. Die Diener gingen mit Stöcken durch ihren Garten, erschlugen die Schlangen und pflückten die Früchte. Hannah bewunderte es sehr, mit welch verhaltenem Stolz Piyumi die Metamorphose von der Herrin zur Dienerin in Deutschland hatte vollziehen können. Mit Herz, Humor und einer sympathischen Prise Selbstironie.

*

Wochen später. Piyumi lernte allmählich immer besser Deutsch und war zu einem Gemisch aus beiden Sprachen übergegangen. „Mein Sohn knows Mirco aus Schule“, sagte sie eines Tages. „And do you know, was hat gestern gefragt, Mrs. Adelman?“
„Nein, was denn?“
„Is Mirco a Prinz, Mama?“ Piyumi lächelte breit und Hannah lachte auf, überrascht und von einem spontanen Stolz erfüllt, der ihr selbst albern vorkam. „Ein Prinz? Aber wie kommt er denn darauf?“
„Weil ich arbeite für Sie.“
Hannah wurde innerlich gleich noch ein bisschen größer, doch mit dem nächsten Atemzug schluckte sie ihren Stolz herunter. Ich bin nichts Besseres, predigte sie sich selbst in Gedanken. Wäre ich gern. Bin ich aber nicht.

Wenig später hielt Conrad eine Überraschung für Hannah bereit: „Also, Hannah, ich habe nachgedacht und ich möchte einfach nicht, dass du arbeiten gehst“, sagte er, nachdem die Kinder im Bett verschwunden waren. „Aber ich sehe, dass Piyumi dir guttut. Also, wenn du unbedingt willst, dann behalten wir sie erst einmal.“
„Oh, wirklich?“ Hannah konnte ihr Glück kaum fassen und fiel ihm um den Hals. Endlich kein Kampf mehr? Er war einverstanden, einfach so?!
„Dann hoffe ich, dass du jetzt zufriedener bist.“

Hannah dachte an die Schmerzen in ihren Knien, die durch das Heilfasten zwar besser geworden, aber nicht verschwunden waren, und an ihr Unwohlsein allgemein. Es bestand der Verdacht auf Polyarthritis und diese Krankheit könnte, so hatte Hannah erfahren, im Ernstfall im Rollstuhl enden. „Ich strenge mich an, dass ich noch ein bisschen gesünder werde“, sagte sie, „und dann bin ich auch bestimmt zufrieden.“

„Das wäre mehr als schön.“

Wenig später wurde bei Hannah eine Allergie auf Hausstaub und Schimmelpilze festgestellt. Na toll!, dachte sie. Die gibt es überall. Wie soll ich mich dem denn entziehen?

„Sie bekommen etwas zur Desensibilisierung in Tropfenform“, sagte der Arzt. „Aber ich empfehle Ihnen, sich für zwei Wochen stationär hier aufnehmen zu lassen. Dann erst können wir gründlicher testen.“

Conrad war so gar nicht begeistert, doch er trug auch diese Sache mit. Dass die Kinder ausgerechnet während der Zeit ihres stationären Aufenthaltes die Windpocken bekamen, war eine große Herausforderung für ihn, die er angestrengt, aber liebevoll bestand. Hannah ging es bis auf ihren knurrenden Magen und ihr schlechtes Gewissen gut. Sie genoss es, endlich wieder einmal Zeit zum Lesen zu haben. Sie durfte einen ganzen Tag lang nur Nudeln mit Butter essen und bekam dann von Tag zu Tag ein weiteres mögliches Allergen vorgesetzt. Nach zwei Wochen wurde sie entlassen – ohne ein Ergebnis, das sie weitergebracht hätte.

Hannah hatte eine Wurfsendung im Briefkasten vorgefunden, mit der eine Brotverkostung im Gasthaus gleich neben dem kleinen Lebensmittelladen beworben wurde. Neugierig ging sie am Abend hin. Um einen großen Tisch herum saßen mehrere Frauen. Auf dem Tisch lagen Brote, die einfach wunderbar aussahen und ebenso dufteten. Eine fröhlich wirkende Frau, die etwa in ihrem Alter war, hieß Hannah willkommen.

„Ich bin Ulla", sagte sie, „ich betreibe den kleinen Bioladen am Dorfrand, der zu unserem Hof gehört. Er hat zweimal die Woche geöffnet."

Was für eine sympathische Frau!, dachte Hannah.

Als sie eine gute Stunde später wieder ging, trug sie zwei Vollwertbrote unterm Arm und versprach, am kommenden Freitag den Hofladen, von dem sie bislang nichts gewusst hatte, aufzusuchen. Sie hielt ihr Versprechen und war begeistert von der heimeligen Atmosphäre im Laden und vom Muhen der Kühe im angrenzenden Stall, an den sich ein Wohnhaus anschloss. Doch noch viel begeisterter war sie von Ullas Ausstrahlung. Da war so viel Lebensfreude in ihr, so viel Power. Neben der Eingangstür hing ein Foto, das die Biobäuerin mit ihrem Mann und ihren fünf Kindern zeigte. *Unsere Familie* stand auf einem kleinen Zettel, den jemand darauf geklebt hatte. Wie romantisch, dachte Hannah. Wie liebenswert.

Von nun an ging Hannah jede Woche hin. Da Conrad nun besser verdiente als damals in Höntrop, traute sie sich, wenigstens Gemüse und Brot dort zu kaufen und den einen oder anderen Aufstrich, mal herzhaft, mal süß, dazu Käse und hin und wieder ein Stückchen

Kuchen. Sie ging immer so früh wie möglich, um Ulla möglichst allein zu treffen, ein wenig mit ihr zu plaudern und das strahlende Lächeln zu genießen, mit dem sie begrüßt wurde. „Hannah!!! Schön, dass du da bist!"

Es dauerte nicht lange, da waren sie Freundinnen geworden und Hannah war sich ziemlich sicher, dass sie es bleiben würden.

Die Kleine Galerie

Waren Haus- und Gartenarbeit erledigt, genoss Hannah ihre Kreativität. Sie töpferte nicht nur gemeinsam mit ihren Kursteilnehmerinnen, sondern auch ganz für sich allein. Sie hatte sich zum Geburtstag einen Seidenmalrahmen schenken lassen, der in einem passenden Ständer steckte, und bemalte mit Begeisterung Seidentücher mit ganzen Landschaften oder Blumenstillleben. Das tat ihrer nach Abwechslung und künstlerischen Ausdrucksmöglichkeiten lechzenden Seele gut. Mit der Zeit aber wusste sie nicht mehr, wohin mit den ganzen Kunstwerken, und so begann sie, über eine Verkaufsmöglichkeit nachzudenken.

Ein Gespräch mit den Nachbarinnen und Vitamin B halfen. Bald durfte sie eine Vitrine im Haus des Gastes im Nachbarort nutzen, wo hin und wieder eine Kleinigkeit in ihrem Auftrag verkauft wurde. Alle zwei Wochen dekorierte sie um und nahm ein paar Mark entgegen. Dann erzählte Lina von einem Bekannten, der gerade einen kleinen Laden auflöse und tolle Regalbretter für wenig Geld anzubieten habe. Hannah sah sich die Sache an. Die Bretter waren mit beigefarbenem Veloursteppichboden bezogen und an der Frontseite mit schmalen Leisten aus Eichenholz versehen. Richtig edel wirkte das und Hannah sah sofort: Daraus kann man was machen.

Zwei Wochen später war der Esstisch wieder ins Esszimmer gezogen und Hannah hatte mit Conrads tatkräftiger Unterstützung aus dem Kaminzimmer einen kleinen Laden gemacht, der ein überschaubares Angebot hatte, da sie ausschließlich Selbstgemachtes zu verkaufen gedachte. Dennoch wirkte ihre kleine Ausstellung sehr dekorativ. Sie nannte den Miniladen *Kleine Galerie* und hängte ein Schild an den Zaun an der Straße, um dafür zu werben. Dann besorgte sie sich einen Gewerbeschein.

Da Grafschaft ein Ferienort war, kamen tatsächlich einige wenige Interessenten und kauften Hannah etwas ab. Sie war begeistert und überzeugt, dass es bald mehr werden würde. Sie töpferte und malte nun in jeder freien Minute, doch der Zustrom an Kunden blieb minimal. Ich muss einfach mehr Werbung machen, dachte Hannah. Wenig später fragte sie mit Conrads Zustimmung beim Schreiner nach kleinen Schaukästen. Er hatte ein altes Sprossenfenster in seiner Werkstatt und baute aus Kirschholz, das er entsprechend behandelte, zwei Schaukästen mit je einem Fensterflügel als Mini-Schaufenster, die er – mit Genehmigung des Vermieters – an der Hauswand anbrachte. Hannah räumte beglückt ihre schönsten Stücke ein und wartete auf reichlich Kundschaft. Vergeblich. Kaum jemand kam, denn an einer privaten Haustür zu klingeln, das schien doch viele mögliche Interessenten einfach zu viel Überwindung zu kosten.

Eines Tages aber passierte eine Ausnahme. Ein Anruf ging ein aus dem Haus des Gastes. „Hier sind zwei Damen, die haben Ihre Sachen bei uns entdeckt und möchten gern mehr sehen. Wenn Sie sie mit dem Auto abholen würden, dann kämen Sie mit, um Ihre Ausstellung zu betrachten."

„Ich komme sofort", sagte Hannah hoffnungsvoll.

Die Damen, die zugaben, selbst gern zu töpfern, sahen sich in Ruhe alles an und kauften ein: eine getöpferte Krippe, eine große Schale, deren Glasur Hannah besonders gut gelungen war, einen Satz Serviettenringe in Entenform, die sie mit Hilfe von Gießformen hergestellt hatte, und mehrere Seidentücher. Als sie die beiden zurückfuhr, wusste Hannah in ihrer kleiner roten Kasse einen Zuwachs von fast dreihundert Mark. Voller Stolz berichtete sie am Abend Conrad davon und von diesem Erfolg zehrte sie lange.

Ein Vierteljahr später kamen die Damen erneut. „Wir machen gerade eine Wellness-Woche oben im Hotel“, sagte die Ältere der beiden. „Und ob Sie es glauben oder nicht, das Geld für den Aufenthalt haben wir durch Töpfern erzielt. Ich verkaufe unsere Sachen in Düsseldorf in kleinen Geschäften. Schauen Sie mal.“

Sie holte einen entzückenden getöpferten Vogel aus ihrer Handtasche, der aussah, als würde er leben. „Wir haben da eine Arbeitsweise entwickelt, mit der man ganz leicht Jungtiere aus Ton machen kann. Und die gehen weg wie warme Semmeln. Wenn Sie wollen, zeigen wir Ihnen jetzt gleich, wie es geht.“

„Wirklich? Das wäret toll!“

Fünf Minuten späten saßen sie zu dritt in Hannahs Töpferstudio und mit flinken Fingern zeigten die Damen Hannah eine Technik, die sie noch nicht kannte und mit der es gelang, die Figuren hohl aufzubauen, so dass man sich das leidige Aushöhlen mit einer Drahtschlinge sparen konnte. Die beiden hübschen Tonvogel, die dabei entstanden, ließen die Ladys als kleines Geschenk und Anschauungsmaterial da.

Dankbar nahm Hannah die neue Technik in ihr Repertoire auf und brachte sie auch ihren Kursteilnehmerinnen bei. Die Kurse liefen inzwischen recht gut und erwachsene Kursteilnehmer hatten ihre Kinder geschickt. Der Verkauf aber dümpelte weiter vor sich hin. Und so sah Hannah den Ausstellungsraum bald vor allem als dekorative Ergänzung ihrer Einrichtung an. Vielleicht bin ich ja doch keine Künstlerin, dachte sie.

„Vielleicht wohnst du auch einfach in der falschen Ecke", tröstete Rosa. „Grafschaft ist eben nicht Düsseldorf."

„Stimmt", sagte Hannah und blickte vom Balkon aus auf die herrliche Kulisse, die sich ihr bot. „Und ich glaube, das ist auch gut so ...!"

Ich führ so gern zur Kur ...!

Die Sache mit dem Gesundwerden wollte einfach nicht klappen. Hannahs Gelenke schmerzten bei jedem Schritt und all die teuren Spritzen, die sie gegen die vermeintliche Polyarthritis in einer schmerzhaften Prozedur direkt in die Knie gesetzt bekommen hatte, waren ohne Wirkung geblieben. Abends war ihr oft so kalt, dass sie mit einer Wärmflasche unter wahren Kissenbergen lag, ohne dass ihr in einem akzeptablen Zeitrahmen warm wurde. Sie las zum Thema Gesundheit, was immer ihr in die Finger kam. Kürzlich erst war sie mit Conrad und den Kindern nach Düsseldorf gefahren, um in der Praxis eines Umweltmediziners, der ein Buch über das chronische Müdigkeitssyndrom geschrieben hatte, ihrer aller Blut untersuchen zu lassen. Patienten aus ganz Deutschland suchten den Arzt auf und man saß lange im Wartezimmer. Endlich kamen sie an die Reihe. Das Blut wurde abgenommen und gleich im Anschluss untersucht.

„Sie müssen einen Zeckenbiss gehabt haben, Frau Adelmann", sagte der Arzt. „Sie haben Borrelien, die sind noch aktiv. Außerdem haben Sie Bakterien im Urin. – Sie müssen ein hochdosiertes Antibiotikum nehmen und in zwei Wochen kommen Sie noch einmal."

Roman schien als einziges Familienmitglied ein gesundes Immunsystem zu besitzen. Mirco bekam teure Spritzen zum Aufbau seiner Werte.

Hannah nahm ihr Medikament so hochdosiert ein wie vorgeschrieben, mit mulmigem Gefühl und in Sorge um ihre Darmflora. Bei der nächsten Untersuchung waren die Borrelien immer noch da. Ein weiteres Antibiotikum wurde verschrieben. Hannah nahm es ein, doch auch damit ging es ihr nicht besser. Auf einen dritten Besuch in Düsseldorf verzichtete sie – ihr Vertrauen war dahin.
Endlich erinnerte sie sich, dass Mutti mehrfach zur Kur gefahren war, wenn es ihr nicht gut ging. Bei ihrem nächsten Besuch bei Bella Waldreich fragte Hannah ohne Umschweife nach:
„Was halten Sie von einer Kur für mich? – Ich fühle mich immer noch so unendlich schlapp. Und dann frier ich immer so. Und die verdammten Knieschmerzen."
Die Ärztin nickte. „Warum nicht?! – Meine Unterstützung haben Sie. Ich gebe Ihnen die Antragsformulare mit. Sie schreiben schon mal die allgemeinen Daten selbst hinein und ich mach dann den Rest." Sie legte das Stethoskop zur Seite, mit dem sie Hannahs Herz abgehört hatte. „Hört sich soweit regelmäßig an. Eh ... Wo war ich? Ach ja, Sie müssen dann allerdings noch zur Amtsärztin. Da führt kein Weg dran vorbei."
„Muss das sein?" Hannah bekam es mit der Angst zu tun, denn solche Mediziner galten als streng.
Frau Doktor Waldreich legte ihr beruhigend die Hand auf die Schulter. „Es muss und Köpfe werden dort nur selten abgerissen."

*

Rund vier Wochen später fand Hannah sich in einem nüchtern wirkenden, großen Raum einer kurzhaarigen Fünfzigerin gegenüber, die eine Metallbrille trug und weder entspannt noch gut gelaunt aussah.

„Folgen Sie mal mit den Augen meinem Finger.“ Die Stimme der Weißkittelfrau klang eher streng als herzlich. „Bücken Sie sich mal, mit gestreckten Knien und ausgestreckten Armen. Na, das geht doch noch sehr gut.“ Sie griff nach ihrem Stethoskop und Hannah dachte liebevoll an ihre Hausärztin. „Behalten Sie die Nerven“, hatte sie ihr geraten, „das wird schon. Zur Not legen wir Widerspruch ein.“

„Und jetzt mal ganz tief atmen. Uuund Luft anhalten. Uuund weiteratmen. Und nun ...“

Die Untersuchung dauerte nicht sonderlich lange, dann stand für die Ärztin fest: „Junge Frau, Sie sind knapp vierzig und körperlich soweit gesund. Andere brauchen eine Kur wahrlich nötiger als Sie.“

Die Enttäuschung hätte kaum größer sein können. Hannah fühlte sich zutiefst unverstanden. „Aber ...“

Dass sie keine eingebildete Kranke war, dass all ihre Beschwerden, die sie so deutlich quälten, durchaus körperlicher Art sein könnten, ausgelöst von Erregern, die ihren Körper schwächten, wie im Buch des Düsseldorfer Spezialisten zu lesen gewesen war, wollte die Ärztin weder hören noch ihr abnehmen.

Hannah konnte nicht mehr. Ohne es steuern zu können, brach sie in Tränen aus. Die Ärztin beäugte sie skeptisch. Hannahs Ausbruch schien ihr unangenehm zu sein. Schniefend suchte Hannah nach einem Taschentuch.

„Na gut“, sagte die Ärztin endlich und griff zu Kugelschreiber und Stempel, „aber wenn, dann fahren Sie in eine psychosomatische Kur. Ich glaube, da gehören Sie noch am ehesten hin.“

Ab in die Ecke der Verrückten? Na gut, dachte Hannah, sei’s drum. Hauptsache weg. Hauptsache einmal nur für mich da sein. Ich bin ja so froh, dachte sie, so unendlich froh.

Zeit für Träume?

Von einer Kur, einer erholsamen Zeit, in der man liebevoll um ihr Wohl besorgt sein würde, hatte Hannah schon lange geträumt. Zugleich dachte sie gerade über diesen viel älteren Traum nach, der sie einfach nicht losließ: ihren Traum vom Abitur. Gleich nachdem der Kurantrag genehmigt worden war, wagte sie einen neuen Vorstoß. Sie war auf die Idee gekommen, Bildung und ihre Liebe zur Kunst miteinander zu verbinden, und schon der Gedanke an derlei künftige neue Möglichkeiten gab ihr einen Energieschub. Zu ihrer Überraschung hielt auch Conrad es grundsätzlich für eine gute Idee, wenn sie die Hochschulreife erlangen und danach im erreichbar gelegenen Marburg Grafik und Malerei studieren würde. „Andererseits hast du schon so viel versucht, aber nie ging es dir richtig gut. Das muss man wirklich gut überlegen. Und wir sollten die Kur abwarten."

„Aber die ist doch erst in acht Wochen."

Conrad überlegte lange. Hannah redete ihm gut zu. Endlich stimmte er zu ihrer riesigen Freude zu und fuhr wenig später mit ihr und den Kindern nach Marburg, um sich mit ihr die Stadt und die Uni anzusehen, zumindest von außen.

Er liebt mich also doch noch, jubilierte Hannah und in ihr stieg ein Gefühl auf, das ihr Herz wärmte und von da aus in ihren ganzen Körper ausstrahlte.

Gleich am nächsten Tag meldete sie sich bei einer Studiengemeinschaft in Hessen zum Abitur-Fernlehrgang an. Vor allem, dass sie drei Fremdsprachen im Programm haben würde, gefiel ihr, denn Sprache war - neben Kunst – voll ihr Ding. Englisch und Französisch beherrschte sie schon ganz gut, nun würde Latein dazu kommen, diese uralte Sprache, die niemand mehr sprach, die sie aber schon immer hatte lernen wollen. – Zehn Tage später brachte der Postbote ein Paket mit den ersten Lehrheften. Besser als jedes Weihnachtsgeschenk, dachte Hannah und legte los.

Von nun an war fast jede freie Minute belegt. Sie las, lernte, versuchte, zu behalten, löste Kontroll- und Hausaufgaben und wartete stets sehnlichst die Post ab, die die korrigierten und benoteten Aufgaben zurückbringen würde. Gewöhnlich waren die Noten gut bis sehr gut. Sogar in Mathe, dem Fach, das an der Realschule Papas Nachhilfe dringend erforderlich gemacht hatte, ergatterte sie eine Zwei minus. Das alles macht so viel Spaß, dachte sie. Und bald fahre ich zur Kur. Es ist einfach ein Traum.

Hannah war glücklich und arglos. Nichts schien ihre Freude trüben zu können. Wie hätte sie auch nur das Unglück erahnen sollen, das, ganz nah schon, auf sie und ihre Familie wartete.

Sehnsucht nach Glück

Conrad und die Kinder brachten Hannah nach Lennestadt zum Zug. Der Abschied fiel ihnen allen schwer – mindestens vier Wochen lang würde sie fort sein. Hannah sah aus dem Fenster und winkte noch einmal ihren Lieben auf dem Bahnsteig zu. Conrad hielt ihre Söhne an den Händen. Wie ein Fels in der Brandung stand er da. Dennoch machte Hannah sich Sorgen. Hoffentlich überfordere ich ihn nicht, dachte sie. Hätte ich mich nicht doch noch mehr zusammenreißen und bleiben können, ja müssen?! Doch kaum hatte der Zug den Bahnhof verlassen, da atmete sie auf und versuchte, sich auf das zu freuen, was vor ihr lag. Hopfen am See, der Ort im Allgäu, an dem ein wunderschönes Kurhaus auf sie warten würde.

Als Hannah ankam, konnte sie ihr Gepäck kaum tragen. Schwankend unter dem Gewicht ging sie auf den jungen Mann zu, der ihr entgegenkam, um ihr die beiden schweren Koffer abzunehmen. Hannah war sehr in Sorge gewesen, weil sie keine Ahnung hatte, was man denn bei einer Kur so anzog und wie häufig man sich umzuziehen hatte. Sie hatte reichlich eingepackt. Der Klinikmitarbeiter schnaufte. Zunächst vor Anstrengung, später vor Wut, weil sie ihm kein Trinkgeld gab. Nicht aus Geiz, sondern weil sie einfach nicht wusste, wie viel und ob überhaupt etwas angemessen wäre.

Hannah war noch niemals in einem Hotel gewesen und auch noch nie in einer Kurklinik. Das Kurhaus Widerhuber, das der nette Sachbearbeiter bei der Krankenkasse Hannah empfohlen hatte, wirkte mit seinen holzvertäfelten Wänden, dem Schwimmbad und dem Leseraum, in dem Tageszeitungen, an Holzstangen aufgehängt, auf Leserinnen und Leser warteten, ausgesprochen elegant auf sie. Die Sonnenterrasse mit Blick auf den Hopfensee war idyllisch, es gab eine kleine Badestelle nur für Hausgäste und der Koch war, das bemerkte sie schon bei der ersten Mahlzeit, ein begnadeter Künstler, der herrlichste Vollwertküche servieren ließ. Von ihrem Balkon aus konnte sie einen Zipfel des Hopfensees erkennen. All das war einfach wunderbar.

Alle Damen machten sich offenbar gern schick zu den Mahlzeiten. Hannah zog jeden Tag etwas anderes an, musste sich allerdings eingestehen, dass sie nicht nur für sich selbst und die anderen Damen, sondern auch für den sympathischen Tischherrn, zu dem man sie gesetzt hatte, hübsch sein wollte. Er hatte sich als Gustl vorgestellt und war zwanzig Jahre älter als Hannah. Gustl hatte eine solch warme Stimme und strahlte so viel Güte und Feinsinn aus, dass Hannah bald schon mehr von ihm hingerissen war, als ihr lieb war. Ich sollte meine Gefühle im Griff behalten, dachte sie, auch wenn ich ja heimlich davon geträumt habe, in der Kur ganz vielleicht ein neues Glück zu finden. Doch dass Gustl seit vielen Jahren verheiratet und Vater von vier Kindern ist, sollte mich wirklich davon abhalten, mit ihm zu flirten. Dass er mein Vater sein könnte, auch. Von Conrad ganz zu schweigen. Sehnsucht hin oder her, ich darf meinen Kindern nicht den Vater nehmen. Also erzählte sie Gustl, anstatt mit ihm zu poussieren, lieber ganz unverfänglich von ihren Abiturplänen und genoss die Bewunderung, die er ihr dafür entgegenbrachte.

Eines Tages saß Hannah ausnahmsweise einmal mit Gustl allein beim Mittagessen am Dreiertisch, weil die gemeinsame Tischgenossin sich an diesem Tag offenbar verspätete. Gustl lächelte Hannah an. „Wie geht es dir heute?“, fragte er freundlich.

„Ich weiß nicht recht“, sagte Hannah. „Wenn ich ehrlich bin, nicht so gut. Ich habe eine kleine Wanderung heute früh gemacht, weil die Ärztin mir doch aufgetragen hat, zweimal am Tag rauszugehen. Aber so allein ...“ Sie sah sich um, lauschte auf das Stimmengewirr, das Lachen, das Klappern. „Irgendwie ist es doch so, dass man sich in solch einer Kur trotz der vielen Menschen um sich herum ausgesprochen einsam fühlen kann. Seltsam, oder?“

Gustl seufzte. „Ich finde das gar nicht seltsam. Ich denke, das ist ganz natürlich. Mir geht es ebenso.“

Allein für diesen letzten Satz hätte Hannah ihn küssen können. Ein Mann, der meiner Meinung ist, dachte sie – wie schön! Und seine Stimme klingt so sanft und dann dieser charmante niederbayerische Tonfall. Sein Blick ist so warm, so zugewandt. Hach!

„Wenn du willst, begleitete ich dich bei deiner nächsten Wanderung“, fuhr Gustl fort.

Ungläubige Freude und Aufregung loderten in Hannahs Seele empor. Ob er sich etwa für mich interessiert? Also, ich meine als Frau, nicht nur als Mitpatientin? Sie dachte an ihre stille, ihr sträflich erscheinende Hoffnung während ihrer einsamen Spaziergänge in den Wochen zuvor durch die Umgebung von Grafschaft, während der Kur einen Mann zu treffen, der ihr eine neue Perspektive aufzeigen würde. Mit dem so etwas wie Glück wieder möglich sein könnte.

„Das wäre nett“, sagte sie, obwohl sie viel lieber gesagt hätte: „Das wäre toll, Gustl. Einfach ganz wunderbar. Das würde mich sooo sehr trösten. Es ist ja total bescheuert, allein unterwegs zu sein. Und ich sehne mich so sehr nach einem Hoffnungsstreif ... !!!“ All das sagte sie nicht. Nur: „Das wäre nett.“

Gustl war, wie sollte es anders sein, Lehrer. Für den Fall der Fälle wäre er bereits der vierte Lehrer in meinem Liebesleben, dachte Hannah. Erst Gerald, der mich in seiner Tosca mit starken Armen über die Ruhr gepaddelt und in den Ruhrwiesen mit mir geschmust hat, dann der bärtige Typ, der sich nach wenigen Wochen doch lieber um seine drogensüchtige Freundin hatte kümmern wollen, und schließlich Berthold, mein erster Mann. Es hilft nichts, Lehrer finde ich einfach unwiderstehlich.

Gustl schien ein besonderes Exemplar seiner Gattung zu sein. Er unterrichtete Religion, Ethik und Staatskunde an einem Gymnasium mit langer Geschichte, das sicher ebenso romantisch war wie das, das Hannah aus ihrem Lieblingsfilm, der *Feuerzangenbowle*, kannte. Er war galant und fürsorglich und nach wenigen Tagen hatte sie sich in einer Mischung aus Unglauben, Entzücken und Entsetzen über die Maßen in ihn verliebt. Ein Kurschatten, dachte sie, mein Gott, wie romantisch! Aber Ehebruch? Das geht auf keinen Fall. Das passt doch gar nicht zu mir ...!

Und doch konnte sie nicht anders. Die Gefühle überrollten sie, ihre Sehnsucht nach Geborgenheit war grenzenlos. Als Gustl sie einlud, mit ihm ein Konzert in der berühmten Wieskirche zu besuchen, kaufte sie ein. Es war Schlussverkaufszeit und die Sonderangebote in der kleinen Boutique in der Nähe des Kurhauses waren verführerisch. Der schwarz-gemusterte Trachtenrock, unter dem ein weißer Unterrock hervorblitzte, passt hervorragend zu meiner zunehmend schlanker werdenden Gestalt, fand sie, und erstand eine weiße Bluse mit Puffärmeln gleich dazu. In Gustls Augen blitzte deutliche Bewunderung auf, als er Hannah darin sah, und sie genoss es nach Strich und Faden, ganz offensichtlich wieder von einem Mann begehrt zu werden.

Von da an verbrachte Hannah so viel Zeit wie möglich mit Gustl. Bei ihrem zweiten gemeinsamen Spaziergang küssten sie sich. In der therapiefreien Zeit verabredeten sie sich zu weiteren Spaziergängen, Radtouren und Vorträgen. Händchenhaltend saßen sie auf einer versteckt liegenden Bank und sahen verträumt auf den See. Ich habe einen Kurschatten, dachte Hannah immer wieder, und konnte es noch immer nicht glauben.

Am nächsten Abend nahm Hannah ihren Zeichenblock mit zur versteckt liegenden Bank, zeichnete Gustl im Profil, nahm jede Linie, jede Falte wahr wie unter einem Mikroskop. Ich werde mir alles genau einprägen müssen, sagte sie sich. Damit ich ihn in meinem Herzen halten kann, wenn er wieder fort ist. Mehr wird mir nicht bleiben. Ich kann unmöglich vier Kindern den Vater nehmen und meinen Kindern ihren Vater. Ich hätte von Anfang an widerstehen sollen, das wäre besser gewesen. Auf der anderen Seite, sind zwei Wochen nicht besser, als gar nicht glücklich zu sein?

*

Gustl war alles andere als ein Draufgänger, und doch kamen sie sich so nahe, wie Hannah es sich niemals hätte vorstellen können. Sie lud ihn in ihr Zimmer ein und fragte sich, ob sie denn jetzt völlig verrückt geworden war. Doch die Sehnsucht nach gerade der Liebe und Nähe, die sie bei Conrad nicht mehr spüren konnte, erschien ihr in Gustls Beisein unermesslich groß. Der Blick aus seinen dunklen Augen, seine Zugewandtheit und sein Mitgefühl betörten sie. Ich will, ja ich muss ihn einfach so nah wie möglich spüren, dachte sie. Sie steigerte sich geradezu hinein in das Gefühl, Gustl ernsthaft und für alle Zeiten zu lieben und schob das schlechte Gewissen, das sie Conrad und den Kindern gegenüber empfand, immer wieder von sich fort. Während ihre Söhne ihr sehnsuchtsvolle Briefe und Postkarten schickten und Conrad am Telefon verlauten ließ, dass es gut sei, wenn sie endlich wieder da wäre, nahm sie ungewollt seelische Wechselbäder, badete mal in ihrem schlechten Gewissen, mal in ihren tiefen Gefühlen zu Gustl. Trotz allem, was Conrad für mich getan hat, dachte sie, habe ich mich wie ausgedörrt gefühlt an seiner Seite. Eine ganze Armada von schwarzen Teufelchen saß in Hannahs Nacken, die sie unablässig piksten. Er tut es nicht gern, sagten die Teufelchen. Er lächelt dich nicht mehr an. Er lacht nicht mehr mit dir. Er versteht dich nicht. Vielleicht liebt er dich auch gar nicht mehr. Plötzlich musste Hannah selbst an all die einsamen Spaziergänge denken, die sie gemacht hatte in den letzten zwei, drei Jahren, um der angespannten Atmosphäre daheim entkommen zu können. Er geht nur noch aus Pflichtgefühl auf mich ein, dachte sie traurig, nicht mehr aus Liebe. Aber ich möchte doch so gern wieder Liebe spüren. Echte Zärtlichkeit und Romantik. Und ich will mich endlich wieder meines Lebens freuen. Und vor allem will ich, dass nicht immer alles so anstrengend ist. Ich möchte so gern unbeschwert sein.

Bei Gustl fühle ich mich wieder jung und schön, dachte sie. Gustl ist, sie suchte nach Worten, fand sie furchtbar kitschig und wählte sie in Gedanken doch: Gustl ist der Regen, der die Landschaft meiner Seele benetzt. Erfrischend. Befruchtend. Zeichen setzend.

Fern von ihm

Sie waren seit genau zwei Wochen ein Paar auf Zeit, da fuhr Gustl heim, zurück zu Fanny, seiner Frau. Die wusste inzwischen von Hannah und hatte ihr tatsächlich einen einfühlsamen Brief geschrieben: „Ich gebe euch die Zeit, die ihr braucht, damit eure tiefe Romanze sich klären kann, wenn Gustl das will“, hatte sie geschrieben. „Ich werde den Kontakt zwischen euch nicht von mir aus unterbinden.“ Was für eine Frau!

Hannah hatte nun noch eine Woche vor sich und wusste nicht, wie sie es aushalten sollte ohne ihn. Doch sie musste. Zugleich war es ihre

Aufgabe, sich auf ihre Heimkehr innerlich einzustellen. Sie hatte die Fotos entwickeln lassen, die sie während der Kur geschossen hatte, und sah sich die Bilder, auf denen Gustl zu sehen war, wieder und wieder an. Er fehlt mir so sehr, dachte sie. Warum habe ich mir das nicht erspart?

Endlich war es soweit. Sie zog den neuen Trachtenrock und die frisch gewaschene weiße Bluse an. Sie verstaute das Gepäck, soweit sie es nicht - wegen der vielen Neukäufe – an der Post aufgegeben hatte, im Zug und wartete, Tränen in den Augenwinkeln, auf dessen Abfahrt.

Die meiste Zeit über saß sie mit geschlossenen Augen da. Über den Kopfhörer des kleinen Walkmans hörte sie die Kassette mit irischer Musik, die Gustl ihr geschenkt hatte, wieder und wieder. Solange die Musik spielte, die sie sich mehrfach gemeinsam angehört hatten, mit je einem Stöpsel seines kleinen Kopfhörers in den Ohren, fühlte sie sich ihm nah. Solange die zärtliche Weisen spielten, sah sie sich in seinen Armen in ihrem schönen neuen Rock über Almwiesen tanzen, leicht wie eine Feder, mit strahlendem Blick.

*

Über Mircos Gesicht ging ein Strahlen, als er Hannah aus dem Zug steigen sah. Er rannte auf sie zu, direkt in ihre Arme. Conrad machte ein Foto von der Szenerie, bevor er auf sie zukam und sie küsste. „Da bist du ja endlich ...! – Roman wartet im Auto. Ich steh im Parkverbot."

Sie drückte ihm einen Koffer in die Hand und entging damit seinem Versuch, auf dem Weg zum Auto den Arm um ihre Schulter zu legen. Wie ungewohnt es sich doch anfühlt, neben ihm im Wagen zu sitzen, dachte sie wenig später. Mein eigener Mann kommt mir fremd vor ...! Aber das hier ist doch meine Familie, dachte sie verzweifelt, und ich liebe sie.

Die Kinder sprudelten über vor Erzählfreude. „Das ist ja toll", sagte Hannah eins ums andere Mal. Sie versuchte, sich auf das zu konzentrieren, was ihre Söhne sagten, doch ihre Gedanken wanderten immer wieder zurück.

Daheim zeigte sie Conrad ihre Fotos. Einige zeigten auch Gustl, den sie ihrem Mann als besonders sympathischen Kurgenossen präsentierte, verheiratet, Vater von vier Kindern. Conrad schien keinen Verdacht zu schöpfen. Als er abends mit ihr schlafen wollte und sie wenig Freude daran zeigte, spürte sie seine tiefe Enttäuschung und schämte sich sehr.

Hannah litt. Tag für Tag dachte sie an Gustl. Beim Aufwachen, vorm Einschlafen und immer wieder zwischendurch. Sie hielt den Schmerz tagsüber nur aus, indem sie sich mittags hinlegte und so tat, als schliefe sie. In Wirklichkeit aber träumte sie sich in seine Arme zurück, stellte sich jede gemeinsame Unternehmung, jeden Ort, jedes Wort wieder und wieder vor und fand in diesen Momenten Erlösung von ihrer Qual. Sie war so voller Sehnsucht und hatte noch nicht die geringste Ahnung davon, was das mit ihrer fatalen Neigung zu tun hatte, ausgerechnet unerreichbare Männer besonders begehrenswert zu finden.

Sie hatte immer viel von Ehrlichkeit gehalten. Eines Tages konnte Hannah mit ihrem Lügengebäude einfach nicht länger leben – was sich als Fehler erweisen würde.

Was habe ich erwartet, dachte sie. Verständnis? Mitgefühl gar?

Conrad war nicht im mindesten verständnisvoll – er war tief verletzt. Am Morgen nach ihrem Geständnis fand Hannah die ihr kostbaren Fotos, auf denen Gustl zu sehen war, zerrissen draußen in der Mülltonne. Heimlich fischte sie sie heraus, klebte sie mit Tesafilm wieder zusammen und versteckte sie im Bücherregal hinter Meyers Konservationslexikon.

Conrad schwieg drei Tage lang. Dann beschloss er, Hannah zu verzeihen, und sie war ihm unendlich dankbar. „Ich habe dir nicht wehtun wollen“, sagte sie reumütig. „Ich will dich nicht verlieren. Dich nicht, unser Zuhause nicht, erst recht nicht unsere Kinder.“

*

Die Zuneigung zu Gustl war trotz Hannahs Dankbarkeit Conrad gegenüber nicht gebrochen, doch sie telefonierten nur selten und heimlich. Hin und wieder schrieb sie ihm. Er durfte sich nicht revanchieren, denn die Gefahr, Conrad, der strikt verlangt hatte, dass sie jeden Kontakt zu ihrem Geliebten sofort abbrach, könnte einen seiner Briefe entdecken, war zu groß. Einen Menschen in ihrer Nähe, der als Postillon d’amour denkbar gewesen wäre, gab es nicht. Hannah musste der Realität ins Auge blicken: Gustl will weiterhin mit seiner Frau leben und ich mit Conrad. So sieht’s aus.

Die Konzentration auf ihren Fernlehrgang schien Hannah für den Moment der vielversprechendste Haltepunkt für ihr Leben zu sein. Ich habe doch Glück im Unglück, dachte sie immer wieder. Conrad hat mich nicht verstoßen. Ich darf lernen. Schon bald werde ich nicht länger Nur-Hausfrau sein. Dieses Mal wird es etwas werden mit dem Studium - ich glaube fest an mich. Ich kann das und bald wird es jeder wissen.

Seit ihrer Rückkehr studierte Hannah die weiteren Lehrhefte mit größtmöglicher Begeisterung, ganz so, wie sie zuvor die Hefte des *Großen Schriftstellerlehrgangs* studiert hatte. Sie schickte die Hausaufgaben ein und kassierte zutiefst befriedigt auch weiterhin lauter Einsen und Zweien als Benotung. Na bitte. Ich hab's doch gewusst ...!

Die tiefe Freude hielt über Wochen an. Tag für Tag sah sie ihrem neuen Lernpensum aufgeregt entgegen. Es macht ihr Spaß, auch wenn sie nicht verhehlen konnte, dass das Lernen viel Kraft und Zeit verschlang. Doch ich muss unbedingt Kraft übrigbehalten für meine Familie, dachte sie, besonders für Conrad. Sonst wird die Mauer zwischen uns, aus kleinen und großen Enttäuschungen, aus Missverständnissen und unterschiedlichen Bedürfnissen gebaut, nur noch höher werden. Wir haben uns doch wirklich einmal geliebt – wie schön wäre es, wenn wir uns verstehen könnten wie früher. Verständnis, Ruhe und Frieden – wie sehr sehne ich mich danach ...!

Ruhe und Frieden? Genau das Gegenteil trat ein. Sonntagmorgen. Hannah lag dösend im Bett und träumte sich vergleichsweise zufrieden in den Tag hinein. Die Sonne kitzelte sie an der Nase. Sie liebte diese schläfrigen Momente zwischen Tag und Traum, in denen Sorgen noch keinen Platz hatten oder sich höchstens als hellgraue Schatten, als harmlos wirkende Wölkchen am Lebenshimmel andeuteten, noch nicht recht greifbar und daher ungefährlich.

Nun aber zerriss das Schrillen des Telefons die trügerische Stille. Hannah riss die Augen auf und sah auf den Wecker. Nicht einmal acht. Welcher Idiot ruft denn so früh am Sonntagmorgen an? Sie tastete nach rechts. Das Bett neben ihr war leer.

„Conrad?" Sie rief Richtung Bad.

Nichts.

Das Telefon im Kursraum läutete ebenso beharrlich wie dasjenige, das unten im Wohnzimmer stand. Auch dort hob niemand ab. Wo ist denn bloß mein Mann? Fluchend sprang Hannah aus dem Bett und eilte über den langen Spielflur, vorbei an Klettergerüst und Tischtennisplatte, hinüber ins Töpferstudio. Das Telefon stand gleich hinter der Tür auf dem Regal, auf dem die fertigen Töpfersachen ihrer Kursteilnehmerinnen gewöhnlich ihren Platz fanden.

„Hallo?"

Ein kurzes Räuspern. Dann eine vertraute Stimme, ungewohnt ernst. „Hier ist Enrico."

„Hallo Schwagerherz", rief Hannah fröhlich in den Hörer hinein. Sie mochte Enrico, den sie damals, als die Briefe kamen, attraktiver als

Conrad gefunden hatte, noch immer sehr und er machte gewöhnlich kein Hehl daraus, dass es ihm mit ihr ähnlich erging.

Seine nächsten drei Worte aber rissen Hannah den Boden unter den Füßen fort: „Ines ist tot!"

Wie gelähmt lauschte sie dem nach, was sie gerade gehört hatte. Es war ein surrealer Moment. Ihr Puls pochte schmerzhaft laut in ihren Ohren. Ihrem Einatmen wollte kein Ausatmen folgen. Ihr wurde speiübel.

„Was meinst du?", fragte sie schwach. Ich muss mich verhört haben, dachte sie. Das ist die einzig denkbare Erklärung.

„Sie ist gestern auf dem Sofa zusammengebrochen. Dann war sie tot. - Sie haben sie reanimiert."

Tränen stürzten aus Hannahs Augen. „Aber das kann doch nicht sein", rief sie verzweifelt. „Mein Gott, was ist denn passiert??!"

„Sie hat noch das Abendessen gemacht und die Treppe geputzt und dann saß sie auf dem Sofa und dann ... ist sie auf den Boden gerutscht ..."

„Aber sie lebt?" Hoffnung rieselte in ihr Bewusstsein wie Zucker in bitteren, viel zu starken Kaffee. „Du hast doch gesagt, sie ist ..."

„Ja, sie lebt. Aber sie ist nicht bei Bewusstsein. Sie ist wie tot."

Sie lebt, sie lebt, jubelte es in Hannah, während die Tränen über ihre Wangen rannen, über ihren Hals. Alles würde wieder gut werden. Sie lebt. Doch noch gut. Wieder gut ... Bitte, lieber Gott, wieder gut ...!

Wie durch Watte hörte sie, wie Enrico von der Lungensarkoidose sprach, von der sie bereits wusste. Lächelnd, beinahe entspannt, hatte Ines ihr beim letzten Besuch davon erzählt und erwähnt, dass als höchst unwahrscheinliche Komplikation Herzversagen eingetreten könne. So, wie man etwas erzählt, was man im Grunde für Blödsinn hält.

„Aber das Krankenhaus ist doch gleich nebenan, Enrico", sagte Hannah, die gar nicht wusste, was sie zuerst denken sollte. „Warum haben sie denn nicht ...?"

„Der Krankenwagen hat sich trotzdem verfahren. Die haben viel zu lange gebraucht. Und dann haben sie sie eben reanimiert. Und der Sanitäter hat gesagt, er wisse nicht, ob sie ihr einen Gefallen getan hätten. Das Herz schlägt wieder, aber sie liegt jetzt im Koma."

Koma, dachte Hannah. So was haben Leute in Fernsehfilmen oder in den Abendnachrichten, aber doch nicht im wahren Leben, doch nicht in unserer Familie, doch nicht schon wieder. Koma, dachte sie, wie bei Mutti. Oh, lieber Gott, bitte nicht noch einmal so etwas Schreckliches ...! Koma klingt nicht komisch, dachte sie. Koma klingt nicht nach Leben. Koma klingt nach Tod.

*

Weinend legte Hannah auf. Im nächsten Moment hörte sie Conrads Stimme. Er hatte nicht schlafen können und war im Garten gewesen.

„Was ist los?", fragte er.

„Ines. Sie ist ..., sie hat ..."

Schluchzend erzählte sie ihm die ganze Geschichte und warf sich ihm an den Hals.

Er schob sie ein Stück von sich. „Nun war doch erst mal ab. Vielleicht kommt sie ja bald wieder zu sich."

Kein Glück im Unglück

Wie erbarmungslos das Schicksal zwanzig Jahre nach Muttis allzu frühem Tod erneut würde zuschlagen können, hätte Hannah niemals gedacht. Denn mit dem Zusammenbruch von Ines war es nicht getan. Hannah verstand es einfach nicht. Was ist das für ein *guter Gott*, wie ich ihn anbete, der so etwas zulässt?! Was haben wir denn Schlimmes getan, dass wir als Familie so viel Unglück verdienen ...?! Denn nun ging es nicht nur um Ines. Nun ging es auch noch um Roman.

Ich hätte es wissen müssen, dachte Hannah. Auf leisen Sohlen hatte die Katastrophe sich angekündigt. Hannah hatte vage eine Gefahr gespürt, sie aber nicht ernst genommen – weil nicht wahr sein konnte, was nicht wahr sein durfte. Es hatte harmlos begonnen. Roman klagte vermehrt über Kopfschmerzen, doch die vergingen auch wieder. Einmal stürzte er beim Fußballtraining – nichts Besonderes, so etwas kam vor. Wenig später strauchelte er beim Waldlauf während des Schulsports und fiel auf die Nase. „Da war so ne dicke Wurzel im Weg, Mama. Das war nicht meine Schuld.“

Dennoch wurde Hannah allmählich hellhörig.

„Geht es dir auch wirklich gut?“, fragte sie.

„Klar, Mama, alles in Ordnung. Mach dir keine Sorgen.“

Begierig nahm Hannah diese Worte auf. Mutti hatte sich ständig Sorgen gemacht und Hannah war sehr genervt davon gewesen. Hannah wollte nicht ebenso nervös und übervorsichtig werden. Vermutlich hat Roman nur mal wieder vor sich hingeträumt, statt die Augen aufzumachen, dachte sie. Kein Grund zur Sorge also. Hat er gerade selbst gesagt.

Dann klingelte Reinhard an der Tür, der nette Nachbar von nebenan, der zugleich Co-Trainer im Fußballverein war. „Ich wollte mal fragen, warum Roman nicht mehr zum Training kommt“, sagte er. „Er sollte sich nicht so zurückziehen. Das ist nicht gut für einen Jungen in seinem Alter.“

„Wieso zurückziehen?“, fragte Hannah. „Er hat doch nur ein- oder zweimal gefehlt, weil er Kopfschmerzen hatte. Sonst geht er doch immer hin.“

„Er fehlt seit Wochen immer wieder, Hannah.“ Reinhard machte ein ebenso vorwurfsvolles wie besorgtes Gesicht.

Einen Tag später erwischte Hannah ihren Erstgeborenen, wie er sich morgens übers Klo beugte und kurz hineinspuckte. „Was ist los, Roman?“

„Mir ist ein bisschen übel. Geht aber schon wieder.“

„Habt ihr einen Magen-Darm-Virus an der Schule?“

„Nein, Mama, alles in Ordnung. War nur ganz wenig.“

Dann ging er zur Schule, als sei nichts gewesen. Als er am nächsten und übernächsten Morgen erneut kurz spuckte, ging Hannah mit ihm zum Kinderarzt.

„Fast jedes Kind hat Kopfschmerzen“, sagte der, „und die Übelkeit könnte mit einer Allergie zu tun haben. Vielleicht sollten wir ihn demnächst mal austesten, da Sie ja auch Allergikerin sind. soweit ich weiß.“

„Sie meinen also, ich brauche mir keine Sorgen zu machen?“

„Ich denke, nicht.“

Freitagmorgen. Roman hatte Geburtstag. Mit erwartungsvollem Gesicht kam er an den Frühstückstisch. Hannah, die gerade vierzehn Mini-Kerzen auf dem kleinen runden Kuchen mit dem Schokoladenguss entzündet hatte, den sie am Abend noch gebacken hatte, stand auf, um ihn in die Arme zu nehmen. „Herzlichen Glückwunsch, mein Schatz“, sagte sie lächelnd. „Du musst sie auf einmal auspusten. Das bringt Glück.“

Hoffentlich, dachte sie.

Roman nickte, holte Luft und pustete. Drei Kerzen erloschen.

„Oh, das war nichts. Macht nix. Noch mal.“

Roman pustete erneut und Conrad half ihm. Eine letzte Kerze brannte noch. Roman blies sie aus.

Seine Geschenke lagen unter einem Tuch versteckt. Ein paar Spiele, ein neuer Pulli, ein paar Kleinigkeiten. „Und bald fährst du mit deinen Freunden zum *Panorama-Park*. Das wird mal eine ganz andere Geburtstagsfeier als bisher, ohne Spiele und so, aber du hast dir das ja so gewünscht. Freust du dich schon?“ Hannah fuhr ihrem Sohn liebevoll durch sein enorm dichtes, volles Haar. Richtig schick sah er aus mit der neuen Frisur.

„Schon, aber das ist ja erst in einer Woche“, sagte Roman. „Heute wär schöner.“

„Sonst hätten sie ja nicht alle gekonnt“, sagte Conrad und drückte seinen Sohn an sich. „Weißt du doch. Aber eine Woche ist schnell rum.“

Hannah hatte auch in den kommenden Tagen ein ungutes Gefühl, wischte ihre Bedenken aber immer wieder weg, weil sie so viel mit ihrer eigenen Müdigkeit und Schwäche zu tun hatte, dass sie froh war, wenn das Leben keine zusätzlichen Belastungen bot. Business as usual, das war noch am leichtesten zu schaffen. Am Abend aber sprach sie mit Conrad über ihre Sorgen. Der riet ihr, abzuwarten. „Er hat doch demnächst diesen Allergietest. In zwei Wochen, oder?"

„Einfach abwarten? Aber es könnte doch auch was Ernstes sein." Hannah spürte ein ungutes Flattern im Magen.

Als Roman am nächsten Morgen wieder über Kopfschmerzen klagte, nahm sie ihn kurzentschlossen aus der Schule und mit nach Dortmund, wo sie wegen ihres beständigen Unwohlseins und ihrer zunehmend häufig auftretenden traurigen Stimmungen zur ausführlichen Erstdiagnose bei einem klassischen Homöopathen angemeldet war, den man ihr empfohlen hatte.

Der Heilpraktiker befragte Hannah tatsächlich ausführlich, während Roman geduldig im Wartezimmer saß und einen Comic durchblätterte. Als Hannah ihn schließlich hereinholen durfte, nachdem sie kurz seine Symptome geschildert hatte, stellte der Heilpraktiker ihm nur sehr wenige Fragen.

„Das sind sehr unspezifische Beschwerden", sagte er dann. „So kann ich nicht viel sagen, aber wenn Sie möchten, machen wir einen eigenen Termin aus für Ihren Sohn."

Enttäuscht versprach Hannah, darüber nachzudenken. Sie hatte gehofft, dass ein Heilpraktiker stärker und anders reagieren würde als der Kinderarzt und fragte sich, ob sie vielleicht doch aus einer Mücke einen Elefanten machte. Als Roman aber während der Rückfahrt am Waldrand ausstieg, weil er pinkeln musste, leicht torkelnd zum nächsten Baum ging und und den Reißverschluss der Hose nicht aufbekam, schlugen Hannahs Alarmglocken endgültig an.

*

„Ich brauche morgen das Auto, Conrad“, sagte sie, als die Kinder im Bett waren. „Ich fahre mit Roman nach Siegen in die Kinderklinik. Da stimmt was nicht. Ich habe einen Untersuchungstermin für ihn.“

„Du willst ihn ins Krankenhaus stecken, in dieser schulischen Phase?“ Conrad sah sie mit weit aufgerissenen Augen an.

Hannah wurde wütend. „Die Schule ist doch wohl scheißegal, falls Roman ernstlich krank ist. Außerdem stecke ich ihn ja nichts ins Krankenhaus“, sagte sie, „erst einmal ist es nur eine Untersuchung.“

„Du warst doch gerade erst beim Kinderarzt.“

„Der könnte sich aber irren.“

„Und du warst bei diesem Heilpraktiker“

„Aber der hat ihn noch nicht untersucht.“

„Du hörst die Flöhe husten, Hannah“, sagte Conrad. „Ständig steigerst du dich in was hinein.“

Hannah schluckte. Tue ich das wirklich? Bin ich womöglich selbst eine eingebildete Kranke und nehme unseren Sohn gleich mit in krude Fantasien? Aber nein, dachte sie, und spürte, wie ihr stärker als je zuvor die Angst in den Nacken kroch. Da ist etwas mit Roman, ich spüre das. Wenn es bloß nichts Schlimmes ist ...! Sie dachte an das letzte Telefonat mit Ines. War es wirklich erst drei Wochen her? Da hatte Hannah ihr von Romans Kopfschmerzen und den Ausfällen erzählt und die Bemerkung ihrer Schwester war wie ein Schlag in die Magengrube gewesen: „Hoffentlich ist da in seinem Kopf nichts, was da nicht hingehört, Hannah.“

Hannah strich sich erschöpft über die Stirn. Aber das kann doch nicht sein, dachte sie. Seit zwei Wochen liegt Ines nun im Koma. Da kann doch unmöglich auch noch Roman ...

Hannah fühlte sich ein wenig gelassener, nachdem die Untersuchungen im Krankenhaus begonnen hatten. Die Ruhe der Ärzte und Schwestern übertrug sich auf sie. In jedem Fall werden wir bald mehr Klarheit haben, dachte sie. Endlich.

Die Ärztin notierte etwas. Dann bat sie Roman, über eine gerade Linie zu gehen. Das gelang ihm nur unzureichend. „Wir werden Ihren Sohn zu weiteren Untersuchungen stationär aufnehmen müssen“, sagte die Medizinerin. „Bitte lassen Sie ihn gleich hier.“

„Aber wir haben gar keine Sachen dabei.“

„Er bekommt erst einmal von uns, was er braucht.“

In der nächsten Sekunde fiel die Angst wie ein schwerer, nasser Sack über Hannah. Mit aller Macht riss sie sich zusammen. Roman soll meine Sorge nicht spüren, dachte sie. Auf keinen Fall. Sie lächelte. „Na dann, mein Sohn, lassen wir dich einfach mal durchchecken“, sagte sie. „Das kann bestimmt nicht schaden.“

Am frühen Abend des nächsten Tages, es war der fünfte Juni, kam ein Anruf. „Bitte kommen Sie, Frau Adelmann. Bringen Sie Ihren Mann mit. Am besten sofort.“

„Aber was ist denn los?“

„Das möchten wir lieber persönlich mit Ihnen bereden.“

„Also gut. Wir fahren gleich los. Wir müssen erst unseren anderen Sohn unterbringen. Wir brauchen ungefähr eine Stunde.“

Mirco verstand nicht, warum er nicht mitkommen sollte, freute sich aber dann doch, beim Nachbarmädchen spielen zu dürfen. Die beiden verstanden sich gut genug, um im Dorf schon als Verlobte gehandelt zu werden. Während der Fahrt versuchten Conrad und Hannah, einander und sich selbst zu beruhigen, mit mäßigem Erfolg. Im Arztzimmer waren ein Arzt und eine Ärztin anwesend. Der Mann guckte ernst, die Frau teilnahmsvoll. Hannah begann zu zittern. Dann bekamen sie Romans Diagnose: „Es tut uns leid. Der Augenarzt hat heute Nachmittag den Augenhintergrund gespiegelt. Ihr Sohn hat einen Tumor im Kleinhirn, ein sogenanntes Medulloblastom. Wir müssen morgen früh gleich operieren, trotz Fronleichnam. Wir haben noch weitere Aufnahmen gemacht. Es wird ein mehrstündiger Eingriff werden. Ein Kollege wird Ihnen gleich die Aufnahmen zeigen."

„Aber das kann doch nicht sein", Hannah begann zu weinen. „Meine Schwester ist gerade erst vor zwei Wochen ins Koma gefallen. Und jetzt Roman ..."

Die Ärztin legte die Hand auf Hannahs Schulter. „Manchmal ist das so", sagte sie, „Sie können mit unserem Psychologen sprechen, wenn Sie möchten."

Der Kollege, in dessen Zimmer sie nach einer Hannah unerträglich erscheinenden Wartezeit gebeten wurden, schilderte ihnen alles ganz genau. „Das Medulloblastom hat Grad IV – das ist die höchste Stufe. In der Wirbelsäule sind Metastasen dicht an dicht zu sehen. Der Wirbelkanal ist damit ausgekleidet wie mit einer Tapete." Dann erklärte er so lange sachlich, ausführlich, was alles passieren könne und mit welchen Folgen und Spätfolgen der Operation zu rechnen sei, dass Hannah schließlich weinend hinauslief. „Ich will das alles gar nicht hören", rief sie. „Bitte, ich kann einfach nicht mehr."

„Aber ich will es hören“, sagte Conrad ruhig. „Warte du draußen, wenn es nicht anders geht.“

*

Es wurde alles andere als eine leichte Operation. Sie dauerte fünf Stunden lang. Hannah und Conrad waren am Abend, nachdem sie sich liebevoll in der Intensivabteilung von Roman verabschiedet hatten, nach Hause geschickt worden. An Schlaf war kaum zu denken gewesen. Während Mirco und Conrad irgendwann neben ihr einschliefen, wälzte Hannah sich hin und her.

Endlich kam um die Mittagszeit des nächsten Tages der Anruf aus der Klinik. Alles sei soweit gut verlaufen, doch an diesem Tag sei ein Besuch noch nicht möglich. „Kommen Sie morgen.“

Als sie am Morgen darauf mit bangem Herzen an Romans Bett traten, brachte er kein Wort hervor. Eine einzelne Träne löste sich aus seinem rechten Auge und lief die Wange hinunter. Niemals hatte Hannah etwas gesehen, was sie mehr geschmerzt hätte als diese einzelne Träne.

Inzwischen, zwei Tage später, hatte sie endlich die Kraft gefunden, nach Romans Überlebenschancen zu fragen. Sie kam sich tapfer vor, als sie fragte, und rechnete zugleich damit, dass man ihr sagen würde, Romans Überleben stünde außer Frage. Doch es kam anders: „Wir müssen der Wahrheit ins Auge sehen. Seine Chancen liegen nur bei fünf bis zehn Prozent.“

Hannah schnappte nach Luft. Im nächsten Moment sah sie ein Bild vor sich: Zwanzig Kinder standen in einer Reihe. Erst trat eines hervor, dann noch eines. Das zweite Kind war Roman.

Hannah saß in ihrem hellgrünen Kittel in dem Einzelzimmer in der Intensivstation, in das Roman verlegt worden war, an seinem Bett und las ihm aus einem Karl-May-Buch vor. Sein blasses Gesicht war eingerahmt von einem weißen Verband, der den ganzen Kopf umhüllte. Ob ihm das, was sie vorlas, gefiel oder nicht und ob er es überhaupt aufnehmen konnte, wusste Hannah nicht. Roman konnte noch immer nicht ein Wort sprechen.

Ein Geräusch an der Tür. Der freundliche Oberarzt kam herein und bat Hannah heraus. Sie folgte ihm in einen Nebenraum.

„Ich habe keine guten Nachrichten, Frau Adelmann. Wie Sie wissen, gibt es viele kleine Absiedlungen in der Wirbelsäule. Es gibt aber auch zwei große Metastasen. Eine davon sitzt ganz oben." Er deutete an seinem eigenen Kopf auf den Übergang zwischen Hinterkopf und Nacken. „Wenn die nur noch ein klein wenig weiter wächst, wird Roman ersticken."

„Oh Gott!" Die Tränen liefen Hannah die Wangen hinunter. Sie suchte mit zitternden Fingern nach einem Taschentuch, wischte sie fort und schnäuzte sich die Nase. Ich darf jetzt die Nerven nicht verlieren, dachte sie. Ich muss stark bleiben, ich muss. Für Roman. Zu ihrer eigenen Verwunderung fragte sie nicht nach, ob das nun das endgültige Todesurteil sei. Sie fragte: „Wie soll ich denn jetzt weiter Karl May vorlesen? Das geht doch nicht. Woher soll ich denn jetzt noch die Kraft nehmen?"

Mitfühlend sah der Arzt sie an. Er nickte nur und sagte nichts.

Gottes Strafe?

Was kann ein Mensch ertragen? Hannah konnte es einfach nicht fassen. Und wieder war der Gedanke da: Was haben wir Böses getan, für das wir nun büßen sollen? Aber wir? Hannah zögerte. Nein, ich! Gustl fiel ihr ein. Ist diese schreckliche Prüfung am Ende eine Strafe für meinen Seitensprung? Aber ich habe mich doch nur verliebt. Liebe kann doch keine Sünde sein. Und was haben Ines und Roman damit zu tun ...?

Es war seltsam und doch so, wie es vermutlich viele Menschen erlebten. Es war, als dürfe sie nicht an den rosaroten Elefanten denken. In den nächsten Tagen entdeckte Hannah überall den Namen ihres Geliebten. Sie spazierte durch eine Straße, die seinen Nachnamen trug. Sie las von einem Institut, bei dem es ebenso war. Sie hörte von einem Wissenschaftler seines Namens im Radio. – Zeichen von oben? Sie intensivierte ihre Stoßgebete, bat Gott immer wieder um Verzeihung und flehentlich um Hilfe. Und die Hilfe kam. Kein Wunder, aber ein Fortschritt.

Man hatte mit der Chemotherapie begonnen. Die sorgte tatsächlich dafür, dass die lebensgefährliche Metastase im Nacken nicht weiterwuchs. Roman durfte daraufhin die Intensivstation verlassen und kam in ein Zweibettzimmer auf der Krebsstation. Im zweiten Bett lag ein fünfjähriger Junge, von dem Hannah noch nicht wissen konnte, dass er bald sterben würde. Für die Eltern gab es je einen Campingstuhl neben dem Bett. Zum Schlafen ging man in den Eltern-Schlafbereich.

Hannah wich kaum von Romans Seite. Hin und wieder machte sie einen kurzen Spaziergang, nur um baldmöglichst zurückzukehren. Am

Abend verließ sie Roman nur sehr ungern. Wie soll ich wissen, ob ich ihn am nächsten Tag noch lebend antreffen werde, dachte sie.

Schicksalsgemeinschaft

Wochen zwischen Hoffen und Bangen waren vergangen. Roman kämpfte mit den Nebenwirkungen der Therapie, aber er lebte und der liebe Gott schien erneut ein Einsehen zu haben. Eines der beiden ebenso begehrten wie behaglichen Mutter-Kind-Zimmer wurde frei. Es verfügte über zwei bequeme Betten, Tisch und Stühle und einen hübschen Balkon. Zutiefst dankbar zog Hannah mit Roman dort ein. Nun können wir ständig zusammen sein, dachte sie dankbar, und endlich gibt es wieder so etwas wie Privatsphäre.

Conrad rief an und kündigte seinen Besuch an. „Soll ich dir deine Lernsachen mitbringen?", fragte er.

Ein gutgemeinter Vorschlag, den sie nicht annehmen konnte. Männer denken so anders, dachte Hannah. Es ist doch völlig klar: Ich kämpfe jetzt einen ganz anderen Kampf. Zwischen Roman und mir ist eine neue, unsichtbare Nabelschnur gewachsen. Roman braucht mich – ab sofort, ganz nah, immer.

„Bitte nicht", sagte sie. „Dafür habe ich jetzt wirklich keinen Kopf ...!"

Sie blieben monatelang und Hannah fand Unterstützung, für die sie unendlich dankbar war. Der Krankenhauspastor, der Psychologe, die Sozialarbeiterin, Ärzte, Krankenschwestern, die beiden Clowns – so viele Menschen waren für sie da. Von *Wünsch dir was* bekam Roman einen signierten Fußball und weitere Fan-Artikel seines Lieblingsvereins *Bayern München* und Mirco durfte sich bei seinem nächsten Besuch über ein großes Piratenschiff von *Lego* freuen.

Im Mutter-Kind-Zimmer nebenan wohnte Julie mit ihrem kleinen Sohn. Nach zwei Fehlgeburten hatte sie endlich ein gesundes Kind geboren. Nun war der Junge ein halbes Jahr alt und todkrank. Dass der Kleine überleben und irgendwann einen gesunden Bruder haben würde, was hätte Julie wohl darum gegeben, wenn sie das jetzt schon hätte wissen dürfen.

Abends trafen Julie und Hannah sich auf dem Krankenhausflur, um sich flüsternd gegenseitig das Herz auszuschütten. Sie sprachen viel von ihren Kindern und dem Leben, das sie sich mit ihnen wünschten. Und Hannah erzählte Julie von Gustl und von ihrem immer noch schlechten Gewissen.

„Aber solch eine Liebe ist doch etwas ganz Kostbares“, sagte sie und sah Hannah mit warmen Blicken an, „das ist doch kein Grund, um Strafe zu verdienen.“

„Denkst du wirklich?“

„Aber unbedingt.“

„Danke“, sagte Hannah, und für den Moment fühlte sie sich wunderbar getröstet.

*

Romans prächtiger Haarschopf war inzwischen nur noch Erinnerung. Nachdem die ersten Strähnen auf dem Kopfkissen gelegen hatten, hatte seine Lieblingsschwester ihm den Kopf rasiert und ihn getröstet. „Die Haare kommen wieder, oft schöner als zuvor. Vielleicht bekommst du ja Locken, Roman. Alles schon erlebt.“

Worte wie diese, aber vor allem das innere Bild von Roman, der aus der Reihe von zwanzig Kindern hervortrat, gaben Hannah viel Kraft. Kraft, die sie brauchte, um soviel wie irgendmöglich für ihren Sohn zu tun. Hannah kochte Essen mit viel Knoblauch, pürierte es und drückte es über die Magensonde direkt in Romans Magen hinein, denn sein Kiefer war seit der Operation so verkrampft, dass er den Mund nicht öffnen konnte. Sie versuchte, ihm Reiki zu geben, Energie aus dem Universum, das sie über ihre Hand deutlich in ihn hineinströmen fühlte, obwohl sie so etwas gar nicht gelernt hatte. Sie nahm den Vierzehnjährigen auf ihren Schoß und wiegte ihn wie ein Baby, bekam ihn nicht wieder hoch, obwohl allmählich seine Windel auslief, kam nicht an die Klingel heran und war froh, als eine der Schwestern von sich aus hereinkam. Sie fuhr ihn im Rollstuhl in das angrenzende Wäldchen und ein kleines Reh, das wild dort lebte, kam mehrfach ganz nah, als wollte auch das Tier sie trösten und ihnen Kraft schenken.

Einmal gab der Pastor, der viel Herz besaß und zugleich der geborene Komiker war, ihr einen Motorradhelm und fuhr mit ihr zu einem Spaziergang in den Wald. „Sie müssen hier mal raus", hatte er gesagt. - Wie recht er damit hatte.

Unter dem Helm hielt Hannah es nicht aus. Sie nahm ihn ab und fuhr ungeschützt, doch der Weg war nicht weit. Erst ein einziges Mal zuvor hatte sie auf einem Motorrad gesessen. Es gehörte dem Nachbarn. Damals war sie ein Jahr alt gewesen und Mutti hatte ihr davon erzählt. Hannah hatte es immer komisch gefunden, dass Mutti, die doch dermaßen ängstlich und vorsichtig gewesen war, das erlaubt hatte. Welche Rolle der Nachbar aber tatsächlich gespielt hatte, das würde Hannah erst viel später erfahren - und es würde sie förmlich umhauen.

Einstweilen tat es gut, wieder einmal ohne Rollstuhl in der Natur unterwegs zu sein. Hannah erzählte dem Pastor von ihren Träumen. Von der glücklichen Familie, für die sie immer dankbar gewesen war und die sie sich hatte erhalten wollen, und von einem Leben als studierte Künstlerin, nach dem sich ihre Seele sehnte. „Was ist nun davon geblieben?“, fragte sie.

„Gott geht manchmal seltsame Wege“, sagte er, „aber am Ende werden Sie sehen, dass alles gut war, so wie es war.“

Beinahe hätte Hannah bitter aufgelacht. Wirklich schwer zu glauben, dachte sie. Aber zu glauben, das war ja auch sein Beruf, nicht ihrer.

Endlich zu Ines?

Weil die Ärzte ihr gesagt hatten, Roman könne jederzeit sterben, hatte Hannah es noch immer nicht gewagt, ihn einmal für zwei Tage zu verlassen, um nach Mülheim zu fahren und endlich ihre Schwester Ines zu sehen. Sie lag weiterhin im Koma und Enrico hatte bereits vor Wochen schweren Herzens entschieden, die künstliche Ernährung abbrechen zu lassen. Wie gern würde ich Ines jetzt wiedersehen und sie an mich drücken und mit ihr lachen, dachte Hannah, wie gern würde ich alles so sein lassen, wie es früher war. Aber wie sehr fürchte ich mich auch, sie so zu sehen, wie sie jetzt ist, abgemagert und so gut wie tot.

Endlich hatten die Ärzte erklärt, Roman sei nun außer Lebensgefahr. Hannah war ja so froh. Nach dieser Nachricht wartete sie sicherheitshalber noch zehn Tage lang, dann endlich griff sie zum Hörer und rief Enrico an. „Roman scheint erst einmal über den Berg zu sein", sagte sie. „Ich würde Ines gern besuchen."

„Okay. Dann komm am Wochenende."

Hannah freute sich und war zugleich voller Furcht. Was wird mich erwarten? Meine geliebte, kleine Schwester, die mir immer klüger und lebensweiser erschienen ist als ich mir selbst, hilflos und ohne Bewusstsein und ein halbes Skelett ... Ich weiß einfach nicht, ob ich den Anblick ertragen kann. Mit fast ein Meter achtzig war Ines noch etwas größer als Hannah. Gerade hatte man sie wieder gewogen. „Sie wiegt nur noch sechsundzwanzig Kilo", hatte Enrico berichtet. Ich werde sie gar nicht mehr erkennen, dachte Hannah, und vermutlich wird dieser furchtbare Anblick die letzte Erinnerung an Ines sein, die mir bleiben wird. Aber ich muss zu ihr, ich bin es ihr schuldig. Vielleicht spürt sie ja irgendwie, dass ich da bin. Und so begann Hannah, ihre Tasche zu packen.

Am nächsten Morgen, einen Tag vor ihrer geplanten Abreise, rief Enrico wieder an. „Ines ist tot."

Hannah war ebenso traurig wie erleichtert. Es war, als hätte Ines Hannah als letzten Liebesbeweis ihren Anblick ersparen wollen.

„Im Sarg wird sie ihr rotes Hochzeitskleid tragen", sagte Enrico mit todtrauriger Stimme. „Jetzt kann man sie zweimal reinwickeln."

Hannah schossen die Tränen in die Augen. Damals hat Ines sich hineingehungert. Wie absurd erscheint es doch jetzt, wie oft wir früher Diät-Rezepte ausgetauscht haben.

Der Sarg war gnädig verschlossen, als sie, an einem grau verhangenen Tag, die über und über mit Blumen geschmückte Leichenhalle betraten. Genau in dem Moment, in dem die Trauergemeinde am offenen Grab

Halt machte, kam die Sonne strahlend zwischen den Wolken hervor. Für einen kurzen Moment fühlte Hannah sich von Glück übergossen. Gott ist bei uns, dachte sie. Ich bin mir ganz sicher. Ines hat Jesus geliebt, offenbar liebt er auch sie. Was für ein Trost ...!

Sprachlos

November 1996. Fünf lange Monate, nur unterbrochen von gelegentlichen Wochenendbesuchen daheim, waren vorüber und Hannah und Roman durften endlich nicht nur an den Wochenenden nach Hause, wie zuletzt. Dieses Mal kamen sie, um zu bleiben. Doch nichts war mehr wie vor Romans Erkrankung. Er sprach noch immer nicht. Weil die Rumpfstabilität nicht gegeben war, konnte er nicht frei sitzen, nicht stehen, geschweige denn laufen. Er hatte eine Tetraspastik und konnte auch seine Arme und Hände nicht so zielgerichtet steuern, wie es vor der Krankheit gewesen war. Hannah wusste inzwischen, dass sie für die nächste Zeit Pflegegeld der Stufe III bekommen würde und dass sich das auch für ihre Rente auszahlen würde. Die Sozialarbeiterin im Krankenhaus hatte ihr beinahe triumphierend davon erzählt. Dabei war das doch nur ein schwacher Trost. Wenn Roman nur wieder gesund wird!, dachte Hannah. Alles andere zählt nicht.

Das Esszimmer wurde in ein Krankenzimmer umfunktioniert; Tisch und Stühle zogen in die Küche um. Dann schlug Hannah im Wohnzimmer, nur durch einen dicken Vorhang vom Krankenzimmer getrennt, ein Klappbett auf, so dass sie Roman auch nachts würde hören können, wenn er Hilfe bräuchte. Und er brauchte sie oft. Conrad schlief oben im Schlafzimmer – ohne Hannah – und das war weder für ihn noch für sie leicht.

Dreißig Bestrahlungen hatten Roman geschwächt. Auch die Chemotherapie, die so giftig war, dass die Schwestern die leeren Ampullen nur mit Schutzkleidung hatten entsorgen dürfen, hatte ihre Spuren hinterlassen. Für eine Weile würden sie noch in regelmäßigen Abständen zu weiteren Chemogaben in die Klinik fahren müssen. Auch weitere Bestrahlungen würden folgen. Und jedes Mal würde es wieder losgehen: Übelkeit, Erbrechen – Tag und Nacht. Noch immer zuckte Hannah innerlich zusammen, wenn Roman sich erbrach, doch jedes Mal tat sie so, als sei alles nur halb so schlimm, wechselte wieder einmal die Bettwäsche und zog ihr Kind um.

Hannah war erleichtert, dass Roman inzwischen wenigstens den Mund öffnen konnte, denn nach der Operation war sein Kiefer wochenlang so verspannt gewesen, dass weder ein Strohhalm noch eine Zahnbürste hineingepasst hatten. Nachdem die Magensonde endlich entfernt worden war, konnte sie ihm nun Trinkpäckchen mit hochkalorischer Nahrung mit dem Strohhalm geben. Erdbeere, Vanille, Schokolade. Alles schmeckte künstlich und süß und kam Roman allmählich aus den Ohren raus. Aber es war gut gegen Magenknurren.

Dass Romans wunderbar dichte Haare nun doch nicht wiederkommen würden, war ein Schlag unter vielen. Den Trost der Schwester noch im Ohr, hatte Hannah vor kurzem erst dem ihr unbekannten jungen Arzt in der Klinik zuhören müssen, der sie wenig feinfühlig aufgeklärt hatte, dass einfach sehr viele Bestrahlungen von Nöten seien. „Die Haare fallen aus“, sagte er barsch. „Die kommen auch nicht wieder.“ Eine Kleinigkeit angesichts der Dramatik von

Romans Erkrankung – und doch tat allein das schon so weh. Aber solange Roman überlebt, dachte Hannah, bin ich bereit, vieles hinzunehmen. Ich funktioniere einfach weiter – Tag um Tag.

*

Zu Karneval kamen zwei Nachbarinnen und ihre Kinder zu Besuch, um Roman aufzuheitern, bunt verkleidet. Hannah war gerade dabei, Mirco zum Clown zu schminken. Sie schminkte auch Roman und hielt ihm einen Spiegel vor. Mirco machte Späße für seinen Bruder und Roman lachte ohne Worte, aber aus vollem Hals.

Die Kommunikation mit Roman war eine Herausforderung besonderer Art. Er schloss die Lider, wenn er zustimmen wollte, und schüttelte kaum merklich den Kopf, wenn er etwas ablehnte. Oft fand Hannah durch gezielte Fragen heraus, was er wollte und brauchte. „Hunger? Buchse voll? Ist dir übel – brauchst du die Spuckschale?" Manchmal war es schwieriger. Dann ging sie das Alphabet mit ihm durch. „Erste oder zweite Hälfte? Aha, die erste. Also, A, B, C, D, E, F, G, H, I, J, K ... Immer noch nicht? L, ..."

Roman signalisierte Zustimmung.

„L also. Du willst liebgehabt werden? Aber das wirst du doch sowieso. - Nein, das ist es auch nicht? Hm. Was ist denn der zweite Buchstabe. A, ... Schon richtig? Hm. La... Ach, ich weiß schon, du hast Langeweile."

Roman schloss bestätigend die Lider.

„Ja, was machen wir denn da? – Soll ich dir was vorlesen? Willst du fernsehen. Oder vielleicht versuchsweise an den Computer?"

Der netteste Mitarbeiter des Pflegedienstes nutzte seine Zeit in letzter Zeit verbotenerweise gelegentlich dazu, Romans noch recht bescheidene PC-Kenntnisse zu erweitern.

„Auch nicht? Aber was dann ...?“

Es war beschwerlich. Es zog sich hin. Insgesamt sieben Monate lang sprach Roman nicht ein Wort. Eines Tages aber geschah so etwas wie ein Wunder. Roman saß im Rollstuhl, frisch gewaschen und angezogen. Hannah, die ihn immer wieder zum Reden ermuntert und seine hilflosen Versuche hatte hinnehmen müssen, hatte plötzlich eine Eingebung. „Wie wäre es, Roman, wenn du es mal andersrum versuchst. Also, ich meine das so ...“ Sie sprach ein paar Worte, aber nicht ausatmend, sondern einatmend. Komisch klang das, wie ein Roboter. Roman verstand und machte einen Versuch. „Mama“, krächzte er. Und dann noch einmal: „Mama.“ Er lachte.

Oh, mein Gott. Er kann wieder reden. Es geht. Oh, mein Gott! „Das muss Papa wissen“, rief Hannah. „Ich hol ihn schnell nach unten.“

Sie lief ins Obergeschoss, wo Conrad in seinem kleinen Arbeitszimmer an seinem Schreibtisch saß und freiwillige Überstunden ableistete. „Conrad, komm schnell, Roman kann sprechen ...!“

„Was??!“ Er sprang auf, gemeinsam liefen sie wieder hinunter.

„Mein Junge, was höre ich da? Du kannst sprechen?“

„Papa“, krächzte Roman.

Tränen der Rührung übermannten Hannah. Und sie war wunschlos glücklich - für diesen einen wunderbaren Moment. Sie sah Conrad an. Das Lachen war wieder verschwunden aus seinem Gesicht. Er sah bedrückt aus, wie so oft in letzter Zeit. Es war, als könnte er sich nicht mehr wirklich freuen, vielleicht nie mehr. Er leidet mehr, als er zugibt, dachte Hannah. Nur auf andere Weise als ich.

Grafschaft hat Geburtstag

Bereits bei der Musikalischen Früherziehung war Mirco mehr als positiv aufgefallen. Mit fünf bekam er ein Keyboard zu Weihnachten. Mit neun hatte Hannah ihn zum ersten Mal zum Klavierunterricht geschickt. Der Klavierlehrer zeigte sich spontan begeistert. Mirco schien ein Naturtalent zu sein und Hannah, die selbst so gern als Kind ein Klavier gehabt hätte und vergeblich darauf gehofft hatte, förderte ihn nach Kräften. Inzwischen hatte Mirco begonnen, zu komponieren und zu arrangieren. Hin und wieder, wenn Freundinnen oder Nachbarinnen zu Besuch waren, bat Hannah ihn, etwas vorzuspielen. Diesem Wunsch kam er nach, doch während ihr in mütterlichem Stolz die Tränen in die Augen traten und sie aus dem Augenwinkel heraus nur allzu gern die Bewunderung der anderen Zuhörerinnen wahrnahm, hatte sie immer mehr das Gefühl, dass Mirco die Haare zu Berge standen. Er wollte nicht vorgeführt werden. Doch als er zwölf war, ließ sich das in Hannahs Augen kaum noch vermeiden.

Mutter und Sohn verbrachten gern Zeit zu zweit am Flügel. Hannah empfand das als wunderbar harmonische Verbindung zwischen ihnen und hatte das Gefühl, dass Mirco ebenso viel Spaß daran hatte wie sie selbst. Hoffentlich tut er es nicht nur mir zuliebe, dachte sie manchmal. Er ist so ein lieber Kerl, dass ich ihm das glatt zutraue. Doch statt ihn direkt zu fragen, genoss sie das Zusammensein. Ohne Noten spielte Mirco ein populäres Lied nach dem anderen und

Hannah sang dazu. Hin und wieder schrieb sie einen kurzen Text und Mirco ersann eine passende Melodie.

Mit der geplanten 925-Jahr-Feier für Grafschaft sah Hannah endlich die Gelegenheit gekommen, Mircos Begabung ein wenig mehr ins verdiente Licht der Öffentlichkeit zu rücken. Kurzentschlossen schrieb sie einen Text für eine Art Hymne zum halbrunden Geburtstag des Dorfes. Der Refrain war bald ersonnen: *Grafschaft hat Geburtstag, freu'n sich alle Leut', viele hundert Jahre voller Freud und Leid, Menschen voller Hoffnung setzen sich dafür ein, dass auch noch in hundert Jahren Friede und Freud wird sein.*

Während Hannah es geflissentlich übersah, dass es eigentlich *werden* hätte heißen müssen, fand Mirco im Nu eine passende und äußerst schwungvolle Melodie zum Refrain und zu den Strophen dazwischen. Als Hannah ihn beim nächsten Mal zum Klavierunterricht brachte, setzte sie sich wie immer still dazu. Sie, die niemals selbst hatte Unterricht nehmen dürfen, wollte wenigstens passiv erleben, wie es wohl gewesen wäre. Und Mirco spielte dem Lehrer das Stück vor.

„Meine Güte, Mirco, das ist ja unglaublich toll!“, sagte Herr Bechstedt. „Das nehmen wir auf alle Fälle mit auf in die geplante Musikschul-CD.“

Und so nahm die Sache ihren Lauf. Hannah erzählte ihrer Nachbarin Lina von der Sache. Die wiederum informierte einen rührigen ehemaligen Dorfschullehrer, der die von einer Nichtsauerländerin ersonnenen Strophen ein wenig mehr an das örtliche historische Wissen anpasste. Danach wurde Mirco eingeladen, das Stück bei der Feier zu Gehör zu bringen. Und er wehrte sich nur kurz.

Als es so weit war, war die Schützenhalle proppevoll. Conrad hatte seinen neuen Anzug angezogen, mit Weste, und saß an Hannahs Seite.

Mirco saß im schicken Dress am Flügel und haute in die Tasten. „Grafschaft hat Geburtstag ...“ Die Gäste hielten Zettel mit dem Text in den Händen und sangen begeistert mit. Hannah hatte ihren Zwölfjährigen voller Stolz und Liebe im Blick und kämpfte wieder einmal mit den Tränen. Donnernder Applaus, als das Stück zu Ende war und Mirco aufstand, um sich in der ihm eigenen Bescheidenheit zu verbeugen.

Wenig später erschien die CD, auf der die besten Schüler und Schülerinnen, allesamt bis auf einen zwischen siebzehn und neunzehn Jahre alt, bekannte Stücke einspielten. Im Booklet waren die Komponisten aufgeführt worden und zwischen Chopin (1810 – 1849), Grieg (1843 – 1907) und Rachmaninov (1873 – 1943) stand da wundersamerweise auch: Mirco Adelmann * 1985. Auf der Rückseite war in alphabetischer Reihenfolge zu lesen: „Werke von Adelmann, Grieg, Liszt, Schumann, ...“.

Hannah freute sich so sehr. Gerade weil Mirco seit Romans Erkrankung oft hatte zurückstecken müssen, gönnte sie ihm von ganzem Herzen diese Anerkennung. Und auch Conrad war stolz.

Ich werde dich immer lieben, aber bitte geh!

Ein Jahr war vergangen. Waren es nur der Kummer und die Sorge um Roman, die Hannah und Conrad beide bisher so tapfer getragen hatten? Waren es die vielen kleinen Bausteine aus Schmerz und Enttäuschung, aus denen sie eine Mauer zwischen sich errichtet hatten im Laufe der Jahre? „Viele Ehen halten der immensen Belastung durch ein schwer erkranktes Kind nicht stand“, hatte der Klinikpastor gesagt,

„andere Paare werden umso fester zusammengeschweißt. Ich wünsche Ihnen, dass Sie zu letzteren gehören."
Hannah hatte sich das auch gewünscht, aber nie mit Conrad darüber gesprochen. Sie traute ihm einfach nicht zu, in Ruhe mit ihr über solche Dinge zu reden – er war belastet genug. Überhaupt sprachen sie wenig miteinander in letzter Zeit und liebevolle Blicke zwischen ihnen waren mehr als rar geworden. In jeder Krise steckt eine Chance, hatte Hannah dennoch gedacht und darauf gehofft, ihre Liebe könnte wie durch ein Wunder wieder aufblühen. Vergeblich. Obwohl sie sich beide spürbar nach Frieden sehnten, hatte es immer mehr Streit gegeben in letzter Zeit. Die Distanz zwischen ihnen war inzwischen so groß geworden, dass sie eines Morgens keine Hoffnung auf Besserung mehr sah. Und mit einem Mal spürte Hannah es deutlich: Conrad war ein Fremder für sie geworden.

Sie schlief schlecht in dieser Nacht. Am nächsten Morgen nahm Hannah allen Mut zusammen und bat Conrad mit ruhiger Stimme, sich eine eigene Wohnung zu suchen. „Ich möchte, dass wir uns scheiden lassen", sagte sie. „Ich kann einfach nicht mehr. Ich brauche jetzt all meine Kraft für Roman und Mirco und auch noch ein bisschen Kraft für mich. Ich kann nicht weiter auch noch um unsere Ehe kämpfen. Es tut mir so leid."

Schmerzerfüllt sah Conrad sie an. Dann stand er auf und verließ, ohne ein Wort, den Raum. Und Hannah weinte.

*

Noch am selben Abend sprach Conrad mit den Kindern – er hatte sich ausbedungen, das unter sechs Augen zu tun. Doch Hannah lauschte voller Unruhe an der Tür. Beschämt hörte sie, wie er von Gustl sprach, mit dem *die Mama* ihn betrogen habe, und dass die Kinder sich aussuchen dürften, bei wem sie künftig leben wollten. Zitternd erwartete Hannah ihre Antwort.

„Ich bleibe bei Mama", sagte Roman. Das war keine Überraschung. Es würde ja auch gar nicht anders gehen. Wie sollte Conrad zur Arbeit gehen und sich zugleich um seinen schwerbehinderten Sohn kümmern. Und Mirco? Ihr geliebter zweiter Sohn, der ihr so ähnlich war, so besonders nah? Hannah hielt den Atem an. Was, wenn er bei Conrad bleiben will, und ich, ohne Mann und ohne Mirco, zurückbleiben muss, allein mit meinem schwerbehinderten Sohn. Was für eine grausame Vorstellung!

Sekunden verstrichen, quälend langsam. „Tut mir leid, Papa", sagte Mirco endlich, „aber ich will auch hier bleiben."

Conrad nahm es hin.

Gott! Sei! Dank! Hannah war ja so erleichtert. Zugleich tat Conrad ihr unendlich leid. Hätte es nicht doch einen anderen Weg gegeben, geben müssen? Aber ich sehe diesen Weg nicht, dachte sie traurig. Ich sehe ihn einfach nicht. Dabei würde ich so gerne ...!

Fort mit unbekanntem Ziel

Drei Wochen später zog Conrad aus, mit unbekanntem Ziel. Mit seinem Arbeitgeber hatte er einen Auflösungsvertrag ausgehandelt. Er wollte einfach nicht länger im Sauerland bleiben, sondern ganz woanders einen Neuanfang wagen.

Hannah gab Conrad den Abschiedsbrief, den sie für ihn vorbereitet hatte. Ein Teil von mir wird dich vermutlich immer lieben, hatte sie geschrieben. Auch er hatte einen Brief für sie.

„Lies ihn, wenn ich weg bin", sagte er.

An der Haustür breitete Hannah ihre Arme aus, um ihn ein letztes Mal an sich zu ziehen.

„Nein!!", sagte er und bog den Kopf entschieden zurück.

Dann war er fort. Er verließ die wunderschöne Wohnung, die Hannah so unbedingt hatte haben wollen, in der sie sich als Familie glücklich gesehen hatte. Es ist meine Schuld, dachte sie, ganz allein meine Schuld. Wenn er sich nur nichts antut! Ganz kurz nur fiel ihr Gerald wieder ein, bei dem sie vor vielen Jahren dasselbe gedacht hatte. Ich bringe Männern einfach kein Glück, dachte sie.

Hannah wischte sich die Tränen fort und ging ins Wohnzimmer, um nach den Jungs zu sehen. Mirco spielte mit seinem *Nintendo*, als sei nichts gewesen. Roman sah ihm zu. Das ist für die beiden vielleicht die einzig mögliche Art, mit dem kaum Begreiflichen umzugehen, dachte Hannah. Dann griff sie zum Telefonhörer und rief Papa an, der keine Ahnung von Conrads bevorstehendem Auszug gehabt hatte. Sie tat so, als sei sie jetzt befreit und erleichtert, und erhoffte sich aufbauende Worte. Doch Papa wirkte lediglich entsetzt. „Was hast du getan, Tochter?! Du trennst dich von deinem Mann und bleibst allein in einer riesigen Wohnung zurück mit einem schwer behinderten Kind und einem Dreizehnjährigen? Aber das gibt es doch wohl nicht! Ich verstehe dich einfach nicht." Seine Sorge war mit Händen zu greifen.

Als sie aufgelegt hatte, ging sie ins Schlafzimmer und las Conrads Brief. Er habe sie einmal sehr geliebt, schrieb er, und sei dankbar für die wunderbaren Kinder, aber sonst ... Er zählte all ihre Verfehlungen auf, nicht zuletzt die Tatsache, dass sie immer kränklich gewesen sei.

Das traf Hannah tief. Das ist ganz bestimmt nicht meine Schuld, dachte sie. Das ist gemein. Ich wäre doch so schrecklich gern stark und fit.

Liebesurlaub

Ein halbes Jahr nach der Trennung übernahm Conrad an einer Jugendherberge in Hessen die Kinder, um mit ihnen eine Ferienwoche zu verbringen. Die Wiedersehensfreude auf dem Parkplatz war groß. Im Vierbettzimmer der Herberge verbrachten sie die Nacht wohl für ein letztes Mal als Familie gemeinsam. Noch waren sie verheiratet. Es berührte Hannah, noch einmal, vermutlich zum letzten Mal, Conrads tiefe Atemzüge zu hören, so vertraut.

Am nächsten Morgen fuhr sie ohne die Kinder weiter. Die Jungen, die gestern noch stundenlang mit ihr im Auto gesessen hatten, fehlten ihr schon nach wenigen Metern, doch die Vorfreude darauf, Gustl wiederzusehen, drängte den Kummer beiseite. Und sie war stolz auf sich, die weite Strecke bis nach Niederbayern ganz allein zu bewältigen. Hätte ich mir nie zugetraut, dachte sie. Liebe verleiht eben Flügel.

Etwas außerhalb von Straubing hatte sie – zum ersten Mal in ihrem Leben für sich allein - eine Ferienwohnung gemietet. Inzwischen stand Hannah zu Gustls Frau Fanny, die liebevolles Verständnis für sie aufbrachte, in erstaunlich freundschaftlichem Briefkontakt. Fanny ist eine wunderbare Frau, dachte Hannah wieder und wieder, zutiefst weiblich und selbstbestimmt zugleich, weise, warmherzig und großzügig. Doch je näher Hannah Straubing und ihrer ersten Begegnung mit Gustls Frau kam, desto nervöser wurde sie.

Am frühen Abend traf sie, erschöpft von der langen Fahrt und der bemerkenswerten Hitze, in der romantischen Stadt ein. An der ausgemachten Stelle am malerischen Stadtturm war Gustl nicht zu sehen. Hannah war enttäuscht. Von einer Telefonzelle aus rief sie bei ihm daheim an. Fanny ging dran. „Gustl ist noch in einer Sitzung", sagte sie, „komm doch schon mal allein zu mir heraus."

Sie beschrieb Hannah den Weg. Und wenig später war Hannah angekommen und klingelte. Eine zierliche Frau, die einen halben Kopf kleiner war als sie, öffnete lächelnd die Tür.

„Fanny?", fragte Hannah.

„Mein Gott, du bist so jung", sagte die Frau. „Komm herein."

So jung komme ich mir gar nicht vor mit über vierzig, dachte Hannah, aber tatsächlich bin ich ja fast zwanzig Jahre jünger als Fanny. Das muss seltsam für sie sein.

„Du schaust verschwitzt aus", sagte Fanny einfühlsam. „Magst du vielleicht erst mal duschen?"

„Furchtbar gern", sagte Hannah. Wie großmütig, dachte sie. Fanny gönnt ihrem Mann den Anblick einer taufrisch geduschten Geliebten und erspart es mir, ihn zerzaust und verschwitzt begrüßen zu müssen. Eine knappe Stunde später saß sie mit Fanny im Licht der frühen Abendsonne auf der Terrasse und trank Apfelschorle. Es klingelte. Fanny ging hinaus. Voller Vorfreude hörte Hannah Gustls Stimme. Dann kam er heraus. „Hast du also hergefunden?", sagte er mit seiner schönen warmen Stimme und dem niederbayerischen Tonfall, den sie so mochte. „Willkommen." Sanft küsste er sie auf die Wange, in einer Mischung aus Freundschaft und Zärtlichkeit.

Die Nächte verbrachte Hannah in ihrer Ferienwohnung, doch jeweils nach dem Frühstück fuhr sie zu den beiden hinüber. Fanny bekochte sie liebevoll und wenn Gustl Verpflichtungen hatte, plauderte sie mit ihr über Gott und die Welt oder sie ging mit Hannah und dem Hund im nahegelegenen Wald spazieren. Fannys Marillenknödel mit zerlassener Butter werden mir wohl auf immer unvergesslich bleiben, dachte Hannah, ebenso wie das selbstgebackene Kümmelbrot. Wenn Gustl daheim war, ging Fanny mit dem Hund allein durch den Wald, ausgiebig, ganz offensichtlich um Hannah und Gustl ein wenig Zweisamkeit zu ermöglichen. Wenn Hannah ihr dann ein wenig erhitzt entgegenging, nachdem sie den Schlüssel in der Tür gehört hatte, und munter plaudernd so tat, als sei alles harmlos und in bester Ordnung, blickte Fanny sie mit wissendem Blick an, ohne ein Wort. – Was für eine bewundernswerte Frau ...!

*

Die vereinbarte Zeit verging viel zu schnell. Gustl hatte Hannah Straubing und die nähere Umgebung gezeigt und als er mit ihr die alte St.-Jakob-Basilika besuchte und eine Weile still mit ihr in einer Bank saß, schickte sie dem lieben Gott ein Dankgebet für die gestohlenen Stunden. Das hier ist keine Schwärmerei, dachte sie, das ist mehr. Ich liebe Gustl aufrichtig.

„Denkst du, dass ich noch einmal einen guten Mann finden werde, trotz Roman?“, fragte Hannah, als sie wieder draußen waren.

„Sie liegen nicht auf der Straße“, sagte Gustl, „aber es gibt sie. Wenn ich frei wäre, so würde mich das nicht abhalten.“

Leider bist du das nicht, dachte Hannah. Wenn du es wärest, wäre ich weniger allein. Aber würde ich tatsächlich meine Söhne hierher verpflanzen wollen im Fall des Falles. Nein, dachte sie, vermutlich nicht.

*

Viel zu schnell war der Tag des Abschieds gekommen.

„Komm doch noch einen Augenblick nach nebenan“, bat Gustl. „Ich möchte dir noch etwas zeigen.“

Ein Vorwand. Denn eigentlich wollte er nur noch einen Augenblick mit ihr im Nebenraum auf dem Sofa sitzen, den Arm um ihre Schulter legen und Abschied von ihr nehmen.

„Nun fährst du also wieder, Hanni. Es war wirklich wunderbar, dass du hier warst. Weißt du, ich kann es aus vollem Herzen sagen: Ich habe in meinem Leben nur drei Frauen geliebt. Die erste war meine Mutter, die zweite ist Fanny, die dritte bist du.“

Hannah nickte ergriffen und wischte hastig ihre Tränen fort. Dann ging sie hinaus, um auch Fanny Adieu zu sagen. Sie fand sie in der Küche.

„Ich habe dir noch ein paar Vesperbrote geschmiert mit dem Brot, das dir so gut geschmeckt hat. Und hier ist das Rezept für die Marillenknödel. – Lass es dir gutgehen, Hannah. Schön, dass es dich gibt.“

„Ich weiß nicht, was ich sagen soll, Fanny ...“

„Du brauchst nichts zu sagen. – Wir wissen doch: Liebe ist das Einzige, was mehr wird, wenn man es teilt, nicht wahr?“

Hannah umarmte sie und gab Gustl einen letzten Kuss auf die Wange.

„Pfüat di, Hannah!“, sagte er.

„Pfüat di, Gustl, pfüat di, Fanny", erwiderte Hannah den bayerischen Gruß. Gott behüte euch. Besser konnte man nicht sagen, was sie ganz tief in sich fühlte.

Dann fuhr sie davon. Im Rückspiegel warf sie einen letzten Blick auf die beiden. Nun hatte Gustl seinen Arm um Fannys Schultern gelegt. Er ist ihr Mann, nicht meiner, dachte Hannah. Ich muss das akzeptieren, ohne daran zu zerbrechen. Nur Gustls Foto wird daheim auf meinem Nachttisch auf mich warten und mich trösten, weil ich ja weiß, dass er viele hundert Kilometer entfernt an mich denken wird. Er hat es versprochen. Mehr bleibt mir nicht. Und das ist vermutlich richtig so.

Umzug nach nebenan

Ohne Conrad war die wunderschöne Maisonette-Wohnung in Grafschaft auf Dauer zu groß und zu teuer für Hannah und ihre Söhne geworden. Diese Wohnung, auf die ich so stolz gewesen bin, dachte sie, in der ich mich so wohlgefühlt habe – es ist ein Jammer! Eine Zeitlang noch hatte sie versucht, Herrn Schauerte zu überreden, ihr bisheriges Zuhause in zwei Wohnungen aufteilen zu lassen, hatte alles genau vor sich gesehen. Doch so groß das Mitgefühl des Vermieters für Hannahs Situation auch war, der Aufwand wäre viel zu hoch gewesen. Wir müssen fort, dachte Hannah, doch die Aussicht, neben ihrem Mann nun auch noch ihr Zuhause zu verlieren und den Kindern die gewohnte Umgebung zu nehmen, traf sie tief.

Dann aber hatten sie Glück im Unglück. Herr Schwab, Hannahs freundlicher Nachbar, stand kurz vor der Pensionierung und hatte beschlossen, mit seiner Freundin, die er offenbar inzwischen gefunden hatte, zusammenziehen. Hannah gönnte ihm sein spätes Glück und sein geplanter Auszug schien eine weitere göttliche Fügung zu sein. Auch Herr Schauerte war gern damit einverstanden, dass Hannah die mit neunzig Quadratmetern nur noch halb so große Nachbarwohnung übernahm. Ich werde keinen Umzugswagen benötigen, dachte Hannah erleichtert, nur starke Männerarme. Die Wohnung ist groß genug für drei Leute, selbst mit Rollstuhl und Pflegebett. Aber woher nehme ich die starken Arme?

Hannah fand sie bei zwei Männern, denen sie offensichtlich gefiel.

Da war zum einen Dirk, der wesentlich jüngere Nachbarn aus der Souterrainwohnung. Er machte Andeutungen. „Also, wenn du willst ... Der Altersunterschied macht doch heutzutage nichts mehr aus, oder?"

Hannah lehnte dankend ab. Dirk lachte und schloss dennoch die Waschmaschine für sie an. Vielleicht hatte er ja auch nur einen Witz gemacht.

Der zweite war Gernot, der Exmann einer guten Bekannten aus der freikirchlichen Gemeinde. Seit Roman so krank geworden war, besuchte Hannah die Gemeinde kaum noch. Aus Zeitmangel und weil sie nach den schweren Schicksalsschlägen von großen Zweifeln an Gottes Existenz geplagt wurde. Mit Ira aber ging sie manchmal spazieren. Zu ihrem Ex hatte sie noch ein gutes Verhältnis und ihm kürzlich von Hannah erzählt. Gernot war LKW-Fahrer, Single, ausgesprochen hilfsbereit und ein zupackender, sehr geschickter Handwerker.

„Wenn du willst, baue ich dir ganz viele Regale und Schubladen ein in deinen neuen Keller", sagte er. „Aus ungehobeltem Holz. Das wird nicht teuer. Dann weißt du, wohin mit all deinem Zeug."

„Und ob ich will", sagte Hannah. „Das wäre so toll, Gernot."

Zur neuen Wohnung gehörte, da sie kleiner war, der deutlich größere Kellerraum. Zwei Tage nach seiner Zusage rückte Gernot mit dem Werkzeugkoffer an. Der Akkuschrauber gab kraftvolle Töne von sich. Für Hannah klangen sie wie Himmelsmusik. Bald roch es im ganzen Keller nach frischem Holz. Nach Stunden intensiver Arbeit rief Gernot sie nach unten. Mit großen Augen bestaunte sie, was er geschafft hatte. Im am Morgen noch kahlen Kellerraum gab es nun an drei Seiten vom Boden bis zur Decke Stauraum für all die vielen Sachen, die nicht in die Wohnung hineinpassten. Hannah war zutiefst beeindruckt und dankbar. Was für ein zupackender Kerl, dachte sie.

„In der Wohnung helfe ich dir auch noch, wenn du willst."

„Ich bin für jede Hilfe dankbar", sagte Hannah. „Aber ich kann doch nicht noch mehr Unterstützung von dir annehmen."

„Warum nicht? Ich mach so was gerne."

Bereits am nächsten Abend tauchte er nach Feierabend wieder auf, montierte Regale, schraubte Schränke zusammen und bot weitere Hilfe an. „Ruf einfach an."

Er war jederzeit zur Stelle, wenn sie ihn brauchte. Und das alles gegen ein Lächeln, ein Dankeschön und die eine oder andere Tasse Tee. Allerdings spürte Hannah, dass er gern mehr von ihr gehabt hätte. Wenn er sich wieder einmal verabschiedete, standen sie einander in der halbdunklen Diele gegenüber. Er, einen halben Kopf größer als sie, blondgelockt und mit Muskeln gesegnet. Sie, eine einsame Frau, die eine starke Schulter gut hätte gebrauchen können. Da war nicht allzu viel Luft zwischen ihnen und die Sehnsucht nach Liebe zwischen zwei Menschen, die ihr Leben jeweils allein meisterten, war deutlich zu spüren. Hannah musste sehr an sich halten, um sich nicht in seine Arme sinken zu lassen, den köstlichen Moment der Schwäche zu genießen. Ich weiß ja kaum noch, wie sich das anfühlt, einen Männerkörper zu spüren, dachte sie. Es müsste herrlich sein, sich wieder einmal fallen lassen zu können. So entspannend, so geborgen.

In diesem Moment meldete Rosa sich zu Wort. „Reiß dich gefälligst zusammen, Hannah. Das hat keinen Wert. Dieser Gernot ist wirklich ein netter Kerl, aber geistig völlig unter deinem Niveau. Das geht niemals gut."

Hannah schluckte. Das stimmt, dachte sie und wahrscheinlich spürt er das auch selbst und ist deshalb zurückhaltend. Er bedrängt mich in keiner Weise. Da ist nur die Sehnsucht in seinem Blick ...

Dirk hatte keine weiteren Andeutungen gemacht, Hannah aber beim Tapezieren der Küche geholfen. Am Wochenende kam Tanja, seine Frau, mit der Hannah so manchen Tee getrunken und manchen Plausch gehalten hatte, nach oben, um ebenfalls zu helfen. Sie packte Umzugskartons und schüttelte immer wieder den Kopf über all den Kram, den Hannah angesammelt hatte.

„Schon wieder was original Verpacktes. Also wirklich ...! Ich glaube, Hannah, du warst im Dauerkaufrausch. Du hast Liebe gesucht und stattdessen Dinge gekauft. Habe ich recht oder habe ich recht?"

Hannah schluckte. „Beides."

Piyumi schien das ähnlich zu sehen. Erst kürzlich hatte sie gesagt: „Frau Adelmann, nix mehr kaufen, erst brauchen, was haben."

Außerdem hatte Piyumi gerade eine feste Anstellung in der Strumpffabrik gefunden und würde keine Zeit zum Putzen mehr haben. Noch ein Verlust mehr, dachte Hannah. Sie wird mir ehrlich fehlen.

Beim nächsten Mann wird alles anders

„Mit Mitte vierzig bist du noch jung und attraktiv genug, um einen neuen Mann zu finden“, sagte Tanja, die Nachbarin von unten. „Aber das wird nicht ewig so bleiben. Also, halt die Augen offen.“

Ihren eigenen Mann hatte sie damit sicher nicht gemeint. Zu Recht. Nachdem in Sachen handwerklicher Hilfe alles getan war und sich in amouröser Hinsicht nichts ergeben würde, waren sowohl Dirk als auch Gernot in der Versenkung verschwunden. Hannah hatte nichts anderes erwartet. Sie wusste es ja: Männer brauchten etwas zu tun oder eben Liebe, Sex inklusive. Welcher Mann kam schon, um einfach nur zu reden. Doch unerwartet war ein weiterer Mann aufgetaucht, der Hannah zeigte, dass er sie begehrenswert fand.

Der dunkelhaarige Fahrer mit dem leichten Schmerbauch und dem vernarbten Gesicht war Hannah nicht unsympathisch. Er hatte den Auftrag, Roman am Wochenende von Rhöndorf, wo er nun ein Internat besucht, um die mittlere Reife zu machen, nach Grafschaft zu bringen. Schön ist er zwar nicht, dachte sie, als er Romans Rollstuhl auslud, aber er könnte ein netter Gesprächspartner sein. Und müde sieht er aus. Eine Pause würde ihm sicher guttun.

„Möchten Sie vielleicht eine Tasse Tee trinken, bevor Sie zurückfahren?“, fragte sie. „Sind immerhin zwei Stunden zurück.“

„Nein, danke. Das geht schon. Bin noch fit. Und ich habe meine Thermoskanne dabei.“

Beim nächsten Mal schien er sich die Sache überlegt zu haben. „Dieses Mal nehme ich einen Tee“, sagte er zur Begrüßung. „Ich heiße übrigens Dietbert.“

„Fast so wie mein Bruder“, sagte Hannah lächelnd, „der heißt Dietmar.“

Eine Woche später brachte Dietbert ihr das Buch *Beim nächsten Mann wird alles anders* mit und erklärte ihr strahlend, dass er eine Frau brauche, die ihn finanziell versorge.

„Aber du hast jetzt nicht an mich gedacht, oder?“

„Warum nicht?“

„Ich denke, du bist schon verheiratet.“

„Aber nicht glücklich.“

Hannah schüttelte innerlich den Kopf. Das durfte doch wohl nicht wahr sein. „Ich bin keine gute Partie, falls du das denkst.“

„Aber demnächst bist du Ergotherapeutin und richtest dir eine eigene Praxis ein, hast du selbst gesagt.“

Sie konnte es nicht fassen. Hatte der Mann denn keine Ehre im Bauch. „Danke für das Angebot, Dietbert ...“

„Aber?“

„Danke, nein!“

Als er weg war, dachte Hannah über ihr männerloses Leben nach: Es geht mir doch gut, dachte sie. Ich kann ungefragt kochen, was mir Spaß macht und genau dann, wenn ich will. Bleibt die Küche kalt, freuen sich die Kinder über frische Mett- und Goudabrötchen. Im Fernsehen sehe ich mir ohne blöde Kommentare kitschige Liebesfilme statt Krimis an. Wann immer mir danach ist, gehe ich früh zu Bett – ohne zu diskutieren. Niemand will Sex von mir, wenn mir der Sinn gerade nicht im Geringsten danach steht, die heiße Gefährtin zu geben. All das ist doch positiv ...! Und das Beste: Am späten oder auch mal am frühen Abend kann ich noch ein wenig gemütlich schmökern, das Buch mitten im Satz beiseitelegen, das Licht löschen und einschlafen. Herrlich!

Sie ging ins Wohnzimmer, ließ sich lang aufs Sofa fallen und starrte die Decke an. Wenn ich ganz ehrlich bin, dachte sie, ginge es mir allerdings mit einem tollen Mann vielleicht sogar noch besser. Ganz vielleicht sogar viel besser. Und dann seufzte sie tief.

Malen Sie vielleicht gern?

Nach einem Teilzeitjob als Sekretärin hatte Hannah nur halbherzig gesucht und nichts gefunden. Irgendwie war ihr das recht, denn im Grunde war sie überzeugt davon, dass Tippse auf Dauer eben nicht der Job war, der zu ihr passte. Dennoch muss was geschehen, dachte sie. Ich kann mich nicht ewig auf Conrads Unterhaltszahlungen ausruhen. Ich sollte mal zum Arbeitsamt gehen, um mich nach den Chancen für eine Umschulung zu erkundigen.

„Die politische Lage ist günstig und entsprechende Gelder sitzen gerade locker“, sagte der Berater. „Das sollten Sie nutzen.“ Er sah sie freundlich an. „Ich habe eine Bekannte, die malt gern. Jetzt ist sie Ergotherapeutin und malt während ihrer Arbeitszeit. Nach allem, was Sie mir gerade erzählt haben, mit Ihren Töpferkursen und so, könnte das doch passen für Sie.“

„Hm, ja“, sagte Hannah, „ich male tatsächlich auch gern. Eine kreative Ausbildung wäre schon mein Ding.“

„Die Ausbildung kostet Gebühren, aber in Ihrem Fall würde der Staat das übernehmen. Der zahlt dann auch die Schulbücher. Und Sie bekämen sogar Kinderbetreuungskosten erstattet."

„Das klingt wirklich verdammt verlockend", sagte Hannah.

„Dann will ich doch mal sehen, was ich für Sie tun kann. Die Ausbildung im Bergkkloster Bestwig beginnt allerdings schon bald. Wir müssten uns beeilen. – Soll ich?"

Hannah überlegte nur noch einen kurzen Moment. „Sie sollen", sagte sie dann, „vielen Dank! Ich glaube, das wäre einfach das Beste, was mir im Moment passieren kann."

Nun ging alles Schlag auf Schlag. Die Umschulung wurde genehmigt und im Herbst 1998 begann Hannah mit der dreijährigen Ausbildung zur staatlich examinierten Ergotherapeutin.

Endlich wieder die Schulbank drücken zu dürfen, fand sie einfach wunderbar. Obwohl sie vom Alter her offenbar die Vize-Oma der Klasse war, fühlte sie sich am ersten Schultag gleich zwanzig Jahre jünger. Die medizinischen, pädagogischen und psychologischen Themen forderten bald schon Hannahs Intellekt heraus und die vielfältigen handwerklichen Fächer, die unterrichtet wurden, waren der reinste kreative Genuss für sie. Nähen, Seidenmalen, Färben, Batiken, Makramee, Töpfern, Holzbearbeitung, Metallbearbeitung, Marionettenbau mit Pappmaché, Buchbinderei, die Arbeit mit Speckstein, diesem wunderbar weichen und zugleich schweren Seifenstein – da konnte sie zeigen, was in ihr steckte. Und Hannah war glücklich.

Tango

Seit einem Jahr machte Hannah nun bereits ihre neue Ausbildung und in der neuen Wohnung hatten sie sich längst eingelebt. Von den Kindern hatte Hannah erfahren, dass Conrad in Süddeutschland eine neue Freundin gefunden hatte und einen neuen Arbeitsplatz. Hannah freute sich für ihn. Ich wäre nun frei für Gustl, dachte sie, doch es ist unvorstellbar für mich, mich in seine Ehe zu drängen. Auch er dachte offenbar nicht im Traum darüber nach, zu ihr zu kommen. Doch die tiefe Zuneigung zwischen ihnen blieb über die Entfernung hin bestehen.

Endlich war juristisch soweit alles erledigt. Im Amtsgericht von Meschede sahen Hannah und Conrad einander zum letzten Mal. Auch ihm fühlte sie sich, trotz allem, noch zugeneigt. Sie standen wie gute Bekannte plaudernd im Treppenhaus und warteten auf ihre Anwälte. Conrad erzählte Hannah von einem jungen Paar, das er in der hereinbrechenden Nacht vom Fenster seiner neuen Wohnung aus Tango tanzend auf dem Bahnsteig gesehen habe. „Tangotanzen scheint jetzt modern zu sein“, sagte er.

„Schade, dass wir nie miteinander Tango getanzt haben“, sagte sie.

„Ja. Ich bin nicht so der große Tänzer und du bist nicht die Frau die sich führen lässt.“

Wie recht er hatte.

Wenig später trudelten die Anwälte ein und der Fall Adelmann gegen Adelmann wurde aufgerufen. Hannah nahm auf der rechten Seite Platz, Conrad ihr gegenüber auf der linken Seite. Dazwischen der Richtertisch.

Ich werde Conrad niemals vergessen, dachte Hannah. Die Erinnerung an so manchen Kummer wird bleiben, aber auch an eine wunderbare Zeit. Es ist so schade.

Als der Richter eintrat, standen alle auf. Hannah zwang sich, sitzenzubleiben, da Mutti ihr als junges Mädchen die wichtigsten Knigge-Gesetze beigebogen hatte. Eines davon lautete: Eine Dame bleibt bei der Begrüßung grundsätzlich sitzen. Dass man beim Erscheinen eines Richters in jedem Fall aufzustehen hatte, war Hannah nicht bekannt. Dabei war es doch einfach eine Frage des Respekts und es würde Hannah ewig peinlich sein, dass sie sitzengeblieben war. Die anderen werden mich für eine ungebildete Pute ohne Manieren gehalten haben, dachte sie. Der Richter selbst ließ sich nichts anmerken. Zehn Minuten später war die Scheidung vollzogen. Hannah und Conrad nickten einander zu und gingen in verschiedenen Richtungen davon.

Invited from Sheboygan

Hannahs Ausbildung war nicht die einzige Herausforderung in ihrem Leben. Vor allem lag ihr das Glück ihrer Söhne am Herzen. Mirco und Roman würden zur selben Zeit konfirmiert werden. Dass Roman oft nicht in der Lage war, am Konfirmationsunterricht teilzunehmen, weil es ihm wieder einmal schlecht ging wegen der weiteren Chemotherapien, wurde selbstverständlich toleriert. Während Hannah noch darüber nachdachte, wie sie die Feier ohne Conrads Hilfe organisieren würde, stellte der Schmallenberger Pastor ihr und den anderen Eltern Anfang Januar einen unerhörten Plan vor: „Es geht um die Konfirmandenfreizeit. Für Ihre Kinder könnte es mit etwas Glück ein ganz außergewöhnliches Ziel geben." Er machte eine kleine Kunstpause. „We have been invited." Er machte eine weitere Pause, bevor er sagte: „Mein lieber Kollege aus Sheboygan, Wisconsin, Pastor Bill, hat mich eingeladen, ihn zu besuchen. Und nicht nur mich hat er eingeladen, sondern die gesamte Konfirmandengruppe – allerdings erst für nächsten Sommer."

Aufgeregtes Stimmengewirr.

„Und was soll das kosten?", fragte eine Mutter skeptisch.

„Schon ein bisschen mehr als gewöhnlich", gab der Pastor zu. „Aber es wird im Rahmen bleiben. Die Jugendlichen sollen selbst etwas zur Reisekasse dazuverdienen, mit Kirchenkaffee zum Beispiel, und bei Firmen in der Umgebung um Spenden bitten. Es wird nicht leicht werden mit der Finanzierung, aber es ist zu schaffen."

„Aber Roman kann da ja wohl kaum mitkommen", sagte Hannah bedrückt.

„Natürlich kommt er mit, wenn er das will. Und Sie kommen auch mit - als offizielle Betreuungsperson. Es gibt sogar einen Sozialfonds. Damit könnte Roman kostenlos reisen und Sie wahrscheinlich auch. Ich kläre das bald."

Hannah, Roman und Mirco schwebten auf Wolke sieben, als der Pastor kurz vor der Konfirmation tatsächlich das Okay geben konnte. Hannah würde rund sechshundert Mark für Mircos Reise aufbringen müssen, aber das ging. Ein Klacks für vierzehn Tage USA. Sogar ein Abstecher nach Florida ins Disneyland würde mit drin sein. Unglaublich. Anfang Juli 2000 sollte es losgehen, also erst gut ein Jahr nach dem Fest, aber die Wartezeit kam Hannah gelegen. Bis dahin wird endlich auch Romans Therapie abgeschlossen sein, dachte sie, und das ewige

Erbrechen und die Schwäche werden – so Gott will – ein Ende haben. Sie betete jetzt schon dafür, dass er keinen Rückschlag bekommen würde. Sie gönnte ihren Söhnen das Reiseabenteuer so sehr. Ein kleiner Ausgleich bei all dem Kummer. Ach, das wäre so toll, wenn es klappen würde.

*

Mai 1999. Mit der Mutter von Tom, Mircos bestem Freund, organisierte Hannah in den Räumen der Kirchengemeinde eine gemeinsame Konfirmationsfeier für die drei Jungs. Das schien nur natürlich zu sein, denn Mirco hatte jeweils unter der Woche bei Toms Familie gelebt, während Hannah mit Roman im Krankenhaus gewesen war. Nun kamen Freunde und Verwandte beider Seiten. Selbstverständlich lud Hannah auch Conrad ein, doch der sagte ab.

Die Geschenke der Verwandtschaft für Mirco und Roman fielen ein wenig bescheidener aus als üblich, da man nun zwei Jugendliche zugleich zu bedenken hatte. Mirco war ein wenig frustriert darüber, doch die geplante Reise war ein toller Ausgleich. „Nächstes Jahr fahren wir nach Amerika, Roman“, sagte er und schlug seinem Bruder auf die Schulter, „was sagst du dazu?!“

Roman nickte und lächelte zaghaft. „Toll“, sagte er, „aber nur wenn Mama mitkommt ...!“

„Na klar“, sagte Hannah. „Was soll ich denn machen ohne dich?“

„Und nächstes Jahr kann ich ja vielleicht sogar schon wieder laufen.“ Roman lächelte Hannah an.

„Ja, vielleicht, mein Schatz ...“

Manni, der Chef der Schreinerei im Kellergeschoss der Drogennachsorge, war ein Mensch nach Hannahs Geschmack. Er war nicht nur ein Junkie-Betreuer mit viel Herz, er fräste auch Bilderrahmen für ihre privaten Bilder und ließ Hannah in der Mittagspause nach Lust und Laune Farben und Malpappen, Ton und Speckstein für private kleine Projekte nutzen. Und eines Tages verhalf er ihr zu einer völlig neuen Erfahrung.

„Hier, nimm mal", sagte er und drückte ihr einen mächtig schweren Vorschlaghammer und Ohrenschützer in die Hand.

„Was soll ich denn damit?"

„Geh mal da vorn in den Nebenraum. Der steht voller Nachtschränkchen, die nicht mehr gebraucht werden. Die haust du jetzt kurz und klein. Ich glaube, das tut dir gut."

„Du willst mich veräppeln, oder?"

„Natürlich nicht. Die müssen wirklich weg. Komm, ich zeig dir, wie's geht."

Er ging voraus, nahm ihr den Hammer wieder aus der Hand, holte aus, machte zwei, drei Schläge und die erste Konsole ging in die Knie. „Siehst du, ganz einfach. Da neben der Tür habe ich drei Nachtschränkchen für dich beiseitegestellt. Die sind richtig alt. Die darfst du mit nach Hause nehmen, wenn du willst. Und jetzt lass ich dich allein. Hast du deine Sicherheitsschuhe an?"

Hannah nickte.

„Dann ist ja gut. Viel Spaß!"

Er ging hinaus und schloss die Tür. Perplex blieb Hannah zurück. Sie sah sich um in dem fensterlosen Raum. Dreißig, vierzig

Schränkchen, kreuz und quer übereinandergeworfen, lagen vor ihr. Sie betrachtete die alten Schränkchen, die ordentlich übereinander neben der Tür standen. Bestimmt sechzig Jahre alt, dachte sie. Massives Holz. Die gefallen mir wirklich. Die nehm ich mit.

Sie holte tief Luft. Dann hob sie den Hammer und schlug zu. Ein dumpfes Geräusch, mehr nicht.

„Ich lach mich tot", sagte Rosa. „Das ist doch kein Spielzeughammer. Nun mach mal richtig."

Hannah holte erneut aus. Dieses Mal schlug sie härter, direkt in eine Tür hinein. Holz splitterte.

„Gut so!" Rosa klang begeistert. „Mach weiter. Hau so richtig rein."

Okay, dachte Hannah. Darf ich wirklich? Doch, ich darf. Ich soll sogar. Es schaut ja keiner zu. Ich probier's einfach mal.

Hannah holte erneut aus. Hannah schlug zu. Es krachte lauter als zuvor. Holzsplitter sprangen durch die Gegend, Bretter fielen auseinander. Was für ein Spaß! Was für eine lustvolle, neue Erfahrung. Die Macht zu spüren, die sie über die Materie besaß. Den Genuss gezielter Aggression zu erleben, die niemandem weh tat. Sich abreagieren zu können und all die Wut, die in ihr war, und all der Schmerz, den sie hatte erleben müssen, einfach mal ungestraft und unbeobachtet zum Ausdruck bringen zu können, ohne Worte. Sie dachte an den schweren Boxsack, der den durchweg sensiblen Klienten im Sportraum der Klinik zur Verfügung stand. Jetzt verstehe ich, warum er ihnen guttut, dachte Hannah. Jetzt verstehe ich. Hannah fühlte sich pudelwohl an Körper und Seele.

Dann aber wurden ihre Arme schwer. Sie war verschwitzt und ihr Puls war deutlich gestiegen. Manni kam herein. „Na, das sieht ja schon gut aus", sagte er. „Den Rest mach ich dann später. Wird verbrannt, das Zeug." Er sah sie freundlich an. „Du darfst morgen noch Porzellan zerdeppern, wenn du willst", sagte er und grinste spitzbübisch. „All die Milchkännchen und Zuckerdöschen aus Hotelzeiten brauchen wir nämlich auch nicht mehr."

Hannah hätte ihn küssen können. „Nett von dir", sagte sie.

*

Hannah fühlte sich nicht nur ihrem patenten Anleiter, sondern auch vielen der Junkies sehr nah, sah sie, mit einigem Erschrecken, als Seelenverwandte. Wenn hin und wieder einer die Therapie abbrach und nicht selten Tage oder Wochen später die Nachricht von seinem Tod die Runde machte, traf sie das tief. Henry, einen charismatischen drogensüchtigen Zuhälter, der versuchte, mit ihr zu flirten, wählte sie zum Sichtstundenpatienten. Das bedeutete, dass sie einen ausführlichen Bericht über ihn würde schreiben und unter Anwesenheit eines Lehrers eine Therapie-Einheit mit ihm würde machen müssen. Im Vorfeld beschäftigte sie sich intensiv mit Henry und seinem Leben. Während er ihr bei all ihren Fragen Rede und Antwort stand und zumindest so tat, als sagte er die Wahrheit, sah er ihr tief in die Augen. Als man während der Fallbesprechungen in der Teamsitzung in Hannahs Augen wenig wertschätzend über ihn sprach, sah sie es als ihre Pflicht an, ihn zu verteidigen. Der anwesende Psychologe zog die Brauen hoch. „Haha, sie will ihn retten. Wie süß!"

Würde ich schon gern, dachte Hannah. Aber ich habe ja schon genug damit zu tun, mich selbst zu retten.

Das nächste Praktikum fand in einer Fachklinik im Nachbarort statt, in der Suchtkranke behandelt wurden, die vom Alkohol nicht loskamen. Auch dort ging es Hannah gut und sie fühlte sich den durchweg liebenswerten Klienten nah. Sie freute sich, wenn sie beobachten konnte, wie Klientinnen und Klienten bei der Gartenarbeit ein wenig aufblühten oder sich in Gesprächen gesehen und verstanden fühlten. Wenn es um Frauen ging, die schwerer Kummer dazu gebracht hatte, zur Flasche zu greifen, fühlte Hannah sich besonders solidarisch. Ich kann so gut verstehen, dass man sein Leid zwischendurch einfach nur vergessen und abtauchen will.

Hannah wurde nett und fair behandelt und fand Anerkennung bei Kollegen und Patienten. Zu den Teamsitzungen um die Mittagszeit wurde sie nicht hinzugezogen. Das sei nicht üblich. So blieb sie allein im großen Werkstattraum zurück, genoss die erholsame, stille Zeit für sich und nutzte sie dazu, ihre handwerklichen Fähigkeiten auszubauen. Die nackte Frau aus Ytong, die während dieser Zeit entstand, würde später noch lange in ihrem Garten stehen, kleine Werkstücke aus afrikanischem Speckstein würden ihre Regale schmücken und Seidenschals in mutigen Farben ihren Hals.

Dann aber wurde es schwierig. Hannahs Zeit in einer neurologischen Klinik in der Nähe von Siegen begann. Hannah hatte die Klinik in der Hoffnung gewählt, dort hilfreiche Erfahrungen machen zu können, was Roman anging. Sie kam sich mächtig tapfer vor bei dieser Entscheidung, denn im Grunde hatte sie Angst vor dem Jammer, mit dem sie unweigerlich konfrontiert werden würde angesichts der dort behandelten Schädel- und Hirnverletzungen, die zu teilweise gravierenden Lebensveränderungen führten. Im Ausgleich erhoffte sie sich besonders viel Verständnis und persönliche Anerkennung von ihren Kollegen und Kolleginnen, eine Art Sonderstellung aufgrund ihrer Situation als betroffene Mutter. Ein wenig Schonung könnte ich schon gebrauchen, dachte sie. - Wie naiv! Dieser Schuss sollte voll nach hinten losgehen.

Hannah spürte es schon am ersten Tag: In der Reha-Klinik wehte ein gänzlich anderer Wind als in den Suchtkliniken. Dienstantritt war morgens um sieben und absolute Pünktlichkeit galt als selbstverständlich. Allein das war schon ein Problem für Hannah, denn es herrschte tiefster Winter und das *Land der tausend Berge* versank gerade im Schnee.

Ich werde eine Stunde für die Fahrt einrechnen müssen, dachte Hannah, mindestens. Mit glatten Stellen ist immer zu rechnen und das bei den gewundenen Straßen hier, bergauf und bergab, oh weh ...! Sie beschloss, jeweils um fünf Uhr morgens aufzustehen, um noch genügend Zeit zum Wachwerden zu haben, sich in Ruhe duschen und anziehen zu können und ohne Hektik zu frühstücken.

Schon seit Tagen war Hannah hochgradig nervös gewesen. Ausgerechnet an ihrem ersten Arbeitstag am neuen Praktikumsplatz bekam sie, wieder mal viel zu früh, ihre Tage. Scheiße!, dachte sie. Muss das denn sein – ausgerechnet jetzt?! Ihre Menstruation war bereits seit einigen Monaten so heftig, dass sie das Gefühl hatte, allmählich zu verbluten. Ihr Eisenwert befand sich immer wieder tief im Keller und die daraus resultierende Müdigkeit war lähmend. Sie verwendete jeweils

Tampon plus Binde – in der dicksten Ausführung - und fühlte sich mehr als unpässlich in dieser sperrigen Verpackung.

Als Hannah erstmals ihrer Anleiterin, zwanzig Jahre jünger als sie, gegenüberstand, fragte sie als erstes nach der Toilette. Ohne Scheu schilderte sie, so unter Frauen sollte das doch wohl möglich sein, ihr Problem: „Ich muss manchmal alle halbe Stunde zum Klo", gestand Hannah, „um die Binde zu wechseln. Lästig, aber wahr."

Die kühl wirkende junge Kollegin, die sich als Nicole vorgestellt hatte, war sichtlich noch meilenweit von ihrer Menopause entfernt. Ein schräger, geringschätzig wirkender Blick traf Hannah. „Das wird nicht immer gehen", sagte sie. „Unsere Patienten gehen vor."

Hannah schluckte. Ich bin hier falsch, dachte sie. Was soll ich denn machen, wenn mir das Blut an den Schenkeln herabrinnt. Sie sehnte sich nach ihrem warmen Zuhause und wäre schon jetzt gern heimgefahren, um niemals wiederzukommen.

„Nun gib nicht gleich auf", riet Rosa. „Noch kennst du ja hier nichts."

Doch Hannahs ungutes Gefühl fand in den nächsten Tagen Bestätigung. Anders als in den bisherigen Praktika hatte sie große Schwierigkeiten, sich ihren jüngeren Kolleginnen und deren Weisungen unterzuordnen. Sie kam sich wie ein kleines Mädchen vor, wenn Nicole sagte: „Ich möchte, dass du jetzt ..." Du hast mir gar nichts zu sagen, dachte Hannah dann trotzig, doch das stimmte nicht. Nicole hatte etwas zu sagen und das wusste sie auch.

Hannah hasste es, alle paar Tage einen Berg frisch gewaschener Bezüge vorzufinden, die, traditionell ein Job für Praktikanten, stramm über viel zu groß erscheinende Rollstuhlkissen zu friemeln waren, die sich im Bezug jeweils sperrig bogen.

Hannah kam sich blöd vor. Sie hatte absolut keine Lust zu dieser unkreativen Arbeit. „Die passen gar nicht“, jammerte sie. „Vielleicht sind sie eingelaufen. – Ich kann das einfach nicht.“

„Du solltest dich wirklich nicht so anstellen“, sagte Nicole ohne die Spur eines Lächelns, „in deinem Alter ...“ Dann zog sie zu Hannahs Frust gerade die Bezüge wieder ab, die vergleichsweise leicht gepasst hatten, und zurrte sie über nun wieder zu große Kissen. „So gehört das. Geht doch.“

Alles in Hannah versteifte sich. Das hat mit dem Bildermalen, von dem der Berater beim Arbeitsamt gesprochen hat, wirklich nicht mehr das Geringste zu tun, dachte sie.

Was sie aber wirklich bedrückte und überforderte, waren die vielen neurologisch oft schwer erkrankten und dadurch weitgehend hilflosen und unselbstständigen Patientinnen und Patienten. Sie bekam Fälle zu sehen, die sie zutiefst deprimierten. Ein Mann mittleren Alters hatte ein Tracheostoma, also einen Zugang von außen durch die Weichteile des Halses zur Luftröhre, weil er ohne dieses Hilfsmittel nicht mehr hätte atmen können. Er sollte zur Kreislaufstabilisierung in einen Stehtisch verfrachtet werden. Zwei Helferinnen setzten ihn im Bett auf. „Zieh ihm bitte die Schuhe an“, sagte Nicole.

Und Hannah, die ihren Kindern so oft und ohne Schwierigkeiten die Schuhe übergestreift hatte, packte offenbar zu zaghaft zu und bekam auch das einfach nicht hin. Sie kam sich so blöd vor. Sie fühlte sich so hilflos. Ist es nicht aussichtslos, so schwer betroffenen Menschen helfen zu wollen, fragte sie sich. Ausgerechnet ich soll das können?

Allmählich musste Hannah sich eingestehen, dass sie viel zu sehr in der Theorie verhaftet war. Ihr fehlte die Vorstellungskraft, was praktisch zu tun sei, um den Alltag der betroffenen Menschen im

Moment und erst recht nach der Entlassung aus der Klinik zu erleichtern oder überhaupt erst zu ermöglichen. Sie fand es jämmerlich, mit erwachsenen Patienten das Teekochen neu zu üben oder das Zusammenlegen von Kleidung, wieder und wieder. Kurz, sie erlebte das ungewohnte Gefühl, eine komplette Versagerin zu sein.

Bereits nach zwei Wochen fühlte Hannah sich absolut ausgebrannt. Sie suchte nach Ursachen: Liegt es am frühen Aufstehen und dem langen Anfahrtsweg? Liegt es an der Situation mit Roman, am Status der Alleinerziehenden? Wie vergleichsweise schön ist es doch bei den Junkies gewesen, dachte sie erschöpft. Kurze Wege, dankbare Klienten und ein herzlicher Anleiter. Manni hat mir oft sogar früher freigegeben, damit ich mich um Haushalt und Kinder kümmern und mich auch mal ein Stündchen erholen konnte. Seufz!

Pantoffeln & Bierflasche

Wie gut, dass sie Bella Waldreich hatte. Die einfühlsame Ärztin schrieb Hannah zweimal während des dreimonatigen Praktikums für jeweils zwei Wochen krank. Erwartungsgemäß kam das nicht gut an bei den Kolleginnen, aber für Hannah war es ein Rettungsanker. Einen weiteren Trost fand sie in einer Schicksalsgenossin, der rundlichen Ingeborg, Praktikantin wie sie selbst. Seit man sie beide aus dem vorwiegend mit Frauen besetzten Therapeutenbüro in einen kleinen Raum ausquartiert hatte, nutzten sie die Gelegenheit, einander ungehindert ihren Kummer vorzuheulen. Ingeborg fühlte sich ebenso unwohl wie Hannah, beruflich wie privat. Sie war Single, wurde aber, wie sie erzählte, seit geraumer Zeit von einem wesentlich älteren Bekannten angebaggert. „Der ist ganz nett, aber viel zu alt für mich“, sagte sie. „Doch das sage ich dir: Wenn jetzt der Richtige käme, würde ich alles für ihn tun. Ich würde ihm die Pantoffeln und die Bierflasche bringen, sobald er nach Hause kommt. Ich würde klaglos für ihn kochen, backen und putzen. Hauptsache, ich bräuchte nicht mehr allein für mich zu sorgen. Und nicht mehr dieses Scheißpraktikum zu machen.“

Ach, wie gut ich das verstehen kann, dachte Hannah. Ich würde sogar verstehen, wenn Ingeborg dem Werben des älteren Mannes erliegen würde. Wenn er wirklich nett ist, ist das Alter doch zweitrangig. Aber allein für alles zuständig zu sein, das ist auf lange Sicht einfach wahnsinnig anstrengend. Hannah dachte daran, wie sehr sie hatte an sich halten müssen, um nicht Gernot in die Arme zu sinken, dessen Hilfsbereitschaft ihr so attraktiv erschienen war. Ich glaube, ich brauche wirklich einen neuen Mann, dachte sie. Dringend.

Jahrtausendwechsel

Inzwischen lebte Hannah bereits seit fast zwei Jahren allein mit ihren beiden Jungs. Sie waren ein gutes Dreiergespann, das felsenfest zusammenhielt. Typisch pubertäre Merkmale zeigten sich weder bei Roman noch bei Mirco. Es schien einfach kein Raum dafür da zu sein.

„Alles werrrde gutt!“, sagte die nette polnische Krankengymnastin jedes Mal zum Abschied, nachdem sie Roman liebevoll behandelt hatte. Doch seine Chancen, eines Tages ohne Rollstuhl auszukommen, schienen trotz aller therapeutischen Mühen und aller verzweifelten Hoffnung gering zu sein.

Roman aber kämpfte tapfer weiter und still, liebevoll und patent wurde Mirco immer mehr zu seiner und zu Hannahs großer Stütze. Sie war sich der Gefahr sehr bewusst, ihn in ihrer Einsamkeit und Überforderung als Partnerersatz zu missbrauchen, und tat alles, um das zu vermeiden. Doch obwohl sie versuchte, ihm die Mutter zu sein, die er sicherlich brauchte, lastete vermutlich mehr auf seinen jungen Schultern, als ihm guttat. Ein neuer Mann im Haus könnte auch den Jungs guttun, dachte Hannah. Conrad ist weit weg und sie sehen ihn viel zu selten. Sie brauchen einen Mann in der Familie, der die mütterliche Übermacht ausgleicht, einen väterlichen Freund. Aber wo soll der herkommen?

*

Es ging auf Weihnachten zu, eine Zeit, in der Hannah sich besonders verletzlich und bedürftig fühlte, da antwortete sie wieder einmal auf eine Bekanntschaftsanzeige in ihrer geliebten, dicken Wochenzeitung, die sie kurz nach Conrads Weggang abonniert hatte. Die Seite mit den Kontaktanzeigen war jedes Mal die erste, die sie aufschlug. Beinahe atemlos vor Spannung ging sie die Annoncen durch. Auch ohne akademische Weihen zu besitzen, fühlte sie sich dem gebildeten, schöngeistigen Kreis durchaus zugehörig, den sie hinter den Anzeigen vermutete. Im Umgang mit weniger gebildeten Menschen Gedanken nicht so aussprechen zu können, wie sie mir in den Kopf kommen, dachte sie, aus der Angst heraus, sie könnten mich nicht verstehen oder für eingebildet halten, das ist doch einfach nur deprimierend. Ich brauche einfach einen gebildeten Partner.

Zweimal hatte sie bereits voller Hoffnung auf eine Annonce reagiert, ohne Antwort zu bekommen. Dann wieder war nichts Gescheites zu entdecken gewesen. An diesem Donnerstag aber entdeckte sie die flott und locker formulierte Anzeige eines Lübecker Arztes, der Vater eines kleinen Sohnes war. Fünf Minuten später saß sie an ihrem Schreibtisch, wählte eine Briefkarte aus gehämmertem Büttenpapier und schrieb. Sie wählte wohlgesetzte Worte, schrieb aber gerade nur so viel, dass er neugierig werden konnte. Roman erwähnte sie nicht.

Inzwischen waren etliche Tage vergangen – wiederum ohne eine Antwort. Hätte ich mir ja denken können, dachte Hannah frustriert.

„Vielleicht ist so ein Halbgott in Weiß ja auch einfach eine Nummer zu groß für dich“, sagte Rosa.

Mutti wäre aber entzückt gewesen, dachte Hannah. Und ich wäre es auch. Vielleicht hätten wir ja irgendwo eine Landarztpraxis aufmachen können, wie im Fernsehen, und ich wäre seine Assistentin geworden. Schade. War wohl mal wieder nichts.

*

Der 31. Dezember war gekommen und Hannah machte sich gleich nach dem Frühstück auf den Weg Richtung Mülheim. Ihr Schwager Enrico hatte sie eingeladen und Hannah war sehr froh, zu diesem Jahreswechsel nicht allein mit ihren Söhnen zu sein. Es ging ja nicht nur um ein neues Jahr oder ein neues Jahrzehnt. Es ging nicht einmal nur um ein neues Jahrhundert. Es ging um das nächste Jahrtausend.

Einige Zeit nachdem Ines gestorben war, hatte Enrico eine liebevolle, neue Partnerin gefunden, Mutter von zwei Kindern. Hannah mochte sie auf Anhieb und es wurde ein netter Abend. Enricos Kinder verstanden sich prächtig mit Roman und Mirco und auch zu Sabrinas Kindern war bald ein netter Kontakt hergestellt. Endlich wieder einmal hatte Hannah das Gefühl, kein Single mit Anhang, sondern einfach ein Familienmitglied zu sein.

Kurz vor Mitternacht. Mit einem Sektglas in der Hand stand Hannah vor Enricos Haus. Gemeinsam mit den anderen wollte sie zusehen, wie das neue Jahr mit einem besonders prächtigen Feuerwerk begangen wurde. Doch bald schon ging sie ein paar Schritte beiseite, stand dort allein, sah zum Mond hinauf und dachte an Gustl, absolut sicher, dass auch er in diesem Moment an sie denken würde. Als Nächstes schickte sie Ines liebevolle Gedanken und stellte sich vor, wie ihre kleine Schwester ihr von oben zuwinkte. Noch ein Gedanke an Mutti, die nun schon seit vielen Jahren tot war. Und dann, dann dachte sie erneut an den Lübecker, der einfach nichts von sich hören ließ.

Sie tröstete sich mit dem Gedanken, dass gerade statt eines normalen Jahreswechsels ein neues Jahrtausend begonnen hatte. Wer erlebt schon so etwas, dachte sie. Daraus werde ich doch wohl was machen können, zur Not eben allein! Und so beschloss sie, während das Feuerwerk einfach kein Ende nehmen wollte, umgeben von Getöse, Farben und Lichtern und Sekt trinkenden, lachenden Menschen, die vermutlich die überschäumende Hoffnung auf ein besonders gutes, aufregendes neues Jahr einte, alle Männer fürs erste zu vergessen. Ich werde mein Leben mit meinen Söhnen und meine Freiheit so gut es geht genießen, nahm sie sich vor. Und dankbar dafür sein.

Post

Die Ferien waren wie üblich viel zu schnell vergangen und Hannah musste weiter ihr verhasstes Neurologie-Praktikum durchstehen, da fand sie daheim nach Dienstschluss so etwas wie ein verspätetes Weihnachtsgeschenk im Kasten: einen Brief mit handgeschriebener Adresse, mit Lübecker Poststempel. Ihr Herz schlug schneller. Sollte das etwa ...?

Aufgeregt drückte sie die Klinke zu ihrer Wohnung hinunter. Erwartungsgemäß fand sie ihre neue, nicht mehr ganz junge Haushaltshelferin vor, die gemächlich arbeitend im Romans Zimmer am Bügelbrett stand.

„Hallo, Frau Bertram, geht's gut?"

„Im Liegestuhl ginge es mir besser", sagte Frau Bertram grimmig und ließ einen Dampfstoß auf die Knopfleiste los, die sie gerade bearbeitete.

Hannah grinste.

„Wie war der Unterricht?"

„Anstrengend", sagte Hannah. „Bin kaputt. Ich seh mir jetzt erst mal in Ruhe die Post an. Mirco nicht da?"

„Er wollte zu Tom."

Prima, dachte Hannah. Dann habe ich jetzt Zeit für den Brief.

Hannah ging in die Küche und schloss die Tür hinter sich. Mit fliegenden Fingern öffnete sie den Umschlag und las im Stehen und zunehmend fasziniert, was auf den Seiten stand, die sie hervorgezogen hatte. Meine Güte, dachte sie, dieser Mensch spricht ja meine Sprache.

Wie intelligent und zugleich locker und humorvoll er schreibt. Irgendwie vertraut, als würde ich ihn schon lange kennen.

Der Lübecker hieß Malte. Er habe Dutzende von Zuschriften bekommen, ließ er sie wissen, und bitte schon mal um Vergebung, sollte er aufgrund der Vielzahl der Damen Informationen durcheinanderbringen. Er schrieb von Antony, seinem kleinen Sohn, der bei seiner Exfrau lebte. Nett sieht er aus, der Herr Doktor, dachte Hannah, als sie das beiliegende Foto betrachtete, das Malte im Porträt zeigte: nussbraune, wellige Haare, graugrüne Augen, Schnäuzer und eine kleine Narbe auf der Wange. Interessant, dachte sie. Und kaum war Frau Bertram gegangen, setzte Hannah sich hin, um ihm zu antworten.

Erste Mails gingen hin und her. Hannah konnte es kaum glauben, doch dieser Malte zeigte tatsächlich Interesse an ihr. Ihre Bedenken ob ihres mangelnden Studiums zerstreute er schnell. Der rückgratlose Student der Zahnmedizin fiel Hannah wieder ein, der sich damals, ewig her, ihrer als der kleinen Sekretärin geschämt hatte im Kreise seiner Kommilitonen. Malte schien anders zu sein.

Den Mails folgte bald ein erstes Telefonat, das sich sage und schreibe über zwei Stunden hinzog. Bald schon fühlte Hannah sich ansatzweise verliebt und der Austausch aus der Ferne machten ihr riesigen Spaß. Dem Mann aus dem Norden, der sich inzwischen als Chefarzt einer kleinen Kurklinik geoutet hatte, genügte das Schreiben bald nicht mehr. „Ich will dich sehen“, schrieb er. „Ich komm zu dir ins Sauerland.“

Das Herz rutschte Hannah so schnell und kühl in die Hose wie ein Eiswürfel in ein Cola-Glas. So gern hätte sie erst weiterhin schriftlich und telefonisch viele, viele Punkte bei Malte gesammelt. Ein so gebildeter Mann ... Noch immer hatte sie Angst, die schöne Illusion könnte allzu bald zerplatzen. Doch Malte fragte nach einem Termin und ließ sich nicht abweisen. Na gut, dachte sie, dann erlebt er mich eben so, wie ich nun mal bin. Und ich werde feststellen können, ob Malte wirklich der tolle Typ ist, für den ich ihn halte.

Der Mann aus dem Zug

Schmallenberg, die Grafschaft nächstgelegene Stadt, besaß keinen eigenen Bahnhof, Bestwig schon. Gleich nach Schulschluss war Hannah dort mit Malte verabredet. Vor lauter Aufregung hatte sie kaum den Ausführungen der Bergkloster-Dozenten folgen können. Sie zitterte innerlich und der Unterricht interessierte sie nicht die Bohne.

„Frau Sowieso ist krank. Die letzten beiden Schulstunden fallen heute aus."

Verhaltener Jubel bei den meisten, Ratlosigkeit bei Hannah. Ach, du Schande, dachte sie, wie um alles in der Welt soll ich denn jetzt noch eineinhalb Stunden totschlagen. Noch länger warten? Das ist ja nicht zum Aushalten ...!

Sie ging spazieren. Sie trieb sich zwischen den Regalen des Drogeriemarktes herum. Sie kaufte einen Schokoriegel im Supermarkt, aß ihn und suchte nach einem öffentlich zugänglichen Spiegel, um nachsehen zu können, ob sie eine Schokoschnute hatte. Sie sah auf die Uhr. Sie versuchte, tief und ruhig zu atmen. Ging weiter. Und sah auf die Uhr. Im Schaufenster eines Blumenladens entdeckte sie ein rotes Plüschherz. „Heute ist Valentinstag!" hatte jemand mit weißem Lackstift an die Scheibe geschrieben. Hannah konnte immer noch kaum glauben, dass Malte, der das Treffen ausgerechnet für diesen Tag vorgeschlagen hatte, noch nie von der romantischen Bedeutung des vierzehnten Februars gehört hatte.

Dann endlich stand sie am Bahnhof, den Kragen der braunen Steppjacke mit dem schmeichelnden Webpelz fröstelnd hochgeschlagen, mit ihrer roten Winternase, die sie gerade noch in einem Spiegel des Drogisten hatte leuchten sehen. Doch sie hatte wenig und gesund gegessen in den letzten Wochen, sich geschminkt und die Haare frisch gewaschen. Er wird zumindest nicht erschrecken, wenn er mich sieht, dachte sie.

Dann fiel ihr Roman ein, der erst am Wochenende aus dem Rhöndorfer Internat zurückkommen würde. Ob Malte, dem sie längst davon erzählt hatte, tatsächlich mit Romans Behinderung klarkommen könnte? Im nächsten Moment schob sie den Gedanken beiseite. Darüber denke ich nach, wenn es so weit ist.

Und dann, endlich, kam er, der Zug aus Richtung Norden. Alles an Hannah flatterte. Was, wenn dieser Malte mich nun doch blöd oder unattraktiv findet und gleich wieder kehrtmacht? Was, wenn er es sich überlegt hat und gar nicht drin sitzt im Zug?

Das tat er auch nicht. Er stand nämlich, gleich bei der Tür, und sprang heraus, kaum dass die Türen sich geöffnet hatten. Ein mittelgroßer, hellwach wirkender Mann im offen stehenden dunkelgrauen Wollmantel, einen roten Schal um den Hals geschlungen, der in der linken Hand ein Köfferchen trug und einen in Papier gewickelten Blumenstrauß in der anderen. Das muss er sein, dachte Hannah. Und wie schick er aussieht. Während der Fremde auf sie zueilte und sie versuchte, sich ihn im weißen Kittel vorzustellen, wickelte er cremefarbene Rosen aus dem Papier und hielt ihr mit charmantem Lächeln den Strauß entgegen. Ein Lächeln, in das sie sich sofort unsterblich verliebte.

„Schöne Blumen für eine schöne Frau“, sagte er. „Du bist doch Hannah?“

Sie nickte. „Malte?“

„Wer sonst?“

Er drückte Hannah einen etwas zu stürmischen Kuss auf die Wange. „Fühle mich geehrt, deine persönliche Bekanntschaft zu machen. Aber wenn ich nicht ganz bald etwas zu essen kriege, werden wir nicht viel voneinander haben. Um ehrlich zu sein, ich habe zum Frühstück nichts runterbekommen.“

Wie süß, dachte Hannah. „Gleich gegenüber ist eine Pizzeria“, sagte sie. „Allerdings schließen die wohl bald.“

„Für eine Pizza wird’s sicher reichen.“

Minuten später betrachtete sie Maltes feingliedrige Finger, die gerade noch die Speisekarte gehalten hatten und sich nun auf dem weißen Tischtuch bewegten, als würden sie dort Klavier spielen. Wie es wohl wäre, von diesen Händen berührt zu werden? Sie betrachtete den Siegelring mit dem dunkelblauen Stein an seinem kleinen Finger. Wie besonders ...! Und wie locker er sprach. Er sprudelte geradezu. Höchst lebendig berichtete er von seinen Reisen, seinem Beruf, seiner Forschung und von dem Quartett, in dem er Violoncello spielte. „Wir treten gelegentlich auf kleinen Bühnen auf“, sagte er. „Ein Hobby, mehr nicht. Aber die Musik ist ein wunderbarer Ausgleich zur Medizin.“

Ich könnte Malte stundenlang zuhören, dachte Hannah. Er wirkt so begeisterungsfähig und zugleich so bescheiden. Als er berichtete, in Lübeck seit kurzem eine Gastprofessur innezuhaben, kannte ihre Verzückung keine Grenzen mehr. Mein Gott, ein Professor. In ihren Augen war das die Bildung in Person. Bildung, die ihr doch so wichtig war.

Malte hatte Thunfischpizza und einen großen Salat bestellt. Hannah begnügte sich mit einer Quatro Staggioni. Er schien wirklich hungrig zu sein und aß schnell, nachdem er einen zweiten Teller angefordert und ihr etwas von seinem Salat abgegeben hatte. Niemand störte sie – Malte und Hannah waren die einzigen Gäste. Da war nur der Pizza-Mann, der im Hintergrund offensichtlich gelangweilt Gläser polierte. Malte zog ein Foto aus seiner Brieftasche.

„Das hier ist Antony“, sagte Malte und zeigte auf einen kleinen Jungen, der einen Drachen steigen ließ. Der Klang seiner Stimme war mit einem Mal wärmer als zuvor. „Er ist erst sieben - ich würde ihn gern häufiger sehen.“

„Du magst ihn sehr, oder?“

„Oh ja ...!“

„Warum ist es bei einem einzigen Kind geblieben.“

„Hat irgendwie nicht geklappt, dabei hätte ich schon gern noch eine Tochter gehabt. Oder einen weiteren Sohn.“

Mit weiteren Söhnen könnte ich dienen, dachte Hannah, aber sie sprach es nicht aus.

Mehr als eine Stunde war vergangen und Hannah wusste nicht, wo die Zeit geblieben war. Längst hatte der Besitzer mit leicht genervtem Blick die Teller weggeräumt.

„Kann ich einen Capuccino haben?“, fragte Malte.

„Heute nicht mehr. Tut mir leid, wir müssen jetzt wirklich schließen.“

„Du kannst bei mir einen Capuccino trinken, wenn du willst“, sagte Hannah. Das Glas Rotwein, das sie geleert hatte, hatte sie mutig werden lassen.

„Hervorragende Idee!“ Da war es wieder, das gewinnende Lächeln.

Er griff nach seinem Köfferchen und stand auf. „Also nicht, dass du das hier falsch verstehst“, sagte Malte, „ich könnte natürlich über Nacht bleiben, wenn du möchtest, aber wenn nicht, fahre ich weiter zu einem Freund.“

Hannah stutzte einen Moment. „Erst Cappuccino“, sagte sie. „Dann sehen wir weiter, okay?“

„Okay.“ Malte grinste fröhlich, fast siegessicher – mit einem winzigen Rest von sympathischer Unsicherheit in der Tiefe seines Blicks.

Während der Fahrt erzählte Malte von seiner künftigen Ex-Frau, die eine kleine Modelinie gegründet hatte und ihre Kollektion im Nebenhaus nähen ließ. „Die Liebe zwischen uns hat auf Dauer leider nicht ausgereicht“, sagte er. „Wir waren einfach zu unterschiedlich.“ Er strich sich mit dem Handrücken über die Augen und wirkte plötzlich sehr müde. Hannah musste sich zusammenreißen, um nicht rechts ranzufahren und ihn tröstend zu umarmen.

„Und warum hast du dich scheiden lassen?“, fragte er.

„Ich? – Ich konnte einfach nicht mehr.“

„Klingt dramatisch.“

„Klingt traurig, finde ich. Ist es nicht wirklich deprimierend, schon zweimal geschieden zu sein?“

„Vielleicht brauchst du ja einfach nur den Richtigen ...“

Hannah hob die Brauen und betrachtete ihn kurz, bevor sie wieder nach vorn sah. Das Grübchen in seinem Kinn, das wellige Haar, die wohlgezeichneten Brauen, all das gefiel ihr. Selbst die Lücke zwischen seinen Schneidezähnen. Und nun noch diese Bemerkung. Sie spürte, wie ihr Herz schneller schlug. Ach du meine Güte, dachte sie, halb entzückt, halb erschreckt, ich bin tatsächlich auf dem besten Wege, mich ernsthaft in den Kerl zu verlieben.

„Stop!!!“, rief Rosa. „Alle Maschinen auf Halt! Hannah! Du kennst dich doch, du dummes Huhn. Verliebst dich viel zu schnell. Jetzt pass aber auf. Du weißt es doch: Im Grunde passen Männer und Frauen ... “

„Woran denkst du?“, fragte Malte.

Hannah musste sich zusammennehmen, um nicht loszuprusten. „Meine Oma hat immer gesagt, Männer und Frauen passen grundsätzlich nicht zusammen“, sagte sie und legte eine kleine Pause ein, „außer in der Mitte.“

Nun grinste auch er. „Aber in der Mitte, da ist es besonders schön.“

Daheim saß Mirco wie üblich in seinem Zimmer am Computer. Er wusste, von Hannah vorsorglich instruiert, was er zu tun und zu lassen hatte: den Gast freundlich und höflich zu begrüßen und sich ansonsten zurückzuhalten. „Dieser Malte scheint wirklich ein toller Mann zu sein“, hatte Hannah ihm erklärt. „Rein theoretisch kann es sogar sein, dass er über Nacht bleibt.“ Sie zögerte einen Moment. Doch dann entschied sie sich für Klartext: „Also, Schlafzimmer und Wohnzimmer sind für dich heute Abend tabu, Mirco. Alles klar?“

„Alles klar.“

*

Malte streckte Mirco die Hand entgegen und Mirco zeigte sein liebstes Lächeln. In der kleinen Küche, die enger war als die von nebenan, aber umso gemütlicher, servierte Hannah den versprochenen Cappuccino, während Mirco wieder in seinem Zimmer verschwand. Bald darauf brachen Malte und sie zu einem Spaziergang auf, der sie auf die Kuppe einer nahe gelegenen Anhöhe führte. Dort stand die rot lackierte Bank, auf der Hannah so oft allein gesessen und über ihr Leben nachgedacht hatte, über so manchen Kummer und über verpasste Chancen. Nun blickte sie von dort aus Seite an Seite mit einem schönen Mann ins Tal. Eigentlich der perfekte Moment für einen ersten Kuss, fand Hannah. Malte jedoch erzählte freimütig von weiteren Bewerberinnen um seine Gunst. Eine habe er am Tag zuvor erst gesehen. Ein sehr interessantes Gespräch.

Hannah spürte eine Faust im Magen. Hat er in seinen Mails nicht angedeutet, dass er bereits auf dem besten Wege ist, sich in mich zu verlieben? Dann war das ja wohl nichts ...! Ernüchtert stand sie auf. Das Fragezeichen zwischen ihnen verunsicherte sie so sehr, dass sie einfach nicht ankam gegen den Ärger und die Fluchtgedanken, die nun aufkamen. „Wir sollten weitergehen“, sagte sie kühl.

Malte erhob sich, ging an ihrer Seite und plauderte unbeschwert weiter. Hannah aber schwieg.

„Ist irgendwas?“

Sie atmete kurz ein und heftig aus. „Also, Malte, wenn du nicht weißt, was du willst ... Ich dachte ja, wir seien uns schon ziemlich nah gekommen in unseren Mails. So’n Hin und Her kann ich gar nicht ausstehen, weißt du. Dann muss ich wohl meine Konsequenzen ziehen ...!“

Hannah fing Maltes verunsicherten Blick auf und biss sich auf die Zunge. Scheiße, dachte sie. Jetzt habe ich bestimmt wieder alles kaputtgemacht. Sie kämpfte mit den Tränen. Doch in genau diesem Moment wandelte sich die Verunsicherung in seinem Blick in eine scheue Zärtlichkeit und er küsste sie auf die Lippen, ganz zart.

Hingerissen schloss sie die Augen. Gewonnen, dachte sie. Ein Chefarzt. Ein Dozent. Ich bin ja so glücklich ...!

Hand in Hand gingen sie die Anhöhe wieder hinab. Als Paar durch unser Kaff, dachte Hannah stolz, mit einem charmanten, humorvollen Lübecker. Mauerblümchendasein ade. Ach, das Leben kann ja so schön sein ...!

*

Gemeinsam mit Mirco hatten sie zu Abend gegessen.

„Lust, ein Stück vierhändig zu spielen", fragte Malte, „ich habe gehört, du spielst sehr gut, Mirco. Ich kann leider nur ein bisschen, das Cello liegt mir mehr."

Hannah war so froh gewesen, dass Conrad Mirco den Unterricht ermöglicht hatte, seit sich schon früh gezeigt hatte, wie enorm musikalisch ihr Zweitgeborener war. Wenig später saßen Malte und Mirco nebeneinander auf der Klavierbank und spielten ein einfaches Stück, bis Mirco allein zu improvisieren begann und Malte beeindruckt zusah.

„Du spielst fantastisch", sagte er.

Mirco müsste eigentlich ein Sohn nach deinem Geschmack sein, Malte, dachte Hannah, während sie ihrem Sohn von hinten liebevoll mit fünf Fingern durch die Haare fuhr. Und Roman wird dir bestimmt auch gefallen ...

Mirco stand auf. „Gute Nacht", sagte er, als sei Hannahs zärtliche Berührung ihm in Maltes Beisein peinlich. „Bis morgen."

Dann waren sie unter sich. Längst war es dunkel geworden. „Willst du noch zu deinem Freund?", fragte Hannah.

„Nur, wenn ich muss."

Hannah lächelte. „Natürlich nicht."

Er küsste sie von neuem, ausdauernd dieses Mal. Minuten später hatte sie die Schlafcouch im Wohnzimmer mit Bettzeug ausgestattet und es dauerte nicht lange, da lagen sie zu zweit unter der Bettdecke, ohne den Hauch von Textil zwischen ihnen, einander beglückend und eindeutig zweideutig nah.

Schnelle Pläne

Malte hatte mehr Zeit mitgebracht, als Hannah zu hoffen gewagt hatte. Er blieb fünf Tage und fünf Nächte lang. Als er wieder Richtung Norden fuhr, erzählte er ihr von der Reise an den Bodensee, die er für den Sommer geplant hatte, um Freunde und seinen alten Onkel zu besuchen. „Kommst du mit?", fragte er.

„Ich weiß nicht recht", sagte sie, „was mache ich dann mit den Kindern?"

„Es ist ja nur für eine Woche. Und da kann doch vielleicht Mirco mal ..."

Hannah seufzte. „Ich rede mit ihm."

Vielleicht war es die Tatsache, dass die Liebe zur Musik sie verband – Mirco reagierte erstaunlich positiv und verständnisvoll. „Fahr ruhig, Mama", sagte er. „Roman ist ja nur am Wochenende hier. Und ich komme gut allein klar."

Noch am selben Abend mailte Hannah Malte im Überschwang der Gefühle: „Ich kann mitkommen zum Bodensee. Habe mit Mirco gesprochen. Ich glaube, er mag dich. Und dann ist mir noch eine ziemlich verrückte Idee gekommen: Die Meersburg wäre ein ziemlich romantischer Ort, um sich zu verloben, oder? – Was hältst du davon?“

„Das meinst du jetzt nicht ernst, oder?“, fragte Rosa.

Hannah fühlte sich ertappt. Ich weiß ja, dachte sie, ich wollte nicht wieder so schnell, aber irgendwie kann ich nicht anders ... Es ist immer dasselbe: Wenn ich verliebt bin, will ich mein Glück festhalten, und ein Ring am Finger, der gibt mir einfach Sicherheit.

Kaum war die Mail abgeschickt, wurde Hannah unsicher. Musste ich mich Malte so an den Hals werfen?!, fragte sie sich. Doch zu ihrer freudigen Überraschung mailte Malte bereits eine Stunde später zurück. „Wie schön, dass du mitkommst. Und das mit der Verlobung ist zwar überraschend, aber eigentlich eine ziemlich coole Idee.“

Plumps. Hannah fiel ein Stein vom Herzen. Er hat es nicht falsch verstanden, dachte sie überglücklich. Auch ihn hat es voll erwischt. Er liebt mich so wie ich ihn. Das Schicksal meint es wieder gut mit mir. Ach, ich bin ja so froh.

Unhappy Birthday

Die jeweils dreimonatigen Praktika waren eine Herausforderung für Hannah. Anders als während des Unterrichts arbeitete sie zwangsläufig mit Menschen oder gar am Menschen, nicht mit Büchern. Es ging auch nicht darum, sich selbstvergessen in handwerkliche Techniken zu üben und künstlerisch anspruchsvolle Dinge zu gestalten. Es ging allenfalls darum, einen winzigen Teil der dazu notwendigen Fähigkeiten stark eingeschränkten Menschen nahezubringen, damit sie überhaupt wieder in Bewegung kamen. Da Hannah versuchte, sich auf jeden einzelnen Menschen einzustellen und ihn in seinem Wesen wirklich zu erfassen und zu verstehen, gingen gerade diese Einschränkungen ihr sehr nahe. Schnell fühlte sie sich überfordert von Leid, Sorgen und Problemen der Patienten, die sich mit ihren eigenen vermischten.

Trotz dieses grundsätzlichen Problems hatte Hannah sich bisher auf alle Praktika eingelassen und Unterstützung und Anerkennung gefunden. Das neurologische Praktikum aber brachte sie an ihre Grenzen. Und dann kam der Tag ihres fünfundvierzigsten Geburtstags.

Wie immer stand Hannah um fünf Uhr auf und machte sich fertig. „Ich geh dann jetzt“, sagte sie leise in Mircos Zimmer hinein.

„Herzlichen Glückwunsch, Mama!“ Mirco gratulierte verschlafen und drehte sich auf die andere Seite.

Hannah brach auf. Das Wetter hätte unerfreulicher kaum sein können: Graupelschauer, feuchte Kälte. Hannah stapfte nach oben zur Garage, setzte sich in ihren *Subaru*, den sie günstig hatte kaufen können, zündete und drehte den *Schinkenwärmer* an. Gleich würde es geradezu wohlig warm werden in ihrer Lendengegend – immerhin ein kleiner Trost. Sie hätte gern Maltes Stimme gehört und ein paar aufmunternde Worte, aber es war deutlich zu früh gewesen, um mit Malte zu telefonieren.

Ich habe Geburtstag, dachte sie. Ob man in der Klinik davon weiß? Es wäre doch schön, wenn jemand nett zu mir wäre. Vielleicht steht ja sogar ein kleines Törtchen mit einer Mini-Kerze für mich da oder sie singen mir ein Ständchen. Irgendwas, damit ich merken kann: Das hier ist trotz allem ein besonderer Tag.

Nichts dergleichen geschah. Hannah sah in wenig freundliche Gesichter. Sie bezog Rollstuhlkissen mit dämlich engen Bezügen. Sie übte zum gefühlt hundertsten Mal Teekochen mit einer etwa fünfzigjährigen Patientin, die noch immer nicht zu wissen schien, was Hannah von ihr wollte. Sie rannte zum Klo, sobald sich eine Chance ergab, denn wieder einmal hatte sie ihre Tage und das Gefühl, einfach zu viel Lebenssaft zu verlieren.

Von Minute zu Minute sehnte sie den Feierabend mehr herbei und ahnte nicht, was ihr noch bevorstehen würde an diesem Tag. Sie behandelte gerade einen netten Patienten ihres Alters, wobei das Wort Behandeln ihr, die sie gefühlt von Tuten und Blasen keine Ahnung hatte, immer noch als Anmaßung vorkam, als Nicole, Hannahs Anleiterin, kurz klopfte und dann die Tür aufriss. Wut blitzte aus ihren Augen. Oder war es eher Verachtung? „Kommst du mal eben?“ Ihre Stimme war kühl.

Vor der Tür kanzelte sie Hannah nach Strich und Faden ab. Sie warf ihr vor, bei Patient Schneider versäumt zu haben, dies und das zu tun und zu regeln, und der werde nun entlassen ohne die erforderlichen Maßnahmen und das sei einfach unmöglich. Da stand Hannah wie ein begossener Pudel vor einer Tür, hinter der sie zwei Minuten später wieder die selbstbewusste Therapeutin geben sollte. Sie fühlte sich zutiefst gedemütigt und ungerecht behandelt, denn sie hatte tatsächlich nicht die geringste Ahnung, was sie da hätte veranlassen sollen – woher auch? Niemand hatte es ihr gesagt. Gleichzeitig spürte sie beschämt, dass die Kritik nicht ganz unberechtigt war. Sie hatte sich tatsächlich keine Gedanken darüber gemacht, wie der viel zu dicke Patient, der sich von seinem Schlaganfall erholte, fortan sein Leben meistern sollte. Erst jetzt wurde ihr der Grund dafür schmerzlich bewusst: Es hat mich schlichtweg nicht interessiert, dachte sie. Nicht, weil der arme Mensch mir egal gewesen wäre, sondern weil ich mich mit schönen Dingen beschäftigen möchte und nicht mit dem Elend eines so ungewohnt eingeschränkten Lebens. Ich will mich nicht einfühlen müssen, wie es für Herrn Schneider ist, nicht mehr arbeiten zu können und auf Hilfe angewiesen zu sein, nicht mehr unbeschwert gehen oder gar rennen, eine Hand kaum noch bewegen zu können und mit dem sprachlich Handicap klarzukommen. Ich will mich nicht einfühlen müssen in das alles hier. Es ist einfach zu viel für mich. Alle halbe Stunde ein neues Gesicht, ein neues schweres Schicksal. Wie soll ich das aushalten? Aber ich kann das doch nicht einfach zugeben. Ich will doch Erfolg haben in meinem neuen Beruf. Ich muss doch.

„Wir werden noch mal darüber zu reden haben", sagte Nicole. „Und jetzt guck hier nicht Löcher in den Fußboden. Geh wieder rein. Wir haben Verantwortung hier, verdammt!"

Hannah nickte und griff kraftlos nach der Türklinke. Ich gehör hier nicht hin, dachte sie verzweifelt. Ich tauge nichts. Ich habe einfach freundlich mit dem Patienten und seiner Frau geredet und nur so getan, als hätte ich fachlich Ahnung, als wäre ich selbstbewusst und taff. Im Suchtbereich komme ich klar. Da macht man schöne Dinge mit den Leuten. Aber in diesem Fachbereich bin ich einfach eine Niete, eine Mogelpackung. Mehr nicht.

Als sie am Nachmittag nach Hause kam, sang Mirco ein Ständchen für sie und überreichte ihr ein kleines Geschenk. Wenig später rollte der Transporter vor, Türen wurden geöffnet, Dietbert fuhr die Rampe aus und holte Roman heraus.

„Herzlichen Glückwunsch, Mama!"

Hannah bückte sich, um sich die liebevolle Umarmung ihres Erstgeborenen abholen zu können.

„Danke, mein Schatz!"

„Herzlichen Glückwunsch!“, sagte Dietbert. „Gibt es einen Geburtstagstee für mich?“

„Klar, komm rein.“

Auch Dietbert hatte ein Geschenk für sie, einen hübschen Keramikbecher, in dem ein Päckchen Schwarztee mit Erdbeeraroma steckte.

„Ist dein Lover nicht da?“, fragte Dietbert.

„Er muss arbeiten“, sagte sie.

Dietbert bekam einen Tee und ein paar Kekse. Er blieb nicht lange. Kaum war er wieder weg, ging Hannah in die Küche, um den Geburtstagskuchen auf drei Teller zu verteilen, den sie unterwegs beim Bäcker besorgt hatte. Es war ihr wichtig, ohne den Fahrer, der ja im Grund ein Fremder war, nur als Familie, mit Roman und Mirco Kaffee und Kuchen zu genießen. Ich bin so froh, dass ich die beiden habe, dachte sie. So froh, dass ich nicht allein bin.

„Und das blöde Praktikum hast du auch bald geschafft, Hannah.“ Rosas Stimme klang freundlich und tröstlich. „Nur noch zwei Wochen.“

Gott sei Dank, dachte Hannah. Und dann dachte sie noch: Irgendwie bin ich tatsächlich froh, dass ich Rosa habe. Immer noch. Und am Abend rief Malte an.

Zwei Fische

Eine Fernbeziehung auf Dauer wollten sie beide nicht. Sie besuchten einander so oft wie möglich und sehnten das Ende von Hannahs

Ausbildung herbei. Nach dem Examen im Oktober 2001 könnten wir zusammenziehen, hatte sie gesagt, wenn alles gut weiterläuft. Und es sah ganz danach aus. Sie waren glücklich miteinander. Malte behandelte Hannah so, wie laut John Gray ein kluger Mann seine Frau behandeln sollte. Dankbar dachte Hannah an Gray's Empfehlung: Sie ist der Edelstein, er ist die Fassung, der sie zum Strahlen bringt. Malte hat viel Begabung darin, mich zum Strahlen zu bringen, dachte Hannah dankbar. Er verwöhnt mich. Er ist fröhlich. Er ist unternehmungslustig und unternimmt mit mir Dinge, die ich nie allein täte. Wir besuchen Konzerte, gehen ins Kino, machen lange Wanderungen, lassen es uns in Restaurants oder Cafés gutgehen. Was will ich mehr? Nur die zunehmend starke Erkenntnis, dass sie Maltes Aufmerksamkeit in Zukunft wohl mit vielen anderen Menschen und Beschäftigungen würde teilen müssen, bedrückte sie ein wenig. „Am besten tust du das, was auch mir gefällt", sagte Malte. „Dann können wir auch mehr Zeit zusammen verbringen." Und so begleitete sie ihn, wohin es ihm gefiel, und genoss die kultivierte, elegante Atmosphäre.

Sie kannten sich noch nicht lange, da fiel Hannah das Bild von zwei buntschillernden Fischen ein, die durchs Wasser glitten und gemächlich in dieselbe Richtung zogen, allerdings mit einigem Abstand. Nur hin und wieder schwammen sie näher zueinander, berührten einander zärtlich und doch wie von ungefähr, schwammen wieder auseinander und wiederholten das in beständigem Rhythmus. Eigentlich ist das nicht einmal ein trauriges Bild, dachte Hannah. Vielleicht ist es sogar genau das, was ich will und brauche. In ihrer nächsten Mail erzählte Hannah Malte davon.

„Mal mir das Bild von den Fischen", schrieb er.

„Mach ich", mailte Hannah zurück.

Sie würde es niemals tun. Doch das Bild würde in ihrem Kopf, in ihrer Seele bleiben, als treffendes Abbild ihres Miteinanders – nah, aber niemals zu sehr.

Konfi-Freizeit in den USA

Juli 2000. Hannah und Malte kannten einander seit gut vier Monaten, da stiegen Hannah, Mirco und Roman gemeinsam mit dem Pastor, einer weiteren Begleitperson und sieben Jugendlichen voller Vorfreude in den Flieger Richtung Westen. Mirco fand Aufnahme bei einem freundlichen Architektenpaar in Sheboygan, Hannah und Roman wurden in einem gemütlichen Appartement auf dem Campus der ortsansässigen Universität untergebracht, umgeben von Grün.

Die Amerikaner waren ausgesprochen freundlich. Sie feierten gemeinsam Gottesdienst, machten Ausflüge und Barbecues, verbrachten einen Tag in Chicago. Hannah genoss die Unternehmungen und beinahe noch mehr die stillen Momente. Wenn keine Termine mit der Gruppe geplant waren, schob sie Roman in seinem Rollstuhl unter das schattige Laubdach der alten Trauerweide unweit ihres Appartements. Da lagen sie dann auf einer Decke, sprachen von vergangenen besseren Zeiten und träumten sich in eine gesündere, sorglosere Zukunft hinein. Und Hannah träumte von Malte.

In jeder freien Minute studierte sie Gray`s Ratgeber *Mars sucht Venus, Venus sucht Mars. Wie man seinen Seelengefährten erkennt* – auch der Untertitel sprach sie an. Die Theorie von Mars und Venus kannte sie bereits. Dass Männer wirklich Wesen von einem anderen Stern seien, erschien durchaus passend. Dieses Mal will ich es dennoch richtig machen, dachte sie, man kann ja so viel falsch machen. Leider war ihr das Wesen der Männer oft so unverständlich, dass sie vieles von dem, was Gray schrieb, wie Vokabeln lernen musste. Und es verunsicherte Hannah, dass Gray fünf Phasen einer werdenden Beziehung schilderte und die Einhaltung der Reihenfolge offenbar für unabdingbar hielt. Auf die anfängliche Anziehung solle eine Phase der Ungewissheit folgen, behauptete er, dann komme die Ausschließlichkeit, dann erst die Intimität und schließlich die Verlobung. Wenn das stimmt, dachte sie, war ich mal wieder viel zu schnell.

Noch immer war Hannah bis über beide Ohren in Malte verliebt und so stolz, ihn gefunden zu haben. Ohne Zweifel war sie nicht. Ist er wirklich der Richtige? Werde ich ihm, dem Unternehmungslustigen, auf Dauer gewachsen sein? Passe ich in seine Kreise hinein?

Hin und wieder telefonierte sie kurz mit ihm und wenn sie seine fröhliche Stimme hörte, wurde die Sehnsucht riesengroß und alle Zweifel waren wie weggeblasen. Der Mann ist mein Schicksal, dachte sie. Er ist meine große Chance. Und er akzeptiert Roman, solange er im Internat ist und unser Leben nicht allzu sehr beeinträchtigt – allein das ist schon eine Menge wert. Welcher attraktive Mann gibt sich schon mit einem behinderten Kind ab? „Solche Männer liegen nicht auf der Straße", hatte Gustl gesagt, „aber es gibt sie." Malte scheint so ein Mann zu sein, dachte Hannah liebevoll. Ach, Malte ist wirklich etwas ganz Besonderes.

Zum Abschluss der USA-Reise unternahmen sie einen Abstecher nach Florida, wo Disneyland die Jungen und Mädchen bezauberte. Ausgerechnet an diesem Tag litt Hannah so unter der Hitze, dass sie allein im Hotelzimmer zurückbleiben musste, das für eine Zwischenübernachtung gebucht worden war, die Vorhänge zuzog und erschöpft auf dem Bett lag. Sie war traurig, dass ihr Körper ihr wieder einmal einen Strich durch die Rechnung machte. Oder ist es doch nur meine Seele?

Burgküsse

Zwei Tage nach ihrer Rückkehr aus Wisconsin brachen Malte und Hannah auf Richtung Bodensee. Sie hätte sich ein wenig mehr Erholungszeit gewünscht vom Jetlag, doch Malte hatte die geplante Reise nicht weiter nach hinten schieben wollen. Roman würde die Woche über in Rhöndorf sein und am Wochenende würde Mirco sich wie geplant um ihn kümmern. Hannah war sehr dankbar dafür und hatte zugleich das Gefühl, sich eine Auszeit von Romans Pflege wirklich verdient zu haben.

Die Fahrt war ohne Zwischenfälle verlaufen. Im Dachgeschoss einer alten Villa hatten Hannah und Malte ein kuscheliges Zimmer gefunden, nah beim See. Wie ein himmlischer Schutzschirm lag die *Birnau,* die berühmten Wallfahrtskirche, in ihrem Rücken. Sie spazierten durch Uhldingen und durch Überlingen, besuchten Maltes Großonkel, der dort lebte und wirklich entzückend war, und ließen sich von dessen zwanzig Jahre jüngerer Freundin selbstgemachte rote Grütze servieren, die sie beide liebten. Sie aßen in hübschen Restaurants, fuhren mit dem Rad die Promenade entlang, besuchten die *Mainau* mit all ihren blühenden Kunstwerken, lagen schmusend auf ihren Badetüchern unter hohen alten Bäumen oder unternahmen kleine Wanderungen in der Umgebung. Sie liebten sich, komplett nassgeregnet nach einem

Wolkenbruch, unter der Dusche. Sie lachten viel und fühlten sich herrlich entspannt. Endlich lebe ich wieder, dachte Hannah. Es ist so eine harte Zeit gewesen, die hinter mir liegt. Was für ein unerwartetes Glück, dass ich jetzt Malte habe.

Dann war der große Tag gekommen. Von Überlingen aus hatten sie einen Ausflug zu einer romantischen Burg auf der anderen Seeseite gemacht und während der Rückfahrt mit dem Boot im Schein der Nachmittagssonne ganz vorn gesessen, wo ihnen Gischtspritzer Erfrischung verschafften. Hannah betrachtete Malte von der Seite und versuchte vergeblich, den Ausdruck in seinem Gesicht zu deuten. Nachdenklich, das traf es noch am ehesten.

„Findest du wirklich, dass wir heute Ringe kaufen sollten?", fragte er.

„Klar. Du nicht?" Hannah versuchte, selbstbewusst zu klingen, trotz ihrer Angst, er könnte einen Rückzieher machen.

Malte furchte die Stirn. „Aber kennen wir uns gut genug?"

Hannah küsste ihn auf die Wange. „Es ist doch wunderschön mit uns."

„Das stimmt." Er lächelte weich, schien nach innen zu horchen. Dann straffte er sich und küsste sie mitten auf den Mund. „Okay, wenn du meinst, dass du es mit mir aushalten kannst auf Dauer, dann wollen wir es wagen."

*

„Habe ich dir schon von der Gräfin auf dem Wilzenberg erzählt", fragte Hannah, während sie vom Bootsanleger Richtung Innenstadt strebten. Malte schüttelte den Kopf und Hannah berichtete ihm die

Sage von der männermordenden Chuniza. „Du weißt also, was dir blüht, wenn du mich nicht nett behandelst", sagte sie grinsend.

„Ich werde dich nett behandeln und von nun an nur noch meine Gräfin nennen", sagte Malte und grinste ebenfalls. Seltsamerweise hatte Hannah das Gefühl, dass ihm die Idee gefiel, als würde es ihn adeln, sich bald schon mit einer Gräfin zu verloben.

Eine gute halbe Stunde später saßen sie auf bequemen Stühlen bei dem Überlingener Juwelier, dessen Auslagen ihnen am besten Gefallen hatten. Ein wenig ratlos betrachteten sie den Inhalt all der flachen Schachteln, die die freundliche Juwelierin mit dem grauen Dutt ihnen vorlegte. So stolz Hannah war, dass der schicke, liebenswerte Kerl neben ihr sich zu ihr bekannte, so sehr war sie es nun, die sich mit einem Mal verunsichert fühlte. Da sitze ich nun zum dritten Mal neben einem Mann in einem Juweliergeschäft und suche einen Verlobungsring aus, dachte sie, beschämt und stolz zugleich. Wenn ich so weiter mache, dann mache ich noch *Liz Taylor* mit ihren acht Ehemännern Konkurrenz.

„Bloß nicht", zischte Rosa. „Man heiratet, um zu bleiben. Möglichst für immer, verstehst du das jetzt endlich?"

Für immer, dachte Hannah wehmütig, aber das will ich doch auch. Sie betrachtete den Ring, den sie sich gerade probehalber an den Finger gesteckt hatte. Ein Symbol für die Unendlichkeit. Ohne Anfang und ohne Ende eben. So schön. Doch die Unsicherheit wollte nicht weichen.

Für einen Moment sah Hannah sich in Gedanken selbst wie in einem Spiegel. Sie sah eine Frau Mitte vierzig, groß und eher kräftig, ganz hübsch, aber nicht schön, weder besonders sportlich noch reich. Eine Frau, die zu feines Haar und knubbelige Knie besaß und Cellulite an den Oberschenkeln. Die noch dazu die Mutter eines schwerbehinderten Sohnes war. Und du glaubst wirklich, noch zögern zu dürfen, sagte sie zu sich selbst.

„Nun reicht's aber mit der Nabelschau!" Rosa klang deutlich verärgert. „Du bist eben schrecklich normal, Mädel. Und trotzdem sitzt neben dir, meine Liebe, gerade ein Mann von Format, der dich heiraten will. Du magst ihn und er mag dich. Also zier dich nicht länger, du dumme Kuh."

Okay. Stumm gelobte Hannah Besserung: Dieses Mal werde ich nicht wieder davonlaufen. Dieses Mal bleibe ich.

Die Ringe, die sie schließlich auswählten, erinnerten Hannah an die schlichten Ringe ihrer Eltern, die im lebenslangen Zusammenhalt treu zueinandergestanden hatten bis zuletzt. Sie hielt das mit der Treue für ein gutes Argument. Und den winzigen Brillanten in den Ringen, wie ihre Eltern ihn nicht gehabt hatten, nahm sie als Zeichen für die wunderbare Spur von Luxus, die mit Malte in ihr Leben gekommen war.

„Alles Gute für Sie", sagte die Juwelierin mit warmem Lächeln. „Sie sind, wenn ich das sagen darf, ein schönes Paar."

Kurz vor Schließung der Burganlage standen sie, allein zu zweit, oben auf der Meersburg an einer Mauer mit Blick ins irgendwo. Ohne viele Worte streiften sie einander die Ringe über. Ihre Lippen trafen sich. Die Sonne schien. Die Luft war mild. Das Schicksal meint es wieder gut mit mir, dachte Hannah bewegt, gut mit uns. Bitte, bitte, lieber Gott, lass es endlich für immer sein ...!

„Und jetzt gucken wir uns noch das Burggemach an, in der Frau Droste-Hülshoff immer so erfolgreich geschrieben hat", sagte Malte grinsend, „damit du dir ein Beispiel nehmen kannst. Wer Briefe schreiben kann wie du, der kann auch mehr.“

Auf gen Norden

Erst nach der Verlobung gestand Malte Hannah, dass er genug Geld besaß, um sich gemeinsam mit ihr ein eigenes Haus leisten zu können. Das wird ja immer besser, dachte Hannah. Ein eigenes Haus – davon habe ich schon immer geträumt.

Rund ein Dutzend verschiedener Objekte zwischen Schleswig-Holstein und Mecklenburg-Vorpommern hatten sie sich schon angesehen, da entdeckten sie endlich, am Ende einer Sackgasse, die an einer Streuobstwiese endete, ein freistehendes Haus. Schlagartig fühlte Hannah sich angekommen. Das muss es sein, dachte sie. Dieses Haus hat auf uns gewartet. Begeistert folgte sie dem Makler durch die Räume. Das Haus war ein Traum. Zwei Terrassen, vier Räume plus Küche und Gä ste-WC im Erdgeschoss, dazu ein großer Raum unterm Dach. Wie gemacht für Maltes Sohn, da Malte unerschütterlich hoffte, der Kleine würde zu ihm und Hannah ziehen. Auch Hannah wäre glücklich darüber gewesen.

„Nicht übel“, sagte Malte.

„Es gibt noch zwei weitere Interessenten“, sagte der Makler mit bedeutungsvollem Blick.

„Das Haus ist toll“, sagte Hannah, „einfach perfekt.“

„Wir gehen mal zehn Minuten spazieren“, sagte Malte und stieß Hannah in die Seite. „Dann sagen wir Ihnen Bescheid.“

Hannah und Malte gingen durch den kleinen Park, der mit Obstbäumen dicht bewachsen war.

„Du darfst deine Begeisterung nicht so zeigen", sagte er, als sie außer Hörweite waren. „Vielleicht können wir den Preis noch ein bisschen drücken."

„Guck mal", sagte Hannah begeistert, „da wachsen wirklich Pflaumen und Äpfel und Birnen. Und das da müsste ein Kirschbaum sein. Der Makler hat gesagt, hier darf jeder ernten, stell dir das vor."

„Und im Garten pflanzen wir Obstbüsche, sollten wir das Haus nehmen", sagte Malte. „Ich liebe Stachelbeeren."

„Ich auch. – Und Dahlien hätte ich gern."

„Und Sonnenblumen."

„Und irgendwann vielleicht einen Pavillon ...?"

„Spaß beiseite", sagte Malte. Er wirkte schon halb überzeugt. „Wir wissen ja noch gar nicht ... Vielleicht sollten wir ja doch noch mal woanders ..."

„Aber Malte", Hannah wurde ganz zappelig vor Ungeduld, „das hier ist eine nette kleine Stadt. Hier hat man alles, was man braucht. Ein Supermarkt ist in der Nähe und der Fluss ist nicht weit. Das Haus ist groß und schön. Es ist nicht weit bis zum Bahnhof. Die Lage ist perfekt. Lass uns zusagen. Biiitte!!!"

„Du wirkst sehr überzeugt."

„Auf mein Bauchgefühl kann ich mich verlassen."

„Also gut", sagte Malte, „vielleicht hast du recht."

„Wir werden bestimmt glücklich werden hier", sagte Hannah, „eine Frau spürt so was."

Nur ganz tief irgendwo in ihrer Seele war eine kleine Unsicherheit, aber die behielt sie lieber für sich.

Gnädiges Ende

Endlich! Hannah hatte das Horror-Praktikum in der neurologischen Klinik lebend überstanden und eine gute Note für den Bericht bekommen. Die für ihre Betreuung zuständige Lehrerin war ihr offensichtlich viel mehr gewogen als die Kolleginnen in der Klinik. Vor allem lobte sie an Hannahs Bericht den außerordentlich guten Schreibstil. „Es war wirklich ein Vergnügen, Ihren Bericht zu lesen. So etwas sehe ich nicht alle Tage.“ Wie sehr das noch von Bedeutung sein sollte, war Hannah keineswegs klar. Erst einmal war die gute Note ein willkommenes Trostpflaster, mehr nicht.

*

Die Pausen im letzten Teil des Blockunterrichts vor dem Examen verbrachte Hannah wie gewohnt mit Christiane, ihrer zehn Jahre jüngeren Banknachbarin. Sie verstanden sich prächtig miteinander. Christiane war Krebs, sie Fisch. Das passte einfach.

Was die Prüfung anbelangte, so fühlten sie sich beide allmählich dem Rand eines Nervenzusammenbruchs nah. Statt über Hobbys oder Liebesdinge zu sprechen, hörten sie einander ab.

„Was ist die Rotatorenmanschette? Wie unterscheiden sich die afferenten und die efferenten Nervenbahnen? Wie erkennt man ein ...? Was ist der Fachbegriff für ...? Wie behandelt man am besten ...?“

Hannahs Herz begann zu stolpern. Mehrmals am Tag. Sie ging zur Ärztin. „Das sind nervöse Beschwerden“, sagte sie, „Ihr Herz ist in Ordnung. Versuchen Sie, ruhiger zu werden. Sie werden es schon schaffen mit dieser Prüfung.“

Hannah nickte, auch wenn sie Zweifel hatte. Wenn ich es nur schon hinter mir hätte, dachte sie.

Auch Rosa hielt moralische Unterstützung parat. „Halt durch", sagte sie. „Streng dich an. Denk an die eigene Praxis, von der du geträumt hast. Wär doch schön."

Aber der Traum ist doch längst ausgeträumt, dachte Hannah. Jetzt ist Malte da und es bleibt kein Raum mehr für eine Praxis. Schon schade, dachte sie. Es wäre eine tolle Herausforderung gewesen – ich als Chefin. Doch wenn ich ehrlich bin, finde ich es, erschöpft wie ich bin, viel verführerischer, mich auf einen Mann zu verlassen als auf die eigene Kraft. So wahr ich Hannah heiße.

*

Die letzten Wochen vorm Examen verbrachte Hannah in einem der gemütlichen Gästezimmer des Klosters. Mirco lebte nun bereits mit den wichtigsten Möbeln, die sie mit einem kleinen Transporter gegen Norden gebracht hatten, bei Malte im neuen Haus – zu Hannahs Freude hatten sie tatsächlich das Haus an der Streuobstwiese gekauft. Auch Malte hatte den Hausstand aus seiner kleinen Single-Wohnung bereits bringen lassen. Er war eher Minimalist und so würde noch genug Platz bleiben für Hannahs Möbel und Schrankinhalte.

Das Kloster war ein guter Ort zum Lernen. So sehr Hannah sich auch auf ihr neuen Zuhause freute, so sehr genoss sie gerade die klösterliche Ruhe. Aus den Nebenräumen war nichts zu hören und auch auf dem Flur und in der kleinen Küche traf sie so gut wie nie jemanden an. Wenn nur das Lampenfieber nicht gewesen wäre. Ihr Herz kam noch immer aus seinem gewohnten Rhythmus, ihr Magen rebellierte und sie schlief schlecht.

Tschüs Grafschaft

An einem Samstag löste Hannah im Morgengrauen und mit einer dicken Träne im Knopfloch die Grafschafter Wohnung auf, die eine wichtige Zuflucht für sie gewesen war. Den für Mirco gebraucht gekauften, alten Flügel hatte Hannah mit Gewinn verkaufen können. Malte hatte auch einen, ein Familienerbstück. Tanja von unten war dankbare Abnehmerin für üppig grünende Topfpflanzen in großen Töpfen, die überzählige Waschmaschine, Blumenhocker und manches mehr. Das neue Haus war zwar geräumig, aber Hannah hatte nun einmal entschieden zu viel Zeugs, nicht zuletzt im Keller. Dass sie Gernots praktische Einbauten nicht mitnehmen konnte, fand sie ausgesprochen bedauerlich.

Geschafft! Bevor Hannah die Tür ins Schloss zog, ging sie noch einmal durch die besenreinen, leeren Räume, dankbar für die Zeit, die sie mit ihren Söhnen dort verbracht hatte. Dankbar, dass ein wichtiger Teil der anstrengenden Umzugsarbeit erledigt war. Dann stiegen Mirco und sie ins Auto. Der große Umzugswagen hatte die Auffahrt bereits verlassen, als Hannah die Zündung startete, um aufzubrechen in ein neues Leben. Mirco neben ihr guckte mit spürbarer Wehmut aus dem Fenster, als wolle er seine Kindheit noch einmal an sich vorüberziehen lassen.

„Wir laden deine Freunde sobald wie möglich ein“, sagte Hannah.

Er nickte, sagte aber nichts.

Hannah war ihrem Sohn von Herzen dankbar für seine Loyalität und hoffte sehr, er werde in Malte einen guten Stiefvater finden. Und Malte, das wusste sie, sah in ihm inzwischen bereits den zweiten Sohn, den er sich gewünscht hatte.

„Was hältst du noch von einem gemeinsamen Töchterchen", hatte Malte kürzlich gefragt und es offenbar ernst gemeint.

„Oh, lieber nicht", sagte Hannah. „In meinem Alter."

Hannah freute sich so sehr auf Malte und doch war ihr mehr als beklommen zumute, als sie das alte Dorf und nach einer Weile auch das Sauerland verließen.

*

Später Abend. Die Fahrt war ohne Zwischenfälle verlaufen und arbeitsreiche Stunden lagen hinter ihnen. Die Tür fiel ins Schloss. Die Umzugsleute zogen ab. Uff!

Erschöpft aber glücklich ließ Hannah sich im neuen Wohnzimmer in den tollen cremefarbenen Relaxsessel fallen, den Maltes Eltern an sie abgetreten hatten. Mirco war in seinem Zimmer verschwunden und Hannah war froh, dass Roman erst am Wochenende heimkommen würde. Es entspannte sie, nur dann für ihn da sein zu müssen. Malte stand am Fenster und sah hinaus in den Garten. Dann wandte er sich ruckartig um, als müsse er sich erst entscheiden, aus seinen Gedanken in die Realität zurückzukehren, kam auf sie zu und drückte sie. „Jetzt hast du reichlich zu tun", sagte er. „Ist es nicht schön, dass wir jetzt zusammen leben können?"

„Wunderschön", sagte Hannah. Dann ließ sie ihre Blicke über all die Kisten gleiten, die ihre in Jahrzehnten angesammelten Schätze enthielten.

„Ich geh noch ein bisschen an den Schreibtisch, die Arbeit ruft", sagte Malte. „Dir viel Spaß beim Auspacken!"

„Heute nicht mehr", Hannah sah auf die Uhr. „Ich geh schlafen."

„Dann aber ohne mich - ich bin noch nicht müde."

Hannah nickte. Sie wollte nur noch schlafen, selbst zum Schmusen wäre sie zu müde gewesen. Malte küsste sie und stapfte nach oben. Die frei schwebende Treppe unter seinen Füßen vibrierte, als würde seine Energie sich auf die Stufen übertragen.

In ihrem Sessel sitzen schloss Hannah noch einmal kurz die Augen und ließ den Tag Revue passieren. Nun bin ich also hier, dachte sie. Trotzdem geht Malte an die Arbeit, als sei das hier ein ganz normaler Tag. Aber ich darf einen so bedeutenden Mann wie ihn nicht einengen, das weiß ich ja. Seufzend stand Hannah auf, um ins Bad und dann in ihr neues Zimmer zu gehen, in dem zwischen unausgepackten Kisten frisch bezogene Kissen in ihrem vertrauten Kiefernholzbett sie erwarteten. Eine Nacht blieb ihr zum Erholen, schon am nächsten Nachmittag würde sie zurückfahren ins Kloster.

*

Der Examenstag. Endlich war die Büffelei vorüber. Was jetzt nicht im Kopf war, würde nicht mehr hineingehen. Die Prüfungsaufgaben wurden verteilt. Hannah arbeitete hochkonzentriert und fühlte sich mit einem Mal total sicher. Alle Angst war von ihr abgefallen. Als erste von allen gab sie ihre Arbeit ab. Ein Hochgefühl.

Das Examensergebnis erfuhr sie zweit Tage später im Rahmen einer Feier in der Aula der Schule. Angesichts der vielen Einsen bei den Klassenarbeiten rechnete sie mit einem sehr guten Ergebnis, doch als sie das Zeugnis in Händen hielt, war sie enttäuscht. Mit einem Notendurchschnitt von 2,4 war es weniger gut als erhofft. Hannah hatte Mühe, ihre Züge zu kontrollieren. Doch dann tröstete sie sich damit, dass sie nun staatlich examinierte Ergotherapeutin war und – als Vizeoma – als erste in der Klasse bereits einen Job in der Tasche hatte. In einem Altenheim, eine Viertelstunde von ihrem neuen Zuhause entfernt.

Wenig später packte Hannah im Klosterzimmer ihre sieben Sachen zusammen, setzte sich ins Auto und fuhr endgültig in ihr neues Leben hinein. Durchatmen war angesagt. Und die Vorfreude war einfach riesengroß.

Allein zu zweit

Schon bald empfand Hannah es geradezu als Segen, dass sie nach ihrem Einzug reichlich zu tun hatte, denn Malte hatte kaum Zeit für sie. Ob beruflich oder für seine persönlichen Interessen – er war beschäftigt, viel unterwegs und an so vielem interessiert, dass die Zeit im Grunde nie ausreichte. Er wurde in der Klinik gebraucht und von seinen Studenten. Es war ihm wichtig, genügend Zeit mit Antony zu verbringen. Und nicht zuletzt war da seine Musik. Hannah versuchte, sich damit abzufinden, dass ihre kindliche Sehnsucht nach verschmelzender Nähe sich an Maltes Seite nicht zu erfüllen schien. Nachdem sie eingesehen hatte, dass es aussichtslos war, darauf zu hoffen, stürzte sie sich in die Arbeit, um sich abzulenken. Sie tapezierte ihr neues Zimmer und trotzte den zahlreichen verwinkelten Schrägen, sie packte reihenweise Kisten aus und und gab jedem Ding sein Zuhause, sie räumte und sortierte. Kurzum, sie betrieb wieder einmal Nestbau.

Malte schien Power ohne Ende zu haben. Wenn er nicht in der Klinik oder mit seiner Gastprofessur beschäftigt war, mit seiner Band probte oder auf der Bühne stand und auch nicht daheim am Schreibtisch saß, wo er zu einem kniffeligen medizinischen Problem recherchierte, das ihn gefangen genommen hatte, verschönerte er Haus und Garten. Er plante und orderte und packte an. Gemeinsam mit Mirco baute er einen Fahrradschuppen ans Haus an, in dem die Sprossenfenster der hölzernen Schaukästen neue Verwendung fanden, mit denen Hannah für ihre *Kleine Galerie* geworben hatte. In der Küche ließ er eine Wand herausreißen, um eine geräumige Wohnküche daraus zu machen, im Essbereich toskanische Fliesen legen. Das im Grunde viel zu große, kastenartige Wohnzimmer wurde auf diese Weise kleiner und gemütlicher. Mit Rigipswänden ließ Malte in einer Ecke einen Abstellraum bauen. Dadurch entstand im Wohnzimmer eine große Ecke, die Raum bot für all die Bücherregale, in denen nun ihrer beider Bücher Platz gefunden hatten. Hannahs Traum von einer eigenen Bibliothek war damit schon so gut wie erfüllt. Das Haus wurde zusehends schöner und zum Schluss legte er im Garten noch einen Teich an mit einem Bach und einem kleinen Wasserfall.

Er war stolz, als alles fertig war. Im Grunde tat Malte nichts anderes, als ein typischer Mann zu sein, ein Wesen, das tatkräftig Dinge voranbrachte. Doch das konnte Hannah, die sich vernachlässigt vorkam, nicht erkennen, noch nicht. Sie kannten einander nun seit eineinhalb Jahren. Die Ausnahmezeit des Kennenlernens und der ersten Verliebtheit war Alltag gewichen. Malte hatte Hannah klargemacht, dass sie auf keinen Fall ein Klotz an seinem Bein sein dürfe. Hannah war unzufrieden und schalt sich selbst: Wie naiv war ich doch, einfach mit Sack und Pack und dann auch noch mit den Kindern in den Norden zu ziehen?! An einen Ort, wo ich außer Malte niemanden kenne. Aber soll ich vielleicht wieder zurückgehen, als erneute Versagerin in Sachen Liebe, nach diesem riesigen Umzug, nachdem ich alles aufgegeben und so viel verschenkt habe, nachdem ich hier meinen ersten Job im neuen Beruf gefunden, nachdem ich die Kinder entwurzelt habe? Aber das geht doch nicht! Auf gar keinen Fall. Ich muss da jetzt durch – irgendwie. Und dann dachte sie wieder an die beiden Fische, die sie kurz nach ihren Kennenlernen vor Augen gehabt hatte.

Genau so ist es, dachte sie: Jeder schwimmt in seinem eigenen Bereich – allein. Hin und wieder sehen wir einander aus der Ferne, manchmal kommen wir nahe zusammen, und das durchaus gern, doch schwups, schon sind wir wieder weg. Hannah atmete tief ein und aus. Das ist schön, dachte sie, denn ich liebe meine Freiheit. Das tut weh, dachte sie, denn ich fühle mich alleingelassen.

Hannah war gerade dabei, letzte Bücher aus einer Kiste zu nehmen und einzuordnen, da fiel ihr eines der einst hochdepressiven Byron Katie in die Finger, die eine Methode entwickelt hatte, um sich selbst auf die Schliche zu kommen. Mit Katie's berühmter Frage *Ist das wirklich wahr?* beschloss Hannah spontan, nun auch ihren Gefühlen und der Situation auf den Zahn fühlen. Sie holte Schreibzeug und folgte dem vorgegebenen Procedere, bei dem eine Frage der nächsten folgte. Kann ich wirklich sicher sein, dass es wahr ist? Was bin ich mit diesem Gedanken? Was wäre ich ohne ihn? Und so weiter.

Bald schon hatte sie ein Ergebnis: Alles halb so wild, dachte sie ein wenig beruhigt. Insgesamt habe ich eigentlich gar keinen Grund, unzufrieden zu sein. Sie gab sich Mühe, dieses positive Gefühl in sich zu verstärken. Ja, wirklich, redete sie sich ein, die goldenen Käfigstäbe leuchten sogar recht hübsch im Licht eines weitgehend sorglosen Lebens. Ich habe Freiräume. Was vermisse ich schon? Ich bin schon lange kein Kind mehr, auch wenn ich mich viel zu oft so fühle. Vielleicht sollte ich die Sache mit der Liebe einfach ein wenig sachlicher sehen und weniger romantisch. Und Rosas Rat folgen und einfach mal dankbar und zufrieden sein.

Ergo sum

Hannahs neues berufliches Sein hatte begonnen. Ihr 30-Stunden-Job als Ergotherapeutin im Alten- und Pflegeheim, den sie wenige Wochen nach ihrem Examen angetreten hatte, forderte Hannah sehr. Sie wurde in der Gerontopsychiatrie eingesetzt, hinter verschlossenen Türen, weil einige der verwirrten Bewohner und Bewohnerinnen dazu neigten, davonzulaufen. Mit fast fünfzig als absolute Anfängerin dazustehen, verunsicherte Hannah. Sie hatte das Gefühl, nichts bewirken zu können. Ihre Unerfahrenheit schien von ihr zu verlangen, kleine Brötchen zu backen, ihr Alter aber zu gebieten, selbstbewusst aufzutreten. Bei der Gestaltung ihrer Therapien verfügte sie über angenehme Freiheiten, doch gerade das war ein Problem. Dass es ihr selbst an der Struktur fehlte, die sie anderen versuchte zu geben, hatte sie nicht erwartet. Die Fülle an Eindrücken erschlug sie. Es war nicht so sehr das, was sie zu sehen bekam. Es war das, was sie fühlte. All die Vergänglichkeit um sie herum und das stille Leid, das damit einherging.

Da man ihr keine genau definierten Aufträge gab, blieben messbare Erfolgserlebnisse wie in der Schule aus, was blöd war, denn im deutlichen Gefühl, nicht gut genug zu sein, hungerte Hannah nach Anerkennung, Lob und seelischen Streicheleinheiten.

„Was hast du eigentlich?", fragte Rosa, „die alten Leutchen mögen dich doch."

Das spürte Hannah auch, doch es fiel ihr enorm schwer, zu akzeptieren, dass sie altersbedingt vermutlich nur noch weitere Rückschritte machen würden und es schon ein Erfolg wäre, den Status quo möglichst lang zu erhalten. Wenn Hannah außerhalb der Gerontopsychiatrie eingesetzt wurde, machte sie Gedächtnistraining mit den etwas fitteren, durchweg freundlichen Oldies, was Spaß machte und ihr ein wenig Erholung schenkte. Dann sang sie mit ihnen, ließ sich von früher erzählen oder warf ihnen Luftballons zu. Diese netten Menschen sind nun einmal alt, dachte sie. Sie werden in absehbarer Zeit sterben. Ihr Leben ist weitgehend vorbei.

Hannah nahm sich vor, gut aufzupassen und es möglichst richtig zu machen mit dem Rest ihres eigenen Lebens. Zugleich war ihr bewusst, dass sie sich nicht jeder Erwartung entziehen konnte, erst recht nicht denjenigen, die daheim auf sie warteten, in Gestalt ihrer Söhne, ihres Verlobten, des Haushalts und Gartens. Erwartungen an sie, die sie zu erfüllen suchte. Und in unerfüllten Erwartungen, die sie selbst in sich trug.

Lesen & Schreiben

Es gab Tage, da sehnte Hannah sich allen Ernstes danach, in einer afrikanischen Lehmhütte zu leben, wo sie kaum mehr zu tun hätte, als die Behausung einmal am Tag auszukehren und vor der Hütte im Sonnenschein den einen oder anderen Topf mit Maisbrei zu kochen oder Fladen auf einem heißen Stein zu backen.

Um in ihrer nach Frieden und Harmonie suchenden Unausgeglichenheit Trost zu finden, flüchtete sie sich in Filmhandlungen und Bücher, wann immer es möglich war. Inzwischen platzten die Regale aus allen Nähten. Es gab sie, vom Bad abgesehen, in jedem Zimmer, doch bei der netten, alten Bücherfrau in der Fußgängerzone, die zu jedem der antiquarischen Werke, die sie in Kisten ausgestellt hatte, etwas zu sagen hatte, deckte sie sich weiterhin für wenig Geld mit unzähligen Büchern ein. Sie las und las und ihr gefiel der Gedanke, Malte zur selben Zeit friedlich lesend in einem Sessel sitzen zu sehen und sich zwischendurch oder später mit ihm darüber auszutauschen, was sie jeweils gelesen hatten. Doch das geschah nur selten. Er hatte einfach zu wenig Zeit. Doch inzwischen hatte sie einen wirkungsvollen Trost entdeckt, der ihr half, mit enttäuschten Erwartungen klarzukommen: Das kreative Schreiben wurde zum Rettungsanker, zum probaten Mittel gegen die Einsamkeit, die sie an Maltes Seite empfand, obwohl er auch mit ihr immer wieder Zeit verbrachte, und gegen die Freudlosigkeit, die das zunehmende Gefühl von Überforderung in ihr auslöste. Es war wie eine Flucht. Mit dem Stift in der Hand oder der Tastatur unten den Fingern fühlte sie sich für eine Weile erlöst. Schreibend kam sie zur Ruhe. Das schien nur natürlich zu sein. Schon in der Schule hatte sie gern geschrieben. Nach der Trennung von Conrad hatte sie begonnen, Jahresbriefe zu verfassen, um möglichst viele Menschen an ihrem Leben teilhaben zu lassen. Als Roman erkrankt war, hatte sie mehreren Kladden ihren Kummer anvertraut. Ihr Fernlehrgang am Institut für Schriftstellernachwuchs, absolviert kurz nach Romans Geburt, war unvergessen geblieben.

Bald darauf kam der Zufall Hannah zu Hilfe. Svenja, auf Hannahs Wunsch hin vom Amtsgericht eingesetzt, erwies sich als fröhliche und patente gesetzliche Betreuerin für Roman. Sie war dazu da, Hannah zu unterstützen und zu entlasten. Immer wieder waren wichtige Entscheidungen für ihn zu treffen und Roman, der krankheitsbedingt seine Pubertät nicht hatte ausleben können, schien das jetzt nachholen zu wollen. Das stresste Hannah zusätzlich. Und tatsächlich, die herzliche und zupackende Frau tat sowohl Roman als auch Hannah gut. Gerade war Svenja zu Besuch gewesen, hatte sich ausführlich mit Roman unterhalten und Hannah beim Abschied einen tollen Tipp gegeben: „Du schreibst doch gern“, sagte sie. „Gerade bieten sie da bei der Volkshochschule einen Kurs für kreatives Schreiben an. Leitet eine Freundin von mir. Ich glaube ernsthaft, das wäre was für dich.“

Svenja sollte Recht behalten. Hannah meldete sich umgehend an und der Kurs machte ihr so viel Spaß. Ihre Texte kamen gut an bei den anderen an. Alle dort schienen auf ihrer Welle zu sein. Schreiberlinge verstehen einander eben, dachte sie. Hannah freundete sich mit Astrid an, einer ehemaligen Direktrice, die denselben Kurs besuchte. Antonia, die üppige Kursleiterin, nahm Hannah nach Abschluss des Kurses in ihre private Schreibwerkstatt auf, in der auch Astrid Mitglied war. Fortan schrieb Hannah regelmäßig – in der Werkstatt, die im Hinterzimmer einer alteingesessenen Gaststätte stattfand, und im stillen

Kämmerlein. Sie schrieb ebenso gern wie sie vorlas oder sich die Texte der anderen anhörte. Schließlich freundete sie sich mit zwei besonders rührigen Frauen an, Rune und Dana, die ebenfalls dort die Griffel spitzten und die ihr besonders sympathisch waren – was noch Folgen haben sollte.

Wenn Hannah schrieb, konnte sie für eine Weile alles andere vergessen. Doch weil sie in ihrem Job jede Kritik und auch das Schicksal der Bewohner so nahe an sich herankommen ließ, erschöpften sie die dreißig Wochenstunden, die sie leistete, dermaßen, dass sie immer mehr ausbrannte. Von Tag zu Tag kam ihr das Leben anstrengender vor. Und damit begann die Zeit mit dem Zettel an der Tür.

Suche nach Wegen

Immer häufiger wachte Hannah nachts auf und starrte die Zimmerdecke an oder den Mond, der durchs Dachfenster in ihr Zimmer schien. Sie war froh, dass Malte in seinem eigenen Zimmer schlief, so dass sie einander nicht stören konnten. Aber sie wusste auch, dass Malte getrennte Schlafzimmer, die sie selbst so schätzte, nur ungern akzeptierte. Umso wichtiger war es für ihn, am Morgen zu ihr herüberkommen, um noch ein wenig zu reden und zu kuscheln, bevor der Tag für sie beide begann. Ein Teufelskreis nahm seinen Lauf. Je weniger sie schlief und je später es wurde, desto mehr redete sie sich ein: Gleich kommt Malte. Da lohnt es sich sowieso nicht mehr, einzuschlafen. Aber dann habe ich ja so gut wie gar nicht geschlafen in dieser Nacht. Wie soll ich denn dann gleich fit sein in meinem Job?! Was soll ich denn nur tun?!

Der Einfall lag nahe. Hannah begann, jeweils einen Zettel von außen an die Tür zu hängen: „Bitte schlafen lassen. Es ist schon wieder zwei Uhr früh und ich liege noch wach." Sie malte Herzchen unter ihre Botschaften und Malte hielt sich an ihre Bitte. Sie spürte seine Enttäuschung, doch sie wusste keinen anderen Weg.

*

Mit der Zeit ließ der stete Schlafmangel Hannah so dünnhäutig werden, dass sie mitunter von einer Art Todessehnsucht erfüllt wurde. Aus einem Gefühl der Schwäche, Trauer und Einsamkeit heraus dachte Hannah, wie tröstlich es sein müsste sich einfach davonzustehlen. Graue und dunkelgraue Tage, an denen ihr nichts Spaß machte, an denen sie aber auch nicht weinen konnte, an denen ihr ganzes Leben unter einer dickwandigen Glasglocke zu liegen schien.

Dass es Hannah nicht gut ging, war der Besitzerin des Altenheimes offenbar nicht verborgen geblieben. Sie ließ Hannah zu sich rufen.

„Frau Adelmann, ich habe Sie beobachtet", sagte sie, als Hannah in ihr Büro trat. „Menschen, die nicht glücklich sind in dem, was sie tun, können auch nicht gut darin sein. Das hier ist nichts für Sie. Aber in der Psychiatrie nebenan wird in Kürze eine Ergotherapeutenstelle frei. Vielleicht passt das besser. Frau Holtmann wird Sie ansprechen."

Durchgefallen, dachte Hannah. Wie peinlich.

Steffi Holtmann war eine dralle, energische, fröhliche Frau mit großen, warm leuchtenden Augen und zu einem straffen Pferdeschwanz gebundenen schwarzen Haaren. Sie besuchte Hannah in dem mit

Therapiematerialien und Aktenordnern vollgestopften Büro, das diese mit ihrer Kollegin Rosemarie teilte, die beneidenswert gut Gitarre spielen konnte und gern mit den dementen Bewohnern und Bewohnerinnen sang. Steffi kam herein wie ein Wirbelwind und schien sich mit Rosemarie, die sie offenbar gut kannte, bestens zu verstehen. Hannah riss sich sehr zusammen, um auch selbst einen guten Eindruck zu machen und sich nicht so müde, lustlos und überfordert zu präsentieren, wie sie sich fühlte. Für eine Zeitlang gelang ihr das, wenn sie wollte. Dann konnte sie fröhlich und überzeugend sein, so lange, bis ihre Energie wieder in sich zusammenfiel. Sie spielte ihre Rolle gut. Ganz offensichtlich war sie in dieser Viertelstunde überzeugend genug.

„Ich würde mich wirklich freuen, Hannah, wenn du in unser Team kämest", zwitscherte Steffi. „Ich denke, du passt gut dahin. Und glaub mir, wir haben wirklich viel Spaß bei unserer Arbeit."

Unsicher sah Hannah zu Rosemarie hinüber, doch die machte den Eindruck, als sei sie gar nicht mal böse, wenn Hannah ins Nebengebäude wechseln würde. Zwischen Rosemarie, die Hannah in ihrem Wesen an Conrad erinnerte, und Hannah, die Rosemarie skurrilerweise an deren Exgatten denken ließ, hatte es häufig genug geknirscht. Und so keimte in Hannah die Überzeugung auf, es könne nur besser werde.

„Okay", sagte sie, „ich versuch's."

Wieso wütend?

Hannah hatte sich fest vorgenommen, sich für den neuen Job zu wappnen. Dieses Mal wollte sie sich nicht wieder blamieren und so suchte sie verzweifelt nach neuer innerer Stärke. Gelegentliche Gebete kamen ihr halbherzig vor und hatten – nach den grausamen Erfahrungen mit Roman und Ines – längst nicht mehr die frühere Kraft. Stattdessen fand Hannah Unterstützung bei einem grauhaarigen Psychotherapeuten, der sie seit kurzem einmal wöchentlich beriet. Sie sah ihn vor sich sitzen, im tiefen Sessel, das eine Bein in unnachahmlicher Gelassenheit über das andere gelegt, und hörte wieder, wie er ihr gleich beim ersten Treffen einen entscheidenden Tipp gegeben hatte: „Es ist wirklich wichtig, dass Sie das verstehen: Wenn man deprimiert ist, drückt man etwas weg. Und das, was man da wegdrückt, ist in den meisten Fällen Wut. Lassen Sie Ihre Wut zu."

Hannah hatte es versucht und damit eine Gedankenfolge ausgelöst, die sie überraschte. Wut, dachte sie. Wieso Wut? Ich bin ja gar nicht wütend. Ich spüre nichts dergleichen. Oder vielleicht ... Nun ja, könnte sein ... Eigentlich bin ich schon ein bisschen wütend. Eigentlich bin ich sogar ziemlich wütend. Ach was, ich bin stinkwütend!!! Und mit einem Mal erfüllten ungeahnte Energieströme ihren Körper und sie sah bedeutend klarer. Ich bin so furchtbar wütend auf andere und so enttäuscht von mir selbst, dachte sie dann, weil ich es zulasse, dass andere Menschen meine Grenzen überschreiten. Dass ich mich nicht wehre – ganz selbstbewusst und ruhig. Doch ich trau mich nicht. Wut steht mir doch nicht zu, oder? Und Jähzorn erst recht nicht – so was ist unsympathisch, so was ist schlimm. Sie schürfte tiefer in ihrem Unterbewusstsein. Ich glaube gar ... ja, ich glaube: Wut ist gefährlich! Wenn ich als Kind mit dem Fuß aufgestampft habe vor Zorn, dann hat es ganz schnell eine Ohrfeige gesetzt und Mutti war böse auf mich.

In diesem Moment kam in Hannah die Ahnung auf, dass es gerade die Angst davor war, nicht mehr geliebt zu werden, die sie immer noch daran hinderte, mit der Faust auf den Tisch zu schlagen. Männer dürfen wütend sein, dachte Hannah, das ist männlich. Frauen tun das nicht, das ist unweiblich. Frauen sind lieb. Aber immer lieb zu sein, das macht schwach. Lieb sein zu müssen, tut weh.

Psychiatrie

Im psychiatrischen Wohnheim war der Altersdurchschnitt der Bewohner deutlich jünger als in der Geriatrie und das Leben wirkte in seiner Verrücktheit lebendiger und fröhlicher auf Hannah. Dabei war es mindestens ebenso tragisch, aber das würde ihr erst nach und nach klar werden. An ihrem ersten Arbeitstag fragte Steffi Hannah, welche Gruppenangebote sie gern machen würde. Das war eine Frage, die Hannah gefiel. Sie schlug allerhand vor: einen Englisch-Kurs, Malen und Zeichnen, Gedächtnistraining, Gymnastik und Tanz. Steffi war begeistert, Hannah legte los und zunächst lief alles gut und sie bekam das Lob, das ihr so wichtig war. Mehrfach sagte Steffi: „Ich bin sehr zufrieden mit deiner Arbeit, Hannah."

Steffi hatte eine engagierte Mannschaft hinter sich. Gemeinsam versuchten alle, den Bewohnern und Bewohnerinnen das Leben so schön wie möglich zu machen. Es gab Ausflüge und Feste. Man achtete auf gesundes und vielfältiges Essen und eben auf interessante Kursangebote. Hannah versuchte, mitzuhalten bei dem betont fröhlich-lockeren Gehabe der Kolleginnen, doch glücklich war sie noch immer nicht.

„Arbeit ist nun mal kein Honigschlecken", sagte Rosa. „Man kriegt sein Geld nicht für lau."

Aber man sollte auch nicht jeden neuen Arbeitstag fürchten müssen, dachte Hannah. Bald schon fühlte sie sich mindestens so überfordert wie bei den Alten nebenan. Da waren einfach viel zu viele ganz unterschiedliche Menschen, mit denen sie umzugehen hatte. Bei jedem spürte sie Bedürfnisse, denen sie zu begegnen suchte, bei ihren Kolleginnen ebenso wie bei den Bewohnern und Bewohnerinnen. Ihr eigenes Bedürfnis nach mehr Ruhe und frischer Luft dagegen wurde nicht erfüllt. Die Luft im Wohnheim war zum Schneiden, denn fast alle im Haus rauchten. Während Conrads Rauchschwaden aus seiner Pfeife sie nur am Feierabend und an den Wochenenden erreicht hatten, war sie nun beständig von Qualm umgeben. Hannahs Seele wehrte sich mit Albträumen. Sie sah sich schwanger und den Fötus in sich wie einen Fisch auf dem Trockenen nach Luft schnappen. Privat kam sie mit Steffi gut genug klar, um ihr von ihrem Traum zu erzählen. Dienstlich war Steffi ihre Chefin, womit Hannah weniger gut klarkam. Dennoch wollte sie unbedingt durchhalten. Es ist nicht selbstverständlich, in meinem Alter einen Job zu haben, sagte sie sich immer wieder, und ich will Malte nicht mehr auf der Tasche liegen als nötig.

Inzwischen war Steffi nicht mehr zufrieden mit ihr und suchte das Gespräch. „Du lässt nach in deinen Leistungen“, sagte sie. „Außerdem bist du offen wie ein Scheunentor. Dein Traum zeigt das deutlich.“ Sie nahm einen Schluck Kaffee. „Du musst dringend an deiner Resilienz arbeiten. Lass das alles hier nicht so sehr an dich heran.“ Sie sah Hannah eindringlich an, bevor ihr Blick wieder weicher wurde. „Also, ich stelle mir immer eine Glasscheibe zwischen mir und den Klienten vor. Dadurch fühlen sie sich gehört und gesehen, aber ich schütze mich selbst davor, dass ihr Kummer und ihr ganzer Jammer auf mich übergehen und mich mit sich fortreißen. Das hilft. Versuch es mal.“

Hannah versprach es. Und ahnte bereits, dass es ihr nicht gelingen würde, genügend auf Distanz zu gehen.

Trostpflaster

Je mehr Hannah sich im Job anstrengte, umso wichtiger wurde ihr ihr Privatleben. Die Wochenenden, an denen sie keinen Dienst hatte, ließen sie aufatmen. Schöne Unternehmungen mit Malte, wie Ausflüge, Konzert- oder Museumsbesuche, gaben ihr - wenn auch nur für kurze Zeit – neue Kraft. Als noch erholsamer empfand sie den Aufenthalt in der Natur. Der Garten wurde immer schöner. Hannah pflanzte Stauden und Blumenzwiebeln. Die geplanten Obststräucher hatte Malte längst gesetzt und mit Begeisterung naschte Hannah Himbeeren, Boysen-, Stachel-, Josta- und Johannisbeeren.

Malte und Hannah machten Spiele mit ihren Söhnen und mit seinem Sohn, der gern zu Besuch kam. Und nicht zuletzt gingen sie regelmäßig auf Reisen, wanderten durch die Berge oder schwammen im Meer. Glückliche, inspirierende Momente, die Hannah Erholung und neuen Mut schenkten. Wie sehr sie es genoss, im Urlaub wieder schlafen zu können. Doch kaum war sie zurück, verpuffte die Erholung schnell.

Hannah brauchte Hilfe. Weil Malte kaum Zeit fand, sie im Haushalt zu unterstützen und auch absolut keine Lust dazu hatte, hatte er beschlossen, lieber eine Zugehfrau zu bezahlen. In Anja Varius fand Hannah eine zupackende Deutsche, die ihr schnell zur Vertrauten wurde. Wie damals Piyumi im Sauerland, so erzählte Hannah auch ihr so manches Geheimnis – und umgekehrt. Bald kam auch ein Gärtner stundenweise, ein stiller freundlicher Mann, der gerade arbeitslos geworden, mit Gartendingen vertraut war und einmal wöchentlich nach Hannahs Wünschen fragte. Hannah kam sich sehr privilegiert vor.

Im Herbst pflanzte Malte gemeinsam mit dem Gärtner einen Apfelbaum – *Ingrid Marie*. Er hatte einen Hochstamm haben wollen und auch Hannah gefiel die Vorstellung, eines Tages auf einer Bank unter diesem Baum sitzen zu können. Der Baum würde deutlich länger als ein Halbstamm brauchen, bis er anständig fruchten würde. An die zehn Jahre würde es dauern, hatte man ihnen in der Baumschule gesagt. Aber das nahmen sie in Kauf, denn trotz mancher Schwierigkeiten hatten sie vor, noch lange zusammenzubleiben.

Tagungsreisen

An Maltes Seite war das Reisen für Hannah bald zur Gewohnheit geworden. Ganz gelegentlich waren Auftritte der Anlass, gewöhnlich waren es Tagungsreisen, die sie bis nach New York, Kanada und Australien führten. An wunderschönen Orten und in herrlichen Unterkünften trafen sich Wissenschaftler aus aller Welt. Hannah erlebte die Reisen als Abenteuer. Ihre Eindrücke füllten jedes Mal ihre Notizbücher und die Festplatte ihres Computers und später die Fotoalben. Die Reisen waren wunderbar, nur erholsam waren sie nicht.

Mal ging es nach Paris oder in die Dolomiten, mal nach Übersee. Gewöhnlich wurde eine Tagung auf zwei namhafte Städte verteilt, Sydney und Melbourne zum Beispiel. Hannah sah und erlebte unendlich viel – Momente, Stunden und Tage, für die sie von Herzen dankbar war. Was sie sich als das ängstliche, schüchterne Mädchen von einst niemals hätte vorstellen können, geschah. Sie wuchs über sich selbst hinaus und wagte es, allein durch riesige Metropolen zu streifen, ohne Angst zu haben, sich zu verlaufen oder gar überfallen zu werden. Sie ließ sich treiben in der Gewissheit, mit Hilfe von Stadtplan und Reiseführer letztlich immer wieder zum Hotel zurückzufinden. Manchmal blieb sie unvermittelt einen Augenblick lang stehen, um staunend und ungläubig an Wolkenkratzerwänden empor oder weit über Berge und Hügel hinaus zu blicken und wieder einmal festzustellen, dass aus ihr an Maltes Seite fast so etwas wie eine Dame von Welt geworden war. Aus mir, dachte sie, dem unsicheren Mädchen, das in den Pausen allein abseits auf dem Schulhof gestanden hat oder vor dem Klingeln des Telefons im Ausbildungsbetrieb auf die Toilette geflohen ist. Aus mir, der unbedeutenden ehemaligen kleinen Sekretärin.

In Lissabon und in New York buchte Malte das *Ladies Programme* für sie, das für die begleitenden Damen organisiert worden war, und Hannah kam sich geadelt vor, dass sie daran teilnehmen durfte. Hier und da spuckte ein Reisebus sie aus. An dieser wunderbaren alten Kathedrale ohne Dach zum Beispiel oder an einer Pilgerstätte für die heilige Fatima mit beachtlichem Flair oder zu einem mittäglichen Besuch in einem abgelegenen Restaurant mit Pool irgendwo in den Bergen, das die Gruppe ganz für sich hatte.

Es ist ein Wunder, dachte sie, wenn sie die Rückfahrt antraten. Wie sehr hatte Hannah früher die Ehefrauen ihrer Chefs beneidet, die in schönen Häusern lebten, elegante, teure Kleider trugen, Gesellschaften gaben und Haushälterin und Gärtner beschäftigten, kurz, die etwas

Besonderes waren. Inzwischen gehörte sie selbst irgendwie dazu. Mit den anderen, ihr völlig fremden Damen allerdings kam Hannah nicht in näheren Kontakt, doch sie genoss das surreale Gefühl, zumindest eine Nebendarstellerin in einem Hollywoodfilm zu sein.

So viel Freiheit und so wenig Langeweile! Hannah hatte das ebenso wunderbare wie trügerische Gefühl, dass es ewig so weitergehen würde. Morgens gemeinsam mit Malte zu frühstücken, ihn zum Abendessen wiederzusehen und zwischendurch Zeit für sich zu haben, gefiel ihr immer mehr. Wie ein Schmetterling flatterte Hannah von Blüte zu Blüte, nahm Impressionen auf, mitunter blitzschnell und doch stets aus ganzem Herzen. Eines Tages werde ich über all das schreiben, dachte sie, indem sie fotografierte und sich Notizen machte. Kurzgeschichten vielleicht oder gar einen Roman.

Nur manchmal gab es ihr einen Stich ins Herz. Dann beobachtete sie Paare, die, Hand in Hand und mit glücklichem Lachen, die Zeit zu zweit offenbar sehr genossen. Dann drehte sie ihren Ehering mit dem kleinen Brillanten an ihrer rechten Hand, um sich zu trösten. Ich bin ja nicht wirklich allein, hätte sie den Paaren am liebsten laut zugerufen. Am Abend wird Malte, mein Mann, Zeit für mich haben. Am Abend werde ich seine Nähe spüren. Darüber, dass Malte sich vermutlich selbst nach ein wenig mehr Freizeit und Entspannung sehnte und gern mehr von den schönen Örtlichkeiten gesehen hätte, machte sie sich keine Gedanken. Denn wenn sie es verstanden hätte, wäre sie noch viel dankbarer gewesen, als sie es ohnehin schon war.

Zum Glück gab es während der Tagungszeiten oder zumindest gleich im Anschluss daran Gelegenheit, zu zweit unvergessliche Eindrücke zu gewinnen. Da waren die Bären am Straßenrand in Kanada, die beiden Nächte unter freiem Himmel im australischen

Outback oder auch nur die Markthalle mit den exotischen Fischen oder Fruchtsorten in Malaga. Da waren Wanderungen in den Bergen und Fahrstuhlfahrten zu Aussichtsplattformen, die einen schwindelerregenden Blick in beinahe unüberschaubare Straßenschluchten preisgaben. Da gab es fantastische Museen und Ausstellungen. Da genossen sie die Fahrt mit dem Linienboot in Sydney, die berühmte Oper im Blick, im Wissen darum, dass sie zumindest für die Nachmittagsvorstellung Karten ergattert hatten. Da waren immer wieder herrliche Kirchen, die es zu bestaunen galt. All das war so wunderbar und doch beinahe mehr als Hannah verkraften konnte.

Dinner mit Maltes Kollegen und einigen ebenfalls mitreisenden Ehefrauen, elegante Abendveranstaltungen in sehr großem Kreis, für die ausgesuchte Örtlichkeiten jeweils den Rahmen boten, empfand Hannah durchweg als anstrengend. Hunderte von Stimmen, Geklirr und Geklapper, schlechte Luft. Doch es gab eine Ausnahme, die sie niemals vergessen würde: den kleinen Empfang, der irgendwo in Spanien im Freien stattfand – war es in Granada? Im Innenhof eines kleinen Schlosses kamen ihnen junge Serviererinnen entgegen, Tabletts mit Sekt und Tapas in den Händen. Das Mondlicht glänzte auf ihren blauschwarzen Haaren und auf ihren gestärkten weißen Schürzchen und Hauben. Im Hintergrund spielte ein kleines Streicher-Ensemble. Die Tapas waren frisch und köstlich, die Zahl der Anwesenden nicht allzu groß. Hannah zählte vielleicht zwanzig oder fünfundzwanzig weitere Teilnehmer. Alles in allem eine Atmosphäre, die ihr weit mehr zusagte als große Veranstaltungen in riesigen Räumen mit nahezu unüberschaubarer Teilnehmerzahl, bei denen so viele Gäste möglichst gleichzeitig zu bedienen waren, dass das Essen oft lauwarm auf den

Tisch kam. Der spanische Innenhof aber, das war ein Ort zum Träumen, wie er ihr gefiel.

Doch es war wie es war: Die Gespräche bei Tisch interessierten Hannah nicht. Die Männer fachsimpelten, viele der Damen schienen einander bereits von anderen Reisen her zu kennen. Hannah kannte nur Malte und fühlte sich mal wieder als Außenseiterin, ein Gefühl, das gewöhnlich eine tiefe Müdigkeit, ja Lethargie in ihr auslöste anstatt des Esprits, den sie gern verströmt hätte. Eigene Themen wagte sie, die sie so sehr mit ihrer inneren Welt beschäftigt war, nicht, vorzubringen. Immer wieder war sie erleichtert, wenn sie zurück im Hotel waren und Malte, noch aufgekratzt vom Tagesgeschehen, im gut gepolsterten Queen- oder King-Size-Bett neben ihr allmählich zur Ruhe kam. Hannah schlief selten sofort ein. Ganz bewusst genoss sie für kurze Zeit die Stille – da war kein Laut mehr, keine Frage, kein neuer Eindruck, keine Diskussion – nichts. Nur das Füllhorn an Eindrücken, die ihr der Tag gebracht hatte. Sie lauschte Maltes ruhigen Atemzügen, bis er zu schnarchen begann. Dann stopfte Hannah sich das Ohropax tiefer in die Ohren, zog sich die Decke über den Kopf und versuchte, endlich selbst einzuschlafen. Es wurde Zeit. Der neue Tag würde keine Rücksicht darauf nehmen, ob sie genug geschlafen hatte oder nicht.

Eidechsen und Baumwurzeln

Hannah liebte Malte, aber es gab Unterschiede. Sie liebte ihn ganz besonders, wenn er entspannt war. Und was wäre besser gewesen, um zu entspannen, als private Ferien.

In jedem Frühjahr flogen sie in die Sonne und so lernte Hannah mit der Zeit fast alle Kanarischen Inseln kennen: Teneriffa, Gran Canaria, La Palma, Lanzarote, La Gomera. Sie flogen in die Provence, wo sie mit Studienfreunden von Malte in einem Dorf ein altes Steinhaus mit dicken, kühlenden Wänden und einem Feigenbaum im Garten gemietet hatten, dessen vollreife Früchte nur darauf warteten, ihr Frühstücksmüsli zu versüßen. Zu anderen Zeiten waren sie in der Toscana unterwegs, im Bayerischen Wald, am Bodensee, in der Türkei, auf Zypern. Sie schipperten eine Woche lang in einem gemütlichen Boot über den irischen Shannon und Hannah wunderte sich, dass ihr ausgerechnet an Land schwindelig wurde, weil ihr Körper nun an das beständige Schaukeln gewöhnt war. Sie kochten zusammen oder gingen essen. Sie machten ausgiebige Wanderungen und grasten Sehenswürdigkeiten ab, bauliche und landschaftliche. Sie kauften Andenken, die keine kitschigen Aufschriften trugen, wie damals mit Conrad in Athen, sondern die sie vermutlich lange erfreuen und begleiten würden. Sie probierten die süßen und herzhaften Spezialitäten des Landes, wie Gebäck, Käse oder Schinken und so manch süffigen Rotwein. Malte, der Frühaufsteher, der kaum mehr als fünf, sechs Stunden Schlaf brauchte, besorgte an jedem Morgen Brötchen oder Baguette und wenn er wieder da war, kam auch Hannah allmählich an Deck und gemeinsam genossen sie im Schein der Morgensonne ihr Frühstück. Nach dem Frühstück allerdings gab es ein gewisses Problem. Malte wollte los, Hannah brauchte Zeit für sich. Sie genoss es zutiefst, morgens draußen auf einer Liege zu sitzen und den leichten Wind zu spüren. Sie hatte so viel Freude daran, auf Teneriffa mit Blick auf den schneebeckten Teide die überaus wendigen Echsen zu beobachten, die tatsächlich Schreie ausstießen, wenn sie sich aufgeregt um die Weißbrotkrumen balgten, die sie ihnen hinwarf. Sie genoss die

Sonne auf ihrer Haut, die bereits wunderbar warm war, aber noch nicht zu heiß. Sie las, schrieb oder ließ ihre Gedanken spielen. Sie fühlte sich dünnhäutig wie Pergamentpapier und alle ihre Sinne standen auf Empfang. Ein Zustand, den sie durchaus genoss. Wenn sie las, tauchte sie völlig in der literarischen Welt unter, die zwischen den Zeilen verborgen lag, und war glücklich. Wenn sie schrieb, flossen die Worte nur so aus ihr heraus. Manchmal waren es nur wenige Zeilen oder eine Seite, oft wurden ganze Geschichten daraus. Kurz, der Morgen war Hannahs kreativste Zeit. Es waren die kostbaren Stunden, in denen ihr Kopf noch frisch und aufnahmebereit und ihre Seele besonders ausdrucksfähig war. Und da diese Zeit ihr heilig war, entwickelte sie ungeahnten Widerstandsgeist, um darauf zu beharren, diese Morgenstunden für sich nutzen zu dürfen. Stunden, die sie in ihrer freien Gestaltungsmöglichkeit in köstlicher Wehmut an Ferientage ihrer Kindheit erinnerten und sie glücklich machten. Es war für sie wie ein Naturgesetz.

Malte aber hatte Hummeln im Allerwertesten und wäre nur allzu gern gleich nach dem Frühstück aufgebrochen. Dass Hannah ihm wirklich viel zumutete, kam ihr nicht in den Sinn, obwohl er nicht selten davon sprach. Sie versuchte, ihn zu beruhigen: „Danach können wir für den Rest des Tages ja machen, was du willst", tröstete sie ihn und rechnete sich im Stillen aus, dass er rein prozentual durchaus auf der Gewinnerseite der gemeinsamen Zeitplanung wäre.

Wenn sie endlich loskamen, war auch Hannah wieder sehr bereit, Neues zu erleben. Dann schritt Malte, endlich losgelassen, zügig voran, bergauf und bergab, stundenlang. Hannah folgte ihm. Wenn sie nach zwei Stunden strammer Wanderung müde wurde, war Malte gerade erst warmgelaufen. Gingen sie bergauf, konzentrierte sie sich auf ihre Atmung - ein, aus, ein, aus - und nahm von der gewöhnlich sehr schönen Umgebung kaum etwas wahr. Den Blick nach unten gerichtet, ein leichtes Zittern in den Muskeln, war sie doch bald nur noch darauf bedacht, nicht aus Schwäche zu straucheln oder über eine Wurzel zu stolpern, was sicher geschehen würde, wenn sie im Gehen die Landschaft betrachtete. War sie endlich oben angekommen, wartete Malte schon ungeduldig auf sie und wollte endlich weiter. Hannah wusste, wie sehr er es genoss, seinen Körper herauszufordern.

Sie hingegen bummelte viel lieber durch die hübschen Dörfer, sah sich Kirchen an und kleine Geschäfte, ließ die Landschaft auf sich wirken oder döste, während Malte am Steuer saß und gerade mal wieder einen Punkt auf der Landkarte anstrebte, obwohl es am Ende dort nichts zu sehen geben würde als eben das Ende der Straße. Zum Ausgleich wählte er liebevoll Ziele aus, von denen er wusste, dass sie Hannah gefallen würden: alte Klöster mit herrlichen Kreuzgängen und Kräutergärten, romantische kleine Kapellen, Geschäfte oder Buchläden und besondere Restaurants oder Cafés, wie das im französischen Dorf, in dem eine Stirnwand komplett mit hellblau lackierten Regalen voller Bücher ausgefüllt war und die Windbeutel mit Kirschen und Sahne ganz anders zu schmecken schienen als anderswo.

Dann spürte sie es wieder: Er möchte wirklich, dass ich glücklich bin. Wie lieb von ihm. Nun muss ich es nur noch sein. Für den Moment schien es zu gelingen und sie übte sich in Dankbarkeit, doch schon am nächsten Tag kam sie erneut an ihre Grenzen. Da führte Malte sie schnellen Schrittes an einem schroffen Vulkanhang entlang, an dem der heftige Wind Hannah die langen Haare ins Gesicht peitschte und sie das Gefühl hatte, ihre Wanderstöcke bei jedem Schritt in den Boden rammen zu müssen, um nicht davongeweht zu werden. Während sie sich überfordert fühlte, lachte Malte. Malte war in seinem Element.

„Das mach ich nicht mehr mit!“, rief Hannah voller Selbstmitleid, während sie sich den Naturgewalten entgegenstemmte.

„Dann gehe ich eben morgen allein!“, brüllte Malte zurück.

Ein normales Geplänkel zwischen Partnern? – Rosa schien sich Sorgen zu machen. „Eine glückliche Beziehung sieht anders aus“, flüsterte sie. „Allmählich habe ich das Gefühl, ihr passt überhaupt nicht zusammen.“

Hannah schluckte. Oh Scheiße, dachte sie. Rosa hat vermutlich recht. Aber das ist ja schrecklich! Es ist tatsächlich, als würden wir verschiedenen Drehbüchern folgen. Jeder hat sein eigenes und fatalerweise ist es nicht mehr dasselbe Stück.

Heiraten oder lieber nicht?

Es war irgendwann zwischen all ihren bemerkenswerten Reisen. Während Hannah zu diesem Zeitpunkt seit Jahren in der hübschen kleinen Stadt in Schleswig-Holstein lebte, saß der Ring, den Malte ihr auf der Meersburg angesteckt hatte, noch immer an ihrer linken Hand. Die Entscheidung, ob sie – trotz aller Unterschiede – nun endlich heiraten sollten oder nicht, hatten sie immer wieder vor sich hergeschoben. Doch allmählich fand Hannah, dass es an der Zeit wäre, auch wenn sie sich immer noch nicht sicher war, ob sie wirklich zusammenpassten.

„Du musst an deine Zukunft denken, also hör auf zu zaudern“, gab Rosa in ihrer unnachahmlichen Direktheit zu bedenken. „Sicher ist man nie. Aber jünger wirst du auch nicht. Was ist, wenn Malte eines

Tages der Schlag trifft? Willst du dann trauernd und ohne Absicherung zurückbleiben?“

Hannah fand, dass das ein sehr unromantischer Gedanke war. Doch die Angst vor einer ungesicherten Zukunft war gerade angesichts ihrer sie so quälenden mangelnden Leistungsfähigkeit größer als all ihre Skrupel. Vielleicht sollte ich es als Frage von Gerechtigkeit und Chancengleichheit betrachten, sagte sie sich. Ich muss etwas tun und an seiner Seite kann ich ein sicheres Leben führen. – Morgen spreche ich mit Malte.

*

Hannah räusperte sich. „Du, ich habe nachgedacht, Schatz“, sagte sie, als das Frühstück sich dem Ende zuneigte und Malte die Tageszeitung beiseitelegte. Ihr Herz klopfte heftig. „Wir haben ja, nun, ehm, gelegentlich andere Vorstellungen vom Leben und streiten auch schon mal“, sagte sie, „das wissen wir beide. Aber ich liebe dich nun mal.“

Offenbar hatte Malte gute Laune – ein Lächeln spielte um seine Lippen. „Ich mag dich auch ganz gern“, sagte er.

„Das weiß ich. Ich muss aber auch an meine, eh ...“ Verflixt noch mal, ist das peinlich, dachte Hannah und ärgerte sich über ihre Unsicherheit. „Also, ich meine, wenn du mich auch ... noch liebst, sollten wir dann nicht endlich ...“

„Heiraten?“

„Genau.“ Fast trotzig sah sie ihn an.

„Du meinst, wir haben das Thema jetzt lange genug aufgeschoben?“

„Irgendwie schon.“ Sie betrachtete ihren Verlobungsring und auch er streckte die Hand aus und betrachtete den seinen.

„Du hast ja recht", sagte er. „Also versprochen: Ich denk noch mal drüber nach. Lass mir noch ein paar Tage. Im Moment ist so viel zu tun. Ich muss dann auch ..." Damit sprang er auf. Und weg war er.

*

Völlig überraschend brach Malte wenige Tage später zu einem Musikworkshop auf, ohne das Thema erneut angesprochen zu haben. Enttäuscht blieb Hannah allein daheim. Als er vier Tage später zurückkam, zog er sie in seine Arme. „Du hast mir gefehlt", sagte er und zog einen Brief aus der Tasche. „Guck mal, das habe ich für dich geschrieben."

Hannah nahm den zusammengefalteten Bogen Karopapier entgegen und legte ihn beiseite.

„Willst du meinen Brief nicht lesen?"

„Später."

Sie las ihn am Abend, allein in ihrem Bett. Malte hatte kritisch, selbstkritisch und zugleich sehr liebevoll geschrieben. Als Hannah, noch immer ärgerlich über Maltes plötzliche Abreise, den letzten Satz las, war sie gerührt: »Willst du also meine Frau werden?«

Er hat sich entschieden, dachte sie. Endlich. Sie sprang aus dem Bett und lief hinüber in sein Zimmer. Er saß noch am Schreibtisch, mit dem Rücken zur Tür. Sie umarmte ihn von hinten und drückte einen Kuss in sein dichtes Eichhörnchenhaar. In diesem Moment liebte sie ihn aus ganzem Herzen. „Ja", sagte sie, „ja, Malte, ich will."

Er sprang auf, lachte sein Große-Jungen-Lachen, und schlang seine Arme um sie. „Ich will auch", sagte er, „wirklich. - Bist du böse, wenn ich jetzt trotzdem weiterarbeite? Ich bin gerade an einer wichtigen Stelle." Er gab ihr einen schnellen Kuss.

„Ist schon gut", sagte sie.

„Ich könnte in dein Bett kommen, wenn ich nachher fertig bin, in ein, zwei Stunden vielleicht."

„Lieber nicht. Dann schlaf ich längst."

Auf nackten Füßen ging sie zurück in ihr Zimmer. Unsere Ehe wird vielleicht nicht das überschäumende Glück à la Hollywood werden, dachte sie, aber ein stilles Glück mit ein paar Schrammen ist allemal besser, als allein zu sein. Mutti jedenfalls würde stolz auf mich sein. Ich werde die Frau eines Chefarztes. Nun mache ich sie also, die gute Partie, die sie sich für ihre Tochter gewünscht hat. Sie hat es ja immer gewusst: Mädchen heiraten sowieso ...!

Rot wie die Liebe

Die Farbe der Liebe. Rot hatte Hannah schon immer gemocht. Sie dachte an ihren rot-weiß-gepunkteten Gummiball und den neuen roten Roller, den das Christkind wider Erwarten doch gebracht hatte, obwohl Hannah nicht brav gewesen war. Mit sechzehn hatte sie sich einen Trägerrock aus Jeansstoff gekauft, verschlossen mit vielen winzigen roten Knöpfen, der so knapp unter dem Hintern endete, dass der Anblick den netten Anwalt im Paternoster ihrer Firma fast um den Verstand gebracht hätte. Und eine rot-weiß-karierte Bluse dazu. In roten Schuhen hatte sie Conrad geheiratet und Halma spielte sie am liebsten mit roten Nüppchen.

Für ein weißes Brautkleid fühlte Hannah sich zu alt, für alle anderen Farben fühlte sie sich offen. Ein rotes Brautkleid wäre provokant, aber gerade das gefiel ihr. Als Frau an Maltes Seite fühlte sie sich stark genug für einen solchen Auftritt. Er begleitete sie, als sie stundenlang nach dem ultimativ schönsten Kleid suchte. Sie probierte welche in Beige und in Dunkelgrün, in Nachtblau und in Violett. Nichts schien richtig zu sein. Allmählich wurden sie beide müde. Dann aber entdeckte sie ein prachtvolles langes Gewand, das ihr hervorragend stand und – nach der jüngsten Heilfasten-Aktion – wie angegossen passte. Es war tiefrot. Ebenso rot wie die Stola aus Kaninchenfell, die sie an ihrem Hochzeitstag dazu tragen würde, um ihre Schultern zu wärmen. Winzige Strasssteine übersäten wie Sterne den Stoff. Conrad hatte nur standesamtlich heiraten wollen, die Heirat *ganz in Weiß* mit Berthold lag schon dreißig Jahre zurück. Nun würde sie noch einmal kirchlich heiraten und dann auch noch in diesem Kleid. Ein Traum!

Ich muss mal eben …

Valentinstag. Auf den Tag genau vier Jahre nach ihrem ersten Treffen fanden sich Hannah und Malte im Trauzimmer im *Historischen Rathaus* ihres Städtchens ein. Die Standesbeamtin, die sie bereits aus dem Vorgespräch kannten, fand liebevolle Worte. „Herzlichen Glückwunsch, Frau Birkelund, Herr Birkelund“, sagte sie, als alles gesagt und getan war.

Ein schöner Name, dachte Hannah, den schönsten, den ich je hatte: Hannah Ruth Birkelund. Ihr erster Kuss als Eheleute war herzlich und liebevoll und sie strahlten einander an. Klick, klick, klick. Mirco machte Fotos.

„Schön, dass du jetzt eine Birkelund bist“, sagte Maltes Vater und seine Mutter küsste Hannah auf die Wange.

Hannah versuchte, die Fassung zu bewahren, als sie wenig später, den Brautstrauß in der Hand, nicht am Arm ihres Gatten, sondern am Arm ihres Schwiegervaters durch die Innenstadt ging, um zu dem Restaurant zu gelangen, wo das Mittagessen gebucht war. Malte, immer für eine Überraschung gut, hatte mitgeteilt, er müsse noch mal eben schnell eine Glühbirne für den Projektor kaufen, den er bei der Feier am nächsten Tag zu benutzen gedenke. In einer Mischung aus Stolz und Scheu ging nun sein Vater so aufrecht neben Hannah her, dass man ihn, Anfang achtzig, für den Glücklichen hätte halten können. Hannah kam sich ein wenig seltsam vor und war doch froh, als er ihren Arm drückte.

Als hätte sie geahnt, wie gut der Schmuck zu Hannahs Kleid passen würde, überreichte Maltes Mutter Hannah wenig später im Restaurant alten Granatschmuck aus Familienbesitz – ein zartes Collier, eine Brosche und einen ausgefallenen Ring. Dieses Mal habe ich wirklich wunderbare Schwiegereltern, dachte Hannah. Sie sind so liebevoll. Sie passen zu mir und ich passe zu ihnen.

Das Mittagessen in dem kleinen Restaurant im Schatten der Kirche war köstlich, doch Hannah aß nur wenig, um den Erfolg der jüngsten Fastenaktion nicht zu gefährden. Morgen trage ich mein Kleid, dachte sie, und da will ich so schön sein, wie es mit knapp fünfzig überhaupt nur möglich ist. Und da es auch morgen wieder tolles Essen geben wird, darf es einfach nicht zwicken und zwacken.

Segen von oben

Es war wie bei ihrer Hochzeit mit Berthold: Papas Bruder und dessen Frau brachten Hannah mit dem Auto direkt bis vor die Kirchentür. Dieses Mal aber wartete ihr Bräutigam nicht in der Kirche – er saß direkt neben ihr. Als Hannah ausstieg, fühlte sie sich für Sekunden wie Prinzessin Diana vor dem Portal von Westminster Abbey.

„Wunderschöne Braut", sagte der charismatische Kirchenmusiker, den Hannah so mochte und der nun neben dem Pastor am Eingang stand. Seine Stimme riss sie aus ihren Gedanken und Hannah lächelte ihn dankbar an. Ich lebe, dachte sie. Sie sah Malte an. Auch er wirkte zufrieden. Wie immer sah er blendend aus. Nur sein Schlips saß ein wenig schief.

Glockengeläut. Donnernder Orgelklang. Stolz hakte Hannah sich bei Malte unter und zog mit ihm in die Kirche ein, um Gottes Segen zu erbitten. Wenn sie auch längst nicht mehr wusste, an welche Art Gott sie glauben sollte, so war die Sehnsucht nach seinem Schutz doch geblieben, und sie war sich ziemlich sicher, dass Gott oder wer auch immer an ihrer und Maltes Seite sein würde.

Ein alter Freund von Malte spielte die Orgel. Am Mittelgang saßen Maltes frühere Frau und sein Sohn. Anthony hob die Hand und winkte ihnen zu, als sie vorüber schritten. Der als launig bekannte Pastor sprach nette Worte und es störte kaum, dass nicht alle Fakten stimmten. Malte trug diesen typisch verträumten Blick, den Männer gewöhnlich haben, wenn sie nicht ganz bei der Sache sind. Auch Hannah ertappte sich dabei, in Gedanken zu sein. Wird diese dritte Ehe endlich halten? Aller guten Dinge sind doch drei, oder etwa nicht? Es muss einfach gelingen ...!

Hannahs ehemalige Gartenfreundin Jeannette und ein guter Freund von Malte hatten sich bereit erklärt, ihnen zusammen mit dem Pastor zum Abschluss segnend die Hände aufzulegen. Hannah wippte mit dem Fuß, als, geleitet vom Kirchenmusiker, der Gospelchor sang, in den sie kurz nach ihrem Umzug eingetreten war. Sie hatte sich einen afrikanischen Gospelsong ausgesucht, sie liebte diese schwungvolle, fröhliche Musik. Viel bewusster als damals als neunzehnjährige Braut nahm Hannah alles in sich auf. Viel mehr als damals war sie sich klar, dass solch ein Glück nicht selbstverständlich war. Und dass sie daran würden arbeiten müssen, um es halten zu können. Beide.

*

Bei der Feier im Saal des Gemeindehauses spielte Anthony auf der Geige und Mirco saß am Flügel. Hannah hatte ein Gedicht über Malte und sich geschrieben, das nun herumging und interessiert gelesen wurde. An einer Wand hingen kluge Sprüche über die Ehe. Hannahs Bruder Dietmar löschte das Licht und trug wenig später mit Frau und Kindern eine große, nicht essbare Hochzeitstorte herein, gebastelt aus Pappkarton und Alufolie, die mit Teelichtern effektvoll illuminiert wurde.

Den Brautwalzer brachte Hannah nur mit Mühe hinter sich, denn Malte war ebenso wenig wie ihre beiden ersten Ehemänner ein überzeugter Tänzer. Aber was machte das schon. Es wurde einfach ein harmonisches, friedliches und schönes Fest, das zählte. Bis dass der Tod euch scheidet, hatte der Pastor gesagt. Nicht einen Tag eher, dachte Hannah. Es war einfach so schön, wieder verheiratet zu sein.

Hannahs schicke blonde Haushaltshilfe besaß eine Modelfigur und war kaum weniger klug als Piyumi. Anja Varius hatte ihr kleines Schwarzes angezogen. Toll sah sie aus und unermüdlich und freundlich lächelnd half Hannahs guter Geist beim Servieren, Aufräumen und dem Ausschank der Getränke. Gegen Ende der Feier legte sie eine kleine Pause ein und rauchte im Vorraum eine Zigarette mit ihrem neuesten Verehrer, der gekommen war, um sie abzuholen. Wenig später tanzte sie mit ihm. Er war Mediziner, wie Malte. Hannah freute sich, dass das Anja nicht davon abhielt, ihr zu helfen. Sie war wirklich ein Lichtblick in ihrem Alltag. „Was liegt denn heute an?" Es war einfach unnachahmlich, mit welchem Charme und Frohsinn sie immer wieder diese Frage stellen konnte. Seit Anja ins Haus kam, fühlte Hannah sich weniger allein.

*

Zwei Tage nach der Feier brachen Hannah und Malte bei eiskaltem, aber sonnigem Winterwetter Richtung Sylt auf, wo ein Reetdachhäuschen auf sie wartete. Sie genossen die klare Luft, Spaziergänge am Meer bei Wind und Wetter, das gemeinsame Essen in schönen Restaurants oder das Fischbrötchen auf der Hand, Schnabulieren in hübschen Cafés, Gemütlichkeit unter der Wolldecke in ihrem Hexenhäuschen und das berühmte Bikebrennen, das ausgerichtet wurde, um böse Geister zu verjagen. Bei uns gibt es gerade keine bösen Geister, dachte Hannah zufrieden. Es geht uns gut miteinander, zumindest im Moment. Ein so friedliches Beisammensein. Genau so, dachte Hannah, darf es gern bleiben.

Tschüs, Mirco

Es war der Spätsommer im Jahr ihrer Hochzeit. Alle Eltern waren gebeten worden, beim Abi-Ball ebenso wie ihre Kinder elegante Kleidung zu tragen. Als Hannah an Maltes Seite Mirco begleitete, war sie die gleich nach der Hochzeit wieder angefutterten Kilos - welcher Idiot hatte nur den Jojo-Effekt erfunden?! – gerade wieder losgeworden und passte erneut in ihr rotes Hochzeitskleid. Und sie tanzte ebenso gerührt wie stolz mit ihrem Sohn.

Wenig später verließ Mirco als angehender Student das Haus, um nach Berlin zu gehen. Hannah stand traurig am Fenster ihres Zimmers, um zuzusehen, wie er die Klappe des Transportes schloss, den er ausgeliehen hatte, und mit Sack und Pack losfuhr, um in der Hauptstadt seine eigene kleine Wohnung zu beziehen. Ich werde seine Mutter bleiben, dachte Hannah. Und doch hatte sie das Gefühl, eine Ära ginge zu Ende.

„Das ist der Lauf der Dinge“, sagte Rosa. „Sei nicht traurig. Umso mehr Zeit hast du jetzt wieder für dich selbst. Und für euch. Mirco ist ja nicht aus der Welt.“

Was stimmte. Treu würde er alle vier Wochen nach Hause kommen, was Roman und Hannah ebenso freute wie Malte. Dann war das Haus mit Klaviermusik erfüllt. Mirco, Roman und Hannah spielten stundenlang Skat und hatten Spaß dabei. Sie kochten und aßen zusammen und unterhielten sich. Und Hannah blühte auf in dem Gefühl, ihren Söhnen ein gutes Zuhause gegeben zu haben, obwohl sie damals – schweren Herzens – Conrad weggeschickt hatte.

Wenig später zog Roman in eine Einrichtung in Hamburg, in der er, wenn er wollte, auch die Wochenenden verbringen konnte. Er versuchte es, in einer Werkstatt für Behinderte klarzukommen, doch es wollte nicht gelingen. Roman war zwar körperlich stark behindert, aber intellektuell vollkommen klar. Er brachte es nicht über sich, jahrelang gemeinsam mit geistig Behinderten Bestecke für ein Krankenhaus zu sortieren oder Trockenobst in Kisten zu packen. Und so wurde er zum Privatier, was Langeweile mit sich brachte, aber auch den Rückzug, den er, ebenso wie Hannah, regelmäßig brauchte.

Die Jahre, die dem Auszug ihrer zärtlich geliebten Söhne folgten, erlebte Hannah auch ohne die beiden und trotz manch gegenseitiger Ungeduld zwischen ihr und Malte als weitgehend gut. Noch deutete nichts die Flut verstörender Gefühle an, die ihr in einiger Zeit bevorstehen würde. Dabei hatte Hannah doch gedacht, dass das Leere-Nest-Syndrom, das sie gerade in Verbindung mit ihren Wechseljahren erlebte, schon Herausforderung genug war.

Zunächst machte Malte ihr das Leben vergleichsweise leicht. Er sorgte für sie, die sie nun seine Ehefrau war, als sei das völlig selbstverständlich, und erfreute sie immer wieder neu mit seiner gewohnt fröhlichen Großzügigkeit. „Guck mal, was hältst du denn von diesem Kleid für dich?“, sagte er zum Beispiel, indem er sie vor das Schaufenster einer kleinen Boutique zog, oder, magisch angezogen von der Vitrine eines Juweliers oder den Auslagen eines kunstgewerblichen Händlers: „Eigentlich hast du doch noch nicht genug Ohrringe, oder?“ Für ihn schien noch immer zu gelten: „Die Frau ist der Edelstein, der Mann ist die Fassung, die sie zum Strahlen bringt.“

In ihren Einkäufen für den gemeinsamen Haushalt war Hannah frei. Klaglos trug Malte den Löwenanteil der Haushaltskosten. Waren sie im Restaurant, ermunterte er sie, zu bestellen, was immer sie wollte, und während ihr anfangs einfache Gerichte, wie ein Bauernfrühstück, noch am besten geschmeckt hatten, wagte sie es in den Jahren ihres Zusammenseins ganz allmählich, die ihr anerzogene Bescheidenheit abzulegen, bestellte Filetsteak oder frischen Zander oder Tagliatelle mit hauchzart gehobelten Trüffeln oder gar, ohne Malte zu fragen, einen Espresso nach dem Essen, obwohl sie das für dekadent hielt. Insgesamt dauerte es Jahre, bis sie sich an dieses Leben, das so gänzlich anders war als in ihrer Kindheit, gewöhnt hatte und begann, es zu genießen. Zweifel schob sie immer wieder zur Seite. Beharrlich redete Hannah sich ein, ein Glückskind zu sein, obwohl sie eine zunehmende Distanz zwischen sich und ihrem Mann spürte. Solange ich nicht allzu widerspenstig bin, dachte sie, ist Malte doch immer noch zufrieden mit mir und wird mich nicht verlassen. Und wenn er beschäftigt ist, kann ich machen, was ich will. Das ist doch viel besser als nichts. Wenigstens das muss ich mir bewahren, sonst falle ich ins Nichts. Und das Nichts, das wäre die Hölle.

So lebten sie, oberflächlich betrachtet, ein angenehmes Leben zu zweit, das jeder von ihnen weitgehend für sich führte, in dem aber ein ehernes Gesetz galt: Hannah war Malte treu. Und sie war zu hundert Prozent davon überzeugt, dass auch er ihr treu war. Aber Irren ist bekanntlich menschlich.

*

Hannah hatte so sehr gehofft, dass es im psychiatrischen Wohnheim dauerhaft leichter für sie werden würde, doch ihr beruflicher Wechsel hatte sich als Fehler entpuppt. Die chronisch kranken Menschen saugten Hannah in ihrer Bedürftigkeit mehr und mehr aus. Hannah fühlte sich unter beständigem Druck, denn auch die Kolleginnen stellten Anforderungen an sie. Am besten ging es ihr im ständig verqualmten Wohnheim noch, wenn sie Küchendienst hatte. Dann endlich konnte sie sich zurückziehen. Dann stellte sie das Radio an und bereitete - rauchfrei – hinter dem durch einen Rollladen verschlossenen Tresen das Frühstück oder Abendessen für alle vor, holte ansehnliche Wurstrollen und Käseblöcke aus dem Kühlraum, schnitt mit der Aufschnittmaschine etwas davon ab, naschte hier und da, drapierte alles appetitlich und fühlte sich wohl in der Abgeschiedenheit der pieksauberen Küche. Aber das ist doch nicht richtig, dachte sie schuldbewusst. Ich sollte Freude an meiner eigentlichen Arbeit haben, Freude im Umgang mit Bewohnern und Kolleginnen. Das hier ist eine Flucht und wenn ich ehrlich bin, lebe ich erst nach Feierabend richtig. Ich erlebe meine Arbeit nicht, ich erleide sie. Ein Bild tauchte in ihr auf. Sie dachte an Monticello zurück, den Präsidentenlandsitz auf der romantischen Anhöhe, den sie bei ihrer Amerikareise mit Conrad so zauberhaft gefunden hatte. Sie dachte an den verrückten Moment zurück, an dem sie sich vorgestellt hatte, an einem solchen Ort zu leben, umgeben von Schönheit und Frieden.

*

„Dauerdruck und permanenter Schlafmangel machen krank“, sagte Hannahs Ärztin. „Sie haben ein beginnendes Burnout-Syndrom. Sie brauchen mal wieder eine Reha.“

Noch mal eine Kur? Oh, das wäre wunderbar!

Voller Hoffnung wartete Hannah auf die Genehmigung. Im Wohnheim erzählte sie wohlweislich nichts davon, dort war die Stimmung angespannt genug. Hannah hatte das Gefühl, es würde sich etwas zusammenbrauen. Die Kolleginnen guckten so seltsam in den letzten Tagen. Dass sie so gar nichts von Hannahs Rückzugsfreuden in Küche und Büro hielten, war ihr längst klar. Dass sie auch ansonsten so einiges an ihr auszusetzen hatten, äußerten sie Hannah gegenüber nicht direkt – sie fanden einen anderen Weg.

Den Tag, an dem Hannah in einer der üblichen Teamsitzungen, in der es normalerweise um das Wohl und Wehe der Klienten ging, zum alleinigen Tagesordnungspunkt gemacht wurde, ohne darauf vorbereitet worden zu sein, würde sie wohl niemals vergessen. Sie saßen in vertrauter Runde um den großen Tisch herum, an dem Hannah gewöhnlich englische Vokabeln mit Bewohnern einstudierte oder sie zu Bastelarbeiten motivierte. Zwölf Frauen, gelernte und ungelernte Kräfte. Vor ihnen Kaffeebecher, Zucker und Milch. Steffi ergriff das Wort und Hannah schrak zusammen, als sie ihren Namen hörte.

„Hannah, ich muss dir leider sagen, dass die Kolleginnen nicht zufrieden mit dir und der Zusammenarbeit sind. Und jetzt möchte ich jeder von ihnen die Gelegenheit geben, das hier in der Runde zum Ausdruck zu bringen. Vielleicht fängst du mal an, Beata." Sie nickte der Kollegin an ihrer linken Seite zu und Beata legte los. „Also, Hannah, ich finde es nicht gut, dass du ..." Und nun sagte eine nach der anderen, was sich in Hannahs Verhalten ihrer Meinung nach dringend ändern müsste.

Hannah, die aus allen Wolken gefallen war, hatte größte Mühe, Haltung zu bewahren. Sie war so froh gewesen, dass sie nur noch sechzehn Wochenstunden lang arbeiten musste, weil sie ihre Arbeit als

Gruppenleiterin – in Abstimmung mit Malte – neuerdings mit einer ehemaligen Praktikantin teilte, die auf Jobsuche gewesen war. Nun wird mein Leben endlich leichter, hatte sie gedacht. Nun wird alles besser und entspannter und ich werde besser schlafen können und auch mal wieder die Kraft haben, mit Malte gemeinsam etwas zu erleben, ohne schon allzu bald das Ende der Aktivität herbeizusehnen. War es nun gerade die neue Kollegin gewesen, die Steffi und die anderen gegen Hannah aufgestachelt hatte, um sie auszubooten und die Gruppenleitung für sich allein haben zu können? Hannah würde es nie erfahren. Sie saß da, hörte sich an, was die Kolleginnen zu sagen hatte, und machte sich Notizen. Vielleicht haben meine Kolleginnen ja sogar recht, dachte sie, während sie sich mühsam an ihrem Stift festhielt. Sie spürte ihre Defizite schon, wollte sie aber auf keinen Fall zugeben, schon gar nicht in dieser unsäglichen Teamsitzung. Sie fühlte sich ausgeliefert, wie an einem Pranger, an dem man festgebunden wurde, um beschimpft und bespuckt zu werden. Fehlerhaft zu sein, das machte Hannah Angst. Denn wer Fehler macht, davon war sie tief im Innern überzeugt, der wird verlassen oder verjagt. Den mag niemand. Und während sie weiter um Fassung rang, suchte sie immer wieder Sonjas Blick. Sonja, die junge Kollegin, Ergotherapeutin wie sie. Sonja, mit der sie in der Mittagspause spazieren ging und mit der sie Seite an Seite in der Muckibude trainierte. Sonja, die sie für eine Freundin hielt.

Endlich war sie an der Reihe. Nun werde ich etwas Positives zu hören bekommen, dachte Hannah, als Sonja den Mund aufmachte. Fehlanzeige. „Hannah, wenn wir einen Ausflug machen, könntest du auch mal die Zigaretten für die Bewohner einpacken."

Hannah blieb die Luft weg. Aber das tue ich doch, dachte sie. Das ist doch an den Haaren herbeigezogen. Hier wird jede Kollegin verpflichtet, etwas Negatives zu sagen. Das ist ein Komplott und alle ziehen gehorsam an einem Strang. Hier mag mich ja keine Einzige ...! Was tu ich hier eigentlich??!

Als Hannah Malte an diesem Nachmittag von der Teamsitzung erzählte, fand sie sein Mitgefühl. „Das ist ja wirklich übel“, sagte er. „Vielleicht solltest du dir doch etwas anderes suchen.“

„Vielleicht. Aber erst einmal fahre ich zur Kur, wenn man mich lässt.“

„Gut so“, sagte er. „Hoffentlich hilft es dir, denn, Hannah, es wird wirklich Zeit, dass sich etwas ändert. So geht das nicht weiter. Mit dir nicht und mit uns nicht.“

Peng.

Einmal diese Lippen kissen ...

Hannah hatte Glück im Unglück. Auch dieses Mal wurde die Reha genehmigt. Die Kurklinik lag mitten im Wald, nur eine gute Stunde von ihrem Zuhause entfernt. Bei ihrem ersten Erkundungsgang durch den Park kam Hannah ein beinamputierter Glatzkopf im Rollstuhl entgegen, den sie freundlich grüßte. Er tat ihr leid. Offenbar war das unnötig. Sein Selbstbewusstsein schien ungebrochen zu sein.

„Kaum geht man mal an die Luft, schon begegnet einem der geballte Charme in Person“, sagte er und grinste wie ein Eroberer.

Hannahs Lächeln gefror und sie wandte den Blick ab. Was denkt der sich, dachte sie.

In Mateusz, einem grauhaarigen polnischen Mitpatienten, fand sie wenig später einen Verehrer, der ihr sympathisch war. Er sagte wohlklingende Worte wie „Einmal diese Lippen kissen und sterrrben ...!" oder „So viele Talente in einer einzigen Frau". Er setzte sich im großen Stuhlkreis in der Festhalle, in dem gemeinsam Entspannungsübungen gemacht wurden, ihr genau gegenüber, um sie gut sehen zu können. Er tanzte mit ihr in der nahegelegenen Gaststätte, in der die Kurgäste sich am Wochenende verlustierten. Bevor er abreisen musste, ließ er eine wunderbare Rosenkarte in Hannahs Postfach fallen, die Hannah, die sich, bis auf einen einzigen schnellen Kuss, auf nichts eingelassen hatte, aufzuheben beschloss. „Bleib wie du bist", hatte er geschrieben, „schön und für Männer unerreichbar."

Ich bin gar nicht unerreichbar, dachte sie und vor ihrem inneren Auge tauchte Gustls Gesicht auf. Es muss nur der Richtige sein.

Hannah ließ sich die verbleibenden Wochen nicht lang werden. Es gab ein Schwimmbad, eine Turnhalle und einen Kraftraum. Das Sportangebot war reichlich, das Essen gut. Einzel- und Gruppengespräche fanden regelmäßig statt. Auf der Liegewiese gab es Liegestühle, wie Hannah sie von früher kannte, bespannt mit roter Plastik-Wäscheleine. Sie genoss es, darin zu liegen, den Stuhl nach hinten zu kippen und in die Wolken zu sehen. Als Höhepunkt empfand Hannah die Minuten auf diesem wunderbaren Wasserbett, auf dem man sich von den Bewegungen des erwärmten, hart pulsierenden Wassers unter der schwarzen Gummischicht, auf der man lag, durchkneten lassen konnte. Und die Schmökerstunden in der hauseigenen Bücherei.

Nach sechs Wochen entließ man Hannah mit der Bemerkung, eine weitere Beschäftigung im psychiatrischen Wohnheim sei ihrer Gesundheit nicht zuträglich.

„Sie sind wieder arbeitsfähig, Frau Birkelund“, sagte die nette Psychologin, „aber eben nicht im gegebenen sozialen Kontext. Sicher gibt es anderswo den richtigen Arbeitsplatz für Sie. Ich persönlich könnte mir sehr gut vorstellen, in einem Team mit Ihnen zusammenzuarbeiten.“

„Danke für alles“, sagte Hannah. Die Aussage der Psychologin baute sie auf. Sie fühlte sich mit einem Mal wieder stark genug zu arbeiten, war aber äußerst froh, nicht ins alte Umfeld zurückkehren zu müssen. Nach ihrer Rückkehr einigte sich mit ihrer Arbeitgeberin auf einen Aufhebungsvertrag. Bald danach meldete sie sich bei der Arbeitsagentur an und begab sich relativ entspannt auf die Suche, obwohl man von ihr erwartete, dass sie für eine neue Anstellung Anfahrtswege in Kauf nehmen würde, die Hannah für eine Halbtagsstelle eigentlich unzumutbar erschienen.

*

Deutlich schneller als erwartet fand Hannah einen neuen Job - in einer ergotherapeutischen Praxis, nur zehn Minuten von ihrem Zuhause entfernt. Die Chefin, etwa in Hannahs Alter, schien eine Freundin schneller Entschlüsse zu sein. Sie stellte Hannah ein, nachdem diese gerade erst die Praxis betreten hatte. „Ich finde gerade Ihr fortgeschrittenes Alter interessant“, sagte sie, „sonst haben wir hier nur junge Kolleginnen. Aber manchen Patienten tut eine ältere Kraft gut.“

Und so nahm Hannah die Arbeit auf. Für die Kinder war eine junge Kollegin zuständig, was Hannah schade fand. Doch hin und wieder durfte sie die Kollegin vertreten und freute sich über diese ungewohnte Arbeit und das Spiel mit den Kindern, obwohl beides anstrengend war.

Feuerzeichenzeit

Die Wechseljahre waren bisher weniger schlimm verlaufen als gedacht, zwangen Hannah aber zur Anerkennung ihrer Vergänglichkeit. Die unattraktiven Nasolabialfalten hatten sich deutlich vertieft und erinnerten sie an die von Angela Merkel. Mit ihren Oberarmen konnte sie allmählich locker winken, die Dellen an ihren Oberschenkeln wurden tiefer. Auch Hannahs Libido ließ deutlich nach. Doch statt über Östrogenspritzen nachzudenken, lachte sie lieber über den blöden Witz, den sie kürzlich gehört hatte: Warum kriegen Frauen über fünfzig keine Periode mehr? - Weil sie ihr Blut für Krampfadern brauchen. Haha. Sehr lustig ...!

Bauarbeiter hatten Hannah noch nie nachgepfiffen, nun taten sie es erst recht nicht. Aber diese gewisse Unsichtbarkeit fand sie bei näherer Betrachtung gar nicht so übel. Hannah war es zunehmend egal, was andere von ihr dachten. Toll!, dachte sie. Das immerhin ist ein Gewinn. Zur Bestätigung griff sie noch einmal nach dem Buch, das sie in Südfrankreich entdeckt hatte, in dem alten Ferienhaus mit dem fruchtenden Feigenbaum im Garten. Die Verfasserin, eine Schweizer Psychologin, hatte darin von Feuerzeichen geschrieben. Sie erzählte, im Alter einen wesentlich jüngeren Mann gefunden zu haben, der sie schön fand, wie sie war. Beneidenswert, dachte Hannah, ein jüngerer Mann, was für eine Bestätigung ...! Beneidenswert auch, wie sehr die Autorin über den Dingen zu stehen schien. Die Haare, die neuerdings am Kinn und über ihrer Oberlippe wuchsen, nannte sie respektlos Rabenhaare und ließ sie, wo sie waren. Das eine oder andere Pölsterchen schien nicht weiter von Belang zu sein. Ein mehr als unerotisch klingender Satz beeindruckte Hannah besonders: „Die Zeit der körperlichen Mutterschaft ist vorbei, die geistige Mutterschaft beginnt.“ Hannah beschloss, der Schweizerin zu glauben, dass es nicht länger um körperliche Schönheit gehe, sondern darum, den Geist zu entfalten, frei und unabhängig. Eine ungewohnte, aber schöne Idee, dachte Hannah. Und so bequem.

Während Malte beneidenswert schlank und fit blieb und ihm weder Restaurant- und Cafébesuche noch Kuchen oder Kekse am Nachmittag etwas auszumachen schienen, verlor Hannahs Kinn an Kontur und die Waage ging erbarmungslos auf die neunzig Kilo zu. Sie wandte sich betrübt ab, wenn sie sich nackt im Spiegel sah. Wenn ich so weiter mache, dachte Hannah, werde ich bald so dick und krank sein wie Mutti. Es ist direkt ein Wunder, dass Malte nicht längst darüber geklagt hat. Hannah streifte einen Pulli über, der ihren Bauch überspielte. Aber insgeheim findet er mich bestimmt längst völlig unattraktiv, dachte sie. Zu Recht. Ich mag mich ja nicht mal mehr selbst leiden. Ich seh aus wie eine Plantschkuh.

Sabbatical

Frühjahr 2006. Hannah arbeitete seit eineinhalb Jahren in der ergotherapeutischen Praxis, da kam Malte mit einer wundervollen Nachricht nach Hause. Man hatte ihm aufgrund einer Einladung eines norwegischen Kollegen ein Sabbatical genehmigt und für Malte stand es außer Frage, dass Hannah ihn in das wundervolle skandinavische Land begleiten würde, von dem sie schon so viel gehört hatte.

Hannah freute sich über die Maßen über diese außergewöhnliche Chance und haderte zugleich mit sich, denn obwohl ihre Söhne ausgezogen waren, hatte sie das Gefühl, sich weiterhin regelmäßig um sie kümmern zu müssen, vor allem um Roman, der schwer an seinem Schicksal trug. Wenn ich Malte begleitete, dachte sie, würde ich geschlagene fünf Monate lang persönlich unerreichbar sein. Andererseits, dachte sie, habe ich schon so viel Kraft und Herzblut in Romans Betreuung investiert und dieser Aufenthalt ist doch vermutlich eine einmalige Chance für mich, für uns. Malte hätte mich bestimmt nicht geheiratet, wenn ich mich nicht wenigstens bei so etwas für ihn entscheiden würde. Ich darf ihn nicht im Stich lassen und ich muss mit Mirco sprechen, damit er sich verstärkt um Roman kümmert, wenn ich nicht hier bin.

Mirco wirkte nicht gerade begeistert, sagte aber zu, an jedem zweiten Wochenende von Berlin aus nach Hause zu kommen, um Zeit mit Roman zu verbringen.

„Ich bin dir wirklich dankbar“, sagte Hannah.

„Ist bestimmt schön in Norwegen“, sagte er.

„Ja, es muss ein herrliches Land sein.“

Als Nächstes sprach sie mit Roman. Er wirkte bedrückt, doch dann sagte er: „Wir können ja skypen, Mama, und vielleicht sogar per Skype Skat spielen.“

„Ja, mein Schatz, das machen wir. Ich bin stolz auf dich. Du bist ein tapferer Junge.“

Mit der Zustimmung ihrer Söhne war die Bahn frei und es gab viel zu regeln. Hannah kündigte ihre Stelle, froh über die lange Pause, die ihr nun bevorstand. Ihre Chefin hatte ihr zugesagt, sie nach ihrer Rückkehr wieder einzustellen und noch war Hannah dankbar für diesen Job.

Wenig später erreichte sie die Nachricht, dass ihnen in dem kleinen, ruhigen Ort am Fjord eine hübsche, kleine Souterrain-Wohnung zur Verfügung gestellt werden würde, direkt oberhalb der Eisenbahnlinie, und Björn, Maltes norwegischer Kollege und Freund, würde ihr direkter Nachbar sein.

Endlich war es soweit. Hannah und Malte montierten den neu angeschafften Dachkoffer, stopften das Auto voll bis bis in die letzte Ecke, hätten beinahe die Schneeketten vergessen, packten sie dann doch ein und fuhren los. Am Ostermontag nahmen sie von Kiel aus die Color-Line-Fähre Richtung Norden und genossen schon die Überfahrt. Hannah, die mit ihrem Strickzeug in der hübschen Kabine saß und zwischendurch durchs Bullauge nach draußen blickt, war so voller Vorfreude. Malte, der seine Unterlagen studierte, war voller Tatendrang. In Oslo fuhren sie mit ihrem Auto schwitzend durch den Zoll, weil sie drei Flaschen Wein mehr als erlaubt an Bord hatten, doch alles ging gut. Sie überwanden, indem sie der E 6 folgten, den *Dovrefjell*, wo noch Schnee lag und das Eis in beeindruckend großen Zapfen von den Felswänden herabhing. Die Landschaft war kalt und kahl dort oben und doch fand Hannah sie absolut faszinierend. Sie hatte gelesen, es gebe Moschusochsen in dieser Gegend und hoffte auf die Begegnung mit Rentieren und dem einen oder anderen Elch. Und wer weiß, vielleicht gab es ja sogar wirklich irgendwo Trolle ...

Gut drei Stunden später hatten sie das wunderhübsche, noch recht neu wirkende weiße Holzhaus erreicht, in dem sie Unterkunft finden würden. Vom Gartenzaun zum bewaldeten Nachbargrundstück aus, in dessen Mitte ein schwarz gestrichenes Holzhaus zu erkennen war, rief eine Frau Maltes Namen.

„Hi, June!“, rief er begeistert. „Nice to see you.“ Er beugte sich über den Zaun, um sie zu umarmen.

„Das ist June, Björns Frau“, sagte er, als auch Hannah näherkam.

„Welcome“, sagte June strahlend und streckte ihr die Hand hin.

Aus dem weißen Holzhaus trat ein Paar mittleren Alters, das sie abwartend betrachtete.

„Hei, Fridtjof, hei, Enna“, sagte June. Dann wandte sie sich an Hannah. „That are your landlords.“

Malte begrüßte das Vermieterpaar auf Norwegisch. Er war mit seiner früheren Familie schon einmal ein ganzes Jahr lang in Norwegen gewesen und sprach die Sprache, deren melodischer Singsang Hannah auf Anhieb gefiel, fließend. Während June sich wieder der Gartenarbeit zuwandte, packten die beiden mit an, um Hannahs und Maltes umfangreiches Gepäck einen Weg hinunterzutragen, der, vorbei an einem eingezäunten Erdbeerbeet, ums Haus herumführte. Fritjof schloss die untere Haustür auf und überreichte Malte zwei Schlüssel. Erwartungsvoll trat Hannah ein. Ein geräumiges Wohnzimmer mit offener Küche, zwei kleine Zimmer, Diele und ein modernes Bad mit Waschmaschine erwartete sie. Hannah freute sich über die moderne, geschmackvolle Möblierung, die erkennbar aus dem sympathischen skandinavischen Möbelhaus kam, das ihnen auch in Deutschland vertraut war.

„Det er fantastisk“, lobte Malte. Hannah, die in den letzten Wochen in Deutschland versucht hatte, aus Maltes altem Buch erste Lektionen zu büffeln, war die Sprache bislang kaum eingängig. Fantastisk immerhin verstand sie.

„Als erstes müssen wir Lebensmittel kaufen“, sagte Malte, als die beiden sich zurückgezogen hatten. „Mir knurrt schon der Magen. Es ist nicht weit bis zum Supermarkt.“

„Wo habt ihr damals gewohnt?“, fragte Hannah.

„Oben am Berg. Aber hier unten am Fjord ist es schöner. So toll, dass wir jetzt hier sind.“

„Ja, find ich auch.“

Sie nahmen einen Einkaufswagen. Die Obst- und Gemüseabteilung gleich am Eingang wirkte sehr überschaubar. Schockiert las Hannah die Preisschilder. Einfach unglaublich, dachte sie, Frischkost ist hier fast unbezahlbar! Zähneknirschend nahmen sie eine Schlangengurke und vier grünliche Äpfel, die nicht sonderlich vitaminreich wirkten, und schoben den Wagen langsam weiter durch die Gänge. Das Angebot war anders, als Hannah es gewohnt war. Vieles, was ihr vertraut war, fehlte. Anderes war ihr unbekannt. Und es gab reichlich Fastfood.

„Leverpostei“, sagte Malte und nahm eine eingeschweißte Packung aus dem Kühlregal. „Das ist eine Art Leberpastete. Sehr lecker. Und guck, hier ist Gudbrandsdalen, der Karamellkäse, von dem ich dir erzählt habe. Den isst hier jeder. Schmeckt einfach zu gut.“

Skeptisch betrachtete Hannah den orange-goldenen Schmelzkäse und die stark fettig wirkende Wurst. Beides war immerhin erschwinglich. Das galt auch für Lachs und Walfleisch. Eiweiß macht wenigstens satt, dachte Hannah, aber Obst und Salat nur in Dekomengen? Das kann ja heiter werden ...!

Später am Abend waren sie bei Björn und June auf ein Glas Wein zur Begrüßung eingeladen. Das war eine besondere Auszeichnung, denn Wein, der nur in speziellen Läden verkauft und dezent in Papiertüten verpackt wurde, war noch teurer als Obst. Das Professorenpaar in seinen frühen Vierzigern war Malte von früheren Tagungen bekannt. Hannah fand die beiden sehr sympathisch und die Unterhaltung in englischer Sprache erschien ihr als wunderbare Abwechslung zu ihrem alltäglichen Leben in Deutschland.

Am nächsten Morgen begann Hannahs neuer Alltag auf Zeit. Malte fuhr mit Björn zur Uni, wo man ihm ein kleines Büro zugewiesen hatte. Hannah war nun sich selbst überlassen. In aller Ruhe packte sie Koffer und Kisten aus. Sie hatte reichlich Bücher mitgenommen, und freute sich, in den kommenden Wochen und Monaten nahezu unendlich viel Zeit zum Lesen zu haben. Dann spazierte sie durch den Garten, verließ das Grundstück, ging die Straße bis hinunter zum Bahnübergang, hinter dem ein halbhohes Felsplateau zu sehen war, umgeben vom Wasser des Fjords. „Se og lytt etter tog“, stand auf einem kleinen Schild am Gatter, das den Bahnübergang für Fußgänger beschrankte und das bei Bedarf selbst zu heben war. Malte hatte den kurzen Text für Hannah bereits auf dem Weg zum Supermarkt schmunzelnd übersetzt. „Sieh und hör nach dem Zug, heißt das.“ Hannah versuchte nun halblaut die Aussprache: „Sseee ooh lütt etter toog.“ Klingt mächtig gemütlich, dachte sie, und öffnete das Gatter.

Et Sprakgenie

Norwegen war ein Abenteuer für Hannah, doch schon recht bald lernte sie dessen Kehrseite kennen: Malte arbeitete von früh bis spät an seinem Forschungsthema und hielt hier und da Vorlesungen ab. Er pflegte den fachlichen Austausch mit Kollegen. Als Violinist fand er schon bald Einlass in ein Hobby-Orchester. Wenig später bestand er die kurze Aufnahmeprüfung, die ihm erlaubte, vorübergehend im Chor des berühmten *Nidaros-Doms* in Trondheim mitzusingen. Hannah war weder das eine noch das andere gegeben, denn sie spielte kein Instrument, sprach die Sprache nicht und Altstimmen gab es genug im Chor.

Die Tage vergingen. Hannah versuchte, tapfer zu sein und Malte nicht die Stimmung zu vermiesen. Stundenlang lag sie lesend auf dem lindgrünen *IKEA*-Sofa, das die Vermieter ins Wohnzimmer gestellt hatten. Sie hatte ihre Küchenmaschine samt Getreidemühlenvorsatz und den Brotbackautomaten ebenso wie Weizen- und Roggenkörner mit nach Norwegen genommen und backte Vollkornbrot und Kuchen. Alle zwei, drei Tage spielte sie mit Roman und Mirco per skype Skat, freute sich, ihre Stimmen zu hören und ihnen auch über die Entfernung hinweg nah zu sein. Über die *Web Writers Group*, eine Gegenlesgruppe im Netz, der sie seit einigen Monaten angehörte, hatte sie Kontakt gefunden zu einem Lektor, der einzelnen Gruppenmitgliedern angeboten hatte, sie kostenlos bei der Entwicklung literarischer Projekte zu begleiten. Woche für Woche konnte man entweder eine Stufe weiterkommen oder war raus aus der Sache. Hannah machte sich große Hoffnungen und begann, die Geschichte eines lesbischen Paares in der Nazizeit zu entwickeln, inspiriert von der Geschichte von *Aimee und Jaguar*, die sie vor einiger Zeit im Fernsehen gesehen hatte. Sie recherchierte und fabulierte.

Wenn sie nicht schrieb oder las, ging sie zum nahegelegenen Trondheim-Fjord hinunter, wo sie über die dort aufgetürmten Steine und Felsbrocken kletterte. In einen großen, mit Flechten besetzten

Stein, der in Ufernähe im Wasser lag, verliebte sie sich auf Anhieb. Leider war er viel zu groß, um mehr als ein Foto von ihm mitzunehmen. Sie sammelte handlichere Steine und Muscheln. Sie spielte mit den Händen im Wasser und träumte vor sich hin. Sie beschäftigte sich weitgehend allein und so lag über allem ein Gefühl von Einsamkeit, unausgeglichener Langeweile und Schwermut. Eines aber hielt sie aufrecht: Maltes Versprechen, sie demnächst bei der Sprachschule anzumelden. „Sobald ich mal Muße habe, fahren wir hin.“

*

Sie waren schon über zwei Wochen lang vor Ort, da nahm Malte sich endlich die Zeit, mit Hannah in den Nachbarort zu fahren, wo im Zentrum für Erwachsenenbildung unter anderem Sprachkurse angeboten wurden. „Vielleicht gibt es ja einen freien Platz für dich“, sagte er, „damit du Kontakt findest. Ich kann mir einfach nicht mehr Zeit nehmen für dich.“

„Du vil laere Norsk?“, fragte breit lächelnd die üppige, weißblonde Lehrerin, die sie in der Schule willkommen geheißen hatte. Sie sprach Norsk wie Norschk aus, im Trondheimer Dialekt. Hannah war froh, wenigstens diesen Satz zu verstehen. Und ja, sie wollte die Sprache tatsächlich lernen. Gerne sogar. Am liebsten so gut wie Malte, denn der unterhielt sich gerade fließend mit der Lehrerin. Am Ende des kurzen Gesprächs stand es fest: Schon am nächsten Tag würde Hannah beginnen können.

„Ses i morgen“, sagte die Lehrerin und gab Hannah die Hand.

„Ha det bra“, sagte Hannah, denn was „Tschüs“ heißt, das wusste sie auch schon.

Hannah hatte unruhig geschlafen. Zum ersten Mal war sie mit dem Auto allein auf norwegischen Straßen unterwegs. Sie fuhr auf die Hauptstraße, bog links ab, folgte der kurvigen Strecke, fand die Schule wieder und lenkte den Wagen auf den kleinen Parkplatz. Mit klopfendem Herzen ging sie wenig später im Schulgebäude die Stufen hinauf, doch schon eine halbe Stunde später fühlte sie sich angekommen. Alle Scheu war von ihr abgefallen. Sie durfte lernen und damit war sie in ihrem Element. Sie erfasste die Sprache nun schneller als gedacht. Der Satzbau ähnelte dem Deutschen und viele Begriffe klangen ähnlich. Mannen min hieß mein Mann, huset war das Haus und fortelle stand für erzählen und ähnelte dem norddeutschen vertellen frappierend. Mit zwei Russinnen, einer Brasilianerin und einer Engländerin, Mutter eines Babys, teilte Hannah nun – von montags bis freitags – die kleine Klasse, deren internationale Besetzung vor allem der Tatsache zu verdanken war, dass es den weitgehend gut situierten norwegischen Männern offenbar nicht schwerfiel, sich hübsche Frauen aus dem Ausland zu angeln.

Abends setzten Hannah und Malte sich nun häufig zusammen, um *Jim Knopf und Lukas der Lokomotivführer* auf Norwegisch zu lesen. Die regelmäßige Lektüre der Geschichte, die Hannah schon als Kind geliebt hatte, trug mit dazu bei, dass sie sich erstaunlich schnell in die Sprache einfand und sich schon bald auf Norwegisch unterhalten konnte.

Enna, die nette Vermieterin, die über ihnen in dem weißen Holzhaus lebte, lobte sie. „Du er et sprakgenie ...!“

Was? Ein Sprachgenie? Hannah schwoll die Brust vor Stolz und Freude. Und bald schon gab es eine weitere Gelegenheit, die Sprache zu erproben. June bot Hannah an, sie zu den Aerobic-Stunden mitzunehmen, die an der Uni stattfanden. Den schnellen Anweisungen der Übungsleiterin konnte sie mit einiger Mühe folgen. Wenn die Norwegerinnen ihr zuliebe in der Umkleidekabine langsam sprachen, verstand sie fast alles, wenn sie aber im normalen Tempo in ihren Dialekt verfielen, verstand sie so gut wie nichts.

Zu ihrer großen Enttäuschung flog Hannah nach einigen Wochen eifrigen Schreibens aus dem Kreis der Mitstreiter rund um den *WWG*-Lektoren raus. „Du bist eindeutig begabt“, schrieb der Fachmann, „aber eben noch nicht ganz so weit. Aber wenn du fleißig übst ...!“

Das werde ich, dachte sie. Schreiben ist mein Ding. Vielleicht einfach deshalb, weil ich nicht so gern rede, aber sehr viel und gern nachdenke, und mein Stift hört mir besser zu als die meisten Menschen.

Mittsommernacht

Es ging allmählich auf den Sommer zu. Am 17. Mai erlebte Hannah an Maltes Seite den Nationalfeiertag, an dem das ganze Land – bestens gelaunt, Fahnen schwenkend und in Trachten – auf den Beinen zu sein schien. Malte ließ es sich zur Ehre gereichen, in seinem schönen blauen Chorgewand im Dom zu singen, während der norwegische König anwesend war. Und Hannah, die im dunklen Kirchraum saß und zuhörte, war wieder einmal stolz auf ihn und zugleich ein bisschen neidisch.

Dann wurden die Tage noch länger und die Nächte unglaublich kurz. Oft schien die Sonne noch ins Zimmer, wenn Hannah sich gegen zehn Uhr abends zu Bett legte. Mittsommernacht, das Fest der Sommersonnenwende, erlebten sie auf den Lofoten. Als sie kurz vor Mitternacht draußen herumgingen, um einen ersten Eindruck zu gewinnen, war es noch taghell und Minuten später begann bereits der neue Tag.

Nach dem Frühstück sahen sie mehr von der Umgebung und Hannah war beeindruckt von der schroffen Landschaft, den unzähligen Seevögeln, die in den Felsen brüteten, und dem bizarr wirkenden Trockenfisch, der auf zahlreichen Holzgestellen Wind und Sonne ausgesetzt war.

Die Wochenendreise zu den Lofoten, die Hannah und Malte mit dem Zug und dem Schiff erreichten, während sie unterwegs den Polarkreis überwanden, war nur einer von vielen Ausflügen. Hannah war froh, dass sich Malte fast immer an den Wochenenden Zeit nahm, um ihr Land und Leute zu zeigen. Sie unternahmen Autofahrten und Wanderungen, sahen den Geiranger Fjord und den Lyse Ford, besuchten Bergen oder Røros, die alte Bergarbeiterstadt, kletterten über unzählige Felsen und sahen Wasser, Wasser, Wasser. Sie wanderten gemeinsam mit einem Orchesterkollegen von Malte und dessen Frau und fanden an einer geheimgehaltenen Stelle kiloweise Pfifferlinge, die sie abends gemeinsam brieten. Wenig später lud das Paar sie zu einem siebengängigen traditionellen Weihnachtsessen ein, mitten im Sommer, nur um zu beweisen, dass Norweger sehr wohl kochen konnten. Sie trafen, wie erhofft, auf zahlreiche Rentiere, die am Waldrand grasten oder manchmal quer über die Straße marschierten. Sie entdeckten auch Elchlosung im Wald und in typischer Weise abgeknickte Zweige. Einen Elch aber sahen sie während ihres gesamten Aufenthaltes nicht. Umso mehr freute Malte sich, als Hannah ihm zu seinem Geburtstag im

August einen Plüschelch kaufte. Er taufte ihn auf den schönen Namen *Oweiho*. Und von da an leistete das Plüschtier dem kuscheligen Kamel namens *Camelia*, das Hannah von daheim mitgenommen hatte, auf dem grünen *IKEA*-Sofa Gesellschaft.

Fast schon Norwegerin

So schön das alles war, irgendwann war der Reiz des Neuen vorüber und die Zeit wurde Hannah lang. Die Sommerferien standen vor der Tür. In der Schule hatte man ihr angeboten, die erste Sprachprüfung abzulegen. Sie ließ sich darauf ein, wurde in einen Nebenraum verfrachtet und erledigte die Aufgaben mit links. Die Lehrerin sah alles durch und schlug Hannah vor, gleich die nächste Prüfung anzuschließen. Auch das gelang ohne größere Mühe. Als sie mittags die Schule verließ, steckte ein Zeugnis in ihrer Tasche, das ihr ausreichende Sprachkenntnisse bescheinigte, um in Norwegen einwandern zu dürfen – was sie vermutlich niemals tun würde. Dennoch war es ein gutes Gefühl.

Mit Beginn der Sommerferien fiel Hannahs morgendlicher Sprachunterricht, der ihren Tagen so viel Struktur gegeben hatte, weg und sie selbst fiel in ein betrüblich tiefes seelisches Loch. Selbst das Bücherlesen erschien ihr allmählich reizlos. Sie schrieb immer noch täglich am PC ihr Tagebuch, doch es gab nicht mehr viel Neues zu berichten. Ich habe Heimweh, dachte sie. Ich mag nicht mehr. Es ist einfach genug. Wie gut, dass Ulla bald kommt.

Ulla, Hannahs agile Sauerländer Freundin, die Biobäuerin, die nur wenig jünger als Hannah war und sich so prächtig mit Malte verstand, hatte ihren Besuch für eine Woche angemeldet. Gemeinsam würden sie noch ein paar Tage lang unterwegs sein. Hannah mochte Ulla noch immer sehr, aber neben ihr kam sie sich noch unsportlicher vor, als sie ohnehin war. Ulla war Malte gewachsen. Hannah hatte gerade, um der steten Gewichtszunahme aufgrund der gemüsearmen Kost zu begegnen, ein paar Fastentage eingeschoben und war nun dabei, vorsichtig wieder mit dem Essen zu beginnen. Das war eine sensible Zeit, das wusste sie. Eine Zeit, in der sie sehr nach innen gekehrt war und wenig zugewandt.

„Da hast du ja mal wieder eine blöde Zeit ausgewählt", schimpfte Rosa.

„Es ging doch terminlich nicht anders", gab Hannah zurück, „wegen der Schule."

Bei ihren gemeinsamen Wanderungen dackelte Hannah meistens hinter Malte und Ulla her, während die beiden munter plaudernd voranschritten. Und als sie einen Gletscher erreichten, zauderte Ulla, spontan begeistert, nicht, mit Malte ein wenig auf der weißblauen Fläche bergan zu steigen, während Hannah wartend zurückblieb. An diesem Abend war Hannah völlig erschöpft. Und so bat sie Malte, als er in der Hütte, in der sie zu übernachten gedachten, gerade ins Leiterbett steigen wollte, ins Zimmer nebenan zu Ulla zu gehen, um im Bett über ihr zu nächtigen, wegen des Schnarchens. „Ich muss unbedingt schlafen können", sagte sie.

Er kam ihrer Bitte nach. Aber Hannah hatte den Eindruck, er verstand sie nicht.

Ein paar Wochen später. Alles war gepackt und ein ausgiebiger Wohnungsputz lag hinter Hannah. Am Abreisetag zog sie die schöne neue Norwegerjacke an, die sie nach langem Suchen gefunden hatte.

Als sie Abschied nehmen mussten, standen ihr trotz aller Vorfreude auf daheim Tränen in den Augen. In diesem Moment wäre sie am liebsten für immer geblieben. Diese Zeit hier war ein Geschenk, dachte sie in plötzlich aufwallender Dankbarkeit. Niemals werde ich vergessen, dass ich eine Zeitlang beinahe eine Norwegerin gewesen bin.

Mach's gut, Papa!

Zwei Jahre waren seit ihrer Rückkehr vergangen. Papa kam nur noch selten zu Besuch und Hannah vermisste ihn. Eines Tages rief er an und bat Hannah, ihn in Essen zu besuchen. „Mir geht es nicht sonderlich gut", sagte er und der Ernst in seiner Stimme blieb Hannah nicht verborgen. „Es wäre wirklich schön, wenn wir uns wieder einmal sehen würden."

Hannahs Herz zog sich schmerzhaft zusammen. Sie dachte an Papas Krebsdiagnose vor einigen Jahren, die sich zum Glück als unbegründet erwiesen hatte, und an den Herzschrittmacher, den Papa zwei Jahre zuvor bekommen hatte. Er war nun sechsundachtzig. Irgendwann wird es vorbei sein, dachte sie, doch sie war nicht im Geringsten geneigt, ihn ziehenzulassen. Wenn es nach mir ginge, dachte sie, würde er ewig leben.

Sie nahm einen Tag Urlaub für ein verlängertes Wochenende in Essen, setzte sich ins Auto und fuhr los. Als sie ankam, begrüßte Papa sie mit seinem typisch schwermütigen Lächeln und einem gekrächzten „Hallo", das in der Stimmlage ein wenig zu hoch wirkte für einen Mann. Liebevoll schloss sie ihn in die Arme. Schon als Kind hatte sie sich für sein Glück mitverantwortlich gefühlt. Obwohl er mehr als eigenständig war und sich vor keiner Herausforderung fürchtete, war das nie anders geworden. Und es beruhte absolut auf Gegenseitigkeit.

„Hast du Hunger?", fragte er.

„Schon", sagte sie. „Aber eine Scheibe Brot reicht."

„Papperlapapp", sagte er, „Essen ist gleich fertig." Er ging in die kleine Küche, wo in einem kleinen Topf Sauerkraut vor sich hin köchelte. Neben dem Herd stand eine offene Konservendose. Er legte eine Mettwurst in den Sauerkrauttopf. „Wir haben schon gegessen", sagte er, „aber ich mache dir schnell noch ein bisschen Kartoffelpurree." Er schüttete Pulver aus einer Aluminiumtüte in eine Portion H-Milch, würzte das Sauerkraut mit Brühenpulver, hustete, zog ein Tempo-Taschentuch aus der Hosentasche, hustete erneut und hielt sich das Tuch vor den Mund. Als er es in den Müll warf, bemerkte Hannah, dass es voller Blut war.

„Du musst zum Arzt, Papa", sagte Hannah.

„Jetzt iss erst mal. Das hier ist halb so wild."

Papa hustete den ganzen Abend. Immer wieder neues Blut. Nicht viel, aber eben Blut. „Ich geh wohl besser früh schlafen", sagte Papa. Er trug Bettzeug über dem Arm und schickte sich an, das Sofa für Hannah zum Bett herzurichten.

„Das mach ich schon, Papa", sagte sie und nahm ihm das Betttuch aus der Hand. „Leg dich hin. Und wenn es morgen nicht besser ist, bring ich dich ins Krankenhaus, keine Widerrede."

Gerlinde, die wenig sprach seit ihrem Schlaganfall, drehte den Fernseher aus und ließ sich von Papa aufhelfen. „Gute Nacht!" Sie lächelte Hannah schief an, bevor sie sich von ihrem geschwächten Mann zu Bett bringen ließ. „Lass die Tür offen, Bernd", rief sie, „damit du mich hörst, wenn ich was brauche.“ Ihre Stimme klang anders als früher. Weinerlich, gebrochen und doch fordernd.

„Natürlich, Liebling.“

Wie bei uns, dachte Hannah, als Papa die Tür gehorsam nur anlehnte: getrennte Schlafzimmer. Sie verstand das nur zu gut. Auch Papa sägte halbe Wälder ab im Schlaf. Traurig fand sie es trotzdem. Jetzt, da die beiden so alt geworden waren, erst recht.

Am nächsten Vormittag gegen elf Uhr gab Papa seinen Widerstand auf. „Also gut“, sagte er, „ich bestelle ein Taxi. Würdest du mich ins Krankenhaus begleiten, Hannah? Gerlinde kann ja nicht.“

„Natürlich, Papa.“

„Ich bin sicher mittags wieder zurück, Liebling“, sagte er zu seiner Frau, „damit du nicht allein bist.“

Gerlinde seufzte tief. „Ja, bitte. Komm nur bald wieder, Bernd, hörst du?!“

„Wird alles nicht so heiß gegessen, wie es gekocht wird.“

Leise seufzend packte er ein paar Dinge in eine kleine Tasche. Er versuche ein Lächeln, doch es war ihm deutlich anzusehen, mit welch schlechtem Gewissen er seine Frau zurückließ. Es konnte ihm so schlecht gehen, wie es nur wollte, andere waren immer wichtiger.

Dann klingelte es an der Tür. Das Taxi war da.

Papa nahm auf dem Beifahrersitz Platz.

„Wohin soll’s gehen?“

„Ins Krupp-Krankenhaus bitte.“

Wie seltsam, dachte Hannah. Ausgerechnet das Krankenhaus, in dem meine Söhne geboren wurden. Der Fahrer fuhr los. Hannah, die hinter Papa saß, widerstand dem Impuls, über sein feines Haar zu streichen, das er, wie in ihrer Kindheit, akkurat nach hinten gekämmt hatte. Längst war es weiß geworden, mit einem Stich Schwefelgelb.

*

Zu Hannahs großem Kummer wurde in Papas Fall sehr wohl heiß gekocht. Nach kurzer Untersuchung wurde er stationär aufgenommen. Hannah blieb bei ihm, bis er sagte, er sei nun doch sehr müde. Schweren Herzens fuhr sie ohne ihn zu ihrer Stiefmutter zurück. Dann saßen sie da und erzählten einander von Papa.

In dieser Nacht fand Hannah kaum Schlaf. So viele Erinnerungen. Sie sah Papa im Lampenlicht am Küchentisch sitzen und am Puppenhaus bauen, das wenig später neben dem Weihnachtsbaum gestanden hatte. Sie hörte ihn schimpfen über ihre ersten Flirts von Autofenster zu Autofenster, als sie zwölf war. Sie spürte seinen Arm, an dem er sie in die Kirche führte, als sie Berthold heiratete. Ich liebe ihn so sehr, dachte sie. Er darf nicht sterben. Noch nicht. Am besten niemals ...

Am nächsten Morgen rief Papa an. „Die Diagnose steht jetzt fest", sagte er ruhig. „Ich habe Lungenkrebs, eine Spätfolge des Rauchens."

„Oh Gott! Das ist ja furchtbar. Aber du rauchst doch schon seit Jahren nicht mehr."

„Ich habe es einfach zu lange getan."

„Ach, Papa. Können sie denn nicht irgendetwas machen?" Hannah kam sich so hilflos vor.

„Ich soll morgen operiert werden."

„Ich komme gleich und besuche dich, Papa." Sie seufzte. „Heute Nachmittag muss ich heimfahren. Morgen muss ich arbeiten. Aber ich würde jetzt so gern hier bei dir bleiben."

„Das brauchst du nicht. Ich komme schon klar."

*

Bald danach war eines klar: Papas Zeit war abgelaufen. „Ich will jetzt nach Hause und endlich mal tun, wozu ich Lust habe", sagte er, bevor er aufhörte zu essen. Papa wurde noch zweimal operiert und dann in ein Pflegeheim gebracht, wo Hannah ihn erneut besuchte. Er lag in einem hübschen, sonnendurchfluteten Zimmer. Auf seinem Nachttisch befand sich neben einer Schnabeltasse die dicke Biografie von Bill Gates. Papas Bruder hatte sie ihm geschenkt - zur Ablenkung. Außerdem hatte er dafür gesorgt, dass einige von Papas selbstgemalten Aquarellen gerahmt an den Wänden hingen und dem in freundlichem Gelb gestrichenen Raum einen Hauch von persönlicher Atmosphäre verliehen. Hannah war ihm dankbar dafür.

„Ich habe drei Tage Zeit, bis ich wieder zurück muss, Papa", sagte sie.

Er nickte schwach und griff nach ihrer Hand.

Stundenlang saß Hannah von da an neben Papas Bett. Immer wieder machte sie sich Notizen. Zu schreiben, das war wie so oft das Einzige, was ihr half, wenn eine Situation ihr unerträglich erschien. Gerade wie damals, als Roman so schwer krank geworden war und um sein Leben kämpfte.

Papa nickte immer wieder ein. Hin und wieder öffnete er die Augen, sagte ein paar Worte, klingelte nach der Schwester. Wenn er mit deren Hilfe aufstand, um zur Toilette zu gehen, erkannte Hannah ihren Vater kaum wieder. In den letzten Jahren hatte er sich ein deutlich sichtbares Bäuchlein zugelegt, denn er aß gern und auch der Wein schmeckte ihm.

Inzwischen hatte er mindestens fünfzehn Kilo abgenommen und war ein Schatten früherer Stärke.

„Ich werde wohl nicht mehr lange leben“, sagte er, als die Schwester dieses Mal gegangen war.

„Das glaube ich auch“, sagte Hannah und rieb sich mit den Fäusten die Tränen aus den Augen.

Hannah war bei Jeannette untergekommen, ihrer Sauerländer Freundin und Mitgärtnerin, die seit einigen Jahren in Essen lebte, wo ihr Mann eine neue Arbeit gefunden hatte. Mittags und abends ging sie zu ihr, um dort zu essen und zu schlafen, dankbar für ihre Gastfreundschaft und die verständnisvollen Gespräche. Papa ließ sie jeweils nur ungern zurück. Wie soll ich wissen, ob ich ihn beim nächsten Mal noch lebend antreffe, dachte sie gerade so, wie sie es damals im Krankenhaus bei Roman gedacht hatte. Papa hingegen schien dankbar zu sein, wenn sie ging. Jedes Wort schien ihn anzustrengen. Er hat sein Leben schon losgelassen, dachte Hannah, obwohl er doch noch so viel vorhatte. Ihr aber fiel es unendlich schwer, ihn gehenzulassen.

Als Hannah am dritten Tag endgültig Abschied nehmen musste, beugte sie sich über ihn, kam wegen der Nasensonde nicht so recht an seine Wange heran und küsste ihn auf die Stirn.

„Mach’s gut, Papa“, sagte sie, obwohl sie absolut nicht wusste, wie man sie wohl gut machen sollte, die Sache mit dem Sterben.

Papa sah sie mit weit aufgerissenen Augen an. „Auf Wiedersehn!“, sagte er, laut und deutlich, plötzliche Bestimmtheit in der Stimme.

Auf Wiedersehen? Seit Jahren hatte er immer nur Tschüs gesagt. Er glaubte nicht an ein Leben nach dem Tod. Nun sprach er vom Wiedersehen. Aber ja, dachte Hannah, wie sehr hoffe auch ich darauf. Was für ein wunderbarer Moment müsste es sein, all die geliebten

Menschen wieder in die Arme zu schließen, die bereits gegangen sind, um einander all das zu erzählen, was seit deren Tod ungesagt geblieben ist.

*

Mitten in der Nacht schrillte das Telefon. Schlaftrunken nahm sie den Hörer des Apparats ab, der in ihrem Zimmer auf dem Schreibtisch stand. Dietmar war dran.

„Hat Papa es geschafft?“, fragte sie statt einer Begrüßung.

„Er hat‘s geschafft.“

Danach sprachen sie nur noch wenige Sätze. Hannah legte sich zurück ins Bett. Sie lag auf dem Rücken und starrte in die Dunkelheit. „Papa“, sagte sie leise und sehnsuchtsvoll und streckte die Arme aus, als könne sie ihn ein letztes Mal umarmen. Und für einen kostbaren Moment hatte sie das surreale Gefühl, seine Seele schwebe über ihrem Bett und er sei ihr ganz nah. Und es gehe ihm gut, dort, wo er jetzt war.

*

An Papas Grab traf Hannah wenige Wochen später Enrico wieder. Seine neue Frau, die Hannah noch niemals gesehen hatte, war nicht dabei. Wozu auch – sie hatte Papa nicht gekannt. Ihr Schwager umarmte Hannah ungewohnt lange, nachdem die Urne mit Papas Asche in einem mit Tannengrün ausgekleideten Loch verschwunden war. Es war, als wolle er sie nie wieder loslassen. „Ich kann das nicht mehr, das mit dem Tod“, flüsterte er.

Hannah spürte es ganz deutlich: Er umarmt jetzt Ines, nicht mich, dachte sie. Ein letztes Mal. Sie stellte sich vor, dass Papa gerade im

Himmel Mutti und Ines begegnete. Für einen Moment erfasste Hannah eine riesige Sehnsucht nach einem Leben in genau dem Himmel, den sie sich als Kind vorgestellt hatte – mit Petrus an der Pforte und mit einem gütigen Gott im langen Gewand und mit Rauschebart, umgeben von Engeln, über den Wolken. In einer Welt, in der es ganz hell und warm war und es einfach an nichts fehlte.

„Ach, Hannah ...", sagte Rosa. Mehr sagte sie nicht. Doch Hannah war froh, dass wenigstens Rosa wohl ein Leben lang an ihrer Seite bleiben würde.

Erst nach dem Beerdigungskaffee fragte Hannah Enrico, wann sie einander wiedersehen würden.

Mit einem langen Blick aus seinen schönen braunen Augen sah er sie an. Dann schüttelte er den Kopf. „Gar nicht mehr", sagte er. „Das ist vorbei. Ich habe jetzt eine neue Familie."

Noch ein Abschied für immer?! – Hannah drückte die Tränen fort, die sich heiß ihren Weg suchten. Ich möchte so gern wieder lachen, dachte sie. Ich habe genug geweint. Vorhin am Grab. Und so oft, seit ich erwachsen bin. Sie griff nach Maltes Hand, was sie viel zu selten von sich aus getan hatte in letzter Zeit, plötzlich froh, ihn an ihrer Seite zu haben.

Überrascht sah er sie an. Dann blickte er auf die Uhr. „Wir sollten allmählich aufbrechen."

Hannah nickte.

„Ja, lass uns fahren."

Kinderturnen

Kurz vor Feierabend. Hannah saß mit ihrer Chefin allein im Büro und die Stimmung war vergleichsweise entspannt, da ging das Telefon. Eine kurze Unterhaltung folgte, bevor Frau Neumann sich an Hannah wandte: „Können Sie sich vorstellen, im Nachbarkaff das Kinderturnen für Drei- bis Sechsjährige in der Gemeinschaftshalle anzuleiten?", fragte sie. „Ich habe da gerade eine Anfrage. Eine komplett eingerichtete Sporthalle steht zur Verfügung."

Hannah stutzte. Kinderturnen? Ich??! Ganz sicher nicht.

„Ich war im Sport in der Schule immer eine Niete", flüsterte sie.

„Sie sollen ja nicht selbst turnen", flüsterte Frau Neumann zurück. „Nur ein paar Spiellandschaften aufbauen und so. Das machen Sie hier doch auch. Leicht verdientes Geld. Nun kommen Sie schon."

„Also, ich weiß nicht ..."

Frau Neumann sah sie scharf an und Hannah spürte eine deutliche Erwartung in diesem Blick. Dabei hasste sie Erwartungen. Andererseits, sie war die Chefin ...!

„Wenn Sie meinen ...", sagte Hannah und fühlte sich mehr als unbehaglich. „Na, wunderbar!" Frau Neumann nahm den Hörer wieder ans Ohr. „Hören Sie? Also, unsere Frau Birkelund würde das sehr gern übernehmen. Sie ist lebenserfahren und hat selbst Kinder. Und hier in der Praxis kommt sie bei den Kleinen sehr gut an. – Nächsten Mittwoch um drei? Moment mal eben ... Ja, da hat Frau Birkelund keinen Dienst hier. Das müsste wohl gehen ..."

Fragend sah sie Hannah an. Und Hannah nickte.

Noch am selben Abend bestellte Hannah ein nicht gerade preiswertes Anleitungsbuch zum Thema Kinderturnen, eine

Loseblatt-Sammlung, mit der der Aufbau von Spiellandschaften mit den traditionellen Geräten des Schulturnens gezeigt wurden. Das müsste zu schaffen sein dachte sie. Und je länger sie über die neue Herausforderung nachdachte, desto mehr breitete sich ein gewisser Stolz in ihr aus. Am Mittwoch war sie pünktlich da. Eine rührige alte Dame, die stolz von sich erzählte, im Ort als die Wilde Johanna bekannt zu sein, zeigte ihr alles und baute die erste Spiellandschaft mit ihr gemeinsam auf.

„Ab nächste Woche müssten Sie dann allein aufbauen. Beim Abbau helfen dann die Mütter." – Und tatsächlich, die Sache gelang besser als gedacht. Mit Fantasie und Muskelkraft, mit Barren und Kästen, mit Schwebebänken und Matten baute Hannah so manch hallenfüllenden Parcours zusammen. Sie ließ die Ringe herab, an denen sie selbst als Schulkind wie ein Mehlsack gehangen hatte, und baute eine Schaukel daraus. Sie hakte eine Schwebebank auf halber Höhe in einer der Kletterleitern ein, so dass eine Rutsche daraus wurde. Sie sang mit den Kleinen und deren Müttern, ließ die Kinder schaukeln und um die Wette laufen, klettern, hüpfen und gleiten, hatte Spaß bei alledem und fand große Anerkennung. Und sie bemerkte befriedigt, wie viel Freude es machte, eigenständig zu arbeiten, ganz nach den eigenen Vorstellungen, und damit Erfolg zu haben.

Freundschaft

Ein Leben ohne Freundschaft konnte Hannah sich nicht vorstellen. Mit ihren Freundinnen aus alten Zeiten fühlte sie sich immer noch tief verbunden, auch wenn sie Bärbel, Roswitha, Jeannette und Ulla nur selten sah. Wenn Hannah mit neuen Freundinnen und Bekannten zusammenkam, um zu malen, zu töpfern, zu schreiben oder Sport zu machen, lebte sie auf neue Weise auf. Gemeinsames Tun machte sie glücklich. Die Hinterzimmer-Schreibwerkstatt, die Hannah über den VHS-Kurs kennengelernt hatte, war mit der Zeit immer kleiner geworden. Inzwischen schrieben sie nur noch zu dritt: Rune, Dana und sie. Sie trafen sich reihum. Die Gastgeberin bereitete jeweils eine Kleinigkeit zum gemeinsamen Schnabulieren liebevoll zu und das Thema des gemeinsamen Schreibens vor. Bei Rune, die zwischen hohen Bäumen in einem wahren Hexenhäuschen, alt und dicht mit Efeu bewachsen, auf dem Land lebte, war Hannah besonders gern zu Gast. Hannah bewunderte Runes guten Geschmack. Was sie kochte, schmeckte immer. Die Einrichtung ihres Hauses mit viel shabby chic fand Hannah ebenso stilvoll wie das Blumengesteck, das Rune jeweils auf einem kleinen Beistelltisch arrangierte. Und wenn das Kaminfeuer brannte, war die Heimeligkeit perfekt.

Im Laufe der Jahre fanden die drei heraus, dass die Texte besonders authentisch gelangen, wenn sie sich auf jeweils ein autobiografisches Thema einigten. Jedes Mal war Hannah neu überrascht, wie unterschiedlich die Erzählungen gerieten über Einschulung, Puppen oder Verschickung, aber auch über Idole oder über Erfahrungen mit dem Tod.

Auch mit der schönen Astrid traf Hannah sich weiterhin regelmäßig. Die war noch immer stolz darauf, an der Meisterschule für Mode in Hamburg ihre Ausbildung genossen zu haben, und Hannah nähte in ihrem professionell eingerichtetem kleinen Nähraum unter Anleitung hübsche Sachen. Doch Astrid konnte nicht nur nähen, sie konnte auch wunderbar zeichnen und malen. Irgendwann entschied sie sich,

Hannahs Einladung zu folgen und an jedem Mittwochmorgen zu einem kleinen Malkurs zu erscheinen, gemeinsam mit Sue, einer lebensfrohen Engländerin, die kürzlich im Gospelchor aufgetaucht war und die Hannah eines Tages for *a cup of tea* eingeladen hatte. Die Treffen fanden in Hannahs Kursraum statt und bei schönem Wetter auf der Terrasse. Hannah gab jeweils Thema und Technik vor und neben viel Spaß bekam sie sogar ein Honorar. Glückliche Stunden für alle drei. Und auch zu den Teilnehmerinnen anderer Kurse wurden die Beziehungen immer entspannter und freundschaftlicher.

Reines Reden in größeren Gruppen aber, wie Malte es liebte, fand Hannah kein bisschen entspannend. Es strengte sie an. Da verfiel sie bereits nach wenigen Worten der Begrüßung und des Smalltalks ins Schweigen, weil sie einfach den Weg nicht fand, sich einzubringen. Lud Malte Gäste aus seinen Kreisen ein, stand Hannah ihm pflichtbewusst zur Seite. Sie werkelte in der Küche, putzte das Haus und setzte sich, wenn alles fertig war, mit an den Tisch. Sie saß da, lauschte und suchte immer wieder neu und vergeblich die passende Lücke, die Atempause zwischen den Äußerungen der anderen, um selbst etwas zu sagen, denn sie brachte es nicht über sich, den anderen einfach ins Wort zu fallen. Auch thematisch sah sie keine Ansatzpunkte, keine Gemeinsamkeiten. Es ging um Berufliches, um Politik oder um die Musik. Davon hatte Hannah jeweils nur sehr oberflächlich Ahnung. Maltes Freunde und Kollegen haben eben ihre eigene Welt, die nicht die meine ist, dachte sie traurig. Wenn Hannah endlich doch, nach langem Zögern, etwas einbrachte, was ihren Belangen entsprang, abseits der Interessen, die die Gäste mit Malte teilten, blieb das weitgehend ohne Resonanz.

Hannah litt. Bedrückend schnell waren ihre Nerven überreizt und sie überlegte vergeblich, ganz wie damals bei den Nachbarinnen im

Sauerland, wie sie sich, ohne Malte allzu sehr zu verärgern, aus dem Geschehen zurückziehen könnte. Sie sehnte sich nach ihrer eigenen inneren Welt, in der es ruhig war, vertraut und tröstlich warm. Jetzt einfach nach oben gehen, dachte sie. Hier wird mich niemand vermissen. Jetzt mit der Wärmflasche unterm Oberbett verschwinden und lesend abtauchen in eine andere Welt. Es sind nur ein paar Treppenstufen bis dahin, aber Malte wird böse sein, wenn ich gehe. Irgendwann hätte sie schreien können vor Hilflosigkeit und innerer Zerrissenheit und wollte nur noch weg, weg, weg. Und dann sagte sie wieder in krampfhaft spaßigem Ton Sätze wie *Ich weiß ja nicht, was ihr jetzt macht, aber ich geh jetzt ins Bett – hahaha ...!* - Niemand lachte. Es war ja auch zum Weinen ... Am nächsten Morgen würde Malte wieder sagen: „Meine eigene Frau haut einfach ab ... Was macht das denn für einen Eindruck?!! – Es ist doch schön, Gäste zu haben."

Hochsensibel

Hannah sehnte sich nach Erholung und dachte an die Kuren zurück, die sie bereits hinter sich hatte: erst mit Gustl am Hopfensee im wunderbaren Allgäu, zweimal mit Roman und Mirco in Bad Oexen zur Krebsnachsorge für Mutter und Kind, dann wieder allein in der schönen Klinik mitten im Wald. Nun hatte der Rentenversicherungsträger erneut eine psychosomatische Rehabilitation für sie genehmigt und Hannah fand das alles andere als selbstverständlich. Sie empfand es als Geschenk, als großes Glück. Vier bis sechs Wochen Zeit der professionellen Seelenmassage lagen vor ihr und vermutlich würden es dieses Mal wirklich spannende Wochen werden. Die Klinik in der Lüneburger Heide war ein Anlaufpunkt für ADHS-ler oder ADS-ler. Hannah, nach wie vor auf der Suche nach den Ursachen für ihre seelischen Schwierigkeiten, hatte bei ihrer Recherche ein Buch zum Themenbereich Aufmerksamkeitsdefizit und Hyperaktivität gefunden, begeistert gelesen und begonnen sich einzureden, dass sie zum beschriebenen Personenkreis gehören könnte. Inzwischen zutiefst überzeugt davon, war es ihr sogar gelungen, ihre Hausärztin zu überreden, im Kurantrag eine entsprechende Klinik zu empfehlen. Hyperaktiv bin ich ganz sicher nicht, dachte Hannah, aber der stille ADS-Subtyp, der ohne das H, der könnte ich sehr gut sein. Das wäre eine Erklärung. Das würde beweisen, dass ich nicht verrückt bin, nichts dafür kann, dass ich bin, wie ich bin. Ich brauche endlich eine Diagnose, die zutrifft. Damit es besser werden kann und ich endlich Frieden finde.

*

Malte brachte sie hin, froh, nun wirklich Zeit für sich zu haben, und ein wenig betrübt über das Strohwitwerdasein. Hannah küsste ihn liebevoll zum Abschied und sah ihm nach. Mit einer Spur Wehmut, doch weit mehr erfüllt von dem Gefühl der Erleichterung über die bevorstehende Pause von ehelichen Diskussionen und Unstimmigkeiten, richtete sie sich in ihrem Einzelzimmer im Erdgeschoss ein. Nachdem alles in den Schränken verschwunden war, Bücher, Malblock und Farben ihren

Platz gefunden, sie eine hübsche Decke übers Bett gebreitet und den Computer aufgebaut hatte, fühlte sie sich schon fast daheim.

Bald schon begannen erste Untersuchungen und Therapien, doch der junge Psychologe, der locker Hannahs Sohn hätte sein können, war sich bereits nach wenigen Gesprächen sicher: „Also, Frau Birkelund, Sie haben kein ADS und ADHS schon gar nicht. Sie können sich nicht daran erinnern, schon als Kind gravierende Schwierigkeiten in dieser Richtung gehabt zu haben. Was Sie da schildern von Schüchternheit, Empfindlichkeit und so, das genügt mir nicht. – Vielleicht sind Sie ja hochsensibel."

„Kann ich mir nicht vorstellen", sagte Hannah. „Sensibel schon. Aber hochsensibel? ..."

„Zumindest sollten Sie vielleicht mal in diese Richtung denken."

Enttäuscht ging Hannah durch den stillen Klinikflur zurück zu ihrem Zimmer. Kein ADS also – nicht endlich eine Diagnose, eine Erklärung, ja offizielle Entschuldigung oder gar Generalabsolution für mein So-Sein, mit dem ich immer wieder anecke. Sie dachte daran, dass Papa sie oft einen *Elefanten im Porzellanladen* genannt hatte, dabei hatte sie es doch nie böse gemeint. Mist, Mist, Mist!! Aber hochsensibel ...? Unter hochsensiblen Menschen stelle ich mir Wesen vor, die hellseherische oder überragende künstlerische Fähigkeiten besitzen, dachte sie, die Dinge hören oder riechen können, die sonst kaum jemand wahrnimmt. Das trifft doch nicht auf mich zu!

Sie machte den Computer an und befragte Google: *Feinfühliges Sensibelchen mit siebtem Sinn, immer etwas anders als die anderen, irgendwie schwach, aber zugleich stark darin, mit der eigenen Intuition richtig zu liegen ...*

Wenn das gemeint ist, dachte Hannah, dann könnte das schon stimmen. Doch überzeugt war sie nicht.

*

Hannah blieb – trotz fehlender eindeutiger Diagnose. Sie nahm weiterhin an allen Therapien teil, freute sich über die Ratschläge der Soziologin, die ihr strukturierende Tipps für ihr Leben gab, war viel im angrenzenden Wald, im Kurpark und im beschaulichen Ort unterwegs, schnackte mit den anderen und erholte sich von Tag zu Tag. Abends nahm sie am Freizeitprogramm teil, lernte das faszinierende Malen mit einem kleinen Spezialbügeleisen, Encaustic genannt, und das Filzen kennen. Oft ging sie mit den anderen verbotenerweise in eine nahe gelegene Weinkneipe, wo sie alle, eng an eng, um einen großen Tisch herumsaßen, erzählten, lauschten, verstehend nickten, nachfragten und viel lachten. Die Flirtversuche eines anderen Patienten, der sie sehr an Conrad erinnerte, wies sie freundlich zurück. Sie telefonierte mit Malte und freute sich, wenn er zu Besuch kam.

Medikamente bekam sie nicht, anders als viele Mitpatienten, die die Möglichkeit bekamen, ein einschlägiges Mittel zur Beruhigung und Konzentrationsfähigkeit auszuprobieren. Hannah fand das gut so. Sie hasste Pillen. Den anderen Patienten fühlte Hannah sich nahe, obwohl viele von ihnen deutlich jünger waren als sie. Sie hatte Spaß mit ihnen. Manchmal tat sie auch nur so, um dazu zu gehören, doch das fiel ihr leicht. Sie fühlte sich akzeptiert und nicht allein, das zählte. Nicht zuletzt hatte Hannah Mitgefühl mit den anderen, denn sie hatten mit ihrer Veranlagung offenbar gravierendere Probleme als sie selbst im Alltag, und das schon lange.

Bei den Mahlzeiten in der Klinik hatte Hannah ihren Platz an einem der großen, runden Tische. Eines Abends geschah etwas, womit sie nicht gerechnet hatte: Sie betrat hungrig den Raum, da rief der flippiger, junger Mitpatient mit den grün gefärbten Haaren – er trug das H für Hyperaktivität offenbar zu Recht in seiner Diagnose – unangenehm laut entgegen: „Ah, da kommt sie ja, unsere Frau Oberstudienrätin?“ Er lachte und die anderen stimmten ein.

Schlagartig fühlte Hannah sich ausgeschlossen aus dem Paradies der Gemeinschaftlichkeit. Sie hätte heulen können. Wieso sagt der so was? Ich trage keine Brille, ich habe keinen Haarknoten. Sehe ich etwa streng und verbiestert aus? Und warum lachen die anderen?! Doch statt nachzufragen, setzte sie sich und griff, selbst lachend, um ihre Verunsicherung zu überspielen, zu Messer und Gabel. Und kauend überlegte sie, warum sie nicht als gestrenge Studienrätin verunglimpft werden wollte, Lehrer als Partner aber einfach toll fand.

„Du bist eben ein bisschen ...“, sagte Rosa, „ein bisschen ... Ach, ich weiß auch nicht.“

Eine Nische im Leben

Die Verlängerung der Reha-Maßnahme von vier auf sechs Wochen wurde trotz fehlender Diagnose genehmigt. Dann holte Malte Hannah wieder ab. Er schien sich zu freuen, dass sie heimkam. Auch Hannah freute sich. Doch nach wenigen Tagen lebten sie bereits wieder nebeneinander her und Hannah hatte das Gefühl, dringend etwas ändern zu müssen. Ich muss nachdenken, dachte sie. Gründlich.

Die Gelegenheit war günstig, da sie an diesem Tag erst nachmittags in die Ergo-Praxis musste. Seufzend machte sie sich einen zweiten Milchkaffee, holte einen dekadent köstlichen Vollkornkeks mit Schokolade aus der Packung, biss hinein und ließ ihre Gedanken schweifen. Wenn das so weitergeht mit Malte und mir, werde ich eines Tages vielleicht doch wieder auf eigenen Füßen stehen müssen, dachte sie beklommen. Aber wie? Für eine eigene Ergo-Praxis bin ich inzwischen zu alt, dabei wäre es so toll, meine Arbeit eigenständig gestalten zu können. Andererseits, als angestellte Ergotherapeutin bin ich offensichtlich am falschen Platz. Weder mit meiner Chefin noch mit meinen Kolleginnen werde ich warm. Die scheinen alles so locker zu nehmen, mich aber belastet es tierisch, zwischen den Behandlungseinheiten - offizielle Pausen gibt es ja nicht – in Nullkommanix die jeweils vorangegangene Einheit zu dokumentieren, mal eben schnell ein Elterngespräch zu führen, neue Therapiemedien bereitzulegen oder zur Toilette zu rasen. In meinem Kopf ist auch ohne Beruf schon so viel los – das überfordert mich einfach. - Es hilft nichts. Ich muss beruflich etwas ändern, solange ich noch nicht endgültig zum alten Eisen gehöre. Aber was??!

Ausgerechnet jetzt fielen Hannah ihre schon fast vergessenen Abiturpläne wieder ein. Im Geiste fasste sie noch einmal alle Versuche in diese Richtung zusammen. Sie dachte an Herrn Schäfer, ihren gütigen, alten Klassenlehrer, der Mutti davon abgeraten hatte, sie aufs Aufbaugymnasium zu schicken – wegen ihres häufigen Schnupfens. An Muttis eiserne Überzeugung, dass Mädchen ohnehin heiraten würden. Ans Abendgymnasium in Wuppertal, das sie trotz Anmeldung nie besucht hatte, weil sie Schaf sich noch vor Unterrichtsbeginn von Berthold getrennt hatte. An das Abendgymnasium in Duisburg, dessen Besuch nach vier Tagen Unterricht sein Ende gefunden hatte, weil Mutti ins Koma fiel und bald darauf starb. An das Ruhrkolleg in Essen, das sie tagsüber zu besuchen gedachte, anstatt weiterhin Briefe zu tippen. Dieser Plan hatte sich dadurch zerschlagen, dass sie schwanger geworden war. Und schließlich das traurige Schicksal von Ines und Roman, das auch ihr Schicksal tief beeinflusst hatte – zu einem Zeitpunkt, zu dem sie sich bereits fest für ein Kunststudium in Marburg entschieden hatte. Ermutigt durch die bemerkenswerten Erfolge, mit denen sie eingestiegen war in diesen Fernlehrgang, der zur *Allgemeinen Hochschulreife* führen sollte, hatte sie alles gegeben. Vergeblich. Ines starb, Roman wurde todkrank – wie hätte ich mich da aufs Lernen konzentrieren sollen ...?!

Meine Güte, dachte Hannah, es ist, als läge ein böser Zauber über meinen Bildungsträumen. Der liebe Gott scheint andere Pläne mit mir zu haben. Aber welche bloß ...?

„Ist doch klar!“ Rosas Stimme. „Hilf dir selbst, so hilft dir Gott! Dann erst. Du darfst dich nicht länger auf andere verlassen und auch nicht anderen die Schuld geben. Du musst selbst eine persönliche Lücke für dich finden, in die du hineinpasst.“

Wenige Tage später. „Was hieltest du eigentlich davon, wenn ich mich selbstständig machen würde?“, fragte Hannah beim Frühstück.

„Womit denn?“, fragte Malte. „Außerdem hast du viel zu wenig Ellbogenmentalität. Das kannst du vergessen.“

Baff! Hannah schluckte und schwieg. Sie hatte gehofft, Malte würde interessiert nachfragen, was ihr denn vorschwebe, ihr vielleicht sogar helfen, gute Ideen zu entwickeln, oder gar stolz auf ihren Mut sein, anstatt sie einfach über den Löffel zu barbieren.

„Ihr glaubt einfach beide nicht mehr aneinander", wandte Rosa ein. „Traurig ist das. Wie soll denn so eine Ehe funktionieren?"

Wenn ich das nur wüsste, dachte Hannah bedrückt. Aber ich gebe nicht auf. Dann kann es ja nur besser werden.

„Sehr witzig!", sagte Rosa.

„Die Hoffnung stirbt zuletzt", gab Hannah zurück.

Endlich weg ...!

Hannah war noch müde, als am nächsten Tag die morgendliche Teamsitzung begann. Wie immer grummelte es in Hannahs Magen. Vom ersten Tag an war ihr Verhältnis mit Frau Neumann angespannt gewesen. Zum einen bewunderte sie ihre schöne Chefin, die mit so viel Energie diese Praxis aufgebaut hatte. Zum anderen fühlte sie sich durch deren wechselvolles Verhalten ihr gegenüber, mal großzügig, mal abweisend, immer wieder verunsichert. Nach Hannahs Rückkehr aus Norwegen hatte die Chefin sie wiedereingestellt und sogar zu ihrer rechten Hand gemacht. Wenig später reduzierte sie Hannahs Stundenzahl und damit auch ihren Verdienst massiv und sagte, es gebe eben nicht genug Arbeit für sie. Und zu allem Überfluss hatte Hannah die für sie typischen Schwierigkeiten damit, sich in einem hierarchischen Verhältnis klaglos unterzuordnen.

Hannahs mieses Bauchgefühl hatte nicht getrogen. Als ersten Tagesordnungspunkt teilte Frau Neumann an diesem Morgen völlig überraschend mit, dass das von Hannah geleitete Kinderturnen künftig von einer anderen Kollegin übernommen werden sollte. Wie bitte?! Hannah empfand das als enormen Affront. Jetzt reicht's aber, dachte sie. Dieser Nebenjob ist doch nur zufällig über die Praxis zustande gekommen. Und nun soll ich einfach so ausgetauscht werden? Sie hatte große Mühe, sich zusammenzunehmen und nicht zu explodieren.

„Jetzt wehr dich endlich!", brüllte Rosa.

Hannah zuckte zusammen. So wütend hatte sie die Stimme in sich noch nie erlebt. Eine kalte Wut, die sich tatsächlich übertrug. Du hast recht, Rosa, dachte sie, und im nächsten Moment hörte Hannah sich fragen: „Möchten Sie mir kündigen oder möchten Sie, dass ich kündige?"

„Das bespreche ich nicht im Team."

Hannah wiederholte ihre Frage wörtlich. Die Chefin wiederholte die Antwort.

Bald darauf war die Team-Sitzung zu Ende. Hannah sagte Tschüs und ging.

*

Ihr rechtes Bein zitterte auf dem Bremspedal, als die Ampel an der Straßenecke auf Rot sprang. Es zitterte so heftig, dass sie die Hand darauf legen musste, um es zu beruhigen. Was für eine Enttäuschung, was für eine Schmach! Sie fühlte sich gedemütigt und zugleich zutiefst erleichtert. Endlich raus aus dem Laden ...!

„Das hast du gut gemacht", sagte Rosa, als Hannah um die Kurve bog.

Weiß ich, dachte Hannah, auch wenn sie sich selbst nicht ganz glaubte. Dann fiel ihr Malte ein. Was wird er sagen?! Ich werde nicht mehr zum Familieneinkommen beitragen können, wenn ich nicht ganz bald etwas Neues finde. Die Arbeitsagentur wird mich sperren und wer weiß, ob ich überhaupt noch einmal einen Job finden werde - in meinem Alter! Habe ich doch einen Fehler gemacht? Scheiße, Scheiße, Scheiße!

Ein Plan musste her. Hannah gab Gas und schaffte die nächste Ampel gerade noch bei Dunkelgelb. Im nächsten Moment sah sie zumindest den nächsten kleinen Schritt vor sich. Ich muss mich erst einmal krankmelden und abwarten, dachte sie. Das verschafft mir Zeit zum Nachdenken. Sie zweifelte an sich selbst und wusste mit einem Mal doch glasklar, dass es einfach an der Zeit gewesen war, einen völlig neuen Weg einzuschlagen.

Selbstständig?

Hannah saß mal wieder auf einem Stuhl bei der Arbeitsagentur. Nach eingehendem Gespräch sagte die Beraterin: „Sie werden nicht gesperrt. Ich denke, die Arbeitsbedingungen waren wirklich nicht gut." Sie lächelte freundlich. „Vielleicht sollten Sie sich selbstständig machen. Ich könnte Ihnen ein kostenloses Existenzgründer-Seminar für vierzehn Tage anbieten."

Selbstständig? Ich? Hannah zauderte. Das ist doch nichts für mich, oder etwa doch? Hat Malte doch auch gesagt. Dazu bin ich doch nicht selbstbewusst, nicht stark genug, oder? Andererseits, zwei Wochen Schulbank – das klingt verlockend. Und überhaupt, was habe ich zu verlieren – einen Versuch ist es wert.

Bereits am kommenden Montag begann das Seminar. Gutgelaunt fuhr Hannah von nun an jeden Morgen, bewaffnet mit Thermoskanne und Schulbrot, nach Ahrensburg. Der Kursleiter, Herr Roermann, ein Mann in den Vierzigern, war gut darin, den Teilnehmern und Teilnehmerinnen, in der Regel jünger als Hannah, Mut zu machen. Als sie in den letzten Tagen des sehr lehrreichen und unterhaltsamen Unterrichts alle nach und nach mit einer kurzen Präsentation nach vorn zu kommen hatten, um zu zeigen, wie sie nun drauf waren, fühlte Hannah sich zu ihrer eigenen Überraschung vollkommen sicher. Die anderen hörten ihr aufmerksam zu, als sie ihre Gedanken zu Gehör brachte. In der anschließenden Pause draußen auf dem Hof nahm Herr Roermann einen tiefen Zug aus seiner Zigarette und sagte: „Das mit der Präsentation vorhin haben Sie wirklich prima gemacht, Frau Birkelund. Wenn Sie so auch Ihr Business angehen, sollte es was werden."

„Meinen Sie wirklich?"

„Aber unbedingt."

Malte sah das noch immer ganz anders. „Du bist keine Geschäftsfrau", sagte er.

Das werden wir ja sehen, dachte Hannah.

Wenige Tage später nahm sie den vereinbarten Termin bei einer ortsansässigen Beratungsstelle wahr, wo sie bei Frau Bierbrodt, einer netten Beraterin mit ausnehmend sanfter Stimme, ein kurzes kostenloses Coaching genoss. Hannah erzählte vom Kinderturnen, das sie bis vor kurzem geleitet hatte, und von den kleinen Erfolgen im Netz, wo sie bei zwei Online-Schreibbörsen, aufmerksam geworden durch den Tipp einer Kollegin bei der Gegenlesbörse, bereits seit geraumer Zeit Texte verkaufte. Wenig später schrieb sie einen

Business-Plan, in dem sie darlegte, dass sie Schreibkurse sowie andere Kreativkurse geben und sich in verschiedenen Bereichen als Texterin anbieten wolle.

„Das entspricht zumindest formal den Voraussetzungen und dürfte der Arbeitsagentur so genügen“, sagte Frau Bierbrodt, als Hannah den Plan vorlegte. „Ich muss Sie allerdings warnen – mehr als ein Taschengeld werden Sie mit dem Schreiben und den geplanten Kursen wohl nicht verdienen. Es gibt da viel Konkurrenz.“

Egal, dachte Hannah. Alles ist besser, als weiter Bewerbungen als Ergotherapeutin zu schreiben und mich vorzustellen, ohne noch in diesem Beruf arbeiten zu wollen. Mit dem Schreiben gehe ich endlich in eine Richtung, die mir wirklich liegt. Ich muss es einfach versuchen.

Hannah kaufte sich einen Laptop und eine professionell wirkende Digitalkamera. Mircos ehemaliges Zimmer strich sie zartblau. Sie kaufte ein Stück Linoleum im Baumarkt, das wie ein Korkfußboden wirkte, und legte es zum Schutz über den vorhandenen Teppichboden. Dann brachte sie Regale an und richtete sich mit zwei an den Stirnseiten aneinandergestellten Tischen und zusammengewürfelten Stühlen einen Kursraum ein. Als Nächstes gab sie eine Kleinanzeige auf und hatte bald schon erste Teilnehmerinnen für einen Töpferkurs gefunden. Die wiederum schickten wenig später ihre Kinder. Und es ging weiter voran. Bei der Familienbildungsstätte bot sie einen Kurs im Gedächtnistraining an, zu dem bald schon einmal die Woche nette alte Damen eintrafen, die offenbar viel Freude an Hannahs Arbeitsweise hatten.

Das ist doch immerhin ein Anfang, dachte Hannah. Um nicht in die Fallen von Perfektionismusstreben und Selbstsabotage zu tappen, nahm sie sich fest vor, sich einfach mutig auszuprobieren und sich mit fünfzig Prozent beruflichem Erfolg zufriedenzugeben. Sollte mehr schiefgehen in meiner Selbstständigkeit, nahm sie sich vor, gebe ich auf. Gelingt mir wenigstens die Hälfte oder mehr, mache ich weiter.

Als sie wenig später einen Kurs zum biografischen Schreiben bei der Familienbildungsstätte anbot, war die Resonanz zunächst gleich null. Doch dann ließ eine sehr freundliche und offensichtlich betuchte Dame, ähnlich wie damals Henriette, sich Hannahs Telefonnummer geben und rief an. Die Dame stellte sich als Beatrice Marianne Clemann vor, Rufname Marianne, Spross einer Industriellenfamilie. Im Wunsch, ihre Lebenserinnerungen aufzuschreiben, fand sie sich bald schon in Hannahs neuem Kursraum ein, wo eine fruchtbare Zusammenarbeit begann, die noch Folgen zeigen und bei der sich die Aussage von Herrn Rörmann bewahrheiten würde, der gesagt hatte: „Erwarten Sie niemals zu viel, bedenken Sie aber auch, dass schon ein einziger neuer Kontakt Sie beruflich weiterbringen kann als Sie denken."

Fragen Sie Frau Krüger ...!

Hannah hatte Blut geleckt und wollte weiter vorankommen. Sie suchte bereits seit einigen Wochen nach zusätzlichen Kunden, da kam ihr der Zufall zu Hilfe. Sie saß mit Malte in einem Gottesdienst zur Einweihung der neuen kleinen Kirchenorgel in einer benachbarten Dorfgemeinde, da trieb ein hartnäckiger Reizhusten sie in den Vorraum. Von dort aus beobachtete Hannah das Geschehen durch die Glastür, ohne die anderen Besucher weiter zu stören. Leicht gelangweilt zückte sie nach einer Weile den kleinen Notizblock, den sie grundsätzlich in der Tasche hatte, schrieb ihre Eindrücke auf und bat im Anschluss den Pastor, ein Foto von der netten A-cappella-Gruppe zu schießen, die während des Gottesdienstes gesungen hatte. Sie ließ sich die Aufnahme zumailen, schrieb einen Artikel fürs Käseblatt, nahm allen Mut zusammen und schickte beides ab.

Als sie die nächste Ausgabe des Blattes aufschlug, das zweimal wöchentlich im Briefkasten jedes Haushaltes landete, traute sie zunächst ihren Augen nicht. Das Foto kam ihr bekannt vor und ihr Text war wortwörtlich abgedruckt worden. Erst freute sie sich, dann klopfte der Trotz an. Was fällt denen denn ein?!, dachte sie und, bevor sie den Mut verlieren konnte, griff sie zum Telefonhörer – mit gehörigem Herzklopfen. Sie war es nicht gewohnt, einfach *bei der Zeitung* anzurufen. Presse - das war doch die große Welt. Da gehöre ich doch nicht hin, dachte sie. Soll ich vielleicht doch lieber auflegen, bevor jemand drangeht ...?

„Nun mach dir mal nicht ins Hemd“, wetterte Rosa. „Den Mutigen gehört die Welt und du brauchst beruflich ein kreatives Umfeld, das könntest du jetzt allmählich mal wissen. Nun mach schon!“

Wie üblich hatte Rosa recht. Hannah war sich sicher, das Schreibtalent ihrer Mutter geerbt zu haben. Mutti hatte früher kleine Glossen für die Westdeutsche Allgemeine Zeitung verfasst, die honoriert wurden. Warum soll mir so was nicht auch gelingen, dachte Hannah. Eine Sekunde später wurde abgenommen.

„Guten Morgen! Ich hätte da mal eine Frage ... Also, eh, Sie haben den Artikel, den ich verfasst habe, wegen der Orgel in Ihrem Blatt abgedruckt, aber mit einem Kurzzeichen, das mir nichts sagt. Wie soll ich das verstehen?“ Hannah merkte erfreut, dass ihre Stimme selbstbewusst klang.

„Aber ich weiß gar nicht, was Sie wollen.“ Die Dame am anderen Ende der Leitung klang, als fühle sie sich angegriffen. „Das war eine ganz normale Pressemitteilung.“

„Aber Sie haben meinen Text wortwörtlich abgedruckt.“

„Na, dann freuen Sie sich doch, dass Sie druckreif schreiben können.“

Einen Moment lang blieb Hannah die Spucke weg.

„Tu ich“, rief sie dann in den Hörer. „Ich freu mich wirklich. Haben Sie vielleicht einen Job für mich?“

„Super!“, rief Rosa, die sich auf Hannahs Schulter ganz lang zu machen schien, um möglichst nah an ihr Ohr heranzureichen. „Weiter so!“

Die Dame am anderen Ende der Leitung stutzte nur kurz. „Na gut“, sagte sie dann. „Rufen Sie mal Frau Krüger an. Womöglich laufen Sie offene Türen ein. Ich geb Ihnen mal die Nummer ...“

Berufung gefunden

Die Zeitungsfrau hatte Recht gehabt. Carina Krüger, die zuständige Redakteurin, war äußerst freundlich. „Das wäre echt super, wenn Sie bei uns mitmachen würden. Wir brauchen tatsächlich jemanden. Ich hätte da auch gleich einen Termin für Sie.“

„Echt jetzt?“

„Ja, wenn Ihnen das nicht zu plötzlich ist.“

„Nein, nein“, sagte Hannah, die vor Aufregung einen ganz trockenen Hals bekommen hatte, „das passt schon“.

Wenige Tage später nahm sie in der Hauptkirche des Ortes bei einem Konzert mit der Sopranistin Martha Farrei und der kurzweiligen Lesung eines kreativ begabten Ministers der Landesregierung teil und schrieb darüber. Die Sängerin war Hannah nicht unbekannt – sie wohnte im Ort und trat immer wieder einmal auf. So wechselte sie recht locker einige Sätze mit ihr. Ein so hohes Tier wie den Minister anzusprechen, fiel ihr schwer, doch sie überwand sich, stellte fest, dass der Minister auch nur ein Mensch war und plötzlich war alles ganz einfach. Unzählige weitere Themen und Termine würden folgen. Und schon bald saß Hannah - zu ihrer unaussprechlichen Freude – in ihrem neuen Beruf fest im Boot. Als Ungelernte, als Quereinsteigerin. In einem Traumberuf, der zu ihr passte wie der Deckel auf den Topf. Mit Carina war sie bald per du und der Austausch zwischen ihnen per Telefon oder Mail oder bei einem Eis in der Fußgängerzone gedieh zur beiderseitigen Freude.

Malte nannte Hannah von nun an gern *Karla Kolumna* und zeigte sich stolz, wenn wieder einmal einer ihrer Artikel auf der Titelseite zu lesen war. Hannah strahlte ihn an. Er war auch stolz, als Herr Bader, der Seniorchef einer Spedition aus der Nachbarstadt, der den örtlichen Kammerchor sponsorte, Hannah einlud, mit ihm und dem ganzen Chor nach Rügen zu kommen, Hotelunterbringung inklusive. Der alte Herr wünschte sich, dass Hannah für die Zeitung über das Konzert berichtete, das der Chor in der Heimatkirche des gebürtigen Rügeners singen würde. Es ist so schön, wenn Malte mit mir zufrieden ist, dachte Hannah. Wir sollten wirklich weniger streiten. Eigentlich habe ich doch einen tollen Mann. Er will, dass ich glücklich bin, das merkt man, und er gewährt mir viel Freiraum. Durch ihn kann ich mich weiterentwickeln. An seiner Seite kann ich jetzt meinen Traumberuf ausüben. Und dafür bin ich gerade so unheimlich dankbar. Ohne ihn hätte ich das niemals geschafft ...!

Auch die anderen Menschen, die ihr als Journalistin entgegentraten, taten das freundlich, offen, interessiert und achtungsvoll. Sie fragten nicht nach ihrer Ausbildung. Ihnen war es egal, ob Hannah ein Volontariat gemacht hatte oder nicht. Sie war nun einfach die Pressetante, fertig.

„Wie schön, dass Sie sich die Zeit nehmen. Setzen Sie sich. Möchten Sie einen Kaffee ...?"

„Gern."

Hannah kam sich so wertgeschätzt vor. Wie hatte sie gelitten als Ergotherapeutin – in dieser Mischung aus Unter- und Überforderung. Wie zermürbend und deprimierend war es ihr erschienen, mit dem einen Klienten wieder und wieder *Mensch ärgere dich nicht* und mit dem anderen, der jahrelang zu viel getrunken hatte, auf Kleinkind-Niveau Fußball auf dem Einrichtungsflur zu spielen. Nette Menschen allenthalben, doch Fortschritte waren deprimierenderweise nicht zu erwarten gewesen. Nun aber, als Schreiberin, dachte sie, fühle ich mich beruflich endlich angekommen. Jetzt geht es um erfreuliche, inspirierende Dinge. Ich darf kostenlos ins Gospelkonzert oder zu anderen tollen Veranstaltungen und darüber schreiben. Ich verfasse Porträts über interessante Menschen, die mir so wunderbar offen begegnen. Und dann bin ich nun auch noch die Bloggerin für die Website von Susannes Wollgeschäft, einfach so im Plauderton. Das alles ist einfach ein tolles Gefühl! Endlich, endlich bin ich richtig, so wie ich bin ...!

Ein Jahr war vergangen. Hannah fand es einfach herrlich, selbstverantwortlich arbeiten zu können und zu wissen, dass das, was sie verdiente, in ihre eigene Geschäftskasse floss und nicht in die Kasse einer Chefin. Sie nahm es hin, dass es an manchen Wochenenden richtig anstrengend wurde, da sie inzwischen zusätzlich noch für die überörtliche Tageszeitung schrieb. Die Zahlung der Existenzgründerzulage war verlängert worden, nachdem Hannah hatte nachweisen können, dass sie regelmäßige Einkünfte erzielte. Sie verdiente eindeutig mehr als ein Taschengeld, auch wenn das Honorar als *Freie* nie und nimmer ausreichen würde, um davon zu leben. Doch sie hatte ja Malte.

Mit dem Schreiben fand Hannah viel Anerkennung und in ihre Kreativkurse kamen weiterhin fröhliche, zufriedene Teilnehmerinnen. Bald legte sie sich einen schmalen Ordner an, um Dankesschreiben und Lobeshymnen darin abzuheften. Wenig später musste der Ordner einem breiteren Exemplar weichen. Berufliche Kritik war verschwindend gering und ihr Selbstbewusstsein wuchs. Es war eine neue Erfahrung für Hannah, ihre Arbeit zu erledigen, ohne zwischendurch ungeduldig auf die Uhr zu sehen und sich nach dem Feierabend zu sehnen. Gefühlt arbeitete sie nun *selbst und ständig* - und das war gut so. Immer wieder bedankte sie sich bei Malte für dessen Rückhalt: „Ohne dich könnte ich das alles nicht tun“, sagte sie. „Ich danke dir wirklich sehr.“

Anfangs lächelte er noch, mit der Zeit aber nahm er ihre Bemerkungen eher unbeteiligt hin. Genau betrachtet hatte Hannah zunehmend das Gefühl, dass Malte umso unzufriedener wirkte, je glücklicher und unabhängiger sie sich fühlte. War er nicht zufrieden mit sich selbst und seinen eigenen Erfolgen? Fürchtete er, sie könnte ihm nun völlig entgleiten? Hannah wusste es nicht. Und sie hatte einfach keine Ahnung, was sie gegen sein zunehmendes Desinteresse hätte tun können.

Als sie sich an diesem Abend die Zähne putzte und ihr einst so hübsches Gesicht, das immer aufgedunsener geworden war in der letzten Zeit, im Spiegel sah, kam ihr ein Gedanke: Vielleicht muss ich einfach wieder attraktiver werden, damit er mich mag. Gut für ihn, gut für mich. – Gleich morgen fang ich an.

*

Wie üblich vertiefte Hannah sich in diverse Ratgeber, die ihr passend erschienen zum jeweiligen Thema ihrer persönlichen Optimierungsversuche. Sie erinnerte sich an die Gesetze der Vollwertkost, schnippelte wieder Salate und futterte Körner. Sie baute regelmäßig Heilfastentage ein, aß keine Wurst mehr und immer weniger Fleisch, verzichtete auf Fast Food und schließlich auch auf die gemütliche Kaffeestunde und auf Alkohol. Das wiederum schien Malte eher zu frustrieren als zu erfreuen, denn er selbst liebte das entspannende Glas Wein am Abend sehr und auch Kaffee und Kuchen zählten für ihn zur Gemütlichkeit – gemeinsam mit ihr. Hannah war verunsichert, doch dann beschloss sie durchzuhalten. – Wer schön sein will, muss eben leiden, dachte sie. Ich bin auf einem guten Weg.

Bald darauf begann sie, grüne Smoothies zu trinken und sie auch Malte anzubieten. „Brennnessel mit Banane??!“ Er probierte äußerst vorsichtig. „Schmeckt ja scheußlich!“, sagte er, „und wie das schon aussieht ...!" Als Nächstes berichtete Hannah ihm von einer sechswöchigen Rohkost-Kur, bei deren Einhaltung ein riesiger Zuwachs im Wohlbefinden versprochen wurde. An dieser Stelle platze Malte der Kragen: „Wir haben sowieso kaum noch etwas gemeinsam", sagte er. „Wenn wir jetzt nicht einmal mehr das Gleiche essen können, was bleibt denn dann noch? Ich esse jetzt bestimmt nicht sechs Wochen lang Rohkost mit dir! Unsere Ehe hängt am seidenen Faden. Ist dir das eigentlich klar?!"

Hannah schwieg bockig und versteckte sich hinter der Tageszeitung. Was mach ich denn jetzt bloß, fragte sie sich.

Gefährliche Träume

Die Erinnerung an die so besondere Zeit in Norwegen wurde in Hannah immer schwächer und auch die Erholung durch die Kur hatte schon längst nachgelassen. Zugleich erkaltete die Stimmung zwischen ihr und Malte zusehends. Sie kritisierten einander fast nur noch oder gingen sich aus dem Weg. Eigentlich unbedeutende Äußerlichkeiten regten Hannah plötzlich auf. Wollte er sie miteinsteigen lassen in sein persönliches Sorgenkarussell, so waren schnelle, eher belehrende Ratschläge von ihrer Seite das einzige, wozu sie sich aufraffen konnte. Und auch sonst überfiel sie immer häufiger eine seltsame Gefühlskälte, die ihr Angst machte und die sie selbst herzlos fand. Das bin doch nicht ich, dachte sie dann. Ich will eine solche Distanz nicht! Ich verstehe mich ja selbst nicht mehr.

Hannah schlief nun noch schlechter als bisher. Wann immer ein mögliches Ende ihrer Ehe ihr in den Kopf kam, erschrak sie und sie dachte schnell an etwas anderes. Zugleich brach sich angesichts von Streit, Unverständnis und Aggression immer häufiger ein höchst unguter Gedanke Bahn: „Ich halte das nicht mehr aus!" Es dauerte nicht lange, da wurden aus inneren Worten deutlich hörbare harsche Worte – mit ungeahnten Folgen auf beiden Seiten.
Ein Ventil hätte Hannah jetzt gut gebrauchen können, Ablenkung, irgendetwas Hoffnungsvolles. Während Malte immer häufiger von diesem bedrohlichen seidenen Faden sprach und Hannah verzweifelt nach Hoffnung suchte, stach ihr eines Nachmittags die Werbung einer bekannten Partnerbörse ins Auge. Wie andere Männer sich wohl mir gegenüber verhalten würden, fragte sie sich, jetzt, da ich älter geworden war. Da war ein starker Impuls, es einmal auszutesten, einfach nur so. Doch sie widerstand ihm. Viel zu gefährlich, dachte sie. Die Frage aber nach dem Grad ihrer Liebesfähigkeit, die stellte sie sich nicht. Und noch ahnte sie auch nicht, was zur selben Zeit in Malte vor sich ging. Dass sie in ihm immer noch den liebenswerten, sensiblen Menschen sah, trotz der Schwächen, die sie beklagte, das zeigte sie ihm kaum und sie kam einfach nicht darauf, dass er vermuten könnte, sie würde ihn verlassen wollen. Dass er denken könnte: Allein sein will ich auf keinen Fall. Und Malte wiederum konnte nicht ahnen, dass es für Hannah trotz aller Schwierigkeiten immer noch feststand: Dieses Mal bleibe ich. Wir haben unsere Schwierigkeiten, aber wir gehören doch immer noch zusammen!

Das Auf und Ab ihrer Gefühle war so beständig wie Ebbe und Flut im Licht des vollen Mondes – nur viel weniger romantisch. Eines Abends malte Hannah sich zum ersten Mal aus, wie es wäre, in Zukunft allein, aber in Frieden in einer kleinen Wohnung zu leben. Das löste eine tiefe Sehnsucht in ihr aus, die sie aufhorchen ließ. Es geschah während einer kleinen Reise. Malte war soeben ärgerlich und noch hellwach in Richtung Hotelbar aufgebrochen, obwohl er lieber im Zimmer ferngesehen hätte. Hannah hatte nur noch schlafen wollen. Nun aber, aufgewühlt vom Streit, griff sie, plötzlich gar nicht mehr müde, zu Stift und Papier. Sie zeichnete sich den Grundriss einer kleinen Wohnung auf, einer Bleibe nur für sich allein. Sie malte sich aus, mit wie wenig sie würde auskommen können. Ich brauche im Grunde nur Ruhe und Ausgeglichenheit, dachte sie, ein Dach über dem Kopf, ein warmes Bett, was zu futtern, was zu lesen, was zum Anziehen und meinen Computer natürlich. Genauer gesagt: Ein Zimmer zum Wohnen und Schlafen, eines zum Arbeiten und Künstlern, eine kleine Küche, ein Bad, Diele und Balkon. Damit hätte ich alles, was ich brauche. Ich würde schlafen, kochen und essen können, duschen und zum Klo gehen, meine Bücherregale unterbringen, meine Gitarre an die Wand hängen, meine Staffelei aufbauen und vielleicht sogar meine Strick- und meine Nähmaschine endlich wieder nutzen. Ein kleiner Abstellraum wäre noch gut, für Staubsauger und Putzeimer - mit vielen schmalen Regalen für Farben und Bastelmaterialien und für ein paar Vorräte. Insgesamt vielleicht sechzig Quadratmeter, dachte sie. Mein kleines Reich ...!

„Hannah!“, mahnte Rosa und sie klang deutlich alarmiert. „Diese Fantasien ... Das ist kein harmloses Spiel mehr, was du da machst. Pass bloß auf.“

Unsinn, dachte Hannah, ich spinn ja nur mal ein bisschen rum, weil Malte gerade so sauer auf mich ist. Er ist aber auch wirklich intolerant. Im nächsten Moment wurde sie überflutet von selbstkritischen

Gedanken. Ein braves Mädchen bin ich schon lange nicht mehr, dachte sie. Ich bin trotzig und es gelingt mir einfach nicht, meine allzu lange zurückgedrängte Wut bewusst und kontrolliert auszudrücken. Mal schimpfe und fluche ich, mal bin ich kurz vorm Heulen. So oft komme ich mir ungesehen vor, benachteiligt, manipuliert, nicht verstanden und vor allem ungeliebt vor. Ich glaube fast, ich bin immer noch ein großes Kind. Muss ich einfach nur endlich erwachsen werden?

„Gute Einsichten", lobte Rosa. Jetzt brauchst du nur noch einzusehen, dass es eben nicht um eine lose Spinnerei geht. Wer so denkt wie du gerade, hat Pläne. Bist du sicher, dass du das willst?"

Ja und nein, dachte Hannah. Ich weiß es ja auch nicht. Ich habe aber doch auch ein Recht auf meinen eigenen Rhythmus, auf Wohlbefinden und Entspannung. Sie sah sich ihre Zeichnung noch einmal an, seufzte tief und legte das Notizbuch weg. Dann löschte sie das Licht und rollte sich zusammen. Minuten später war sie zu ihrer eigenen Überraschung eingeschlafen.

Ich dich auch ...!

Meine Gräfin hatte Malte schon eine Ewigkeit nicht mehr zu Hannah gesagt, aber großzügig behandelt hatte er sie immer. Dass er trotz der allgemein gedrückten Stimmung der Karibik-Kreuzfahrt zugestimmt hatte, die sie sich aus Anlass ihres sechzigsten Geburtstages so sehr gewünscht hatte, erschien Hannah wie ein Wunder. Zwei Wochen auf dem Schiff, eine Woche auf Barbados. Sie war voller Hoffnung: Vielleicht wird es da endlich wieder besser werden mit uns.

Doch dann, innerhalb von Wochen, überschlugen sich die Ereignisse. Malte ließ sich einen Dreitagebart stehen und wurde besorgniserregend schlank. Immer wieder stritten sie über fehlende Gemeinsamkeiten. Als Malte eines Abends wenig liebevoll Hannahs beständiges Unwohlsein kritisierte, das sie wieder einmal davon abhielt, ihn ins Konzert zu begleiten, begannen lauter kleine Teufelchen in Hannah, ihre Höllenspieße zu wetzen. Sie konnte sie hören, riechen und spüren. Sag's ruhig, flüsterten sie ihr ein mit giftigem Schwefelatem. Sag's schon. Und das tat Hannah, völlig unsachlich, erfüllt von flammender Wut, die alle Zweifel zum Schweigen brachte: „Du willst, dass sich immer alles nur um dich dreht", sagte sie. „Du forderst, ich folge – ist es das? In Wirklichkeit läufst du doch vor dir selbst davon ...!"

Baff! Das saß. Malte war für einen Moment sprachlos. Hannah fühlte sich siegreich und furchtbar mies zugleich.

„Du kannst so eiskalt sein", sagte er und der Schmerz in seinen Augen mehrte den Schmerz in Hannahs eigenem Herzen. Sie hätte sich ohrfeigen können, doch sie blieb stur.

„Es kann spät werden", sagte Malte und wirkte mit einem Mal sehr müde. Im Hinausgehen drehte er sich noch einmal um. Sein Blick war dunkel. „Ich liebe dich!" Es klang vorwurfsvoll.

Hannah zuckte zusammen und bekam eine Gänsehaut. Sie sah in die Augen ihres Mannes, aber sie konnte keine Liebe mehr darin entdecken, nur noch tiefe Resignation.

Mit Tränen in den Augen flüsterte sie: „Ich dich auch."

Aber da hatte er die Tür schon hinter sich zugeschlagen.

Wenige Wochen waren vergangen seit ihrem letzten schlimmen Streit. Es war mild, die Sonne schien. Ein Wetterchen wie Seide, würde Maltes Mutter dazu sagen. Der Oktober schickte sich an, die Tage zu vergolden, und er läutete – für Hannah trotz ihrer vagen Ahnungen völlig unerwartet – die finale Katastrophe ein. Das Schicksal kam im Gewand eines Schafes. Es wirkte harmlos, als es begann zuzuschlagen.

Hannah war nervös, weil gleich zwei wichtige Termine anstanden. Als Pressevertreterin war sie zu einem runden Geburtstag ins Bürgerhaus geladen worden. Auch Malte würde dort sein, weil er das Geburtstagskind privat kannte. Vor dem Abendtermin war Hannah noch mit Sara verabredet, der Regisseurin. Malte war bisher kaum aus seinem Zimmer aufgetaucht. Er räumte dort oben gerade auf wie ein Besessener, sortierte aus, warf Unterlagen weg und putzte seinen Schreibtisch. Ungewöhnlich, dachte Hannah, aber Ausmisten ist immer gut. Macht den Kopf frei.

Am Nachmittag kam Malte plötzlich herunter, um Hannah zu einer Partie Mühle herauszufordern. Sie freute sich, dass der Vorschlag dieses Mal von ihm kam. Wenn sie spielend miteinander am Tisch saßen, fühlte sie sich Malte nah. Wenigstens diese Gemeinsamkeit ist uns geblieben, dachte sie.

Wenig später saßen sie draußen unter dem Zeltdach des einfachen Pavillons, den Hannah kürzlich gekauft hatte. Hannah träumte seit langem von einem echten Pavillon, einem aus Holz, mit Türen und Sprossenfenstern, mit einem Tisch und einer Sitzbank. Doch den konnte sie sich nicht leisten und der hier war besser als nichts. Sie fühlte sich geborgen darunter.

Hannahs Siegeswillen, sonst sportlich betrachtet, schien Malte dieses Mal persönlich zu nehmen. Er wirkte angespannt, als er nach ihrem Sieg die Spielsteine wegräumte. Dann wandte er sich ab und begann, die Äpfel zu zählen, die er eine Stunde zuvor geerntet und in einen großen Eimer gefüllt hatte. Es war die erste nennenswerte Ausbeute vom vor Jahren gemeinsam gepflanzten Hochstammbaum, eigentlich ein Grund zum Feiern. Doch Hannah empfand die Stimmung als viel zu gedrückt, um ihm beim Zählen zuschauen zu wollen und sich mit ihm zu freuen. Mit hochgezogenen Schultern ging sie fröstelnd ins Haus. Wenig später hörte sie erneut Maltes Stimme: „Wollen wir noch ne Runde drehen?"

Was war das denn? Ein Friedensangebot vielleicht? Wie schön! Vielleicht bewegt sich ja doch mal was zwischen uns.

„Okay", sagte sie, „eine gute Stunde habe ich noch."

Sie fuhren ein Stück über Land, parkten das Auto am Wiesenrand und gingen einen Weg entlang durch eine Au. Malte griff wie üblich nach ihrer Hand, ein wenig zu fest. Er sprach nur wenig und Hannah spürte ... Was war das bloß? Aversion? Wut? Zurückweisung? Das Atmen fiel ihr plötzlich schwer. Da stimmt doch was nicht, dachte sie. Ich will, dass das aufhört. Sofort.

„Geht's dir nicht gut?", fragte sie endlich.

„Alles in Ordnung", sagte er und räusperte sich, als säße in seinem Hals etwas, was sich weder schlucken noch ausspucken ließ.

Mühsam versuchte Hannah, sich zu entspannen, doch bald schon drängte sie zur Umkehr. Sara erwartet gleich eine ausgeglichene Stimmung von mir, dachte sie besorgt. Ich muss pünktlich sein, nicht auf die letzte Minute dorthin hetzen. Ich will diesen Auftrag nicht verlieren. Und auch heute Abend muss ich fit sein. Ich darf da nicht rumhängen wie ein Schluck Wasser in der Kurve. Ich kämpfe einfach um meine berufliche Anerkennung. Spät genug, oder? Ich brauche meine Kraft und Konzentration für das, was vor mir liegt.

Die ehemalige Fernsehregisseurin, die in einem nahe gelegenen Dorf mit ihrem Mann in einem uralten Bauernhaus lebte, war vor geraumer Zeit mit der Bitte auf Hannah zugekommen, sie möge ihr vor Jahren geschriebenes Drehbuch, ein Herzensprojekt, für sie überarbeiten. Zugleich schien Sara zarte freundschaftliche Bande anknüpfen zu wollen.

Hannah setzte sich ins Auto und fuhr los. Sie freute sich auf die sensible Frau, die nur wenige Jahre älter war als sie. Und auf das wunderbare alte Haus, das voller Kunst steckte. Wenig später saßen sie an einer Ecke des riesigen Gesindetisches zusammen, tranken Tee und aßen Kuchen, den die Haushälterin servierte, bevor sie sich zurückzog. Dazusetzen durfte sie sich nicht – das hätte Saras Mann nicht gefallen. Sara selbst hielt viel von Achtsamkeit und beschäftigte sich gern mit spirituellen Theorien, was Hannah gefiel. Die Sache mit dem Drehbuch allerdings war eine Aufgabe, die sie verunsicherte. Sie hatte keinerlei Erfahrung mit dem Filmgeschäft. Zudem kannte sie die Regisseurin zu wenig, um sie wirklich einschätzen zu können und um sich Fehler ungestraft leisten zu können. Ich sollte pünktlich sein, dachte sie, froh darüber, dass Sara unbedingt mich hatte haben wollen für diese Aufgabe. „Ich spüre, dass Sie die Richtige sind, Frau Birkelund“, hatte sie gesagt. Doch inzwischen sagte sie, Wärme in der Stimme: Hannah und du.

*

Der Besuch bei Sara hatte sich länger hingezogen als geplant. Als Hannah zurückkam, war es höchste Zeit, sich umzuziehen. Ratlos stand Hannah vorm Kleiderschrank. Fast alles war ihr zu eng geworden in letzter Zeit. Fünfzehn Kilo mehr als früher. Die Erklärung ihres

Hausarztes dazu hatte ihr gar nicht gefallen: „Man nimmt nun einmal zu nach den Wechseljahren."

„Aber doch nicht so viel ...!"

„Doch, doch ...!"

Hannah zuckte zusammen, als sie Maltes Stimme hörte. „Bist du fertig?! Ich will los."

„Komme gleich!"

Eine halbe Minute später stand Malte im Rahmen, mit dem Flair eines erfrischenden Windes. Im Gegensatz zu mir sieht er immer noch unverschämt jung und gut aus, dachte Hannah. Bloß ein paar Silberfäden setzten Glanzlichter in sein eichhörnchenbraunes Haar und verrieten, dass auch er älter wurde.

„Ich nehme das Rad", sagte Malte. „Du kannst ja mit dem Auto nachkommen."

„Okay. Bis gleich." Erleichtert hörte sie, wie die Haustür ins Schloss fiel.

Sie schob Kleiderbügel hin und her und wählte endlich ihre am wenigsten enge, dafür reichlich abgetragene Jeans aus. Sie zog sie an und ... fühlte sich schrecklich darin. Sie probierte eine weiße Bluse dazu. Früher hatte solch eine Kombination gut ausgesehen – in zwei Konfektionsnummern kleiner. Sie steckte die Bluse in den Bund und betrachtete sich von der Seite. Furchtbar! Endlich entschied sie sich für die schick taillierte, weinrote Designerbluse mit den schmalen Ärmeln und den Biesen, die sie in Norwegen gekauft hatte. Mit eingezogenem Bauch bekam sie tatsächlich die vielen kleinen Knöpfe unterhalb des Busens zu. Die oberen Knöpfchen ließ sie offen und hoffte, dass man denken würde, dass das so sein sollte. Immerhin gab das den Blick frei auf das weiße, tief ausgeschnittene Top, das sie darunter trug. Dass ich mit zunehmendem Körpergewicht ein üppigeres Dekolleté bekommen habe, ist immerhin ein gewisser Trost, dachte sie. Aber wenn ich nicht bald wieder tiefer atme, laufe ich blau an. Sie öffnete zwei weitere Knöpfchen, legte etwas Rouge und Lippenstift auf, fuhr noch einmal mit der Puderquaste über die Nase und probierte ein Lächeln. Die Bluse steht mir, dachte sie. Und geschminkt sehe ich sogar einigermaßen akzeptabel aus.

Wenig später nahm sie die Autoschlüssel, zog die Tür hinter sich zu und machte sich auf den Weg.

*

Sie traf Malte gleich hinter der Eingangstür. „Du siehst gut aus", sagte er, als sie im Bürgerhaus ankam, und küsste sie. Du siehst gut aus – diesen Satz kannte Hannah seit langem als verklausulierte Liebeserklärung.

„Du auch", sagte sie und ihr Herz wurde warm. Sie betrachtete ihn besorgt. Er war so schmal geworden im Gesicht. Ob er krank ist? Hat er Sorgen, die er vor mir geheim hält? Plötzlich kam Hannah ein schrecklicher Gedanke: Sollte Malte etwa in fremden Gewässern fischen? – Schnell wischte sie den Gedanken weg. Blödsinn! Malte ist treu, dachte sie. Das weiß ich.

Eine Stunde später hatte Hannah Fotos und Notizen im Kasten. Die in dieser politischen Runde gewohnt launigen Ansprachen waren gelaufen. Es war kurz vor neun, als Malte, der neben Hannah an einem der Tische die legendäre Suppe gelöffelt hatte, die das Geburtstagskind jedes Jahr eigenhändig zubereitete, auf die Uhr sah.

„Willst du nicht schon nach Hause gehen, Hannah?", fragte er. „Du bist doch sicher müde. Es macht nichts, wirklich. Ich bleibe noch ein bisschen. Du kannst ruhig schon schlafen gehen, wenn du willst. Okay?“

Wie rücksichtsvoll von ihm, dachte Hannah überrascht. Zaghafte Freude keimte in ihr auf. Sie horchte in sich hinein. Ich bin tatsächlich müde, dachte sie. Und wenn er es mir schon anbietet ...

Malte erhob sich, küsste Hannah flüchtig und ging zu einigen Bekannten hinüber. Hannah nahm ihre Tasche, nickte den Tischnachbarn einen Gruß zu und ging.

Daheim saß sie noch für eine Weile in ihrem Rückzugssessel, blätterte in einem Ratgeber und genoss die Ruhe. Dann ging sie, wie gewöhnlich allein, zu Bett.

Licht in der Nacht

Es war gegen drei Uhr nachts, als Hannah erwachte, weil ein menschliches Rühren sie gepackt hatte. Mit nur halb geöffneten Augen tapste sie in ihr kleines Bad, noch ganz erfüllt von dem guten Gefühl, einen wider Erwarten entspannten Abend erlebt zu haben.

Es war ruhig im Haus. Nachdenklich wusch sie sich die Hände. Ob Malte inzwischen zurück war oder ob er noch feierte? Sie öffnete ihre Zimmertür und warf einen Blick hinüber auf die andere Seite des langen Flures. Malte schlief stets in seinem Arbeitszimmer, weil Hannah mit ihrem federleichten Schlaf einfach nicht wieder hätte einschlafen können, wenn er nachts zu ihr unter die Bettdecke gehuscht wäre. In Maltes Zimmer war die Tür nur angelehnt. Durch den Spalt fiel Licht.

Malte, du Nachteule, dachte sie und spielte mit dem Gedanken, hinüberzugehen und ihn zu bitten, endlich den Laptop zuzuklappen und schlafen zu gehen. Dann entschied sie sich aus einer jähen Eingabe heraus gegen diese neuerliche Bemutterungsaktion. Diskussionen um diese Zeit hindern mich nur am Wiedereinschlafen, dachte sie. Es wird Zeit, dass ich endlich akzeptierte, dass er alt genug ist, für sich selbst zu entscheiden. Das kann uns beiden nur guttun.

Der Brief

Gefühlte zehn Minuten später erwachte sie erneut und blickte auf die Uhr. Schon sieben? Unglaublich. Sie gähnte und streckte sich. Sie hatte einfach wunderbar geschlafen, so gut wie lange nicht mehr. Bereit, dem neuen Tag fröhlich ins Auge zu blicken, schwang sie die Beine aus dem Bett. Wie still es war. Eine umfassende Stille, die, fremd und bedrohlich, mit Händen zu greifen war. Kein Schnarchen, kein Rascheln am Schreibtisch, kein Klappern unten in der Küche. Nur die Uhr über Hannahs Zimmertür tickte vernehmlich, lauter als sonst. *Tick, tack, tick, tack, tick ...!* Wie von ungefähr beschleunigte sich Hannahs Herzschlag. *Bum di bum di bum. Bum, bum, bum, bumm ...!*

Nur wenige Meter und Sekunden trennten sie in diesem Augenblick noch von dem Albtraum, der jenseits des Flurs auf sie wartete. Der nicht den Trost des Aufwachens, gerade dann, wenn es am schlimmsten wäre, in sich tragen würde. Der lauerte wie ein sprungbereiter Panther im Dunkel einer mondlosen Nacht.

Hannah schob die Tür zu Maltes Zimmer auf. In Gedanken spürte sie schon - wie so oft - seinen warmen Körper, umfasste ihn, atmete seinen Duft ein und drückte Malte einen Kuss in den Nacken. Zugleich fröstelte sie und wusste nicht, warum. Sie trat ein und ihr Herz blieb für einen Moment stehen. Maltes Bett war unberührt. Sein Schreibtisch, sonst mit Unterlagen übersät, war aufgeräumt und leer.

„Malte?!“, rief sie nach unten und schickte ein „Bitte, bitte ...!“ Richtung Himmel gleich hinterher.

Keine Antwort. Auf nackten Füßen eilte sie die Marmorstufen hinab. Ihre Kehle war staubtrocken.

Den Briefumschlag auf dem Küchentisch sah Hannah sofort. Wie in Trance nahm sie ihn an sich, ging ins Wohnzimmer und ließ sich in ihren Sessel sinken. Mit zitternden Fingern zog sie mehrere Papierbögen aus dem Umschlag heraus; wie gehetzt jagten ihre Blicke über Maltes Zeilen. Schon die ersten sechs Worte sagten fast alles: „Du musst jetzt sehr stark sein.“ Oh nein! Bitte nicht ...!

Malte schrieb davon, wie leid es ihm tue, ihr Kummer zufügen zu müssen, aber auch er habe ja nur ein Leben. Es nütze nichts. Es müsse sein. Jetzt! Er habe beschlossen, sie zu verlassen. „Es war nicht geplant“, schrieb er. „Eine neue Kollegin. Es ist einfach passiert.“

„Oh nein“, sagte Hannah und konnte es einfach nicht fassen. Es tat so unendlich weh. Es machte ihr so viel Angst, dass sie kaum Luft bekam. Sie musste sich zwingen, weiterzulesen. Ein winziger Trost inmitten der Schwärze ihres Elends, ihrer Angst vor Heimatlosigkeit, tat sich auf: Maltes Versprechen, sie finanziell zu unterstützen, so dass sie sich eine große Wohnung für sich und ihre Bücher würde leisten können. Sie ließ den Brief sinken, nachdem sie alles überflogen hatte, ohne recht zu begreifen. Oh lieber Gott, dachte sie verzweifelt, bitte lass es nur eine letzte Warnung sein, ein kräftiger Schuss vor den Bug, damit ich endlich wach werde und Maltes Sorgen um unsere Liebe ernst nehme. Doch sie spürte es, so sehr sie sich auch dagegen wehrte: Es war mehr als das.

Hannah schleppte sich in die Küche zurück, um sich einen Tee aufzugießen. Vorsichtig nahm sie einen Schluck. Etwas essen konnte sie, die sich immer mit Essen getröstet hatte, nicht. Ihr war speiübel. Sie ging, die Tasse in der Hand, zum Sessel zurück, um den Brief noch einmal zu lesen, um wenigstens ansatzweise zu verstehen, was sie gerade vielleicht überlesen hatte. Dieses Mal las sie langsam, Wort für Wort. Die Gründe für seinen Entschluss erläuterte Malte mit der ihm eigenen Sorgfalt. Es war niederschmetternd. Punkt für Punkt beklagte er - und sicher nicht zu Unrecht - ihre Unterschiede. Wie zwei Schenkel einer Schere sei ihr Leben immer weiter auseinandergedriftet. „Ich kann nicht mehr", schrieb Malte und gerade dieser Satz schnitt Hannah ins Herz. Betrübt las sie von Maltes Hoffnung auf ein neues Glück an der Seite einer gewissen Ira. Sie passe so viel besser zu ihm, als Hannah es je getan hatte, schrieb Malte. Er habe sich ganz klar für sie entschieden. „Der Vorrat an Liebe zwischen uns beiden hat sich aufgebraucht Hannah", schrieb er. „Du bist eine tolle Frau, aber nun nicht mehr meine."

Noch immer ohne eine einzige erlösende Träne las sie den Brief zu Ende. Dann lehnte sie sich zurück und schloss erschöpft die Augen. Wie in Zeitlupe sah sie ihre erste Begegnung mit Malte wieder vor sich. Sah ihn, wie er dem Zug entstieg, sah seine schönen Hände auf dem weißen Tischtuch in der Pizzeria und spürte es wieder wie damals: ihr wild klopfendes Herz, das in Flammen stand. Zu spät? Sollte es wirklich aus sein, für immer?

Endlich flossen erste Tränen. Und mit den Tränen kam die Erkenntnis: Es ist vorbei! Hannah sah ihren Mann vor sich, wie er, der begeisterte Eisenbahnfahrer, im Zug saß, mit geschlossenen Augen vielleicht, auf dem Weg zu ihr. Aufgeregt würde er sein, vielleicht sogar glücklich. Erst in ein paar Tagen würde er wiederkommen. „Dann können wir reden“, hatte er geschrieben.

Und ich, dachte Hannah und spürte ihr Herz wie eine einzige Wunde in ihrer Brust. Mutterseelenallein – noch nie hatte sich die Bedeutung dieses Wortes ihr mehr erschlossen als jetzt. Was soll ich denn jetzt nur tun?! Warum kommt denn jetzt niemand, um mich in die Arme zu nehmen und zu trösten?! Warum ist Mutti jetzt nicht bei mir? Warum Ines nicht? Doch die beiden lebten ja schon so lange nicht mehr und wer, außer Malte und Ira, konnte ihren Kummer in diesem Moment auch nur erahnen. Niemand sonst weiß davon, dachte Hannah schmerzerfüllt. Für alle bin ich doch immer noch die beneidenswerte Frau eines interessanten Mannes, der mir ein tolles Leben bietet. Aber das bin ich nicht mehr. Ich bin niemandes Frau mehr. Ich bin nur noch unendlich allein ...!

Hannah begann zu zittern und spürte erst jetzt, wie kalt ihr war. Endlich stand sie auf, um sich etwas anzuziehen. Nur ganz vage spürte sie eine erste Einsicht in einer lange verschlossenen Ecke ihres Herzens. Ich bin selbst schuld, dachte sie. Ich haben jeden meiner Partner dafür verantwortlich gemacht, wenn es nicht rundlief, habe argumentiert, scheinbar stichhaltige Gründe gefunden, ihn damit in die Ecke gedrängt. Dann schob sie die aufkeimenden Gedanken beiseite. Nicht jetzt, dachte sie, nicht jetzt. Das geht einfach über meine Kraft.

Die Angst, nun für immer allein durchs Leben gehen zu müssen, stand wie ein Berg vor Hannah. Ich liebe den Ehering an meiner Hand, dachte sie wehmütig. Er hat mir Sicherheit gegeben. Ich liebe Malte.

Irgendwo muss doch ein Ausweg sein. Irgendwelche Hoffnungszeichen. Sicher habe ich sie nur übersehen in meiner Aufregung, ja, ganz bestimmt. So muss es sein.

Reden, dachte sie, ich muss jetzt unbedingt mit irgendjemand reden. Mutti, Vati, dachte sie und griff zum Hörer, um ihre Schwiegereltern anzurufen.

Mutti ging dran. „Hannah, wie schön, dass du anrufst. Ich habe so an dich gedacht."

Als Hannah erzählte, was geschehen war, blieb sie für einen Moment still. Dann sagte sie: „Es wundert mich nicht. – Willst du herkommen, damit wir reden können?"

„Ja", sagte Hannah, einen Schluchzer unterdrückend, „wenn ich darf."

„Natürlich darfst du. Ich lasse ein Zimmer für dich reservieren. Ich sag dir Bescheid, wann es klappt."

„Danke, Mutti."

Ein Lichtblick. Ein Besuch bei den Schwiegereltern. Ein kleines Stückchen Leben, das sich wie Normalität anfühlen könnte, wenn sie die Realität einfach ausblendete.

*

Zu Mittag zwang ihr knurrender Magen Hannah, einen weiteren Apfel zu essen. Ich muss dringend an die Luft, dachte sie, als sie fertig war. Allein im Haus werde ich noch verrückt. Sie nahm die Strecke durch den Park und über die Landstraße zwischen den Feldern, die sie so oft mit Malte gegangen war. Sie hatte das Gefühl, sie müsste ihre Arme ganz, ganz lang machen, um ihn irgendwie berühren zu können.

Ein Mann mittleren Alters tauchte in ihrem Blickfeld auf. Er ging in einigem Abstand vor ihr über den Asphalt. Vermutlich ist er harmlos, dachte sie, und doch macht er mir große Angst. Was, wenn er mich überfällt?! Plötzlich fühle ich mich absolut schutzlos, als ideales Opfer. Ich bin nur noch ein Häufchen Staub, mehr nicht.

*

Fast den ganzen Nachmittag über schrieb Hannah an einem Antwortbrief an Malte. Hinter jedem Satz versteckte sich dieselbe Aussage: Geh nicht, bitte!!! Sie überdachte alles gründlich. Sie gab sich Mühe. Sie brauchte Stunden.

„Aber das hat doch keinen Zweck", sagte Rosa ungewohnt sanft, als Hannah ihren Brief noch einmal gelesen hatte. „Merkst du das denn nicht?" Sie klang liebevoll. „Ihr habt euch doch nur noch gestritten. Gemeinsamkeiten im Lebensentwurf sind, wenn ihr sie denn je hattet, aufgebraucht. Allzu lange habt ihr vieles nur noch zugedeckt."

Hannah schluckte hart. Er fehlt mir so, dachte sie.

„Vielleicht brauchst du einfach nur mal eine Pause in Sachen Liebe", sagte Rosa. „Vielleicht musst du dich endlich einmal selbst kennenlernen. Alt genug bist du ja."

„Ach, lass mich", flüsterte Hannah. Und begann erneut zu weinen.

Love simply the best?

Die Welt ging auch während der Nacht nicht unter. Hannah hatte vielleicht zwei Stunden lang geschlafen. Ihr Magen knurrte, doch von

Appetit keine Spur. Sie stand auf, zog sich ungewaschen etwas über, trank eine Tasse Tee und aß mit Mühe einen der Äpfel, die Malte am Tag zuvor geerntet hatte. Noch immer hatte sie das Gefühl, in einem bösen Traum zu sein. Ihr Atem ging flach. Ihr Brustkorb fühlte sich eingeschnürt an.

„Jetzt bist du wieder frei", sagte Rosa leise. „War es nicht genau das, was du wolltest?!"

Ach, Rosa. Hannah war mit einem Mal froh, wenigstens ihre Stimme zu hören. Irgendeine Stimme. Doch frei? Bloß nicht, dachte sie. Ich will nicht frei sein, jedenfalls nicht so frei. Ich bin eine verheiratete Frau, und das will ich auch bleiben. Vielleicht habe ich ja doch noch eine Chance. Vielleicht überschläft Malte die Sache ja noch mal. Vielleicht muss ich um ihn kämpfen, mit aller Kraft ... Aber erst einmal muss ich richtig aufwachen aus diesem Albtraum. Aufwachen. Endlich aufwachen ...!

Welle folgte auf Welle. Schmerz, Wut, Verzweiflung, Trotz und Hass wechselten sich in den nun folgenden Stunden und Tagen miteinander ab. Eine riesige Packung an Selbstmitleid quälte Hannah: Habe ich nicht längst genug Kummer gehabt in meinem Leben? Reicht es jetzt nicht endlich mal, verflucht?! Ist das nicht viel zu viel für ein einziges Leben? Und dann tauchte eine gefährliche Frage auf: Sollte ich nicht besser einfach Schluss machen ...?

Sie dachte an Roman, den sie beinahe an den Krebs verloren hatte. Sie dachte an Mirco, den sie kaum noch sah. An Mutti, an Ines, an Tante Rut – die alle so früh gestorben waren. Und nun hat mich auch Malte verlassen.

„Du hast Berthold und Conrad verlassen, vergiss das nicht“, sagte Rosa. „Nun bist du eben mal dran. So ist das im Leben. Vielleicht hast du so einen Dämpfer ja einfach mal verdient.“

Ach, Rosa ...! Hannah seufzte tief. Vielleicht bin ich einfach nicht gemacht für die Liebe, dachte sie, obwohl ich mich so sehr nach Zugehörigkeit sehne. Ich weiß einfach überhaupt nicht, was ich denken soll. Es ist so hoffnungslos ...!

„Quatsch!“, sagte Rosa. „Hör auf, deine Wunden zu lecken und tu was. Irgendwas.“

„Aber was soll ich denn tun?“ Hannah schniefte. „Da gibt es doch nichts ...“

„Erst einmal hörst du auf zu heulen und putzt dir die Nase. Dann denkst du nach. Wie wäre es denn mit *Love simply the best*? Das reizt dich doch schon lange.“

Love simply the best? - Hannah stutzte. Da klingelte etwas ganz tief in ihr. Bisher war es nicht mehr als eine Gedankenspielerei gewesen, dort einmal ihre Chancen zu testen. Just for fun. Rein theoretisch. Jetzt aber gab es keinen Hinderungsgrund mehr. Malte ist nicht mehr bei mir, dachte sie. Es könnte ja noch einen anderen Mann für mich geben. Vielleicht sogar einen Mann, der besser zur mir passt als er, einer, mit dem ich an einem Strang ziehe, mit dem ich wirklich in Frieden leben kann.

Im nächsten Augenblick begannen die Gedanken in Hannahs Kopf, Pingpong zu spielen:

Nein, dachte sie, ich will Malte, sonst keinen.

Aber Malte will Ira. Malte ist weg.

Außerdem wäre es doch furchtbar treulos von mir, jetzt schon nach einem anderen zu suchen, oder?

Es ist ja gar nicht für jetzt, denn jetzt liebe ich ja meinen Mann, es ist nur eine Absicherung für die Zukunft. Nur für den Fall, dass er nicht wieder zur Vernunft kommen sollte. Dass er das wirklich ernst meint. Unumstößlich ernst.

Aber er meint es ernst. *Versuche nicht, mich umzustimmen!*, hat er geschrieben. *Selbst wenn es mit Ira nicht gut ginge, ich käme nicht zu dir zurück.*

Was für ein Name für eine Partnerbörse, dachte Hannah. *Love simply the best* ... Klingt irgendwie gut. Hoffnungsvoll.

Ein winziger Funke von Zuversicht entzündete sich in Hannahs Seele und so tat sie das Unsägliche, rief die entsprechende Seite auf, registrierte sich und gab ihre persönlichen Daten ein. Danach war ihre Kraft verpufft und Hannah schlecht vor Aufregung. Sie riss das Fenster gleich neben ihrem Schreibtisch auf, lüftete kräftig durch, schloss es wieder, setzte sich zurück an den Schreibtisch und starrte tatenlos auf den Bildschirm.

„Jetzt mach endlich ...!" Rosa wieder. „Stell dir einfach vor, Malte sei nur mal kurz weg und du würdest die Zeit ohne ihn für ein kleines Spiel mit dem Feuer nutzen."

Spiel mit dem Feuer klingt interessant, dachte sie. Wer weiß ... Und siehe da, plötzlich lief es. Hannah war konzentriert bei der Sache. Die Vorstellung, sich noch mal neu zu verlieben und eine Partnerschaft eingehen zu können, ohne all den Streit, ohne die Missverständnisse, diese Vorstellung war, zumindest für den Moment, verführerisch.

Zwei Tage später war Malte immer noch bei seiner neuen Liebe und Hannah fuhr zu seinen Eltern. Grüblerisch starrte sie durch das Fenster des Intercitys. Sie war froh, dass der Platz neben ihr frei war und hätte doch so gern Malte dort sitzen sehen. Fragen über Fragen marterten ihr Gehirn: Was ist falsch an mir? Wo ist mein Anteil an dem Dilemma? Ist dauerhaftes Glück in der Ehe nur eine Illusion und langjährig Verheiratete machen sich selbst und anderen etwas vor? Wieso kann ich mich zwar verlieben, aber nicht glücklich bleiben an der Seite eines Mannes? Und wieso hat bei *Love simply the best* noch keine Socke geantwortet?!

„Weil du gerade erst dein Profil eingestellt hast, Torfköpfchen", sagte Rosa.

Hannah nickte. Wie albern von mir, dachte sie, so was braucht Zeit. Ihr Kopf schmerzte. Ihr Nacken war bretthart. Irgendwann lehnte sie sich zurück, schloss die Augen und dämmerte weg in ihrem Sitz, vollkommen erschöpft.

„In wenigen Minuten erreichen wir Warburg."

Hannah schreckte hoch und griff nach ihrem Rucksack und dem kleinen Koffer. Wie oft bin ich an Maltes Seite hier ausgestiegen, dachte sie, während sie versuchte, nicht allzu schleppend über die Treppe Richtung Bahnhofshalle zu gehen. Sie besorgte Blumen im Bahnhofsblumenladen und nahm den nächsten Bus in Richtung der vornehmen Seniorenresidenz, in der Maltes Eltern ihre vermutlich letzte Heimat gefunden hatten.

Am Empfang meldete sie sich an. Dann passierte sie den elegant eingerichteten Essraum, der mit blütenweißen Tischtüchern und edlem Geschirr eingedeckt war, ging weiter Richtung Fahrstuhl und fuhr nach oben. Maltes Eltern umarmten sie liebevoll zur Begrüßung und Hannah war zutiefst dankbar, nun bei ihnen sein zu dürfen. Alles ist jetzt besser, als allein zu sein, dachte sie.

Sie redeten viel. Hannah fühlte sich verstanden von den beiden alten Menschen. Sie genoss das geräumige Gästezimmer, das fast wie eine Hotelsuite eingerichtet war, mit eigenem Bad und Kitchenette, mit Doppelbett, Schreibtisch, Fernseher, dem kleinen runden Tisch mit den beiden Cocktailsesseln dazu und dem großen Balkon. Wie immer warteten auf sie als Gast ein Obstteller und etwas Schokolade, in Cellophan eingehüllt. Sie unternahm allein kleine Spaziergänge in der Umgebung, die ihr wohltaten. Nur als Mutti ihr nach dem Kaffee selbstvergessen Kinderfotos von Malte zeigte, musste Hannah weinen.

*

Sie war häufig wachgeworden während der Nacht und hatte sich jedes Mal neu orientieren müssen: Wo bin ich? Als es Zeit war, aufzustehen, ging sie nach nebenan in das weißgekachelte Bad, duschte, trocknete sich ab und föhnte sich die Haare. Normalerweise lagen sie duftig nach der Wäsche, doch nun fielen sie in sich zusammen wie verdorrtes Gras. Die Haut im Gesicht spannte. Hannah kramte in ihrem kleinen Kulturbeutel. Auch das noch – ich habe die Hautcreme vergessen! Sie rieb sich mit den Händen durchs Gesicht und erschrak beim Blick in den hell beleuchteten Spiegel. Die dünne, trockene Haut unter den Augen hatte sich zu deutlich sichtbaren Runzeln zusammengeschoben. Das gibt's doch nicht, dachte sie. Quasi über Nacht bin ich wirklich um Jahre gealtert. Ich hätte nicht gedacht, dass es so etwas tatsächlich gibt.

Anders als sonst ging sie nicht in den schönen Speisesaal, um sich am Frühstücksbuffet zu bedienen, denn das hätte bedeutet, Perlen vor die Säue zu werfen. Sie hatte Äpfel von zu Hause mitgenommen. Zwei Äpfel am Morgen, mehr brauchte sie nicht.

Stufen

Hannah blieb drei Nächte lang in Warburg. Als sie heimkam, war Malte von der Reise zu seiner neuen Freundin zurückgekehrt. Sie sprachen weniger ausführlich als erhofft miteinander. „Wir haben schon so viel geredet in der Vergangenheit, Hannah. Es ist, wie es ist. Wir müssen die Zeit, die wir noch gemeinsam hier wohnen, mit Anstand hinter uns bringen. Mach es uns nicht so schwer."

Damit nahm er ihr jeden Wind aus den Segeln. Malte war als Ehemann gegangen und als Fremder wiedergekommen. Sie waren im selben Haus und einander doch unendlich fern.

Die Wochen, die folgten, waren hammerhart, für Hannah, vermutlich aber auch für Malte. Sie sahen sich nur noch zu den Mahlzeiten – wenn überhaupt. Es schmerzte Hannah, ihn beim Frühstück an seinem Stammplatz ihr gegenüber sitzen zu sehen. Anfangs versuchte sie noch, ihn wie gewohnt zu versorgen, bald schon ging das einfach nicht mehr.

Zum Frühstück stellte sie mit schnellen Bewegungen zwei Teller und Tassen auf den Tisch, weigerte sich aber in hilflosem Trotz, zum Frühstück eine Kanne Tee für Malte zu kochen, da sie selbst Kaffee trank. Sie stellte auch keinen Honig mehr auf den Tisch, weil sie lieber Marmelade aß. - Ich bin ja nun Single, dachte sie, oder etwa nicht?

Wenig später begannen die Umzugskartons sich über- und nebeneinander in der Diele zu stapeln. Es wurde immer ungemütlicher im Haus. Hannahs Blick fiel auf den Küchenkalender. 11. Dezember. Wenn ich diese Scheißfeiertage nur schon hinter mir hätte, dachte sie. Vor ihrem inneren Auge sah sie Familienmitglieder unterm Tannenbaum sitzen, die glücklich miteinander waren – dann sah sie sich selbst, völlig allein. Sie imaginierte ein buntes Feuerwerk, Menschen im Gefühlsüberschwang, voller Vorfreude auf ein neues Jahr. Es war klar, welche Frage sich anschloss: Und ich?!

„Freu dich doch einfach trotzdem ein bisschen", schlug Rosa vor. „Ein frisches, neues Jahr ..."

Soll das ein Witz sein, dachte Hannah. Dann aber dachte sie nach. Genau betrachtet könnte ich mich ja tatsächlich freuen, dachte sie. Wenn ich am 1. Januar aufstehe, wird auch vor mir ein neues Jahr liegen. Unberührt wie frisch gefallener Schnee. Mit allen Chancen. Und dieser Gedanke hat mir doch bisher immer so sehr gefallen.

Bald darauf konnte Hannah es dankbar erkennen: Sie war nicht so allein, wie sie gedacht hatte. Trost war unterwegs. Maltes Bruder Elmar, mit dem sie sich schon immer gut verstanden hatte, schickte Hannah einen riesigen Blumenstrauß, etwas später einen Brief.

„Ich kenne deinen Schmerz“, schrieb er, „aber manchmal sind es gerade Enttäuschungen, die uns in ein so viel stimmigeres Leben bringen können. Ich wünsche dir, dass du es eines Tages ähnlich sehen wirst. Gefangen von Schmerz, Wut und Lähmung, kannst du im Moment vielleicht gar nicht agieren, aber am Horizont ist ganz sicher Licht. Du musst es nur erkennen wollen, dann wirst du es entdecken. Anita und mir wirst du jedenfalls immer willkommen sein.“

Er hatte sein Lieblingsgedicht angefügt: *Stufen* von Herrmann Hesse. Tränen schossen Hannah in die Augen. Das Gedicht, das einst ihr Kurschatten Gustl für sie während der Kur rezitiert und später auf eine Kassette für sie aufgesprochen hatte, war längst auch ihr Lieblingsgedicht geworden. Sie kannte es auswendig, hörte vor ihrem inneren Ohr, wie Hesse von welkenden Blüten und verlorener Jugend erzählt, von blühenden Lebensstufen voller Weisheit und Tugend, von dem Herzen, das jederzeit zum Abschied bereit sein müsse. Aber eben auch zum Neubeginn.

Hannah dachte eine ganze Weile lang über Elmars Brief und das Gedicht nach. Wenn ich meine Selbstachtung nicht verlieren will, dachte sie, muss ich Malte auch innerlich loslassen. Vielleicht bin ich ja doch noch jung genug für einen Neuanfang, mit noch nicht einmal sechzig Jahren.

„Du bist eine alte Fregatte, Hannah!“, witzelte Rosa, „aber du musst trotzdem neu anfangen. Und weißt du was, ich helf dir. – Mach einfach einen Schritt nach dem anderen, wie der Straßenkehrer in *Momo*, weißt du noch. Und irgendwann guckst du dich um und dann wirst du dich wundern."

Unterhalt oder Liebe?

Bis Weihnachten sollten wir beide ausgezogen sein, hatte Malte in seinem Abschiedsbrief geschrieben, doch die Wohnungssuche gestaltete sich wegen der vielen Flüchtlinge, die derzeit in der Region waren, ausgesprochen schwierig. Die Anwältin immerhin, die Hannah sich inzwischen genommen hatte, hatte sie beruhigt: „Sie brauchen sich nicht hetzen zu lassen. Das Haus ist im Moment noch die eheliche Wohnung. Suchen Sie in Ruhe."

Das tat Hannah. Aber zunächst einmal fand sie nichts und das war nicht ihre einzige Sorge. Malte überließ ihr zwar den Teil seines ansehnlichen Gehaltes, den das Gesetz vorsah, doch was später sein würde, stand in den Sternen. Hannah sah bereits ein Leben auf Hartz-IV-Niveau als Katastrophen-Szenario über sich schweben und erinnerte sich an ein deprimierendes Interview mit Betroffenen, das sie vor einziger Zeit erst als Pressevertreterin geführt hatte. Eine Vorstellung, die ihr den Schlaf raubte. Es ist doch alles einfach nur furchtbar, dachte sie.

Hannah sehnte sich nach Sicherheit und nach Liebe, doch es schien immer offensichtlicher zu sein, dass sie nur eines haben konnte. Ich werde mir sehr genau überlegen müssen, ob ich es überhaupt noch einmal wagen kann, eine feste Partnerschaft einzugehen, dachte sie.

„Sie dürfen unverbindlich durch die Betten hüpfen, soviel Sie wollen“, hatte die Anwältin erklärt, „doch sobald es ernst wird, riskieren Sie die Unterhaltszahlungen Ihres Mannes.“

Was für ein bekloptes Gesetz, dachte Hannah. Verlangen die allen Ernstes, dass ich als alternde Frau entweder auf eine neue Liebe verzichte, die mein Mann wie selbstverständlich genießt, oder dass ich mich vollkommen abhängig mache von einem neuen Partner? Was, wenn auch diese Beziehung nicht hält? Ich würde vor dem Nichts stehen. Da verzichte ich, so sehr ich unter meiner Einsamkeit leide, doch liebe ganz auf Liebe, zumindest für die nächsten Jahre. Sie rechnete nach: Fünf bis sechs Jahre bis zur Rente liegen noch vor mir. Diese Zeit gilt es zu überstehen. Irgendwie. Ohne Liebe. Ohne Trost.

Ihre Hoffnung war auf dem Tiefstpunkt angelangt, da entdeckte sie eine Wohnung in der Innenstadt, direkt über der Apotheke. Sie war nicht sonderlich teuer und ausgesprochen geräumig. Ich würde wieder einen Kursraum haben und die zentrale Lage kann nur gut sein, um mehr Kunden zu gewinnen, dachte Hannah. Hoffnung flammte auf. Sie besprach die Sache mit Malte und machte mit dem Makler einen Besichtigungstermin aus. Danach war sie fest entschlossen, die Wohnung zu mieten, heilfroh, überhaupt etwas gefunden zu haben. Doch das Büro des Vermieters hielt sie bei telefonischen Rückfragen immer wieder hin, nur um sie endlich wissen zu lassen, dass die Wohnung nun doch rein gewerblich vermietet werden sollte. Hannah war am Boden zerstört. Und suchte doch weiter. In ihrer kleinen Stadt, in den umliegenden Dörfern. Wie hätte sie auch nur ahnen können, was das Schicksal bereits für sie in petto hatte.

Sehnsucht nach Grün und Bunt und Erde

Ende November 2015. Die Natur wirkte kahl und trostlos und in Hannah wuchs, mehr noch als in anderen Jahren, die Sehnsucht nach Frühling. Dass ihr geliebter Garten bald anderen gehören würde, gehörte für sie mit zu den frustrierendsten Erfahrungen ihrer bevorstehenden Trennung von Malte. Ohne Garten wollte sie nicht sein. Welch große Bedeutung das Thema Garten allerdings noch einmal für ihr Liebesleben haben würde, ahnte sie zu diesem Zeitpunkt nicht. Im Moment begnügte sie sich mit dem Gedanken, wenigstens ihre Lieblingspflanzen auszubuddeln und umzusiedeln. Doch wohin damit? Sie hatte nicht das Geld, sich ein eigenes Haus samt Garten zu mieten. Und eine Wohnung mit Garten, so vermutete sie, war eher eine Seltenheit.

Der rettende Gedanke erreichte sie eines Morgens unter der Dusche: Ein Schrebergarten muss her! Schon Papa war in diesem Refugium glücklich gewesen. Während das warme Wasser über ihren in den letzten Tagen wegen der Kummer-Diät schon etwas schlanker gewordenen nackten Körper rann, tauchten üppig-bunte Bilder in ihr auf, belebende Gefühle. Sie sah Blumen und Beeren vor sich, sie roch fruchtbare Erde. Gärtnern unterm Sonnenhut, dachte sie sehnsuchtsvoll. Marmelade kochen, Gemüse einfrieren und im Winter Suppe daraus köcheln. Und nachdem sie sich abfrottiert hatte, bis die Haut rot und warm geworden war, beschloss sie, sich sobald als möglich umzusehen ...

Bereits eine Woche später entdeckte sie einen Garten in einer Laubenkolonie. Zwischen zwei knorrigen Bäumen hing eine

Hängematte. Das Schild *Zu verkaufen* war vom öffentlichen Spazierweg aus zu sehen. Sie wählte die angegebene Telefonnummer.

„Der Garten ist ein Traum", sagte die ältere Dame am anderen Ende der Leitung. „Wir würden ihn niemals aufgeben, aber nun sind wir alt geworden und wollen doch lieber reisen."

Schon am nächsten Tag durfte Hannah den Garten besichtigen. Die kleine Laube, aus Stein gemauert, war vollgestopft mit Werkzeug aller Art, auch der angrenzende Schuppen war überfüllt mit allerlei Dingen, zusammengetragen in Jahrzehnten. Dinge, die Hannah weder brauchte noch haben wollte. Doch überall gab es Buchsbaum und Beerensträucher – das gefiel ihr. Bald allerdings war klar, dass die bisherigen Besitzer offenbar ihre erste Reise mit dem Verkauf des Gartens zu finanzieren gedachten. Tausendfünfhundert Euro Ablöse. War das nicht ein bisschen viel?

Hannah rief den Vereinsvorsitzenden an, einen Herrn mit Namen Johannsen. Jung klang er nicht mehr, aber sehr freundlich.

„Viel zu teuer", sagte er, „das ist der Garten nicht wert. Aber ich notiere mir mal Ihre Telefonnummer. Es wird immer mal wieder etwas frei. Ich melde mich, sobald ich etwas höre."

Das Glück schien Hannah wenigstens in diesem Punkt hold zu sein. Drei Tage später, die Sonne ließ sich allenfalls hinter griesgrauen Wolken erahnen, da hatte Herr Johannsen etwas gehört. „Ich habe einen Garten für Sie, und noch dazu einen besonders schönen und deutlich größer als der, den Sie gesehen haben. Mit dreihundert Euro sind Sie dabei. Wenn Sie wollen, können Sie gleich kommen. Sehen Sie ihn sich einfach mal an."

Und ob Hannah wollte.

Auf einem Schild an der grau gestrichenen Laube mit einer charmant-überdachten Veranda hatte jemand mit schwarzem Lack *Oase* gepinselt. Und genau das war, was Hannah gerade dringend brauchte in der Trübsal des Lebens: eine Oase.

Herr Johannsen vorgestellt lächelte überaus verbindlich. „Hier rankt im Sommer eine Clematis an der Laube hoch", sagte er, „das hier ist, glaube ich, eine rot blühende Rose. Das da drüben ein Mirabellenbaum. Die Früchte sind köstlich." An einem abgesägten Baumstamm hatte jemand ein kleines Schild angebracht, auf dem stand: *Ein Gärtner stirbt nie, ein Gärtner gibt den Spaten ab.* Hannah musste schmunzeln. Ich will den Spaten erst einmal benutzen, dachte sie, noch ganz, ganz lange. Und ich freu mich ja so, hier bald alles gestalten zu können. Noch war alles kahl. Doch Hannah sah den Garten vor sich, wie er sein würde. Einfach wunderbar!

„Unsere Schriftführerin würde dann den Vertrag vorbereiten, wenn Sie wollen."

„Ich will", sagte Hannah.

Zwei Tage später setzte sie ihre Unterschrift unter den Pachtvertrag und die Wartezeit aufs Frühjahr begann. Ein Lichblick.

Schulhefte in Sachen Liebe

Es war ein verzweifelter Wunsch gewesen, den Hannah da ausgesprochen hatte, und für Malte wohl eine Zumutung: Nur einmal noch wollte sie mit ihm einen Tag verbringen, Hand in Hand gehen, im Bewusstsein des Abschieds. Ich will noch einmal fühlen, wie es war, mit Malte verheiratet zu sein, dachte sie. Und genau hinspüren, was ich verloren habe. Nur einmal noch so tun, als seien wir immer noch ein Paar.

Hannah gab sich einen Ruck, als sie Malte in der Küche traf, und sprach ihre Idee aus: „Du hast gewusst, dass wir auseinandergehen würden, ich nicht“, sagte sie. „Jetzt möchte ich bewusst Abschied nehmen, ist das okay?“

Er wich ein Stück zurück und furchte die Stirn.

„Versteh doch, Malte. Für mich kam das alles aus heiterem Himmel ...“

„Ich habe dich wirklich oft genug gewarnt!“

„Ich weiß“, sagte Hannah leise. „Aber ich möchte dir einfach noch einmal nah sein. Schenkst du mir diesen einen letzten Tag? – Ohne Sex natürlich.“

Malte sah sie schweigend an. In seinem Blick lagen Schmerz und Unsicherheit, aber auch Überraschung, gepaart mit einem gewissen Wohlwollen. War es der Ton, der die Musik machte? Hatten sie beide in letzter Zeit das erwartungslose Bitten verlernt und stattdessen einfach nur Forderungen gestellt, in einem Ton, der das Scheitern schon von vornherein voraussetzte?

„Okay“, Malte straffte sich. „Ich sehe ein, dass ich dir das wohl schuldig bin. – Wo willst du denn hin?“

„Egal. Such du was aus.“

„Gut. Ich muss jetzt an die Arbeit.“

*

15. Dezember. Zwei Tage vor Maltes Auszug. Er hatte sich für einen ruhigen Badeort an der Ostsee entschieden. Auch Hannah gefiel es dort. Die netten kleinen Geschäfte und Restaurants, der Musikpavillon,

die hübsche Promenade. Kurz nach elf brachen sie auf. Das Wetter spielte mit. Zartgrau der Himmel, es war trocken und nicht allzu kalt. Hannah saß am Steuer ihres gemeinsamen Wagens, der nun ihr allein gehören sollte. Komisch, dass ich Maltes Rolle als Chauffeur nie als Kavaliersdienst betrachtet habe, dachte sie. Hätte ich ihm für so viele vermeintliche Selbstverständlichkeiten einfach dankbarer sein sollen?

An der Fähre mussten sie warten. Der Kassierer kam, Hannah kurbelte die Scheibe herunter und zahlte. Sie versuchte, sich locker zu geben, Malte schien die Situation peinlich zu sein.

Es war windig, als sie – tatsächlich Hand in Hand – ein Stück an der Küste entlang marschierten. Dann gingen sie querfeldein über ein vom Winterwetter matschig gewordenes Feld, etwas, was Hannah normalerweise abgelehnt hätte, weil das doch sicher verboten war. Als sie auf der anderen Seite waren, ließ Malte ihre Hand los. „Ich hätte nicht gedacht, dass wir noch einmal so querfeldein gehen würden", sagte er beinahe erfreut und Hannah dachte an ihre Schuhe, die nun schlammig waren.

Während sie in einem Restaurant in Wassernähe auf das Mittagessen warteten, legte sie die beiden Schulhefte auf den Tisch, die sie vorbereitet hatte, und erklärte, was es damit auf sich hatte. Malte ließ sich auch auf diesen Wunsch ein, nahm den Stift zur Hand, den sie ihm hingelegt hatte, und beantwortete mit ernstem Gesicht Fragen wie „Erinnerst du dich noch an unseren ersten Kuss?" oder „Welches war unser schönste Urlaub für dich?" Hannah beantwortete im zweiten Heft dieselben Fragen. Als sie fertig waren, tauschten sie die Hefte aus. Malte legte das für ihn bestimmte Exemplar zur Seite, ohne hineinzusehen. Hannah blätterte in dem ihren, las ein wenig und legte es ernüchtert zurück auf den Tisch. Maltes Aussagen waren knapp, kühl, sachlich, nicht selten auch kritisch. Da blitzte nichts mehr auf von der alten Zuneigung. Aber was habe ich auch erwartet, dachte sie. Er liebt jetzt Ira. Dennoch war sie froh, dass es dieses Heft nun gab. Bis ans Ende meiner Tage werde ich nun nachlesen können, dachte sie traurig, wie aussichtslos unsere Beziehung offenbar schon seit langem gewesen ist. Und das wird mir helfen, wenn die Sehnsucht zu groß wird.

Dennoch musste Hannah am Tag darauf so viel weinen wie noch nie zuvor in ihrem Leben. Einen weiteren Tag später zog Malte aus.

Jahreswechsel

Schweren Herzens hatte Hannah sich darauf eingerichtet, Weihnachten ganz allein zu verbringen, denn Roman wollte für sich sein und der frischverliebte Malte sagte, er habe in diesem Jahr keine Zeit. Der Postbote hatte gerade ein kleines Weihnachtspäckchen von Jeannette gebracht. Wie lieb von ihr, dachte Hannah. Im nächsten Moment klingelte das Telefon. Elmar war dran.

„Was machst du am Heiligen Abend."

„Nichts. Ich werde allein sein."

„Das haben wir befürchtet, aber das kommt gar nicht in Frage."

Er lud sie ein, mit ihm und seiner Lebensgefährtin Anita den Heiligen Abend zu verbringen. „Wir gehen wie immer zur Weihnachtsandacht in den Hamburger Michel", sagte er. „Und danach fahren wir dann zu uns, essen schön und machen es uns nett. Dann schläfst du bei uns und am nächsten Morgen frühstücken wir gemütlich. Einverstanden?"

Noch nie hatte Hannah einem Gottesdienst in der schönen Hamburger Barockkirche beigewohnt und auch wenn sie sich im Grunde gern vergraben und in ihrem Schmerz gesuhlt hätte, nahm sie das liebevolle Angebot an. Am 24. Dezember fuhr sie mit dem Zug zum Hamburger Hauptbahnhof, stieg um in die U-Bahn und erreichte wenig später, pünktlich zur ausgemachten Zeit, das Hamburger Wahrzeichen. Elmar und Anita waren schon da, zusammen mit vielen, vielen fremden Menschen.

Zu dritt gingen sie hinein und zum ersten Mal sah Hannah die Kirche in weihnachtlichem Glanz. Schön war das. Der große Raum füllte sich und es dauerte eine ganze Weile, bis es losging. Wie üblich zu Weihnachten wurde es ein musikreicher Gottesdienst. Als die alten Weihnachtslieder gesungen wurden, die Hannah so liebte, konnte sie die Tränen nicht zurückhalten. In stetem Strom rannen sie ihre Wangen hinab. Sie spürte Anitas Hand auf der ihren und sah, wie Elmar seine noch darüber legte. Wie liebevoll die beiden doch waren. Was für ein unendlich großer Trost!

*

Am zweiten Weihnachtstag rief Sara, die Regisseurin, an. „Was machst du zu Silvester?“

„Nichts“, sagte Hannah, „wahrscheinlich gehe ich früh zu Bett.“

„Kommt ja gar nicht in Frage. Paul und ich erwarten dich um sieben zum Abendessen.“

Und wieder war Hannah zutiefst dankbar, nicht unsichtbar geworden zu sein, nur weil sie jetzt mannlos war.

Zu dritt genossen sie die kalte Platte, die Sara von einem Lübecker Feinkostladen hatte liefern lassen. Leider waren weder Sara noch ihr Mann sonderlich gesund. Paul verbrachte die Zeit nach dem Essen vor dem Fernseher, ohne viel zu sagen. Sara musste sich eine Stunde vor Mitternacht hinlegen. Hannah verbrachte die Zeit am großen Gesindetisch allein und malte ein Aquarell mit Fantasieblumen, in vielen feinen Schichten, das so gut gelang, dass sie beschloss, es demnächst zu rahmen und in ihrem Arbeitszimmer aufzuhängen.

Kurz vor Mitternacht tauchte Sara wieder aus ihrem Schlafzimmer auf. Die Medikamente hatten gewirkt. Es ging ihr besser und sie tanzte durch den Raum. Um zwölf stießen sie mit Champagner an und traten auf die Terrasse hinaus, um das Feuerwerk zu sehen. Wenig später gingen sie alle zu Bett und Hannah schlief im Gästezimmer unter Daunen wie zwischen Himmelswolken.

Am Morgen duschte sie in dem separaten Bad, das zum Gästezimmer gehörte. Als sie nach unten kam, hatte das alte Paar schon gefrühstückt. Einen Moment lang war Hannah enttäuscht, dann besann sie sich. Alles ist doch besser, dachte sie, als wenn ich den Jahreswechsel allein hätte verbringen müssen.

„Kaffee oder Tee“, fragte die Haushälterin, die an diesem Morgen Dienst hatte.

„Kaffee bitte“, sagte Hannah.

Es dauerte eine Weile, bis er fertig war. Dann schäumte die Frau Milch auf und servierte Hannah Reste von der kalten Platte vom Vorabend. Im Grunde schmeckte es noch immer wunderbar – es war dennoch weit entfernt von dem, was Hannah sich unter einem gemütlichen Neujahrsfrühstück vorstellte.

„Danke, Sara“, sagte sie wenig später, „es war schön, das neue Jahr mit euch beginnen und hier sein zu dürfen.“ Doch Hannahs Kraft, so zu tun, als sei sie guter Dinge, schmolz immer mehr dahin. Es wurde Zeit, dass sie nach Hause kam.

„Du bist jederzeit willkommen", gab Sara zurück, „das weißt du."

Hannah nickte, verabschiedete sich von Saras Mann, küsste Sara auf die Wange und ging.

Am Nachmittag notierte Hannah sich die Namen all der Frauen, die vermutlich außer Sara bereit wären, mit ihr zu frühstücken oder einen Kaffee zu trinken oder zumindest zu telefonieren. Nachdem sie fertig war, zählte sie erfreut nach. So viele ...?! Hätte ich gar nicht gedacht. Hannah, die sich noch vor wenigen Wochen so einsam gefühlt hatte, dass sie kaum noch hatte atmen können, war mächtig froh über jede von ihnen, schien ihr doch allein schon deren Anzahl zu beweisen, dass sie in irgendeiner Weise liebenswert sein musste. Ich werde sie anrufen und mich verabreden können, wenn mir die Decke auf den Kopf zu fallen droht, dachte sie. Ich bin nicht vollkommen allein. Da ist ein Netz, in das ich mich fallenlassen kann, ein Sicherungsnetz. – Noch ist nicht alles aus.

In der zweiten Januarwoche ging sie zum Friseur. Nirgendwo sonst kann man so leicht etwas für sich tun, fand Hannah. Sie genoss die Kopfmassage nach der Wäsche und ließ sich die Spitzen schneiden. Die Illustrierten, die sie sonst nie las, waren dieses Mal bewusster Teil des Genusses. Während der junge Frisör ihre Haare über einer Rundbürste föhnte, fand sie in einer Frauenzeitschrift etwas sehr Interessantes zum Thema Trennung: „Es kommt der Moment", stand da, „in dem dir klar wird: Ich kann den Kummer ertragen. Aufstehen.

Weitermachen. Und dann fragst du dich, wer du selbst bist. Was du willst, was du magst, wie du sein willst."

Das klingt schön, dachte Hannah. Genau das werde ich in den nächsten Tagen ausprobieren.

Als sie am Morgen darauf in der Küche des Hauses, das sie nun bald für immer würde verlassen müssen, das Radio anmachte, drehte sie den Kultursender weg, den sie immer mit Malte und bisher aus Pietätsgründe auch weiterhin gehört hatte. Sie landete bei Radio Schleswig-Holstein. *Middle of the Road* sang *Chirpy chirpy cheep cheep.* Die Musik fuhr Hannah in die Beine. Versuchsweise macht sie ein paar Tanzschritte. Ich kann jetzt meine Musik hören, dachte sie, selbst wenn sie Malte nicht gefällt. Sie überlegte weiter. Ich könnte ungefragt weitere Dinge tun, die er eher blöd gefunden hätte. Überhaupt könnte ich einfach glücklich sein. Anders zwar, nur für mich allein, aber glücklich. In ein paar Wochen ziehe ich in meine neue Wohnung. Danach wird man weitersehen.

Als Hannah am nächsten Morgen erwachte und die Sonne durch das Dachfenster ins Zimmer schien, sprach sie zum ersten Mal die Worte aus, die sie sich für die Zeit, die nun vor ihr lag, als Mantra zurechtgelegt hatte: „Neuer Tag, neue Chance, neues Glück", sagte sie klar und deutlich. „Ich weiß zwar noch nicht, wie, aber ich weiß, dass ...!"

...

Epilog

Niemals hätte Hannah das für möglich gehalten: gleich dreimal zu heiraten und jedes Mal eine Bauchlandung zu erleben. Und das alles nur, hatte, weil Mutti ihr die Überzeugung eingeimpft hatte, dass eine Ehe, eine gute Partie für ein Mädchen der einzig richtige Weg durchs Leben sei. So hatte sich Hannah immer wieder neu eingelassen auf die Liebe, doch leider verlor jedes zunächst rosarote Wolkenkuckucksheim recht schnell an Farbe und brach irgendwann in sich zusammen. Schicksal?

Spätestens mit dem Scheitern ihrer dritten Ehe war Hannah klargeworden, dass es nicht allein an der Wahl ihrer Männer liegen konnte. Irgendetwas stimmt mit mir nicht, dachte sie zerknirscht, mit mir. Aber was, verdammt?!

Mit knapp sechzig stand sie nun allein an der Schwelle zum Rest ihres Lebens. Noch immer war sie tieftraurig, doch bei allem Kummer spürte sie Hoffnung in sich und eine zaghafte Vorfreude. Hinter dieser Lebensschwelle nämlich wartete die Erfüllung ihres Kalenderblatt-Traumes auf sie. Des Traumes, den sie seit ihrer Kindheit mit sich herumtrug: Palmen, Meer und weißer Sand, ein menschenleerer Strand und sie selbst in einer blauweißen Hängematte. Die Karibik war ihr noch am ehesten geeignet erschienen, so einen Strand zu finden. Menschenleer aber, das würde sie inzwischen nur dann gut finden, wenn Malte in erreichbarer Nähe wäre. Ich hätte niemals gedacht, dass ich meine Traumreise einmal ohne ihn oder einen anderen Mann, der mich beschützt, würde antreten müssen, dachte sie.

Und nun sind so viele Fragen in mir: Schaff ich das überhaupt allein? Ich bin doch noch nie ohne einen Mann an meiner Seite geflogen. Werde ich ohne Hilfe den Hafen und das Schiff finden? Wird aus meinem Traum ein Albtraum werden? Werde ich unter lauten glücklichen Urlaubern vergehen vor Kummer oder wird es - an Bord oder anderswo – gar einen neuen Mann für mich geben. So wie im Film. Last but not least, werde ich lernen können, mich selbst zu lieben und zur Not eben auch allein klarzukommen? Und wenn ja, wie?

*

So viel sei verraten: Hannahs Chancen, ihr Glück zu finden, stehen gut, als zwei alte Ansichtskarten sie endlich auf die richtige Spur bringen. Ein Weg voller Herausforderungen liegt vor ihr. Ein Weg, vor dem sie sich vielleicht gedrückt hätte, wäre da nicht dieser ungewöhnliche Mann gewesen. Doch der war - nach langer Suche – plötzlich da.

„Wenn ich das gewusst hätte ...“, sagt der Mann grinsend, als sie ihm die Sache erklärte. „Ausgesucht hätte ich mir das nicht.“

Aber dann hob er zwei Finger und versprach, ihr zu helfen.

Und nun noch ...

Ein dickes Dankeschön & eine kleine Bitte zum Schluss

D wie Demut. Ich danke meinen Eltern, denn ohne sie gäbe es weder mich noch Hannahs Geschichte. Meinen Geschwistern, Freunden und Freundinnen - schön, dass sie da waren und sind. Meinen Liebes- und Lebenspartnern - ihre Zuneigung und Nähe hat mich glücklich gemacht und bei einem tut sie es bis heute.

A wie Aufmerksamkeit. Sie half mir, all die Details bewusst wahrzunehmen, die dieses Buch erst möglich machten.

N wie Nachsicht. Ich danke meinen liebenswerten und mir so wichtigen Lesern und Leserinnen für Verständnis und Langmut, sollte sich trotz zahlreicher Korrekturdurchgänge noch das eine oder andere Fehlerchen eingeschlichen haben.

K wie Kreativität. Ich danke dem Schicksal für die mir gegebene Kreativität, Schaffensfreude und Begeisterung für alles Schöne.

E wie Einsicht. Ich danke dem Dasein und der Gesellschaft für all die freie Zeit, die mir als gesunde Ruheständlerin geschenkt wurde und es mir ermöglichte, Hannahs Geschichte einsichtsvoll aufzuschreiben.

Danke, dass du dieses Buch gekauft hast ... und dann noch eine kleine Bitte: Rezensionen sind ausschlaggebend dafür, dass ein

Selfpublisher mit seinem Werk wahrgenommen wird und sich einen Namen machen kann. – Das tut so gut und motiviert zum Weiterschreiben. Ein paar Sternchen, ein paar Sätze, fertig. Über deine Rezension bei Amazon würde ich mich wirklich riesig freuen. Gib bitte den Buchtitel bei Amazon in die Suchmaske ein, klicke auf **Sternebewertungen** und dann auf **Kundenrezension verfassen**.

Du hilfst mir wirklich enorm damit. Vielen Dank!

Deine *Ruth-Rebecca*

Und ganz zum Schluss ...

Raum für deine eigenen Notizen und Erinnerungen

Liebe Leserin, lieber Leser,

wie ist es dir ergangen, als du Hannahs Geschichte gelesen hast? Hast du alle drei Bände gelesen – und genossen? Wie schön – ich danke dir!

Spontan wirst du dich beim Lesen an so manches erinnert haben, was dir selbst im Leben geschehen ist. Sind fast vergessene Namen, Ereignisse, Begriffe wieder aufgetaucht und du hast dich über das Wiedersehen gefreut? Vielleicht warst du auch traurig und bedrückt, weil dunkle Seiten deines Daseins plötzlich hochgekommen und dir neu bewusst geworden sind. Oder du bist auf Ideen gekommen, die dir gerade in deiner aktuellen Lebenssituation weiterhelfen können. All das darf sein. Nimm es bewusst wahr. Gib dem Raum.

Solltest du bei alledem Lust bekommen haben, deine eigene Lebensgeschichte aufzuschreiben – und das wünsche ich dir – dann kannst du jetzt gleich ein paar erste Notizen machen. Nimm dir ein Blatt Papier oder schreibe, falls du gerade die Paperback-Fassung liest, direkt ins Buch. Vielleicht zeichnest du auch zuerst eine Mindmap, eine grobe Landkarte deiner Gedanken, die sich mit der Zeit immer mehr verfeinern wird.

Schreiben macht Spaß. Schreiben ist heilsam. Ich kann es dir nur aus ganzem Herzen empfehlen. Trau dich. Beginn einfach, ohne lange zu überlegen, mit den ersten Worten. Und dann: Let it Flow ...!

Printed in Poland
by Amazon Fulfillment
Poland Sp. z o.o., Wrocław

45186544R00253